有爱的青春陪伴者

春日来处是你

桃禾枝 著

江苏凤凰文艺出版社
JIANGSU PHOENIX LITERATURE AND
ART PUBLISHING

图书在版编目（CIP）数据

春天尽处是你 / 桃禾枝著. -- 南京：江苏凤凰文艺出版社，2022.8
ISBN 978-7-5594-6532-0

Ⅰ.①春… Ⅱ.①桃… Ⅲ.①长篇小说－中国－当代 Ⅳ.①I247.5

中国版本图书馆CIP数据核字(2022)第003003号

春天尽处是你

桃禾枝 著

责任编辑	王昕宁
特约编辑	周丽萍
责任校对	言 一
出版发行	江苏凤凰文艺出版社
	南京市中央路165号，邮编：210009
网　　址	http://www.jswenyi.com
印　　刷	长沙鸿发印务实业有限公司
开　　本	880mm×1230mm 1/32
印　　张	9
字　　数	318千字
版　　次	2022年8月第1版
印　　次	2022年8月第1次印刷
书　　号	ISBN 978-7-5594-6532-0
定　　价	42.80元

江苏凤凰文艺版图书凡印刷、装订错误，可向出版社调换，联系电话025-83280257

目 录

第一章 · 男友 /001

第二章 · 分手 /025

第三章 · 过往 /043

第四章 · 挽留 /065

第五章 · 真相 /096

第六章 · 暗涌 /117

第七章 · 不舍 /141

目录

第八章·靠近 /159

第九章·追求 /179

第十章·坚定 /198

第十一章·表白 /221

第十二章·浪漫 /239

第十三章·圆满 /256

番 外·婚后 /272

后 记·柔而不弱，温而不娇 /281

第一章／男友

初夏时节，阳光从繁茂的树叶间散落，整个平城美院呈现出一派生机勃勃的景色。此刻，"国风汉韵"主题活动正在学校中心广场举行。

身着青碧色汉服的女生站在主题海报前，时不时地为路过的学生做引导指示。她头插一根青色玉簪，耳挂长链耳坠，皮肤很白，模样温婉清丽，颇有几分古代大家闺秀的气质。

"佳恩，累了吧？休息会儿。"舍友邹予递过来一瓶矿泉水，碰了碰陆佳恩的胳膊。

活动是国画系主办的，陆佳恩作为油画系的学生，和邹予同样是来帮忙的。

陆佳恩摆摆手，笑了笑："没事，我带了。"她转身回到位置上，从包里拿出保温杯打开喝了几口。

"今天又是什么茶？"邹予好奇地看了眼杯里的茶包。陆佳恩喜欢自制茶包，中药花草，每天都不一样。邹予曾好奇地尝试过一次，难喝得她差点吐了，从此，她再没碰过那些摆放整齐的茶包，对喝下去仍能面不改色的陆佳恩佩服不已。

"玫瑰菊花枸杞。"回答后，陆佳恩把杯子放在桌上，翻出手机看了看，界面上空荡荡的，没有任何消息和来电。她微微蹙眉，划开屏幕点进微信。

熟悉的黑色头像对话框里，两人的最后一条信息还是她早上发的——
"那我先陪你去 H 市玩三天再回家，好不好？"

发送时间是早上七点，距离现在已经六个多小时了。这么久了，陆佳恩无法用"还没起床"这样的借口自欺欺人。她的手指在屏幕上摩挲片刻，平静地将手机放回了包里。

回到展览海报前，陆佳恩的胳膊再次被碰了碰，她抬眼看向邹予，表情带着些许疑问。

"和男朋友吵架了？"邹予小声问。从早上起，陆佳恩已经看了几次手机了，这可和平时的她不一样。

陆佳恩顿了下，摇摇头。不算吵架吧，最多是某个人的少爷脾气犯了。

"也是。"邹予点头，目光落在陆佳恩的脸上，"我想不出你吵架的样子。"

和陆佳恩同住快三年，邹予从来没见过陆佳恩生气发火，就连急躁焦虑的情绪也很少见，她柔和淡定得就像一汪清泉，什么都能包容。

陆佳恩弯了弯唇，没有说话，银色耳坠曳在阳光下闪闪发光。

作为国内顶尖的美院之一，平城美院的美女多如牛毛，且美得各有特色，邹予基本已经对美女免疫了，可她时不时还是会被陆佳恩惊艳到。陆佳恩的皮肤又白又薄，吹弹可破，脸型是好看的鹅蛋脸，眉眼形状漂亮柔和，给人一种温柔又乖巧的感觉。

这会儿正是午休时间，来往的人不多，两人站着聊了会儿天。

"你脸色有点白，坐下休息会儿吧。"邹予看了看陆佳恩的脸，有点担心。陆佳恩身体不好，时常犯点小病。人是她拉来帮忙的，要是因此不舒服就不好了。

陆佳恩想了想，点头和邹予一起走回椅子旁休息。

"你放假还是回 C 市吗？不陪男朋友？"邹予随口一问。

"嗯，还是回 C 市。"陆佳恩垂下眼，再次翻出手机，意料之中的没有回复。

秦孝则就是因为放假回家这件事在和她生气。作为大四生，他和朋友们计划了一场毕业旅行，时间跨度一个多月，从国内一直玩到国外。因为陆佳恩有别的事不能陪他成行，两人意见不统一，好几天没有联络。

陆佳恩在心里叹口气，打开杯盖喝了口花茶。

"有点好奇你男朋友是什么样的人。"邹予看了眼陆佳恩恬静的侧颜，小声念叨。

同住这么久，她只知道陆佳恩有男朋友，姓名、长相却一概不知。要不是陆佳恩有时会跟男朋友通电话和外宿，她都要怀疑这是陆佳恩杜撰出来拒绝追求者的说辞了。

陆佳恩怔了怔。秦孝则不是本校的，两人大多是在校外见面。邹予不知道也是正常的，至于是什么样的人……

"坏人。"陆佳恩小声说了句，轻轻放下杯子。浅黄色的茶水折射出一道日光，茶包在杯中转了个圈，晃悠悠地沉了底。

日照当头，校园里的人不多，来看展览的人更少。陆佳恩和邹予坐在阳伞下，有一搭没一搭地聊着天。渐渐地，广场上的人在不知不觉中突然多了起来，一簇一簇的，都在往一个方向走。

"他们在干吗啊？"邹予也发现了，惊讶不已，"今天有大佬来讲座吗？"

"没看到通知。"陆佳恩摇摇头，今天官网并没有公布讲座或重要展览。

"我问问去。"邹予小跑过去，拦住几个女生，交流了几句又很快回来。

"她们说一会儿在体育馆有篮球赛，去看吗？"邹予脸上带着些兴奋，"听说有帅哥！"她挑了挑眉，"反正也快结束了，我们走呗。"

陆佳恩对帅哥不感兴趣，邹予只好一个人先走了，叮嘱她早点回去休息。

陆佳恩喝了点水，再次点亮手机屏幕，依旧没有回应。她垂下眼眸，思考着要不要打个电话过去。

"不就是篮球赛嘛，至于吗？"旁边其他人的声音传入耳朵，陆佳恩下意识地抬头，这才发现，广场上忽然多出许多人，全部脚步匆匆地往体育馆的方向赶，更有甚者，已经小跑起来。

美院的学生大多特立独行，自由散漫，自傲自负者不少。除了业内大拿的讲座展览，学生们很少热衷于什么活动，更不要提一个和艺术完全不搭界的篮球赛了。陆佳恩皱皱眉，对这热情的场景感到有点异样。就在这时，手心里的手机振动了两下，一条微信跳了出来。

Q："在打球。"

陆佳恩看着屏幕，缓缓抿起了唇。对于自己的提议，秦孝则没有说好，也没有说不好，冷淡的三个字透着股典型的秦式脾性。

陆佳恩的手指在屏幕上快速轻点，刚打了"在哪儿"三个字，邹予忽然来电话了。

"佳恩，我给你占了位置，快来体育馆！"一接通，邹予兴奋的声音从手机里传来，叽叽个不停，"我说怎么这么多生人呢！好多A大的人也来看比赛了，特别是女生，巨多！"

陆佳恩脑子里的神经一跳："A大？"

"对啊！是美院和A大的友谊赛。不过我觉得我们院这不是找虐嘛，

A大去年才拿了CUBA（中国大学生篮球联赛）冠军来着……"

"我马上来。"陆佳恩打断邹予的絮絮念，挂掉了电话。和主办方的人解释一番后，她收拾好东西匆匆往体育馆走。

快步走到体育馆，陆佳恩一边打电话一边顺着观众席找位置。

"这里！"邹予回头，大力地挥手示意。

陆佳恩也笑着挥手，挂掉电话向邹予走去。

刚坐下，陆佳恩便感觉到几道视线投来。她不动声色地转头，是几个陌生的女生。见她察觉，那几个女生迅速移开了目光。

陆佳恩低头，将裙子展平。她过来得急，身上依旧是那套汉服，在体育馆显得有些突出。本校学生对于这些特色服装早已司空见惯，想来那几个女生是A大的。

陆佳恩眨了眨眼，看向观众席下方的比赛场地，一眼便看到穿着白色球衣的秦孝则。他背对自己而立，身形高大挺拔。介于男生和男人之间的肩膀宽阔挺拔，手臂肌肉紧实，线条流畅落拓。

他漫不经心地做着准备活动，一副胸有成竹的样子，丝毫不见紧张。队友不知道和他说了些什么，两人同时笑了起来。他侧头，右耳耳骨上一枚银色的耳钉耀眼。

旁边A大的女生小声讨论着什么，语气隐约透着兴奋。隔着一条过道，"秦孝则""MVP（全场最佳）""帅"之类的词汇不时传来。同时，邹予也和陆佳恩咬耳朵："A大的1号好像很帅。"

陆佳恩双手放在腿上，轻轻"嗯"了一声。

"听说A大来了两个参加CUBA的。你说我们能赢吗？"

"不能。"陆佳恩摇摇头。以她对秦孝则的了解，这场比赛他会打得很凶。

邹予一拍大腿，痛心疾首："要是被虐得太惨，我就不看了。"

说话间，哨声响起，比赛正式开始。

双方交手比较客气，你来我往，分数拉锯不大。

第一节比赛结束，秦孝则擦了把汗走到场边，接过水，仰头大口灌了进去，脖颈上的青筋毕现，喉结一突一突，男性气息强烈。

喝好水，秦孝则低头对着场边打了个手势。紧接着，一个黑色背包被递到他手上。他随意捞过来，拿出手机看了看，又面无表情地放了回去。

陆佳恩看着他的脸色，心里一沉。她低头，连忙发了信息过去："我已经到观众席了。"

可那人早已转身上场，徒留一个潇洒挺拔的背影。

第二节比赛，秦孝则的打法凶悍了很多。他不断地拿球，突破，投篮，得分。场上球鞋和地板摩擦出的声音清晰，场外的喝彩声一阵接着一阵。陆佳恩旁边的几个女生开心极了，不时喊着"A大加油"。

　　一声哨响，中场休息时间到了，两队的比分已经被拉开了十几分。美院的学生惋惜声不绝，A大的学生们则神采飞扬。

　　"那个1号好嚣张啊！"邹予皱眉抱怨。

　　陆佳恩心不在焉地应和了声，目光紧紧盯着台下的秦孝则，等他重新看手机。

　　秦孝则脸上恢复成散漫的表情，悠悠站在那里和队友们说话喝水，碰都不碰包。整个半场休息时间，他都没再动手机。

　　陆佳恩默默看着他再次上场的背影，心里有点空。

　　临开场时，一直背对她的人却忽然回头。秦孝则的目光越过小半个场地和前几排的观众，直直落在陆佳恩的脸上。陆佳恩微微一怔，随后安静地和他对视。午后的阳光稀薄，透过窗户在场馆地面落下疏疏落落的金色印子。喧嚣似乎瞬间消失了，周围一切变得静止。

　　时间被拉得很长，也或许只有几秒。陆佳恩看到秦孝则勾了下唇——得意的、胜利的笑，还有点痞气。

　　下半场比赛，美院这边将防守重点盯在秦孝则身上。然而此人如开了挂一样，突破灵活，打得越发凶猛，连连得分。随着秦孝则一个漂亮的三分球，观众席爆发出了热烈的掌声和欢呼声。秦孝则对着刚刚严防死守的对手挑眉，露出一个笑，姿态嚣张，浑身透着狂妄。

　　陆佳恩旁边的几个女生喉咙都快喊劈了。

　　"我终于理解我爸看中国足球的心情了。"邹予心情复杂，万万没想到自己有一天会和老爸产生共鸣。

　　第四节比赛刚开始，邹予再也看不下去，决定提前离场。

　　"这虐菜一样的比赛有什么好看的，走了！"她走时气鼓鼓的，对本校男生表示出了强烈不满。

　　陆佳恩婉拒了和邹予一起离开的要求，继续看比赛。

　　台下比分已经差距二十多分，A大这边提出换人。秦孝则和队友碰了碰肩膀，笑容恣意惹眼。作为今天当之无愧的MVP，他在掌声雷动中下了场，步伐散漫地走向场边。

　　他弯下腰，一把捞起自己的包。动作间，汗津津的手臂肌肉偾张，线条利落。全场的女生几乎都无心比赛，目光或明或暗地落在作势要走的秦孝则身上。

秦孝则对于这些关注置若罔闻，单肩背上包，径直走上陆佳恩身侧的过道。以他方圆几米为半径，几乎所有人都噤了声，和喧闹嘈杂的环境对比明显。他三两个台阶一跨，几步走到陆佳恩的座位边。

陆佳恩的目光随着他的动作转移，落在他的脸上。

下一秒，秦孝则一手撑在陆佳恩的椅背，俯身低头，靠近。汗湿的手指几乎碰到陆佳恩白皙的后颈皮肤，男性荷尔蒙的气息扑面而来。他脸上的汗珠都看得分明。

陆佳恩听到旁边倒抽气的声音。她不太确定此刻秦孝则的态度是什么意思，对视的目光不自然地闪了下。

秦孝则的眼睛黏在她身上，轻笑了声，话里听不出情绪："你还知道来看我啊？"

秦孝则说完，嘴唇便抿成了一条线。这话纯属"恶人先告状"，明明是他没有告诉陆佳恩要来美院打球，现在却反倒成了她的不是了。

陆佳恩仰头和他对视，动了动唇。

"孝则……"她没有介意秦孝则的态度，声音轻软地耐心解释，"我在做活动，不知道你——"

话没有说完就被打断。

"走了。"秦孝则直起身子，率先向外走去。他左肩背着包，走了几步后右臂伸到身后打了个手势。

周边安静得如同真空，无数目光落在两人身上，或好奇，或打量，或八卦。

陆佳恩的头皮有点发麻，理了理衣服，站起来小步快速地跟了上去。

一直等两人都离开了体育馆，之前安静的环境一下变得嘈杂起来。距离陆佳恩一个过道的几个女生迅速凑在一起八卦：

"秦孝则喜欢这一款的？"

"不是吧？他经常一起玩的那些朋友都是辣妹风，这个汉服美女是清纯型的。"

"秦孝则妈妈不是艺术圈的吗？可能只是认识。"

"可是在众目睽睽下走过来就已经很'苏'了啊。他这么帅！"

……

和体育馆的喧嚣欢腾不同，出了体育馆的两人之间有点沉默。秦孝则放慢了脚步等陆佳恩追上来。

"你不要等你的队友吗？"陆佳恩小跑了几步跟上，呼吸不自觉有些急促。

秦孝则停下来，侧头看着她，表情似笑非笑："就这么两步路都能喘？"

陆佳恩对于他指控自己体力不好这件事已经免疫，轻轻"嗯"了声。

"那你慢一点等我好吗？"她看向他的眼睛。

不知道哪里取悦到秦孝则了，他忽然就笑了起来，笑到肩膀都在颤。

"成，慢点。"他顺手揽住陆佳恩的肩膀，上下打量了一番。似乎是才注意到她的穿着，他两指搓起她肩上的布料，"这玩意儿做活动穿的？"

陆佳恩点点头，忽然想起那几个 A 大女生投射来的目光。

秦孝则微一思索："赶过来的？"

"嗯。"陆佳恩诚实地告诉他，"听同学说 A 大过来打比赛，我就直接过来了。"

她仰头，秦孝则的轮廓在阳光下越发鲜明。他面上依旧是那副散漫随意的模样，微微上扬的嘴角显示他心情已经好了很多。

趁此机会，陆佳恩想和他再说一说假期的事。

"我——"她的嘴唇刚一动，秦孝则的拇指却忽然抵了过来，正好压在微张的唇瓣。陆佳恩一愣，男人指腹已经重重擦过她的唇。下一秒，他手指一翻，一抹红色清晰可见。

接着，秦孝则又用手指晃了晃陆佳恩的长形耳坠。片刻，他笑了一声："还挺好看。"也不知道在夸衣服还是夸人。

陆佳恩被他放肆的动作一打断，一时忘了自己要说的话，乖乖跟着他往前走。

"晚上一起吃饭。"秦孝则边走边说。

陆佳恩仰头看他："和谁呀？"

"刚刚的队友，当庆功。"理所当然的语气。

陆佳恩的嘴角抿了下。这人就是这么嚣张，比赛明明还没结束，就信誓旦旦地说要庆功。虽然了解 A 大的实力，可对手毕竟是自己学校的。

"你都没看完。"陆佳恩小声辩驳了一句。

秦孝则顿了下，轻笑："还用看？这都赢不了，我把他们当球灌篮里。"

话音落下，手机响了。秦孝则接通电话，随意应了几声，目光却悠悠落在陆佳恩身上。碧绿色的长衫套在身上，衬得她皮肤越发白腻。裙子是有点包身的款式，露出一截白皙纤细的小腿。她的长相本就温婉纯净，配合今天的妆和衣服，更是显得古典端庄。

"行了，知道了。"他挂断电话，看向等在一旁的女朋友。

"你有事就先走吧。"陆佳恩立刻领悟，顺从道，"正好我也要回宿舍换衣服。"

"不穿这个了？"秦孝则逗她。

陆佳恩摇摇头："不太方便。"秦孝则的队友她见过几次，穿这套衣服去不合适。

秦孝则点头："六点在校门口接你。"想起什么似的，他又低头，附在陆佳恩耳边低声说了句话，如愿看到陆佳恩的眼睛里闪过一丝无措的羞意。秦孝则大笑着在她耳朵上捏了下，满意地离开了。

下午六点，天色尚未晚，远处隐隐透着彩霞的余晖。平城美院的门口，学生们来来往往。陆佳恩穿了件花色连衣裙，外罩一件米白色的针织衫，匆匆上了门口的白色甲壳虫。

"学姐，麻烦你了。"她将披散的长发顺在耳后，向驾驶座的女生道谢。

"不客气，顺路嘛。"施静笑了笑，"我正好看展回来路过，省得秦孝则跑一趟了。"

施静和陆佳恩同是平城美院的学生，她比陆佳恩大一届，读的是艺术管理专业，已经考上了本校的研究生。同时，她和陆佳恩的姐姐一样，是秦孝则那圈从小到大的朋友之一。

两人在车里聊了会儿天，没过多久便到了巷口。

施静停下车看向陆佳恩："我就在这儿放你下来吧，那里不好停车，我停了车来找你们。"

"好。"陆佳恩和施静道别，提着包先走了。

按照地址一路找过去，她一眼看到站在店门口的秦孝则，旁边是他的队友兼好友陈携，两人正聊着什么。

陆佳恩走到离两人不远处，缓缓出声："孝则，陈携。"

两个男人同时回头。

天色灰蓝，烧烤店门口亮了几盏黄灯。陆佳恩亭亭而立，黑色长发及胸，发尾在风中打了个卷，轻薄的裙摆翩跹，如一朵绽开的花。黄色光线将她柔软的针织衫笼上一层光晕，眉眼被氤氲得尤为柔和宁静。

秦孝则愣了下，向她走去。

"来了啊。"陈携也反应过来，朝她身后张望，"施静呢？"

"学姐停车去了。"陆佳恩解释。

"行，那你们先进去，我在这儿等她。"陈携挥挥手，示意两人先走。

陆佳恩跟在秦孝则后面进了店，走到里面靠窗的一张桌边。桌子是由两张长桌拼在一起的，旁边已经坐了五个人，桌下摆着一扎啤酒。

见两人来了，其中一个男生立刻道："秦哥今天不醉不归啊。"

秦孝则轻飘飘地看了眼那扎啤酒，嗤笑："就这？"

"来！"那男生一拍桌，高兴大吼，"老板，上白的！"

话音一落，其他几人都笑了起来。

热闹的气氛中，几人互相介绍打招呼。

说话间，施静和陈携进来了，人全部到齐。

烧烤早就点好，没一会儿就上了桌。陆佳恩不吃辣，也很少吃油炸食品，只拣着几个炒菜吃了点。

几个男生聊起下午的球赛，说到兴处一杯接着一杯地喝。

秦孝则手里晃着装酒的玻璃杯，眼神散漫，脊背线条舒展随性，一副放纵不羁的模样。

推杯换盏间，菜被吃得差不多了。除了喝酒聊天，有人提出玩游戏——特俗的"真心话大冒险"。几个在外面的男生被叫了回来。

都是大学生，玩得没有很过分。"大冒险"最多是"特制饮料"或是当众接吻，而"真心话"也没有过于隐私的问题。

几轮下来，陆佳恩的心放了一大半。所以当自己不幸被转到时，陆佳恩毫不犹豫地选了"真心话"。

"可以让我问吗？"施静突然开口。

秦孝则抬起眼皮，看了施静一眼。施静不理他，笑着说："有一个问题好奇很久了。"

陆佳恩点点头："好。"

施静看着她："你第一次对秦孝则动心是什么时候？换句话，他做了什么让你动心了？"

话音落下，席间响起了一阵起哄声。秦孝则手臂搭在陆佳恩的椅背，饶有兴味地看着她，似乎也挺好奇。

陆佳恩微微蹙眉，动心？是什么时候……觉得像的呢？

她思忖着："有一段时间我常去孝则家的小区写生，经常能看到他和朋友在球场打球……"她的声音不大，轻轻柔柔的，讲故事般让所有人都听得入了迷。

"有一次看他打球的时候，他突然把自己的外套扔到了我头上。"见大家还在等着她继续，陆佳恩眨了眨眼，不好意思地表示，"就这样。"

"就这样？"有人不敢置信地问，"他外套上撒了迷魂药？"

"哈哈哈哈哈！"其他人纷纷笑起来。

"哪儿买的？我也买一件去。"陈携用胳膊肘碰秦孝则的胳膊，嬉皮笑脸。

秦孝则轻哂:"那是男人味,你有吗?"

"喂!"陈携被他的不要脸气笑了。

众人又是一阵大笑。

施静也笑着打圆场:"你们别开玩笑了,少女心思就是这样嘛。"

"我扔外套你才动心?"秦孝则转向陆佳恩,忽然出声。他眉心微皱,似乎也在回忆。

陆佳恩心里一紧,放在腿上的手动了动,怕他会继续追问。

秦孝则却是笑了起来,嘴上是不着调的语气:"早说啊,那我会在你第一次看我打球时就扔。"说这话的时候,秦孝则全神贯注盯着她,嘴角透着玩世不恭的笑意。他的眼睛形状偏长,亮亮的透着光,眼皮有道很窄的褶。看人的时候如烟花三月。

陆佳恩回味着他话里的意思,睫毛颤了颤。

秦孝则就是这样,上一秒让你觉得他不在乎你时,下一秒又能毫不避讳地表达对你的喜爱。

这场聚会一直持续到晚上九点多。陆佳恩和秦孝则回了他距离A大不远的一处房子。

作为一所老牌名校,A大的住宿条件实属一般。秦孝则从小锦衣玉食惯了,是从来不会亏待自己的性格。于是,他一上大学就在附近买了一套精装的大三室。陆佳恩和他在一起后没少来这里,渐渐也在这儿留了点衣服和洗漱用品。

两人刚进门,一只橘色小猫飞快地跑过来,亲昵地蹭着陆佳恩的鞋,"喵喵喵"的,叫声不断,撒娇似的。

陆佳恩蹲下来,摸着猫咪的头开心地打招呼:"肆肆,我又来啦。"

这只金渐层是秦孝则一时心血来潮,为了逗陆佳恩开心买的。陆佳恩宿舍不好养,这猫便一直养在了这个房子。秦孝则本身并不喜欢猫,肆肆的饮食起居都是家里阿姨在负责。好在肆肆比较乖巧独立,除了和秦孝则并不亲近外,一人一猫倒也相安无事地处了一年。

秦孝则低头看了眼逗猫的陆佳恩,眉心皱了皱,直直往浴室走。

"等一下。"陆佳恩连忙起身拉住他的手臂,快速问道,"你看到我给你发的信息了吗?"

秦孝则反应了一下,停下脚步看着她:"三天?"他似乎是被气笑了,"你觉得我会同意吗?"

陆佳恩咬了下唇,耐心地解释:"我有自己的事情啊。我早就和画室说好了去教暑期班,不好临时放人家鸽子的。"

C市每年考上平城美院的屈指可数,陆佳恩找个带班教画的兼职非常容易,报酬也相当不错。

"我替你赔违约金不就完了吗?"秦孝则不解,"你缺钱?你去教那个班多少工资?我给你,你跟我走。"

"不是这个。"陆佳恩闷闷地说,"我还要回去陪我外婆,我也和她说好了。"

"回来再陪。"秦孝则一如既往地霸道。

陆佳恩抿唇,手不自觉地握成了拳。这些根本就不是重点,重点是她也有自己的生活和计划。她知道秦孝则从小就随意惯了,也愿意尽可能来满足他。可她毕竟不是秦孝则的附属品,没有办法事事以他为中心。

"我真的没办法和你出去玩那么久。"陆佳恩吸了口气,定定地看着秦孝则。

秦孝则的脸色肉眼可见地沉了下来,眼里也没了平时的笑意。半响,他舌尖抵着上颚发出了一声嗤笑:"行啊,陆佳恩,长本事了。"

陆佳恩嘴角轻抿,放柔了声音哄他:"五天,好吗?"

秦孝则盯着她,腮边肌肉动了动。

"七天,我给你买机票。"他落下一句话,转身离开。

一锤定音,话题终止。

陆佳恩在秦孝则离开后,微微叹了口气。脚踝处传来毛茸茸的触感,痒痒的,她低头,看见肆肆仰着头,一双又大又圆的眼定定看着自己。

"喵!"它张嘴叫了声。

陆佳恩弯弯唇,声音很轻:"没关系的。"她俯身抱起肆肆,边走边笑,"哎呀,我们肆肆又长大了,好像重了。"

"喵!"

陆佳恩抱着肆肆坐上沙发,拿出手机刷了下朋友圈。

"陆佳恩。"浴室方向忽然传来秦孝则的声音,"拿衣服给我。"

陆佳恩应了声好,走到主卧拿好衣服。

淋浴间的水声淅沥沥,水汽弥漫了整个玻璃,陆佳恩推门进去,将干净衣服放在架子上,又敲了敲玻璃门示意衣服到了。

正要离开时,淋浴房的门忽然开了,湿漉漉的紧实手臂从里面伸出来,男人宽厚的大掌一把抓住陆佳恩纤瘦的手腕。陆佳恩一愣,秦孝则精壮的身材落入眼帘。她的力气在他面前不值一提,下一秒整个人像小鸡仔一样被捉进了淋浴房。

第二天是周日,秦孝则醒来已是天光大亮。八点不到的时间,枕边的人早已不见了。浴室已经恢复成干净整洁的模样,明亮宽大的客厅落满了一地金色的阳光,橘猫肆肆窝在沙发,懒洋洋地眯着眼睛晒太阳,餐桌上整齐摆放着两个杯子和一个餐盘。

秦孝则抬了抬眉,望向沙发上的肆肆:"你妈回去了?"

肆肆张开眼睛又闭上,眯着眼睛舔毛,对他的问话无动于衷。

"白眼狼。"秦孝则骂了句,拉开桌椅坐下。

桌上一杯是尚有余温的温水,另一杯则是鲜奶。餐盘里放着陆佳恩准备好的三明治坚果和水果,盘子下压着一张便利贴,一行娟秀的字迹映入眼帘。

"早安,我先回学校画画。"后面画了个可爱的笑脸小人。

仔细看,那小人颇有几分陆佳恩的模样。

秦孝则轻笑一声,将便利贴放在一边。在一起两年,他从来没见过陆佳恩睡懒觉。不管前一晚闹到多晚,她第二天都会早早起床,开始一系列个人的养生流程——喝温水,准备营养早餐,按摩穴位,泡不同的花草茶……

秦孝则至今记得他第一次看到陆佳恩坐在沙发敲大腿并认真解释是在敲胆经时的惊讶。在一起久了,他已经习惯早上醒来自己"弃夫"般的状态了。

秦孝则慢条斯理地吃着早餐,桌上手机忽然振个不停,点开微信,全是陈携在三人小群里疯狂@他的消息:"今天要给江丞书接风。"

三两下将早餐吞进肚子,秦孝则带着车钥匙匆匆出门。到达乐庭时,群里的两位正在包厢里打台球,包厢另一边,季棠宁安安静静地坐在沙发上看电视。

秦孝则看了眼电视里的动画片,不动声色地和季棠宁打了个招呼,朝台球桌走去。

"哟呵,我们秦大少爷终于来了。"陈携吹了个口哨,他边说边探头向秦孝则的身后张望,"哎,怎么没把女朋友带来?"

"回学校了,约了模特画画。"秦孝则随口一答。

江丞书挑眉,将手里的球杆递过去:"人体模特?"

秦孝则点头,接过球杆,低头瞄准,一杆进洞。

陈携站在一旁,目光从秦孝则的脸一路扫到大腿:"你这不是现成的模特嘛,干吗还要另找?"他流里流气地笑了声,"难不成你身材不行,女朋友不满意?"

一声清脆的"砰",秦孝则的球歪了,他直起身子,鄙视地看向陈携:"你懂啥。爷身材就是太完美好吗?人不爱画比例太好的。"

"成成成，我不懂艺术。"陈携耸耸肩，低头推杆。

"哐当"一声，球进了。其实陈携的问题，秦孝则也问过陆佳恩。当时她一本正经地说是因为他身材太好，身体细节不够多，不适合作为练习模特。

秦孝则那会儿不过是为了调戏，真让他几个小时一动不动他也未必愿意，后来这话题便从"身材太好"理所当然地歪到了别处去。

对于陆佳恩的理由，秦孝则并没有怀疑，因为他很早之前就在陆佳恩的素描本上看过自己打篮球时的素描。只是眼下被陈携一提醒，秦孝则才忽然发觉——陆佳恩似乎已经有好长一段时间没画自己了。

微微的晃神间，秦孝则的胳膊被球杆碰了一下，他看过去，陈携打完了一杆，正冲着他挑眉："下午叫出来一起玩呗。"

下午两点，陆佳恩坐地铁来到了秦孝则给的地址。

乐庭会所位于市区的黄金地段，外表恢宏大气，装修华美精致。在核验过身份后，陆佳恩在经理的带领下上了电梯。

一扇深红色的门出现在眼前，门匾上是一个行书的"深"字。年轻漂亮的女经理做了个手势，微笑着说："您请进，有任何需要随时吩咐我。"

陆佳恩道了声谢，推门而入。

这是一个包间，面积很大，里面台球桌麻将桌KTV等一应俱全。一进门，陆佳恩率先看到的是一个坐在沙发上的年轻女生。听到声音，那女生转过头来，露出一张纯净可爱的脸。

陆佳恩笑着打招呼："你好。"

女生眨了眨眼，嗓音清脆地问："你是孝则哥哥的女朋友吗？"

陆佳恩点点头："对啊。"

话音刚落，两个男人的身影从右侧深色镂空屏风内走了出来。紧接着，一个娇小的身影快速从沙发跃起，扑进江丞书的怀里，亲昵地蹭了蹭。

相互介绍之后，陆佳恩才了解这个女生叫季棠宁，和江丞书是青梅竹马的关系。

"佳恩姐姐，你会打麻将吗？"季棠宁大大的眼睛看向陆佳恩，睫毛又黑又长。

陆佳恩笑着点头："会。"

"那我们一起玩吧，好久都没人陪我玩了。"季棠宁一脸雀跃。

陆佳恩答应后，季棠宁又看向江丞书，理直气壮地要求："你不许玩。"

几分钟后，除了江丞书以外的人抽签坐定了位置，陆佳恩坐在季棠宁的上位，对面是乐呵呵的陈携。

"哎呀，我最喜欢和棠宁妹妹打牌了。"陈携一边理牌一边自言自语，"是不是，孝则？"

秦孝则轻哂，没有理他。

似乎是为了印证陈携的说法，开局第一把就以季棠宁放炮给陈携为结束，陈携乐不可支，季棠宁鼓着腮帮不服气。

"我教你吧？"江丞书好笑地戳了戳季棠宁的脸颊，白嫩的脸蛋凹了一处，季棠宁立即拍掉江丞书的手。

"不要你教！"

这么玩了一圈下来，陆佳恩的筹码最多，而季棠宁只剩可怜巴巴的几个了，小姑娘的兴致也没之前那么高了。陆佳恩看了看季棠宁面前打出的牌，将手上的一对六万拆了打出去。

"和啦！"季棠宁手一推，开心不已。

江丞书坐在季棠宁后面，下意识地看了陆佳恩一眼。秦孝则也挑眉看过来，微微惊讶。陆佳恩面不改色，默默将输掉的筹码移到季棠宁面前。之后，陆佳恩又偷偷给季棠宁喂了几次牌，惹得江丞书多看了几眼，她眼皮微抬，看了看他又垂下眼睫。

"明天来我们学校打球？组个赛。"秦孝则突然看向江丞书。

江丞书愣了下，答应下来："可以，看你时间。"

秦孝则散漫一笑，目光若有似无地扫过陆佳恩："好。"

陆佳恩转向左边，声音很轻："你明天要打球吗？"

秦孝则挑眉："想来看？"

陆佳恩点了点头，目光期盼："可以吗？"明天自己的课不多，时间上应该错得开。

"可以——"秦孝则拉长了声音，低头向陆佳恩的方向凑过来，手臂搂上她的肩，低声说，"但是有个要求。"

"什么？"

"再给我画张画呗。"秦孝则手指一圈圈缠着陆佳恩的发尾，慢悠悠地说。

陆佳恩迟疑着看过去，声音因为困惑显得有些轻："再？"

秦孝则指腹摩挲着她耳朵下方的骨头，脸上一副"别装"的模样："你以前那个素描本里不是有很多吗？"

人还没在一起时，陆佳恩常常借口写生来他家小区，也经常来球场看他打球。有一次他无意中看到陆佳恩的素描本，分明有好几张自己打球时的素描。

"你忘了？"秦孝则皱眉。

陆佳恩的心跳快了一拍，连忙"哦"了声。

"好，我会画的。"她乖乖巧巧地应了。

　　第二天上午九点多，陆佳恩和秦孝则一同到了 A 大的篮球场。这场比赛是秦孝则临时安排的，没有预约到体育馆，只能在户外进行。

　　正值考试月，场边围观的人不多。一声哨响之后，比赛正式开始，秦孝则率先拿球，以非常快的速度上篮得了分。他转身，和队友碰了下肩。旁边看球的男生中有人拍了几下掌。

　　陆佳恩站在场边，调整光线和角度对着秦孝则拍了几张照片。虽然他嘴上说要给他画画，但陆佳恩了解，让这位少爷几个小时一动不动做模特几乎是不可能的。

　　画照片并不是老师提倡的画法，可偶尔一次也不是不行。况且，陆佳恩是真的很喜欢秦孝则打篮球时自信张扬又生机勃勃的样子。他今天穿了一身红色的球衣，热烈得像一团火，和旁边黑色衣服的江丞书、陈携形成了强烈的颜色对比。

　　就在陆佳恩调整拍照角度时，秦孝则又投进了一个球，他站在三分线外，眉眼桀骜，嘴角勾着笑。记分牌上，秦孝则那队加了三分。秦孝则扬眉，阳光下落了一身的肆意和张狂。

　　陆佳恩盯着秦孝则看得入了神，恍惚间想起自己第一次看秦孝则打球的场景。那时候她和叔叔一家重新联系上不久，应邀在叔叔家暂住一段时间。叔叔一家都对她很客气，知道她考上平城美院后，叔叔介绍了一位画家阿姨给她，姓罗。

　　这位罗阿姨就是秦孝则的妈妈，于是她精心挑选了几幅作品，背着包去了罗阿姨家所在的小区。

　　那是位于山脚下的一处别墅区，依山傍水，风景很好。夏季午后，小区里静谧清幽，只有燥热的蝉鸣一声接着一声。路过中央花园时，她不经意听到了男生们打闹的玩笑声和篮球"砰砰"落地的声音。

　　绕过茂盛的绿植和草地，有几个男生正在空旷的篮球场打球，其中三个她曾在堂姐的生日宴上见过。阳光穿过树荫，在篮球场上洒下斑驳错落的影子。他们在沉闷的午后奔跑，运球，投篮，丝毫不受天气的影响。年轻人的身姿矫健，步法灵活，空气中弥漫着吱吱作响的青春气息，鬼使神差地，她站在网外盯着看了好一会儿。

　　直到她被人发现，好几道目光看过来。她怔了怔，正要离开的时候忽然听到一声"哎"，再抬眸，一身白色球衣的秦孝则左右手交换着篮球，步伐散漫地向自己走来……

一声口哨中断了陆佳恩的思绪，半场结束，秦孝则他们领先八分。陈携搭着秦孝则的肩，嬉皮笑脸地往场下走，江丞书走在两个人后面，嫌弃地拒绝了陈携另一只伸过来的手臂，陈携露出不满的表情，松开秦孝则快速黏了过去却又被躲掉……

秦孝则对两人的打闹不以为意，自顾自地撩起球衣擦汗，露出一截结实清瘦的腰身。阳光下，他的腹肌泛着蜜色的光泽，壁垒分明的线条流畅清晰。

陆佳恩有一瞬间的晃神，眼前的秦孝则和那日向她走来的影子似乎重合了起来。

秦孝则拿起地上的冰矿泉水，握着瓶身碰了碰陆佳恩的脸。陆佳恩被冻得"嘶"一声，抬头便看见秦孝则额发微湿，眼角挂着恶劣的笑。他拧开瓶盖灌了一大口，喉结上下滚动："老远看你发呆，在想什么？"

陆佳恩怕他又要冰自己，稍稍往旁边躲了下："刚刚突然想到我第二次见你，也是你们三个一起打球。"

秦孝则单手扔着矿泉水瓶玩，吊儿郎当地笑了。

"那次啊。"他的目光在陆佳恩身上扫了圈，不正经的语调，"看你弱不禁风的，还以为哪家未成年小孩跑出来偷看我们打球。"

他"啧"了声，喉咙里压出一声低笑："原来是我的。"

陆佳恩心里微微一动，眼睛眨了下。

下一秒，秦孝则将手里的矿泉水瓶扔了过来："拿着。"

他转身，向队友方向小跑过去。阳光下，红色的背影潇洒利落，如同笼着一层金色的光晕。

下半场，围观的人比起之前多了不少。陆佳恩喝了口带来的姜茶，听到旁边有人议论。

"红色球衣那哥们就是秦孝则吗？"

"嗯，去年打CUBA的。他，你都不知道？"

陆佳恩望过去，几个"学弟"模样的男生站在自己右侧看比赛，不时评论几句。

"不能怪他，秦孝则打CUBA的时候他还没入学。今年人又没参加。"

"他为什么不参加？参加了说不定我们就卫冕了。"

"不知道，有才有钱任性吧。听说去年拿冠军的时候人家看上他打职业，被他拒了。"

连续几声感叹之后，那边停止了议论。

陆佳恩望向前方，轻轻抿了抿唇。

球场上，秦孝则伸手和队友比着手势，身姿颀长挺拔，说不出的意气风发。这大概就是被命运眷顾的人吧，可以轻易得到别人梦寐以求的东西。

这场比赛最终以秦孝则队伍领先十分结束了。

陆佳恩从早上就开始昏沉的脑袋到了中午越发混沌。于是在Ａ大吃了顿午饭后，她便提出自己要回学校了，秦孝则点头应好。

"不送一下？"江丞书碰了碰秦孝则的胳膊。

陆佳恩连忙摆手："不用了，坐地铁很快的。"她笑了笑，"你们聚吧，不用管我。"

陈携习以为常，忍不住向江丞书科普："这你就不懂了。人家从来不要求男朋友接送。"他说完又有些羡慕，"这么善解人意又漂亮不黏人的女朋友哪里找哦。"

秦孝则笑骂了一句"滚"。

这种玩笑话陆佳恩听到不止一次了，她没有多说什么，道了声"再见"便先行离开了。

陆佳恩回到宿舍，第一件事便是量了量体温，没有发烧，她稍稍放松下来。

宿舍里没有其他人在，陆佳恩回自己床上躺下休息，不知不觉睡着了，直到耳边传来了一阵模模糊糊的讲话声。

陆佳恩睁开眼睛，从床上坐起。

挂了电话的邹予被床上人影吓了一跳："你在宿舍啊！"她拍拍胸脯，吐了口气。

陆佳恩揉了揉额头，"嗯"了一声："有点不舒服，不小心睡着了。"

她慢慢从床上下来，冲了杯姜茶。

邹予见她面色苍白孱弱，忍不住出声："你不舒服，怎么不在男朋友那儿多住几天啊？"

陆佳恩身体弱，头疼脑热的时候也总不见男朋友的身影，除了听陆佳恩提过男朋友很高很帅以外，她对陆佳恩男友一无所知。

半响，她叹了口气："有机会一定要瞻仰一眼你男朋友，看看到底是有多帅。"

陆佳恩顿了顿，轻声告诉邹予其实她已经见过了。

邹予倒抽了一口气，不可思议地反问："那个打球很凶的１号？"那个把学校血虐到自己看了一半就被气走的１号？

陆佳恩点点头。

邹予回忆了一下１号的长相，若有所思："他是很帅……不过你一提我倒是想起来,我总觉得还在哪里看过你男朋友。"

邹予拉开椅子坐下,手指迅速在手机屏幕上滑动点击:"找到了!"她将手机递给陆佳恩。

屏幕上是一张合影,几个打扮时尚的年轻男女坐在沙发上,桌上摆着生日蛋糕。

"你男朋友和施静是朋友啊。"邹予小声说。

陆佳恩手指一划,连续几张都是类似的照片。光线昏暗的酒吧,漂亮美艳的女生和潇洒帅气的男人,文案上写:"我们的小公主,祝你生日快乐,永远开心!"

这其中,陆佳恩只认识施静和秦孝则,并不清楚过生日的小公主是谁。照片上,秦孝则姿态散漫地坐在最左边,对着镜头的头歪着没个正形。昏暗的光线衬得他轮廓更加立体,整个人有种又颓又痞的气质。

评论里,有施静公开的一条留言:"最左的帅哥已经名草有主,不要再问了[笑哭]。"

这条朋友圈的发送时间是上周四的凌晨两点,正是两人在为旅行意见不合期间。

陆佳恩垂眼,忽然想起前两天吃饭时施静看自己的眼神,她当时在想什么呢?

邹予头伸过来看了眼,不由得感叹:"你男朋友可真受欢迎。"

陆佳恩将手机递给邹予,轻笑:"是啊。"

后面的一段时间,陆佳恩一直在画室和图书馆忙碌,在画画读书和看展中,时间很快过去。临近学期末的时候,她忽然收到了季棠宁的邀请。

在一个天气没那么热的午后,陆佳恩带着礼物去了季棠宁家,季棠宁早早等在门口,热情地将她迎了进来。

江丞书坐在客厅的沙发,在看一本黑色面皮的书,听到声音,他抬头看过来,隔着镜片和距离,他的眼神不甚清晰。

陆佳恩和他打了招呼,立即被雀跃的季棠宁拉走了:"佳恩姐姐,来我房间玩。"

陪着季棠宁打扮了一个下午的娃娃,陆佳恩又被热情地留下来吃了晚饭。结束后,江丞书主动提出送陆佳恩回学校。

天气预报夜里有雨,外面风乍起,给夏夜增添了一丝凉意。只有两个人的车里,气氛却有些沉默。

陆佳恩不太习惯和江丞书单独相处。除了两人不熟以外,更是因为江丞书看上去心思深沉复杂。某种程度上说，他们两个有点像。

陆佳恩按下车窗，开了条缝透气。

"陆小姐。"江丞书突然开口。

陆佳恩的心里一动，面上笑了笑，说："不用那么客气，叫我名字就可以了。"

江丞书点点头，继续道："我是想谢谢你今天陪棠宁玩。"

"棠宁很喜欢你，她已经很久没有交新朋友了。"季棠宁的同龄人大多因为她心智不成熟不愿意和她玩，偶尔有几个愿意的，也是因为季棠宁的大方有钱。

棠宁虽然反应比其他人慢一点，可她不是傻子，久而久之也察觉到了别人的嫌弃，慢慢地，她就不愿意再出门和朋友玩了。江丞书也没想到季棠宁会这么喜欢陆佳恩，看到她们在房间相处愉快，他很宽慰。

"不用谢。我也很喜欢棠宁。"陆佳恩笑了笑。

"其实，我今晚和你谈，主要还是有个不情之请。"江丞书礼貌地说。

陆佳恩："你说。"

江丞书："如果以后棠宁找你，能不能不要太拒绝她？抱歉，我知道这个要求可能有点强人所难……"

"可以的。"陆佳恩接过话头，想了想道，"不过我快要和孝则去H市旅游了，等再回来要等到开学那会儿了。"

江丞书松了口气："没关系，只要你不要嫌弃疏远棠宁就好。"

"不会的，你放心。棠宁也是我朋友啊。"陆佳恩的声音轻轻柔柔，听上去却莫名有种令人信服的力量。

江丞书看向她道谢："谢谢你。"他顿了顿，"以后有需要帮忙的地方，尽管向我开口。"

陆佳恩看了江丞书一眼，点点头应了。

平城美院正式放假的那天，陆佳恩被秦孝则连人带行李一起接走了。

秦孝则毕业旅行的第一站，是临海的H市。同行的除了陆佳恩熟悉的施静、陈携外，还有两男一女。其中一个是单身的李鹤，另一对则是邓旭和他的女朋友筱筱。李鹤和邓旭都是秦孝则多年好友，陆佳恩见过几次他们一起打球，不算陌生。

一行七人到了H市后，租了两辆车直接开往海边民宿。路边栽种着大片大片的棕榈，金色阳光热情地透过窗户照在身上，潮湿的海风裹挟着淡淡的花香阵阵袭来。随着汽车的行驶，椰林树影、水清沙幼的景色渐渐出现在眼前。

　　下了车,风裹挟着来自大海的潮气和热气一股股袭来,热烈的夏日气息扑面。同样热情的,还有灼热的阳光和强烈的紫外线。

　　三个女生戴着墨镜,早早躲进别墅,在门口看四个男生搬行李。来H市的第一天,时间在收拾行李和休整生息中很快过去。

　　第二天,陆佳恩和秦孝则一起出了门。海边,其他五人已经到了。

　　互相打过招呼后,秦孝则拎着冲浪板和施静、邓旭先离开了。陆佳恩则坐在筱筱旁边,默默看着几人走远。

　　秦孝则穿着黑色的速干衣和冲浪裤,宽阔的脊背和流畅的肌肉线条一览无余。他先在离岸较近的位置试了几次,成功后继续往海里走了走。他姿态潇洒,表现自如。高大的黑色身影随着浪起起伏伏,像是在海面自由飞翔的鸟。

　　施静、陈携和秦孝则一拨,另外三个人一拨。冲浪时,两个男生交替着帮施静推冲浪板。三人说说笑笑,气氛看上去愉快而热闹。

　　中途,秦孝则来邀请了陆佳恩一次,在陆佳恩笑着摇头后也就作罢了。

　　玩了一天,晚上几个人在门口的院子里弄了个烧烤。

　　天色渐暗,海浪拍岸的声音远远传来。院子里亮起橘黄色的灯光,花园里三角梅和波斯菊开得正盛。混合了花香和淡淡咸味的空气中,烤肉味逐渐浓郁,香味扑鼻。

　　几个男生负责了大部分的烧烤任务,一盘接着一盘地端上桌。陆佳恩烧烤吃得不多,蛋糕和水果倒吃了不少。烧烤架旁,李鹤一边烤着鸡翅,一边向陆佳恩的方向看了一眼。

　　"没想到你们都在一起两年了。"李鹤至今想起来还觉得不可思议,"我记得你以前说绝对不找你妈那种搞艺术的。"

　　秦孝则轻笑一声,兀自烤着肉没有回答。肥美多汁的鸡翅在架子上发出"吱吱"的声响,色香味俱全。

　　"这有啥,我们秦哥的脸就是用来打的。"陈携刷着蘸料,不以为意。

　　"滚!"秦孝则踢他。

　　陈携躲了一下,嬉皮笑脸地解释:"本来嘛,人家漂亮温柔就不说了,有眼睛的人都看得出来,最关键是爱你啊。有哪个姑娘能在你受伤时这么贴心照顾你?"

　　他"啧啧"两声,感叹道:"简直比你爸妈还尽心尽力。"

　　经陈携一说,秦孝则也想起那年自己骨裂住院的事。那段时间正是陆佳恩大一,她每天下了课就坐地铁往医院跑,几乎是衣不解带地照顾了他一个月。"

李鹤点头:"这倒是,就是当初挺意外。"

秦孝则眼皮微抬,转头看向陆佳恩的方向。

"不过我也没想到你会这么……"陈携的声音嗡嗡在耳边响起,秦孝则却没有听清,自顾自盯着陆佳恩。

陆佳恩坐在白色椅子上,乌发淡妆,一袭吊带雪纺白裙,仙女似的。柔和海风吹起她胸前的发,发梢轻轻扫过她白皙纤瘦的肩膀和手臂。

她遥遥望向这边,神情是怔怔的,很是静默。橙黄灯晕下的眉眼温柔似水,朦胧中有种纤弱孤寂的美。

不期然对上他的目光,陆佳恩似乎回神,嘴角上扬,露出一个清浅的笑。

这一刻的夜空繁星璀璨,海风温热潮湿,树叶沙沙作响,烟雾丝丝袅袅,空气中飘浮着清甜馥郁的香味。

月色清冷,灯火温暖。热闹喧腾的朋友聚会中,她隔着潮湿的空气远远对着他笑。

秦孝则蓦然想起那年自己在病房醒来,看到陆佳恩坐在床边红着眼睛默默落泪的画面,心脏被什么东西重重砸了一下,跳得又快又烈。

为什么会和陆佳恩在一起这么久?

她没我不行的。秦孝则想。

"带你去兜风?"烧烤还没结束,秦孝则忽然勾着陆佳恩的肩膀问。

陆佳恩看了眼旁边正在喝酒聊天的其他人,惊讶道:"现在吗?可是马上还要收拾……"

秦孝则食指摩挲着她的下巴,声音散漫道:"别管这个。就问你想不想走?"

陆佳恩的目光从杂乱的桌面移到秦孝则的脸上,静默几秒后点头。

"想。"她诚实回答。

"那就走。"秦孝则伸手抓住她的手臂,直直将人从位置上拉起。

陆佳恩猝不及防,身体带着椅子跟跄了下,又瞬间被秦孝则搂住。椅子和地面摩擦,发出略大的一声响,其余人顿时停下话头,都朝两人看过来。

"干吗去啊,这是?"陈携率先出声,表情调侃。

秦孝则不以为意,随口道:"出去转转。"

"哎!不带这么逃避劳动的啊。这马上结束了你们要走?"李鹤当即不满地嚷嚷起来,"你这和逃单有什么区别?"

陆佳恩犹豫着看向秦孝则:"要不明——"

"行了啊!"秦孝则喉咙里发出一声笑,"买你一晚上时间把我俩那份做了,回头车借你玩几天。"

李鹤垂涎他那辆限量哈雷已久,当即站起来做了个"请"的手势,声音洪亮有力:"爷,您请慢走!"

秦孝则搂着陆佳恩的肩膀离开,途中依旧能听到李鹤在身后高昂的叫声:"哎!有空多逃几次啊!"

听到身后大家笑成一片的声音,陆佳恩的嘴角也忍不住弯起来。

回房间换了一套衣裤,她再次下楼。秦孝则穿着白衣黑裤,正在门口路边前前后后地检查一台摩托车。

见陆佳恩下来,他随手将车上的女式头盔递过去:"戴上。"

"好。"陆佳恩接过来,老老实实地戴上,低头扣好带子。再抬头的时候,秦孝则也已经戴好了头盔,好整以暇地盯着她看。他的眼睛很亮,挺拔的鼻梁在路灯下落下一道阴影,头盔下的五官越发显得立体深刻。

陆佳恩知道他平时开这个追求刺激,忍不住提醒:"孝则,不要开那么快。"

"不快开什么车?"秦孝则挑眉,漫不经心地说。

"那我——"陆佳恩的话说了一半就被打断。

"逗你的。"秦孝则长腿一跨上了车,双脚点地。

"这边限速,我想快也快不了。"他回过头看她,表情似笑非笑,"还不快上来?要我抱?"

"不用。"陆佳恩连忙扶着他的胳膊上了车,调整好坐姿。

摩托车发动声突突,几乎盖住了海浪拍岸的声音。陆佳恩身体前倾抱住秦孝则的腰。

"我好了。"

话音落下,摩托车"呜"一声冲了出去。

秦孝则载着陆佳恩驶上了附近的一条沿海公路。夜空下的公路寂静安谧,深色的海岸线蜿蜒绵长。除了海边清新潮湿的味道,陆佳恩还闻到了来自秦孝则身上的气味。两者融合在一起,竟意外地和谐清冽。

这样的速度下,温柔海风也变得狂妄,耳边只剩"呼呼"的风声和摩托车巨大的轰鸣。

陆佳恩歪头看向远方,无尽苍穹和静谧海面连成一片,分界线模糊。漫天星空和浩瀚大海做伴,人心也变得格外开阔,自由自在的感觉尤其强烈。

陆佳恩不禁紧了紧自己抱住秦孝则腰的手臂,手心隐约能触碰到他腹部的肌肉轮廓。她的前胸贴着秦孝则的后背,心跳快得要飞起来,有种莫名的快感和兴奋从头皮散发到四肢百骸。

骑到半路,秦孝则忽然停在路边。

"下来。"他解下头盔说道。

"哦,好。"陆佳恩乖乖下了车解开头盔。

跟着下来的秦孝则将她的头盔往车上一扔,低头盯着她瞧,眼睛亮亮的,嘴角噙着坏笑。

"我们停下来要做什么吗?"陆佳恩一时困惑。

秦孝则点点头,声音带着笑:"打个啵。"他说完便扶着陆佳恩的后颈吻了下来。

树影摇晃,海风轻拂,他们在靠近大海的路边接吻。陆佳恩被拢在男生坚实的胸膛和臂膀之间,背抵栏杆,身后是海浪拍岸的声音,远处隐约有船只鸣笛的声音。

呼吸交错间,这个吻仿佛带着大海的清新气息。轮胎压过马路的声音由远及近,路过他们时变成了一声长长的口哨:"年轻人会玩啊。"

陆佳恩紧紧抓着秦孝则的衣摆,被打趣得脸颊发热。

从沿海公路绕了一圈回来,早已超过了陆佳恩平日的睡觉时间,可是她却一点也不困。把车停在后院,秦孝则取下头盔随手往车上一套。

"高兴吗?"他问陆佳恩。

陆佳恩点点头,眼睛里有平日不太常见的兴奋:"我们明天白天再骑一次好不好?"

"明天?"秦孝则挑了挑眉。

陆佳恩点点头,一双眼睛亮晶晶的,神色期待。秦孝则一手撑着墙:"可以啊。"他嘴角一勾,笑得有点痞,"你先亲我下。"

陆佳恩踮起脚凑上去亲他的唇,轻柔短暂的一个吻。

"谁叫你这么亲了?"秦孝则皱眉,略有些不满地看着她。

陆佳恩踌躇了一秒:"那——"

话没说完,秦孝则撑着墙的那只手已经覆上陆佳恩的脖颈,低头吻了下来。

"和我走,别回去了。"意乱情迷之时,她听到秦孝则低哑的声音。

陆佳恩脑子里的神经一跳,瞬间清醒,她摇摇头,无声地表达了自己的态度。

"想去就去啊,违约金和工资我付不完了吗?"秦孝则威逼利诱,企图再次用晚餐时的那套哄她。

陆佳恩面色为难,唇线抿得很紧。

"真的不行……"

秦孝则低头看着她,渐渐松开手,退后一步。

"真不去?"他的眉心皱在一起,神色却没了刚刚的欲念。

陆佳恩定定看着秦孝则,摇了摇头。

秦孝则右边腮帮鼓起,嘴角抿成了一条线。对视半晌后,他似是气笑般地发出一个音:"行。"

他点点头,转身离开。

陆佳恩不紧不慢地上楼,进门时只听到浴室传来的水声,她看向浴室的方向,半晌没有动作。

忽然,"砰"的一声,浴室的门开了。秦孝则头发湿漉漉地滴着水,精壮的上半身裸着,宽肩窄腰,腹肌壁垒分明,人鱼线位置用浴巾松松系了扣,要掉不掉地遮住重点部位。他目光在陆佳恩脸上淡淡扫了一眼,不言不语地去了阳台。

阳台没有开灯,他的背影在黑暗中显得落拓孤寂。

陆佳恩静静看了他一会儿,转身去了浴室。

洗好澡出来,秦孝则还在阳台。他坐在藤椅上,身上套了件黑色 T 恤,半侧着脸,大片身形隐在暗处。那样子,有点像闹了脾气等人来哄的小朋友。

陆佳恩走过去,微微俯身靠近他。

秦孝则沉默,眼睛微眯着看她。

陆佳恩对上他的目光,抓着他的手轻声道:"你又洗冷水澡。"是肯定的语气。她进浴室就发现淋浴间的水龙头被打向了冷水那边。

秦孝则眼尾微抬,眼皮折出一道深深的褶,看向她的目光神色不明。

陆佳恩半是无奈半是不解,放柔了声音:"为什么突然又要我去了?我们不是说好了——"

那个"吗"字消失在秦孝则突如其来的动作里。他一个打横抱起陆佳恩往里走,用行动表示自己不想再提这个话题了。

当秦孝则把人压在床上吻的时候,他是带着恼的,不仅是对陆佳恩的,更多的是对自己的。事实上,他也不明白为什么非要陆佳恩陪自己一起出国。

也许是他从来没想过陆佳恩会拒绝他的邀请,也许是因她打断他的计划而不爽,也或许还有些别的说不清道不明的东西。

后面几天,秦孝则再没有提过这事。他如约载着陆佳恩兜了风,两人之间就这么恢复了风平浪静。

在 H 市玩了五天后,他们下一站去了 D 市。因为时间关系,陆佳恩只待了两天就要先行坐飞机离开。

夏天的夜潮湿漫长,月色如水。陆佳恩没睡几个小时就被闹钟叫醒,走前,秦大少爷还在睡觉。陆佳恩按下"请勿打扰"的指示灯,轻轻带上门离开。

第二章 / 分手

当飞机在 C 市落地,已是中午两点多了。C 市是一座风景优美,生活节奏缓慢的城市。

陆佳恩的爸爸陆平川当年和家里断绝关系后,便跟着当时的女朋友唐宛回了 C 市。陆平川当了本地大学的美术老师,唐宛则在一家国企工作。不久之后,两人在 C 市结了婚,又生下女儿陆佳恩,生活过得稳定平和。

陆佳恩小时候常常跟着爸爸四处写生。在爸爸的影响下,她幼儿园时便喜欢上了画画。这一爱好一直坚持到了现在。初中时,父母在一次车祸中意外离世。从那以后,陆佳恩便一直跟着外公外婆生活,去年外公也走了,家里就剩下外婆和陆佳恩祖孙两个。

陆佳恩到家时,外婆正在厨房忙碌。

"阿婆,我回来了。"她一边换鞋一边往里张望。

两人住在一栋老式楼房的二楼,普通的三室一厅。家里的家具已经很多年了,显得有些陈旧。灰白色的墙面贴着陆佳恩大大小小的画。有些涂鸦明显年代久远,画风笔触稚嫩,纸张也卷边泛黄,可外婆一直舍不得把画撕下来。

听到声音,宋芷惠小跑着从厨房出来,笑容满面。

"我们棠棠回来啦。"

"棠棠"是陆佳恩的小名。据说是因为唐宛生陆佳恩的那晚,海棠花开得极盛。

陆佳恩笑着点点头,蹲下打开行李箱:"阿婆我在H市买了点特产,带回来给你尝尝。"

宋芷惠"哎"一声:"你这孩子,干什么都想着我这老太婆。"

陆佳恩手上拿着东西站起来,笑着解释:"我就买了一点,不重的。"

将特产递给外婆,陆佳恩拖着行李箱回自己房间收拾。再出来时,宋芷惠已经回到厨房忙碌了。

"阿婆我来。"陆佳恩从宋芷惠手上接过苋菜,熟练地挑拣起来。

"快要体检了吧?"宋芷惠忙着别的菜,出声问道。

陆佳恩点点头:"我挂了钱医生明天的号。"

"哎,好。"宋芷惠点点头,顿了几秒又开口,"棠棠啊,如果这次医生建议我们做手术的话就做吧。"

宋芷惠的声音有些担忧:"趁现在我还跑得动,也能照顾你。要是以后我腿脚不行了,你做手术住院身边没个人可怎么办啊?"

陆佳恩摘菜的手一顿,鼻尖有些发酸。

"放心吧阿婆,没事的。"

"我那个就算做也是小手术,况且不是有护工吗?"陆佳恩语气轻松,"阿婆你不要担心我。"

"再小的手术也是心脏啊!"宋芷惠叹口气,"到时候实在不行只能麻烦你舅妈了。"

陆佳恩垂下眼,抿了抿嘴角没有说话。

第二天上午,陆佳恩早早来到了C市第一人民医院。几个例行检查之后,她带着报告单再次去了诊室。

坐在对面的钱医生仔细看了遍陆佳恩的检查单,又和去年的对比了一下。检查结果还是老样子,钱医生依旧建议做手术。

陆佳恩道了谢说要回去再商量下。

明明在那次体检之前,她和其他同学一样能跑能跳,除了容易感冒生病外没有任何问题。可从那以后,她的生活就和别人不一样了。虽然彩超显示她的症状很轻微,甚至连手术都可以不做,可她还是像个大熊猫一样被保护了起来。

体育课不用上,早操不用出,运动会更是不用参加,任何和"运动"相关的事情全部与她无关。

大人们都说：你不要动，坐着看就好。她只能乖乖听话，这么看啊看，一晃就是快十年。

陆佳恩兀自走出医院，给外婆发了消息说检查没问题。外婆马上回消息问要不要手术。

陆佳恩的手指一顿，回复了"不用"两个字。

其实她心里已经决定做手术了，但是打算等做好手术再告诉外婆。一是不想外婆担心，二是不愿意让一个七十岁老人照顾自己住院起居。

既然只是小手术，陆佳恩计划明年在平城找个时间做。大四一整年都是毕业设计，抽出一周时间很容易。

检查过身体后，陆佳恩第二天便去了画室当带教老师。除了上课，陆佳恩偶尔也会说一些学校里的新闻和趣事。不过短短几天时间，她就和同学打成了一片，相处融洽。

八月，秦孝则回国，被安进了家里的公司，忙得脚不沾地。

另一边的陆佳恩相对则显得轻松不少，她从容不迫地兼职、陪外婆、准备留学资料、查找平城心外科有名的医院……

时间一晃，就到了月底。这天下午，陆佳恩在房间收拾行李，顺便整理了以前的画稿和书本。她站在椅子上，将书柜最上层的东西重新翻了一遍，那里许久没有人打开，落下了一层灰尘。动作间，灰尘纷飞，星星点点的粉尘在光线下格外明显，陆佳恩被呛得咳嗽了几声，手上一抖，几张画稿从书里掉落，飘飘荡荡落到了地上。

她从椅子上下来，弯腰捡起地上的画稿，神色一怔。这些画稿都是同样的内容，只是完成的程度不同而已。

一眼望不到头的康庄大道，黑发少年迎着风奔跑，背后的校服高高鼓起，头上一轮弯弯的月亮。少年的远处是一座青碧色的巍峨大山，那里云雾缭绕，山野烂漫。山脚下站着一个扎马尾的女生，面容不清。

画稿的右上空白处，有两行小楷。

追风赶月莫停留，平芜尽处是春山

赠杭佑

几乎是一瞬间，陆佳恩就被带回了高中时期。篮球、校服、汽水、夏天懒洋洋的风和少年高瘦挺拔的身影。远处仿佛有少年赖皮的声音响起："哎，你考艺术我考体育，我们艺体是一家嘛！"

她想起了高三那年,她在灯下一遍又一遍画画的场景。为了送人,有一点不满意她就会重画,她总也写不好那个"留"字,为此废了好几张稿。

三年多过去,油画棒的颜色不如那时鲜艳,纸张也微微泛黄。可那时的心境仿佛历历在目。

陆佳恩摩挲着那两行小楷,半晌没有回神。那一年她十七岁,少女的心思文艺浪漫,欲说还休;正值高三,决定报考平美的她对未来满怀鸿鹄之志;那时风调雨也顺,一切都很完美……

"棠棠,出来吃西瓜。"门外外婆的声音打断了她的思绪。

陆佳恩连忙应好,将画稿重新夹好出了房间。

餐桌上是半个切好的小西瓜,黄色果肉,看上去清爽多汁。

陆佳恩拉开椅子,拿起勺子一口一口地挖着吃,边吃边看向在阳台照顾花花草草的外婆。

天色微暗,看上去是要下雨了。外婆一身暗红色的花裙子,背影单薄瘦削。迟疑了片刻,陆佳恩放下勺子走到外婆身边,轻轻唤了声"阿婆"。

宋芷惠头也不抬地继续侍弄叶子,随口应了声。

阳台上枝叶嫩绿的盆栽排了一排,空气中有淡淡的茉莉花香。陆佳恩的目光在白色花瓣上顿了下,说出想出国读研的事。

宋芷惠转头看她,顿了一秒,脸上露出欣喜之色:"那就去啊!"

陆佳恩的声音有些迟疑:"我想去意大利,可能要两三年的时间。"

"意大利啊?你爸爸当年也是在那儿留学的吧?"宋芷惠想起来。

"是,我想和爸爸当校友。"陆佳恩轻声说。

当年爸爸被家里送去国外读书,因为喜欢画画又偷偷退学重新报考了艺术专业,家里气得大发雷霆,这件事也成了彼此不和的开端。

宋芷惠笑着说:"难怪你想去呢。去吧,学艺术的有机会是应该去国外看看,阿婆知道的。"

陆佳恩抿着唇,定定地看着外婆,有一点难过。

"我……"

从小带大的孩子,宋芷惠哪能不知道小姑娘在担心什么。她叹口气,再次说了四年前鼓励陆佳恩报考平城美院时说的话。

"棠棠,多去外面看看。"

陆佳恩的眼睛有点发酸,声音卡在了喉咙。以她当年的成绩,在本省考个好的综合性学校非常容易,当时也是外婆鼓励她考平城美院并毫不犹豫地把她送去了平城的画室集训。

进入平美以来，陆佳恩感觉到的是前所未有的自由和包容。夸张一点说，她甚至有种重获新生的感觉。学校里有年近三十才考进来的大龄新生，有将头发染成彩虹色的个性少女，有穿着cos服来上课的同学……这里不会有人因为你和别人不一样而对你心存异样，每个人都是平等且受到尊重的。

　　对于她来说，外婆不仅是照顾自己长大的长辈，更是人生旅程中最重要的领航员。本以为上完大学就可以报答外婆，可如今她又想去更远的地方了……

　　阳台外的雨声喧哗，陆佳恩心里一阵酸涩，说不出什么感觉。暴雨声中，宋芷惠低头修剪花枝，声音缓慢清晰："我有手有脚，还有儿子媳妇在身边。要你操心个什么劲？"

　　"我巴不得你早点开学走呢。"她转头看向陆佳恩，犹豫了下开口，"就是吧，我觉得我还是喜欢中国小伙……"

　　话音落下，两人对视着同时笑出声来。

　　"嗯，好。"陆佳恩点点头，原本沉重的心情彻底消失。

　　几天后，陆佳恩坐上了回平城的飞机。

　　这段时间的秦孝则很忙，两人的联系不多。许久不见，这次折腾得有点晚，以至于陆佳恩的闹钟响了第二遍时她才听见。

　　她按下闹钟准备起床，哪想刚一动作，腰腹部位便被人搂住了。

　　"再睡一会儿。"身后传来男人微哑的声音。

　　陆佳恩拍拍他的手，轻声说："我先起，你继续睡。"

　　秦孝则手上的力度不减，长出青楂的下巴在她的颈后磨蹭。

　　陆佳恩脖颈一缩："痒。"

　　"陆佳恩。"秦孝则的声音懒洋洋的，带着股散漫，"你就不累吗？你这样常常让我怀疑是我还不够努力。"

　　不管几点睡，她总是早早起床，看书学习养生一个不落。陆佳恩动作一顿，连忙解释："不是的，我习惯早睡早起了，睡懒觉会越睡越困……"

　　秦孝则低哼了声，闭着眼道："陪我睡。"

　　他的手臂紧了紧，大有"不答应不松手"的架势，陆佳恩只好应了。

　　秦孝则这几天忙着学习酒店业务没怎么睡，这会儿温香软玉在怀，没两分钟就又进入了梦乡。

　　听到身后的呼吸声再次变得均匀平缓，陆佳恩轻轻挪动身体，翻了个身变成正对秦孝则的姿势。他睡着了，身上那股张扬减轻了很多。

　　陆佳恩回忆起自己第一次见他，是在姐姐陆佳钰的二十岁生日宴上。那时候他没有和家人一起来，而是和朋友们一起呼啦啦地进门。

意气风发的一群少年,走路都带着风。在那之前,她为了艺考走火入魔般地练画,看人习惯性地看骨骼和结构,人脸在她眼里和骷髅差不多。而秦孝则即使是骷髅,也是比例特别完美的那一个。当时的她怎么也没想到,会和秦孝则在一起……

想到这里,陆佳恩拿出手机,点开自己的 QQ 邮箱。她搜索了秦孝则的名字,一封三年前的邮件跳了出来。这封邮件是她在两人交往后没多久收到的。里面只有简简单单的一句话——

"秦孝则和你在一起只是为了和他哥赌气,三思。"

陆佳恩的目光在秦孝则睡着的脸上停留片刻,叹口气关掉了邮箱。

中午吃过饭后,秦孝则在书房看材料。陆佳恩和肆肆玩了一会儿,泡了杯茶送到书房。将茶杯轻轻放下,她的目光在秦孝则肩膀上停留片刻。

"孝则,你现在有空吗?我有件事想和你说。"

秦孝则微微一怔,抬头看陆佳恩。陆佳恩穿着米白色的家居服,头发披在胸前,素净的脸上神色有几分严肃。

"什么?"秦孝则活动了下胳膊,懒懒地靠着椅背。

安静的书房里,陆佳恩的声音坚定而清晰:"我计划毕业后去意大利读研。"

陆佳恩的话音落下,房间里安静无声,秦孝则顿了几秒才反应过来。

"什么?"他眉头一皱,"以前没听你说。"

陆佳恩点点头,神色冷静:"也是暑假刚刚决定的。"

秦孝则的目光在她眼睛上停留片刻,没有找到开玩笑的意思。

"不是——"他揉了下眉骨,声音有些难以置信,"你说真的?"

陆佳恩点点头,目光移向他的书柜。第二层的玻璃门后面是他去年获得 CUBA 冠军的奖杯,金色的,闪闪发光。她慢吞吞地将目光移回来,再次对上秦孝则的眼睛。

他大概是对这个消息一时反应不及,眉眼里有明显的躁郁和烦闷。

"多久?"

"读书是两年,如果语言不过关的话还要多一年读语言。"

陆佳恩的声音温和平静,简单将查到的资料告诉他。

秦孝则垂眸,右手来回地拨弄着打火机的盖子,开开关关,关关开开。安静的房间里,金属的碰撞声清晰而强烈。沉默中,这种声音仿佛是撞在了心脏。气氛被这一下一下的声响勾得紧张又僵硬。

僵持中,秦孝则"啪"一下将打火机扔在桌上。

"你这是商量还是通知?"他转头看向陆佳恩,眉心蹙得紧。

陆佳恩斟酌了一下词汇,轻声说:"我已经决定好了,和外婆也说好了。"

秦孝则从陆佳恩的话里琢磨出来了——确实只是通知。他的目光定在陆佳恩干净的脸上,冷冷出声:"那我呢?"

令人窒息的沉默中,陆佳恩缓缓摇摇头,声音很轻。

"我不知道。"感情非常好的情侣异地恋都要遭受很大的考验,更不要说是他们,更别提比异地更远距离的异国。她真的不确定他们的关系会怎么样。

秦孝则看到她摇头,无名的怒火冒了出来。所以是什么意思?先是一个多月见不着面,一见面就要找不痛快呗。

秦孝则冷静了下,理智稍稍回笼了些。

"你确定能申请到学校?"他转头看向陆佳恩,"你要去哪儿?佛罗伦萨?"因为妈妈是艺术圈的,他多多少少少知道一点。

陆佳恩点点头:"我想可以申到的。如果一年申不上,我就读一年语言第二年再申。"她的声音轻轻柔柔的,隐隐透着自信,语气里甚至还有些期待。

秦孝则有些异样地看她一眼,清澈的眼睛里亮晶晶的,闪着光一样。

秦孝则转过头去,心中烦躁感更甚。她想继续深造,留在平美读研读博不行吗?

可看陆佳恩那神采奕奕的样子,他忽然又说不出口:"再说吧。"

秦孝则烦躁地拒绝了这个话题。

这一次的见面可以说是不欢而散,并没有什么结果,异地恋本身就是一个无解的题。

回到学校后,陆佳恩便着手开始准备作品集和毕业设计。连续几天,她一直在画室和宿舍之间两点一线。

大四了,身边同学大多轻松,有些连学校都不太来了。对比之下的陆佳恩显得尤其特殊。邹予实在好奇陆佳恩天天在忙什么,找一天跟着她去了画室。

路上,陆佳恩对她说自己打算报名平城美展,试一试能否入选。

"难怪你天天往画室跑呢,原来在忙这个。"邹予恍然大悟。

平城美展是国内最有影响力的展览之一,每三年举办一次,如果能获奖将会是履历上耀眼的一笔。

陆佳恩点点头。她一身宽松的蓝色背带裤,阳光下头发黑得发亮。

"不过报名九月底就截止了吧?你画得怎么样了?"邹予连忙换了个话题。

"嗯,画了一大半了。"陆佳恩的眼神有点开心和期待,"正好你来帮我看看。"

她自己对自己这幅画还挺满意的，正好听听邹予的意见。

到了画室，陆佳恩掀开塑料布，一张极具色彩美学的画出现在邹予眼前。

雨后初霁，夕阳西下，橘红色的霞光漫天。一群年轻男生正在户外篮球场打球。没有特别抓人眼球的特殊元素，整幅画呈现出的氛围感却极强。夕阳，霞光，黑鸟，电线杆，篮球架，地面水洼，奔跑跳跃的少年。宁静平和的自然环境和篮球场肆意张扬的年轻人，形成了一种既冲突又和谐的气氛。

邹予足足愣了半分钟，张唇惊叹："天啊，这也太美了！"她一直知道陆佳恩专业基本功扎实，极其擅长对色彩的运用，但这幅画的调色搭配还是出乎了她的意料之外。

和谐，宁静，生机勃勃，活力满满。几个元素完美地融合在色彩绚丽的画里。

"你简直是色彩天才！"邹予凑近又退后，来来回回地欣赏。

"这是你男朋友吗？"邹予指着画正中的白衣男生，惊讶不已。

陆佳恩点点头，坦然承认了。她之前答应过秦孝则要给他画一幅画的。在几个场景中，她选择了最喜欢的那一幕。如果能顺利入选美展，参展回来正好能赶上他的生日。

"看来你这个帅哥男友还是很有用的，起码可以给你灵感。"邹予凑近，仔细看了看画，"你这细节绝了啊。"她"啧啧"两声，"看这头发，这手臂的肌肉线条。"

邹予回头看向陆佳恩，语气十分肯定："我有预感，这幅画肯定能入选参展，还会有人来买。"

陆佳恩摇了摇头："这画是准备送我男朋友的。"

"哈？"邹予一愣，"那他得感动死吧。"

陆佳恩没有说话，其实她并不确定。秦孝则对画似乎没什么兴趣，那次也是随口一说罢了。而且因为她要出国的事，两人最近的关系也有点冷，好几天没见面了。

"也许吧。"陆佳恩轻声说。

这幅画快完成的时候，陆佳恩接到了秦孝则的电话，约她周日一起庆祝陈携的生日。路上，秦孝则依旧是不咸不淡的态度。对于她出国留学的话题，两人都默契地没有再提。

聚会是在郊区的一所别墅，半山腰上，树林环绕，风景很好。三层小楼，院子很大带游泳池。

陆佳恩到了才发现有不少认识的人，和秦孝则一起毕业旅行的人都在。除了这些认识的，还有一大帮子没见过面的。

陈携请的朋友大多是爱闹的，客厅搞得和迪厅似的，寿星陈携似乎还是不满意，想着馊点子要玩。

"哎，我们剩下几个来玩游戏怎么样？"他拍拍手，不给人拒绝的机会，"今天我最大，都听我的啊。"

其他人不好拂他面子，只能答应。

这游戏叫"你有我没有"，规则也简单。

在场的人每人说一个自己没有做过的事，剩下做过的人就要放下一个手指，谁最先放下五根指头就喝酒或是做一件指定的事。

"大家都懂了吧？"陈携扫视一圈，"那我开始了。"

"我从来没有喝醉过。"

话音落下，有两男两女折下了手指。

到了施静的时候，她说："我从来没有主动表白过。"

"你狠！"李鹤大叫着再次弯下一指。

陆佳恩也跟着静静落下一指，感觉到旁边一道锐利的目光瞬间射了过来，她头皮一麻，微微侧头。秦孝则早已收回了目光，懒懒地靠着椅背，不甚在意的样子。

施静却是一愣，看着陆佳恩重复："我说我没有主动表白。"

这句话让在座其他人的目光都移到了陆佳恩和秦孝则的身上。熟悉他们的几个都知道，陆佳恩和秦孝则交往是秦孝则开的口，那这个表白……

陆佳恩看着施静点点头，示意自己没有理解错。

气氛沉默了一瞬。

"哎，谁没喜欢过几个人啊，正常正常。"陈携硬着头皮打圆场，他避开秦孝则的目光，连声提醒，"继续继续。"

又一个人过去，轮到了秦孝则。他搭在陆佳恩身后的手臂收了回来，骨节分明的手来回拨弄着一罐啤酒，脸上是漫不经心的表情，语气平淡："我表白从没有被拒绝过。"

几乎是一瞬间，所有人的目光都聚焦到了陆佳恩的身上。

气氛静谧中带着一丝紧张。

众目睽睽下，陆佳恩面色平静地再次弯下了一根指。

时间仿佛凝固了，窒息感油然而生，桌上安静得一根针掉下来都能听到。其他人的目光来来回回地在秦孝则和陆佳恩之间游移。

二位当事人一个散漫一个平静，看不出异常。

"该我喝了!"陈携忽然出声打破了沉默,他拿起酒杯一饮而尽,李鹤几个立即跟上插科打诨。

与此同时,陆佳恩听到了秦孝则咬着后槽牙发出的气音:"你可以的。"

陆佳恩心里一跳,转头看过去。秦孝则已经撇开了脸,周边一股低气压。"刺啦"一声,他单手拉开啤酒易拉罐,仰头灌了几口,凸起的喉结自上向下滚动,腮帮子鼓起又扁下。

陆佳恩垂下眼,抿了抿唇。秦孝则这一轮次并不用喝酒,可是没有人以此开他玩笑。后面的游戏大家都说得小心翼翼,波澜不大。

没过几轮,陈携便宣布游戏结束,自由活动。

秦孝则动也不动,大爷似的靠在椅子上,五官隐在昏暗光线下,神色不明。其他人很有眼色地散开。有不知情的人经过,问秦孝则要不要去外面游泳,他懒懒抬眼,摇摇头。

很快,以他为圆心半径五米内就剩下陆佳恩一个人。上一次两人因为留学的话题就不欢而散,眼下又生出一个新的问题。

陆佳恩的目光在他眉眼间停留几秒,又落在秦孝则落拓不羁的侧脸。她一时不确定,秦孝则是否在为刚刚的游戏生气。

陆佳恩迟疑了下,轻声开口:"你是生——"

"那男人是谁?"陆佳恩的话刚说了几个字就被打断。

秦孝则的目光锁定在她脸上,带着迫人的压力。

陆佳恩抿了下唇,按捺住心跳定定开口:"是我同——"

那个"学"字的尾音被厨房里的一声惊叫打断。客厅里的人均被吓了一跳,全都看向厨房。

下一秒,筱筱惊慌失措地跑出来,大声问道:"有人知道医药箱在哪儿吗?李鹤的手划伤了。"

众人一时愣住。

"我有,筱筱你让大家不要找了。"陆佳恩从包里翻出个布袋去了厨房。布袋里整整齐齐摆着棉签、碘伏棉签、创可贴,还有一个分装药盒。她撕开碘伏棉签,小心翼翼地给李鹤的食指消了毒,再撕开创可贴覆在伤口上。

陆佳恩处理好李鹤的伤口,再次回到客厅时,里面已经没有秦孝则的身影了。陆佳恩环顾一圈,确定他不在了。

出了门右拐,入眼是一个方形泳池。天色昏暗,昏黄灯光下的空气有层雾似的,池边摆着两张躺椅和两套圆桌椅凳。

陆佳恩缓步走过去,一眼看到裸着上身背靠池壁的秦孝则。他大半个身体藏在水下,目不转视地看着前方绿植,眉骨和鼻骨的轮廓鲜明流畅,没有表情的脸比平时多了几分冷硬。

九月的晚上不冷不热,风静树止。

相比于旁边灯火通明、热闹喧腾的别墅,这里只有零星水花声和女孩子们窃窃私语,显得安谧静寂。

陆佳恩发了会儿呆,再抬起头,泳池里的秦孝则已经不见了。陆佳恩心里一紧,快速起身,这么短的时间,他如果上来了自己没理由看不到。

陆佳恩走到池边,一边沿着池壁移动一边在水下搜寻秦孝则的身影。刚走到几个女生不远处时,忽然"哗啦"一声,平静的水面冒出一个人,水花四溅。

陆佳恩今天穿了身长至脚踝的吊带裙,裙身和裙摆也被溅上了点点水痕,她停下脚步,静静看向冒出水面的秦孝则。

秦孝则抹了把脸,湿发搭在额头,眉眼被水沁得更显英挺。他的唇抿着,不太高兴地和陆佳恩对视。

陆佳恩的长眉微蹙着,眼神依旧宁静平和,昏黄灯光下看他的模样犹如在看一个恶作剧的小孩。

秦孝则伸手,勾了勾食指。陆佳恩以为他有话要说,慢慢蹲了下来。

秦孝则的嘴角翘起一边,忽然之间伸手按住陆佳恩的后颈,往下压。

陆佳恩霎时一愣:"做什——"

话没说完,秦孝则重重吻了过来,陆佳恩瞪大了眼睛,不知所措地愣在原地。

秦孝则想亲她已经很久了,可能是看李鹤给她果盘起;也可能是看她温柔小心地给李鹤包手指起;也或许是在玩那个令他感到生气烦躁的游戏起;或者更早一点,是在她提出要出国的那天。

连续十来天的躁郁和烦闷此刻悉数倾注在这个吻里。

陆佳恩的衣服被水打湿,唇舌被吮得发疼。

短暂的怔忪之后,陆佳恩开始推拒起面前的男人。可是没用,他如铜墙铁壁般锁着她,吻得越发用力。

陆佳恩在这推拒之间,渐渐感到了一丝难堪。

她知道那几个女生一直在看着自己,她甚至不敢确定她们会不会拍照或者录像。她看到了,她们刚刚就在拍秦孝则。

"有人在看。"陆佳恩艰难地开口,声音有些含混不清。

秦孝则吻她的动作一顿,稍稍退开,伸手将她的发尾顺在耳后:"我知道。"

陆佳恩不是不能接受偶尔在外人面前的亲热,可不是像这样。

"可是我不喜欢这样。"陆佳恩的声音有些颤抖。她真的有些不高兴了,可是她连大声发脾气都不会。

当陆佳恩和秦孝则一起进屋的时候,屋里的人正在唱 K,只有施静注意到了他们。

陆佳恩走过来,轻声开口:"学姐,我今晚和你一起回校。"

施静犹豫着看向她身后的秦孝则。

秦孝则眉心蹙起来,没有说话。

陆佳恩定定地看着他:"我想回学校了。我明天还要画画。"

那幅画还有一点没完成,她想明天把它画完。

秦孝则隐在暗处的面色不豫,唇线抿得很紧。

施静的目光在两人之间来回打量了下,打圆场:"我看佳恩今天也累了,我带她回学校休息吧。"

她转头看向陆佳恩:"走吧。"

陆佳恩点点头:"谢谢你学姐。"

回学校的路上,两人沉默了很长的时间。

月色皎皎,晚风渐起。

施静张了张唇:"其实——"

"学姐。"陆佳恩忽然出声。她转头看向施静,露出一个温柔的笑,"三年前你是不是给我发过一封匿名邮件?"

施静一愣,看了陆佳恩一眼:"什么邮件?"

此时的车子已经驶入主城区,街边夜景逐渐变得繁华,声音喧闹。陆佳恩转过头:"学姐,我知道是你。"

她的声音依旧轻轻柔柔的,施静心里却是"咯噔"一下。

施静语气平静地说:"我真的不知道什么邮件。"

陆佳恩顿了顿,笑了:"那就不知道吧,没关系。"

话音落下,车厢里再次沉默。前方再拐个弯就要到平城美院的北门了。施静斟酌了下才开口:"你们是不是在为晚上的事闹别扭?你别看秦孝则说自己表白从没失败过。但据我所知,他中学那会儿应该没和别的女生表白过。你知道的,他这人臭屁自大,又眼高于顶的。所以……"

"平城美院"几个字已经映入眼帘,施静的话停了下来。

陆佳恩转向施静,诚恳道谢:"谢谢你学姐。可能你还不知道,我计划明年出国读研了。"

施静一愣:"什么?"

陆佳恩弯了弯唇:"以你对他的了解,你觉得我们——"她顿了顿,又摇头,"算了,总之谢谢你了。"

"不管是三年前,还是刚刚。不管你是出于什么理由。"她再次笑了笑,"我就在这里下了,学姐再见。"

施静怔怔看着陆佳恩离开的背影。鹅黄色裙摆在风中飞扬,纤腰细腿,好像一阵风就能刮倒似的。

黑暗的车厢中,施静听见自己的心跳声,怦怦怦,一下一下,十分清晰。

陆佳恩第二天醒来时,头还有点昏沉。她记挂着未完成的画,并未在意。天色不好,吃好早餐,她便带着伞去了画室,等画的细节全部完成,已经是下午了。

从早上就酝酿的雨终于落下,天色雾蒙蒙的。客观角度来说,陆佳恩对自己的这幅画很满意,色彩、线条、比例,甚至意境。在一起近三年,她无比了解秦孝则身上的肌肉线条和人体比例。他是造物主的偏爱,五官身材都很完美。仅凭着这一幅画,已经有好几个同学来问她帅哥是谁了。

雨声淅淅沥沥,陆佳恩怔怔盯着画里的秦孝则发呆。画里的人手抓着篮球,双脚抬起,正在做投篮的动作,在空中飞扬的头发都透着青春张扬的味道。

陆佳恩咳嗽几声,拿出保温杯喝了几口姜茶。她看了看窗外灰蓝的天空,心情也跟着雨水变得湿漉漉的。这一幅画送他应该很合适,可陆佳恩有些不确定自己是否还有必要送出去了。他们两个的交往从一开始就是不纯粹的,而异国恋对他们意味着什么,其实两人都心知肚明。

陆佳恩已经可以设想到她出国后,两人因为各种各样事闹矛盾的场景,隔阂只会越来越大。

她忽然之间有些迷茫,他们还有继续下去的必要吗?

外面阴雨连绵,从画室回去的陆佳恩有点发烧。她没有惊动舍友,吃了片退烧药早早上床窝进被子。

醒来时,宿舍里只有杨优在玩手机。陆佳恩迷迷糊糊地拿过手机,赫然已是早上八点多了,生物钟和闹钟居然齐齐失灵。

陆佳恩捂着额头起床,窸窸窣窣的动静惊动了杨优。陆佳恩浑身虚弱的样子,吓得她腿软:"快换个衣服,我陪你去医院挂水!"

两人出门时,外面正是山雨欲来的天色。陆佳恩套了件长外套,拉链拉到最上面,帽子紧扣在头上。

好不容易坐上出租车,两人去了离学校最近的医院。挂号、问诊、抽血、看报告……陆佳恩没过太长时间便拿到了挂水的单子和几盒药。

找护士挂上水后,她乖乖坐在挂水大厅,脑袋依旧昏沉沉的。杨优递过来一个面包,是她刚刚在楼下买的。

陆佳恩接过来道谢。她的面色已从通红变成了苍白,本来水灵灵的眼睛因为生病多了丝愁绪,一张小脸看上去没什么生气。她小口小口地吃着面包,吃相斯文内秀。

杨优有些担心:"你告诉男朋友了吗?要不要跟他回去住几天?"

陆佳恩抿了抿唇,声音很轻:"他工作呢。"

杨优"哦"一声:"那你休息吧,我看会儿剧。"

陆佳恩点点头,整理好面包的包装袋,轻轻阖上眼睛。

一片漆黑中,她满脑子都是前晚不欢而散的场景。

犹豫了下,陆佳恩决定还是和秦孝则说一声。

从口袋摸出手机,陆佳恩打开秦孝则的对话框。一直以来,陆佳恩都不太习惯主动提及自己生病或是身体不好的事,总觉得有卖惨之嫌。

迟疑着发了条消息过去,她立刻退出对话界面,打开朋友圈,结果没两下便刷到了秦孝则的朋友圈。照片中是一杯酒,旁边隐约露出一只骨节分明的手。看环境应该是他开的那间酒吧,时间是凌晨两点。

陆佳恩的心脏一颤,来不及细想便回到对话页面撤回了消息。

她忽然……不想找秦孝则了。

快要挂完水的时候,陆佳恩的手机振动了一下。秦孝则大概是才看到她撤回消息的记录,发了个问号过来。

陆佳恩的目光在那个问号上停留片刻,缓缓打字:"没事,发错了。"

于是,那边再没有消息过来。

这一场感冒蔓延了一个礼拜。这一周,两人谁都没有联系谁。

陆佳恩的手指在秦孝则的名字停留了片刻,嘴唇抿着。如果就这么不联系,是不是就默认分手了?有一瞬间,她真的想这么算了。

可她不喜欢这么不清不楚的,就算真的要分,也要当面说清楚。

考虑片刻,她给秦孝则发了条微信。

周日下午,陆佳恩独自一人去了秦孝则的房子。到那里时,只有肆肆在家。猫砂像是刚换过,肆肆正低头吃着食盆里的猫粮,见到陆佳恩,它转头一瞥,又转回去继续吃饭。

"肆肆,我来看你了。"陆佳恩蹲下来,静静看着肆肆进食。

一向喜欢黏着陆佳恩的肆肆没有了以往的热情,吃完猫粮便舔起了毛。

她忽然觉得，秦孝则和她的关系有点像她和肆肆，喜欢的时候逗一逗，可永远也没那么重要。

陆佳恩抚摸着肆肆的后颈和背部，轻声道歉："对不起呀，把你带回来了又没有好好关心你。"

"你和它道歉干吗？"身后突然传来一道冷凝的声音。

陆佳恩背后一僵，她缓缓起身，回头。秦孝则双手抱胸倚着主卧的门框，正皱眉看着她。她需要穿针织外套的天气，他只穿了件短袖白T恤，手臂的肌肉线条明显流畅。

"你在家啊？"陆佳恩有些意外，过来前给他发信息那会儿他还在公司，说要晚上才回来的。

秦孝则眯了眯眼，嘴角抿着："打扰你和猫说话了？"

他不想承认，自己因为陆佳恩的一个信息就巴巴跑回来等她。

陆佳恩不理会他夹枪带棒的话，走过来问："你吃饭了吗？"

秦孝则定定看着她，没好气地开口："你还知道关心我啊？"

她神色平和，眼睛澄澈干净，说话的声音一如往常。分开了几天，她的情绪似乎一点都没有受影响。相比于她的气定神闲，他这几天的气闷显得可笑极了。这样一想，秦孝则更觉憋屈。

陆佳恩停顿几秒，手心紧了紧。

"孝则，我想和你谈一谈。"陆佳恩说话前舒了口气，神色正经，像是下了什么决心似的。

秦孝则的眉心一跳，无所谓地"嗯"了声。他放下手臂转身往厨房的方向走，不一会儿手里便多了瓶矿泉水。他拧开瓶盖，仰着头灌了一大口水。

陆佳恩这时才发现他的右臂外侧一片红色，尤其是胳膊肘的位置，看上去血肉模糊成一片，有点恐怖。她一惊："你的胳膊怎么了？"

陆佳恩上前两步，拉着秦孝则的胳膊仔细查看。伤口已经处理过了，看着像是在哪里蹭的。

秦孝则将矿泉水随手放在桌上，随口道："摔了一跤。"他的语气平淡，如同在说一件无关紧要的小事。

陆佳恩仰头看他，眉头皱得很紧："你又去赛车了？"她没有忘记，两人刚在一起没多久秦孝则就因为赛车摔成了骨裂。

秦孝则眉头一挑："没比赛。"是他自己注意力不集中在弯道摔了。

他甩了甩胳膊，无所谓道："小事。"

陆佳恩抿起唇，看着他没有说话。

"不是有话要说？"秦孝则睨她一眼。

陆佳恩动了动唇，最终叹了口气："你先休息吧，我回去了。"

他胳膊有伤，她暂时不想刺激他。

陆佳恩转身想和肆肆告个别，刚走了几步，后颈的衣服忽然传来一股力把她往后拽。她一个趔趄，跌进秦孝则的怀里。秦孝则左手臂紧箍住她的腰，眉心皱得很紧。

"你什么意思？"他低头凑过来，喝过水的唇泛着健康的红色光泽，眼睛微眯，神色不善。

"还回去干吗？"他的气息擦过陆佳恩的脸，侵略感十足。

秦孝则觉得陆佳恩最近有些怪，可他又说不上是哪里不对。

陆佳恩抿了抿唇，小声说："我今天生理期。"

"哦。"秦孝则气笑了，他没那么多耐心，当即咬上她的唇，凶巴巴地命令，"不许走！"

这天晚上，秦孝则有了这几天最好的一个睡眠。第二天醒来，陆佳恩照例已经不在身边。

秦孝则洗漱好出来，一眼看到坐在阳台藤椅上的陆佳恩。她上身穿着淡黄色针织衫，黑长发披着，阳光下的皮肤如没有瑕疵的白瓷。她耳朵上一副蓝牙耳机，右手拿着刮痧板正认认真真地给左臂刮痧。

肆肆卧在她的膝盖，眯着眼睛晒太阳。似是听到动静，它睁开眼睛，看到是秦孝则又打了个哈欠继续趴了下去。

秦孝则没有出声，站在原地静静看着一人一猫。

吃完早餐，他缠着陆佳恩给自己也刮了次痧。

刮痧结束时，秦孝则的背部已经红了一大片。陆佳恩洗了手，从厨房端了杯温水过来。

进门时，秦孝则正坐在椅子上，手里随意翻着她那本意大利语书。陆佳恩抿了下唇，将杯子放在桌上："多喝点水。"

秦孝则将书放回桌上，定定看着陆佳恩。

"你真的在准备出国。"他不带感情地陈述。

之前陆佳恩说的时候，这个话题被两人故意略过了。在他心里，这只是陆佳恩一个未确定的想法而已。他并不觉得陆佳恩已经下定决心要去语言完全不通的意大利。而今看到意语书，他才猛然意识到——陆佳恩是真的要走。

陆佳恩点点头，于是昨晚没来得及说的话题再次摆到了两人面前。

秦孝则眯了眯眼，眉头蹙得很紧，提高了音量反问："你觉得我会和你谈两三年异国恋？"

陆佳恩没有说话，一双乌黑透亮的眼睛直直地盯着他。半晌，她似是想通了，神情松懈下来："嗯，你不会。"

她的声音轻软平和，秦孝则听着却是头皮一紧。

"我想了很久了。"陆佳恩打断他的话，一口气说完，"我觉得，我们可能不适合。"

其实仔细想想，她和秦孝则真的有很多不一样。一个喜静一个喜动，一个怕冷一个怕热。小到吃饭口味，大到为人处世，他们真的有太多不同了。异国以后，两人分手是显而易见的事。既然这样，不如现在好聚好散。就算开始得荒唐，起码结束得体面。

话音落下，秦孝则的脸色以肉眼可见的速度沉了下来。

房间里一时静得可怕。秦孝则唇线抿得很紧，声音紧绷中带着一丝不可置信："你什么意思？"

"我说——"陆佳恩长舒一口气，声音平静，"我们分手吧。"

安静的房间里，陆佳恩的话如一道惊雷在秦孝则头顶炸开。

一瞬间，秦孝则的头部嗡嗡作响。他消化着陆佳恩的话，顿了半晌才找回声音。

"原因？"他看着陆佳恩，手臂搭在椅子上，胸口微微起伏。

陆佳恩的神色平静，语气淡得没有波澜："我们其实都知道，我们两个异国恋是没有好结果的。"

出国以后，两人之间的矛盾是可以预想的。她不想把时间和精力花在争执和吵闹上。

房间里空气寂静，只有窗外不知名的鸟叫声偶尔飘过。半晌，秦孝则勉力压抑住自己的情绪，向陆佳恩再次确认。

"你认真的？"

陆佳恩点点头，声音很轻："你刚刚也说了不是吗？"他也说了他不会异国恋的。

"所以你现在就要分？"

秦孝则皱眉，胸口如同被人勒住了一般。现在的陆佳恩简直理智到陌生，明明二十分钟前，她还在温柔地给自己刮痧。

陆佳恩轻轻点头，声音冷静平淡："分了吧，维系感情挺累的。"

阳光从窗台洒在陆佳恩的脸上，她的眼瞳被照成很浅的棕色，干净清澈，柔软的发披在肩上，面容柔和安宁，仿佛说出口的不过是家常话。

秦孝则的目光从她身上移开，突然从椅子上站起来，他逼近她，深黑色的眼睛里风起云涌。

"陆佳恩。"他重重地吸了口气,几乎是咬着牙说,"我问你最后一次,你真的要分?"

陆佳恩仰头看着他,轻轻点头。

两人沉默着对视,谁都没有说话。

安静的房间里,陆佳恩可以清晰听到秦孝则指关节作响的声响。

半响,秦孝则的眼睛眨了下,声音冷硬:"这是你说的!"他快速从陆佳恩身边擦过,带起一阵风。

"砰"的一声巨响,房间一片安静。

陆佳恩静静站在原地,心脏一下一下地跳动。原来这就是分手的感觉。

分了手,她也该走了,秦孝则这样骄傲的人,肯定很生气,如果他回来见自己还在,免不得又要不高兴。

心跳渐渐缓下来,陆佳恩回主卧收拾起东西。

在一起两年多,她的东西林林总总加起来竟也不少。她一趟搬不完,只能先把一些重要的东西带走,剩下无关紧要的,不要了也可以。

收拾东西的时候,肆肆一直在陆佳恩的旁边绕来绕去,大而圆的眼睛看着陆佳恩,似乎有些不解。

陆佳恩收拾好物品,也蹲下来看着肆肆。

"喵!"肆肆张大嘴巴叫了声。

陆佳恩叹气:"肆肆,我要走了。"

"喵!"

"我也很想带你走……"陆佳恩抿了抿唇,迟疑着说,"可是我宿舍不能养你,外婆又对猫毛过敏。"

她伸手用指腹在肆肆的后颈按摩,轻声道歉:"对不起啊,我明年就要出国,更没办法看你了。"

"你在这里,可能没多久就会有新主人了。"她知道,喜欢秦孝则的女生一直很多。

秦孝则长了一张风流不羁的脸,看上去会玩又花心,但他在这方面还是值得信任的,她曾经亲眼看到有女生向他搭讪被拒的场景。如今两人分手,道德的约束不见,他应该很快就会有新女朋友了。

陆佳恩撑着膝盖站起身,拿好东西走了几步又回头。肆肆小小的一团站在客厅,看上去有点孤独可怜。

"喵!"它又叫了一声。

"肆肆,再见。"

轻轻的一声门响,房间又恢复了安静,好像无人来过。

第三章 / 过往

分手之后，少了谈恋爱这一环节，陆佳恩的生活彻底被画画和学意大利语两件事包围。她报了一个语言班，每天除了学语言就是准备作品集，日子过得很充实。

周末时，陆佳恩应堂姐陆佳钰的邀请去叔叔家吃饭。她化了淡妆，打上腮红让自己的气色看上去好一些。

饭后，陆佳恩找了个机会将分手的事告诉了姐姐。

陆佳钰双手抱胸，表情不豫："是不是他做什么了？"

陆佳恩微微摇头："是我提的，姐你不用帮我出头，好意我心领了。"

"那为什么啊？"陆佳钰细长的眉毛皱起，不解。

陆佳恩抿了抿唇，将自己计划出国的事简单说了下。

陆佳钰听完叹了口气，张了张唇。

正在此时，陆佳恩眼角余光看到叔叔陆平遥的身影，连忙眨了眨眼，示意姐姐不要说了。使个眼神的工夫，陆平遥已经走过来了。

"佳恩，你来我书房一趟。"说完，他便转身向楼梯的方向走去。

陆佳恩和堂姐交换了一个眼神，缓步跟了上去。

书房里，陆平遥将桌上一本画册递给陆佳恩。

陆佳恩接过来，微微一怔。这是 20 世纪 90 年代出版的国内外近现代画家的精选画集，如今市场上应该是买不到了。

"谢谢叔叔。"陆佳恩道谢，眼睛闪闪发光，"我很喜欢。"

陆平遥扯了扯嘴角："喜欢就好。"他指了指椅子示意陆佳恩坐，自己也跟着坐在书桌后，双手十指交叉放在桌上。

陆佳恩坐下，知道叔叔还有事要说，心跳不由得快了几分。

"佳恩。"陆平遥直直看向她，眼色深不见底，"你和你男朋友……相处得怎么样？"

陆佳恩愣了愣，一时不知道该不该如实告诉叔叔分手的消息。

陆平遥哪能看不出侄女脸上的迟疑，低声抚慰："你别紧张。你父母不在，我只是想尽一个叔叔的责任和关心而已。"

陆佳恩沉默片刻，看向陆平遥的神色平静了很多："叔叔，刚刚吃饭不太方便说，其实我已经和男朋友分手了。"

"分手了？"陆平遥的眉头一皱，神色复杂。他垂眸沉思半晌，忽然抬头看过来，"你们分手，和那个男生有关吗？"

"哪个？"陆佳恩没反应过来。

陆平遥盯着她，缓缓出声："几年前去美国的那个。"

几年前，他本该在 C 市读书的侄女忽然独自一人坐了十几个小时的火车跑来平城找他。她身上穿着宽宽大大的校服，一个人蹲在墙角，扎着马尾的头发松松垮垮，神色担忧，一副风尘仆仆的样子。见到他的那一刻，她倏地站起，眼睛亮得惊人。那眼睛里的光他至今都记得。当时他就知道，那个男生一定对她很重要，所以他想也没想地就帮忙了。

"杭佑。"陆平遥如墨的眼睛盯着陆佳恩，念出名字。

听到这两个字，陆佳恩的心脏重重一跳，喉头哽了一下。停顿片刻，她摇了摇头："和他没关系，叔叔。我们已经很久没联络了。"

陆平遥"哦"了一声，声音低沉："那你想不想和他联系呢？"

陆佳恩身体一僵，眼睛微微睁大。

从叔叔家出来，陆佳恩的手上多了很多东西。除了叔叔送的画册和婶婶热情给的一堆食品礼盒，还有一张写着联系方式的字条。

陆佳恩坐在回去的车上，叔叔的话言犹在耳。

"杭佑在美国治疗之后去了澳洲读书，这是他现在的联系方式和社交账号。你想联系就联系，不想联系就算了。"

杭佑。陆佳恩在心里默念。这两个字几乎代表了她平淡青春里的唯一色彩。

十五六岁时,她因心脏病在高中是个异类。同学们不至于霸凌或是欺负她,但异样的目光和若有似无的疏离一直存在。生物老师不知她有心脏病,讲课的PPT中有一张心脏病患者术后照片。长长的手术刀疤竖在胸口,看上去怪异又难看。

同学们发出了唏嘘的声音,打量的目光不时落在她的身上。她身上穿着干净整齐的校服,可那一瞬间竟然有种被扒掉衣服的难堪。

在学校,她没有交什么朋友,每天安安静静地上课,画画。她不记得杭佑是什么时候以何种方式出现的,可他就是突然强势且热情地插入了她的生活。

少年人坦率直白,他非常高调地靠近她,似乎毫不在意她胸口有道丑陋疤痕的传言。

在课间走廊、在放学回家的路上、在她什么也做不了的体育课……杭佑好像总是能找到机会逗一逗她。对于那时的陆佳恩来说,这种接近在其他同学的对比下更像是一种对自己的肯定。

他好像在说:你并不是异类,一样有人喜欢。

高中时的杭佑像一颗太阳,温暖热烈,闪闪发光——也照亮她黯淡平静的高中生活。

陆佳恩缓缓舒了口气,转头看向窗外。

入秋了,路边的树叶冒出了黄色的尖。风一吹,沙沙响个不停。

回到宿舍,陆佳恩把字条夹在从外婆家带来的画稿里,一起放在了书架。对于那段高中生活,她永远感激杭佑的存在。可当杭佑拒绝她的那一刻,她就没打算再联系他。

下班后,公司同事在KTV聚会,秦孝则一个人在角落自顾自地喝酒。为了方便,他并没有在公司泄露身份。在同事眼里,他不过是一个普通的A大高才生而已。

旁边玩笑声和音乐声喧嚣,女孩子娇俏的笑声伴随着浓烈的香水味一阵阵袭来。见惯了的热闹场合,可秦孝则此刻只嫌吵,他独自一人推开门出去,到走廊窗口透气。

旁边一个男的正在打电话,语气讨好:"我再过一会儿就回去了。别生气啊。"

那边不知道说了什么,男人也有点不高兴了,声音有些生硬:"我有什么办法?全部门都来了我能不来吗?"

电话里隐隐有哭音传来，男人看了他一眼，走到一旁又哄起来。

秦孝则下意识地想自己可不会这么疯，陆佳恩也从来不催他。他一个激灵，猛然意识到他们已经分手了，还分得很不愉快。

那天他忍着气，想回去再和她说清楚，可进了门才发现陆佳恩不仅走了，她的东西也几乎都不见了。他气得当场把手里的手机摔了，屏幕四分五裂。

"秦孝则。"身边忽然传来一道声音。

秦孝则侧头，眼角扫到一个同事的身影，他皱了皱眉，想不起来名字。

秦孝则来公司不过两个月，超级帅哥的名声早已传遍晨曦酒店上上下下，仅仅是因为一张入职照片。他长得好看，身材精瘦又不乏肌肉，笑起来的时候带着股痞气。

大家说他一看就是那种女朋友无数的玩咖，美女找他要号码肯定不难的。这位女同事刚才本想认输直接喝酒，可是听了周遭的话，女生的小心思又蠢蠢欲动，反正就算输了也可以说是游戏啊。

秦孝则宽肩窄腰的背影立在窗口，一双长腿微微分开。不知为何，看上去有点颓废的感觉。

"有事？"秦孝则漫不经心地低声问道。

他个子很高，衬衫西裤穿在身上显得特好看，五官精致，鼻梁和眉骨尤其好看。

只不过说了句话，女同事的脸又红了几分，心脏快得要跳出来："可以给我你的微信吗？"她有个坏毛病，一紧张就喜欢不停地说话。于是在问完以后她也不敢看秦孝则的脸色，低着头继续讲不停。

这一幕对秦孝则来说挺常见的。大概从中学起，喜欢他的女生就分为两类。一类是胆大热情，直接表白的；另一类是常常躲在暗处偷看自己，偶尔对上目光就飞快转移眼神，羞得脸色通红的。

刚认识陆佳恩的时候，秦孝则以为她是第二类。可不同的是，她看就光明正大地看，很少脸红。不，应该说陆佳恩本身就很少有超出平和的表情。她看上去永远是柔柔弱弱、安安静静的。所以在一起后，他特别喜欢说些荤素不忌的话逗她，看她露出点不一样的情绪他就高兴，也是够莫名其妙的。

秦孝则忽然回过神来。

"抱歉。"他干净利落地拒绝，转身离开。

出了KTV，秦孝则叫了个代驾回家。到家已经是晚上十点了。他脱了束缚了一天的衬衫，背对镜子照了照。

陆佳恩最后留给他的，是背后毛细血管破裂而留下的一片"痧"。而现在，他后背那些红色的"痧"已经彻底不见了踪影，心里没由地又是一阵烦闷。

光着身子走到衣帽间，衣柜比起之前明显空了一块。

秦孝则随手拿了件白 T 恤，三两下套好。

"哐"一声关上门，他捏着手机给陈携和江丞书打电话："出来喝酒。"

秦孝则懒散地靠在沙发上。陈携和江丞书对看一眼。

"你要喝酒为什么不去自己那个酒吧？"陈携看了眼跷着二郎腿的秦孝则，有点不解，"你这不是给别人送钱吗？"

秦孝则眼皮抬了抬，没好气地说："老子愿意。"

"他想花钱，我们满足他好了。"江丞书微微一笑，二话不说点了个黑桃 A 套餐。

"怎么，吵架了？"

秦孝则没有说话，垂着眼翻来覆去地打着打火机玩。

服务生上了酒以后，秦孝则将一杯伏特加一口闷下，强烈刺激的气味从口腔蔓延到喉咙，胃一下烧了起来。

"看样子这回有点意思啊。"陈携晃了晃杯子，"女朋友不理你了？你做什么惹人生气了？"

喉咙灼热得厉害，秦孝则闻言却是笑了。

"怎么就非是我做什么了？"可笑，连他的朋友都站在陆佳恩那边，问都不问就是他做什么了。他能做什么？

"不是你做什么了你现在这样？"陈携莫名其妙，"总不能是陆佳恩做什么了吧？"

秦孝则放下腿，喝了口酒，说："她要分手。"

"怎么可能？！"陈携一惊，"她那么爱你。"

秦孝则冷哼一声。怎么可能？呵。在几天前他也觉得不可能。

"理由呢？"江丞书问。

秦孝则说："她要出国读研。"

"你不想她出国？吵架了？"江丞书问。

"没吵。"秦孝则吐出两个字。陆佳恩那个性格，根本就吵不起来。

陈携晃着酒杯："我和你说。有时候女人说分手只是想要你挽留而已。"

"挽留？"秦孝则一愣，摇了摇头。在一起两年多，他清楚地知道陆佳恩并不是会使恋爱小心思的女生。

"那你挽留了吗？"江丞书问。

"当然没有。"秦孝则轻嗤。人家要分，他怎么可能觍着脸挽留？

陈携："你又不想分手，那就去哄哄呗。你女朋友那么爱你，指定一哄就好。"

爱？秦孝则莫名想起刚刚在KTV打电话的男人。陆佳恩为什么从来不在他出去玩的时候打电话给他？她真的爱他吗？

她说过不想打扰他，而且她睡得很早。秦孝则很快就说服了自己。陆佳恩怎么可能不爱他呢？

从酒吧一路到回家，秦孝则一直在想这件事。他们刚交往的时候，他确实挺混的，直到他一个不慎，出车祸小腿骨裂进了医院。

那天下午，他午睡醒来，一眼看到很久没见的陆佳恩。当时的每一个细节他都记得清清楚楚。陆佳恩穿了件咖啡色的针织衫，安安静静地坐在床脚边的椅子上，柔软的长发顺在耳后，阳光下落了层金色的光。

她怔怔盯着他打着石膏的小腿，眉头微蹙，嘴角轻抿。他下意识就要发出的声音被卡在了喉咙。

因为——陆佳恩在哭。她哭得无声无息以至于自己一开始都没有发现。大颗大颗的泪珠顺着苍白的脸颊往下，汇聚在她尖尖的下巴，又一滴一滴地落入她的裙子。她的眼睛原本是清亮干净的，此刻却满是忧郁和伤心。泪珠折射金色的阳光，一闪一闪的。他从来没有见过哭起来这么美的人。她的眼睛通红，就这么平静且伤心地流着眼泪，不声不响，干干净净的，像不入世的仙女。

那是他第一次在陆佳恩的脸上看到这么情绪化的表现。就连答应交往时都是平平静静的人，竟然会哭成这样。他一时过于惊讶，以至于就这么看呆了。那一刻的时间好像静止了。

陆佳恩坐得笔直，身线挺拔，好像一幅油画。秦孝则也不知道自己看了多久，直到陆佳恩哭够了，她依旧盯着他病床上的小腿发呆。然后，她很轻地叹了口气，声音幽幽的，浅浅的，柔柔的，像是一缕烟，飘进了他的身体。

他闭上了眼睛，忽然觉得陆佳恩是真的很喜欢他。

随后住院的一段时期更是确定了他的猜测。陆佳恩见他醒来，一句也没有抱怨。她几乎每天下了课都会来医院看他。有家人和朋友要来，她就提前离开病房空出位置；天气好的时候，她会推着他去外面转转；周末时间多，她就坐在旁边安安静静地画画；朋友送的花谢了，她会从花店再带一束来插在花瓶；得知这个伤不会影响他以后打篮球时，她看起来甚至比他还高兴……

陆佳恩对他好到，几乎所有见过她的医生护士都在夸。就是这么一个陆佳恩，怎么会和他提分手呢？

秦孝则翻了个身，第一次有点失眠。对于陆佳恩提分手这件事，他是很不高兴的，但如果陆佳恩跟他示个好，他就和好吧。

可惜，秦孝则等了几天也没有等到陆佳恩的一条信息。倒是陈携天天早晚都要来问候一下。

"我们秦大少爷还是单身吗？"配上一些表情包，更加欠揍。

秦孝则最近在客服部轮岗，每天都要面对很多烦心客人。他本就不是好脾气的人，几度都快拉下脸来发火了。

"你说佳恩妹妹是不是在生你那天的气啊？"

秦孝则一愣："哪天？"在他印象里，陆佳恩从来没有对他生过气。

陈携晃着二郎腿，吊儿郎当地说："就我生日那天啊。"

秦孝则抬眼："是吗？"

陈携耸耸肩："你女朋友，我哪知道？我只是觉得——"他顿了顿，有些困惑地看向秦孝则，"以佳恩妹妹对你的感情，怎么着也不至于还没出国就要分手啊？"

陆佳恩看秦孝则的眼神那叫一个含情脉脉，温柔如水。依陈携看来，两人异国恋以后，提分手的人是秦孝则，也不可能是陆佳恩啊。而且秦孝则的妈妈在艺术圈这么多人脉，哪怕冲这个也不应该分手啊。

起码和秦孝则在一起，艺术这条路走得会顺畅很多。这话陈携没和秦孝则说，但他应该能想到。

秦孝则手臂向后，抵着后颈活动了一下脖子。和陆佳恩的感情里，他是长期被宠爱的那个，以至于他根本就没想过陆佳恩会因为吻她的举动生气。

她后来一段时间没有联系自己也是因为生气吗？可是两人再见面后她完全没提，表现也一切正常啊。

"你看你现在这样，不确定就去问问嘛。"陈携拍拍他的肩，语重心长，"佳恩妹妹人美脾气好会画画，又这么爱你，分了真挺可惜的。"

秦孝则漫不经心，端起酒杯一饮而尽。

陆佳恩最近接了个墙绘的兼职。一家商业街即将举办美食主题的活动，要求在外墙上绘制美食相关的图案。最近几天，陆佳恩一直忙着在和同事们讨论图案和分配方案。

在正式开始的前一天晚上，她收到了秦孝则的消息："你是不是在生气？"

还没来得及回复，一个小视频又发了过来。陆佳恩点开，嘈杂的声音顿时泄露出来。五光十色的昏暗光线，桌上七倒八歪放着几个酒杯。她听了听，除了舞曲并没有什么说话声，更像是误发过来的视频。

果然，没几秒钟，秦孝则那边接二连三地发了消息过来。

Q："我那天只是不高兴而已！"

Q："你向哪个男人表白过？"

Q："你以前怎么不和我告白？"

Q："行吧就算是我不对，你不能说吗？非要分手？"

Q："陆佳恩，我给你几天时间，你考虑清楚给我回来。"

陆佳恩看着手机屏幕不断弹出的消息，无比确认秦孝则喝多了。临睡前，手机终于消停了。最后一条消息停留在了晚上十点半。

Q："你到底要气到什么时候？！"

这天晚上，喝多了的秦孝则是被陈携送回家的。他第二天醒来才发现自己昨天给陆佳恩发了无数条消息，然而陆佳恩只在最后回了几个字。

"和那天无关。"

"不要再喝这么多了。"

秦孝则看着"不要再喝这么多了"几个字，心里一动。这什么意思？她还关心自己吗？秦孝则坐在床上，顶着乱糟糟的头发陷入了沉思。

和其他说分手就互相拉黑老死不相往来的情侣比，陆佳恩的回复简直可以用"春风沐雨"形容。她真的要分手吗？那昨晚的关心又算什么？

秦孝则仰头看着天花板，喉头滚动。不行！他必须问个清楚。

下午，秦孝则开车去了平城美院，在陆佳恩的宿舍楼下，他随手拦下了一个女生。

"你好，你认识大四油画系的陆佳恩吗？"他长了张招桃花的脸，今天出来前又稍稍打扮过一番。头发梳得整齐干净，长眉朗目，加之身高腿长，在美院这个女多男少的地方显得格外突出。

那女生的脸红了红，摇摇头："不好意思啊。"

"没事。"秦孝则抿了抿唇，打算另找别人问。他不是没想过先联系陆佳恩，可陈携说亲自来才能表明自己的诚意，所以他还是跑了这一趟。

"油画系是吗？"那女生忽然抬头看向他出声。

见秦孝则点头，她环顾四周。

"哎，你等等。"那女生回头，看到什么似的向另一个女生迎面小跑过去。

两人不知说了些什么，不时看他一眼。

秦孝则站在原地，向她们点了点头示意。没一会儿，另一个女生边打电话边和第一个女生一起过来了。

"她和陆佳恩是舍友。"那女生指了指旁边的人，笑着说。

"你好。"秦孝则点头。

杨优愣了愣，迟疑着问："你……是陆佳恩的男朋友吗？"

之前她查CUBA的新闻时已经见过秦孝则的照片，加之前段时间陆佳恩的画，她基本可以确定这个男生就是陆佳恩的男朋友秦孝则。

秦孝则眉峰一挑，点点头，嘴角微弯："麻烦帮我叫她下来。"

听到她舍友这么说，开心的情绪本能地从心底涌上来。陆佳恩连分手都没有告诉舍友，果然不是认真的。秦孝则第一次觉得，陈携那个家伙还是有点用的。

杨优皱了皱眉，有些困惑："可是佳恩今天去兼职了还没回来啊。你不知道吗？"

秦孝则的脸色一凛："她去哪儿兼职了？"

杨优抿了抿唇："就在府北路那个商业街。那边的主题活动需要墙绘。"她抬眸看了看秦孝则的神色，有些不解。他们真的是男女朋友吗？还是吵架了？

杨优这样想着，嘴上也不免小声嘀咕起来："怎么她生病你不知道，兼职你也不知道啊？"

秦孝则本已经打算离开，闻言又是一愣："她什么时候生病了？"

杨优想了想，说："有一阵子了。那天她回来挺晚的，第二天早上起来就发烧了……"

秦孝则眉头皱得很紧，忽然就想到那晚在别墅发生的事。

"谢了。"秦孝则抿了抿唇，转身离开。

开车去府北路的路上，秦孝则渐渐把事情串了起来。陆佳恩那天晚上发烧了，加上留学的事，她就一气之下提出分手了。但这只是一件小事，自己解释清楚就可以了吧？自己也确实不知道她发烧的事啊。他想起那天陆佳恩发出又撤回的消息，隐约感觉错过了什么。

"佳恩妹妹脾气好又这么喜欢你，你去找她说说好话她肯定心软。"陈携的话言犹在耳。

秦孝则手指轻敲着方向盘，看到府北路的标志牌就在眼前。

在路边停好车，他下来沿着路口走了几步，再拐个弯，一眼看到坐在梯子上的陆佳恩。她穿着牛仔裤和卫衣，头发用蓝色发带绑了起来，双腿自然搭在梯子上,坐姿轻松随意。

她一手托着调色盘,另一只手拿着画笔,在墙上画类似屋脊之类的东西。秦孝则的心脏一跳,看到她低头和旁边的人说了些什么。他这才发现陆佳恩坐的梯子旁还站了一个同样在画画的高个子男生。

两人不知道说了什么,陆佳恩笑了。角度关系,他能清楚地看到陆佳恩嘴角的弧度和脸颊边的几缕碎发。

秦孝则胸口一窒,快步走了过去。

"陆佳恩。"秦孝则站在梯子下,定定出声。

陆佳恩画画的动作一顿,低头向他看过来。

对视了片刻后,陆佳恩淡淡开口:"有事吗?"她的神色平静淡漠,声音里透着疏离。

秦孝则的呼吸顿了顿,喉咙一窒。陆佳恩的表现和他以为的不一样,到嘴边的话也就这么咽了回去。

他张了张唇,最终只是问她:"你什么时候结束?"

红日衔山,余晖横照,艳色霞光倾泻了一个街道。陆佳恩的眉毛和脸颊落下了一层淡淡的金色,她抬腕看了看表,轻声答:"还有半个小时。"

秦孝则吸了口气:"等你结束再说。"

陆佳恩张了张唇,欲言又止。秦孝则却不给她说话的机会,趁着这工夫走开,在街对面的店铺旁站定。

陆佳恩看着秦孝则的背影,长眉微微蹙了起来。

半小时后,陆佳恩终于忙完。

陆佳恩站在原地,背后是橘红色的夕阳。她目光平静地看着走过来的秦孝则,等他先开口说话。

秦孝则顿了几秒,声音有些漫不经心:"先吃饭?"

陆佳恩摇摇头:"我回学校吃。你有事就说吧。"

秦孝则喉咙一哽,她的表现太平淡了,平淡到他们两个好像只是不熟悉的陌生人。

秦孝则一双眼睛紧盯着陆佳恩:"我刚去你学校找你……"

陆佳恩的睫毛颤了颤,眼里闪过一丝讶异。

"你感冒发烧为什么不告诉我?"秦孝则皱着眉问。

陆佳恩稍稍移开目光:"没什么好说的。"

秦孝则舌头顶着上颚,目光看向一边又移回来,他压着气问:"怎么就没什么好说的?"

陆佳恩抬头看向秦孝则,一双眼睛清凌凌的。

"以前我说过的。"她轻声说。从十几岁开始，她就习惯了自己照顾自己，尽可能地不给别人添麻烦。她曾经和秦孝则提过自己怕冷，容易感冒，可是好像并没有什么用。所以她又恢复成了不给其他人找麻烦的模式，有病自己看就好了。

"什么？"秦孝则没有听懂。

陆佳恩抿了抿唇，条理清楚地分析："我发烧去医院挂水是早上九点，那天的凌晨两点你还在酒吧。就算我说了又有什么用呢？"

秦孝则稍一沉思，渐渐有些回过味来——她病了，自己却在酒吧喝酒，所以她更加不高兴了。

他吸了口气："我去酒吧是因为……"因为自己心情不好。每次和陆佳恩闹脾气，其实他心里都很不好受，只能和朋友们放肆发泄一下。可现在，他忽然有些说不出口了。

"不用解释了。"陆佳恩摇了摇头，语气平静，"我并不是因为这件事一时冲动才提的分手。"

她叹了一口气："你忘了吗？你说我们是不可能异国恋的。"

秦孝则的胸口如同被压了块石头，脉搏加快，头上青筋一跳一跳。他不自觉捏紧了拳头，指节咯咯作响。

"陆佳恩，是你要出国。那我又做错了什么？你凭什么提分手？"

秦孝则眉头紧皱，提高了音量质问。不甘、愤怒、不满等等的情绪一瞬间全部涌了上来，闹得他头昏脑涨。

远处的夕阳快要落下，天色渐暗。

陆佳恩仰着头看他，手里攥紧了自己的包带。

他这么随心所欲又放肆不羁的人，被分手以后的生气和不满是可以预料的。

陆佳恩抿了抿唇，轻声开口："你想一想，我们哪一次矛盾不是我主动找你？出国以后，我实在没有精力和时间顾及这些了。现在分手是提前止损。"她的目光澄澈干净，语气平淡中带着一丝疲惫，"你就当我累了吧。"

秦孝则咬紧腮帮子，嘴唇微动，从喉咙挤出两个字："累了？"

陆佳恩点点头，声音轻而坚定："孝则，我们好聚好散吧。"

秦孝则吸了口气，忍不住低吼："那你还关心我喝酒干什么？！"

陆佳恩冷不丁被他吓到，睫毛一颤。

"你先发信息给我的。"她小声解释。她自认为两人是和平分手，没有必要拉黑彼此，但主动联系的人是他自己啊。

"那是我喝醉了！你要分手就不要管我，我给你发消息也不要理我！

听到没有？"

她这算什么，给自己错误的希望又破灭？一开始的惊喜变成了自作多情，秦孝则有些恼羞成怒。他并没有意识到，自己现在的表现和之前恋爱里的行为如出一辙。明明是自己的问题，可他还是习惯性地想从陆佳恩那里得到容忍和宠爱。

陆佳恩抿了抿唇，好脾气地点头应了："好，以后我不回你了。"这件事对自己来说不足挂齿，也应该是自己最后一次让着他了。

墙绘的兼职结束后，陆佳恩把大部分的精力放在了意大利语和作品集上。她报的意语班每周一到周五上午上课，而下午和周末的时间则大部分都泡在了画室和图书馆里。

秦孝则来学校之后，陆佳恩的舍友们都知道她分手了。

邹予见她天天忙得早出晚归，找了个时间拖她出来看展顺便放松一下。看展对于艺术生来说是必不可少的，陆佳恩想也没想地就答应了。

陆佳恩简单地扫了层淡妆，穿了件深蓝色的针织衫搭浅色宽松牛仔，衬得皮肤越显白皙。

眼下正是秋高气爽的季节，天气凉爽，浮云流逝，路边堆积了层层叠叠的金色落叶。出了地铁站，清晗美术馆极具现代艺术风格的展馆呈现在眼前。整座美术馆面积很大，外观大气又不失美感，线条流畅，是很多人打卡的标志性建筑。

邹予拉着陆佳恩，忍不住感叹："施静真的有两把刷子，我看到她前两天又和罗晗合影了。"

陆佳恩看向邹予，迟疑着要不要告诉她，罗晗和秦孝则的关系。罗晗是清晗美术馆的创始人，也是秦孝则的妈妈。

这么一愣神的工夫，邹予的注意力已经被其他东西吸引了。

"哎，我们看完展去旁边的甜品店喝下午茶吧。"她刷着手机，兴奋提议。

陆佳恩笑着应了。算了，如今自己和秦孝则已经分手，没什么必要说明关系了。

进了门，大厅右侧的显示屏正在滚动播放着展馆消息。其中一条是两天后这里将举办一个交流会，受邀参展的几个艺术家和罗晗都在。

屏幕上显示着几个嘉宾的海报照片。罗晗衣着典雅，头发挽成一个髻，气质高贵清冷，在一众嘉宾中很是亮眼。

"哎哎哎！那不是罗晗和王树吗？他们过来了！"邹予拉了下陆佳恩的衣角，兴奋地小声说道。

陆佳恩心头一跳，转身看过去。

罗晗穿着卡其色的风衣，正款款向服务台的方向走。和她一起过来的，还有陆佳恩的老师王树。

眼看着两人逐渐走近，陆佳恩露出一个礼貌的笑，开口打招呼："王老师，罗阿姨好。"

"你好啊，佳恩。"罗晗笑笑。

邹予脑子空白了一瞬，顿了几秒才跟上："王老师好，罗——"

罗晗笑笑："没关系，你和佳恩一样叫我阿姨就好了。"

邹予心里惊讶，看了陆佳恩一眼，还是乖乖打了招呼。

罗晗打量陆佳恩，笑着说："刚在那边就觉得这姑娘眼熟，没想到真是你。"

小姑娘比起刚认识那会儿长开了不少，发型五官成熟了些，倒是眼睛依旧干净清澈。她的穿着打扮乖顺舒服，气质柔和温婉，很讨人喜欢。

陆佳恩笑笑："我也没想到会遇到您。"

罗阿姨一直很忙，加上和秦孝则的地下恋爱，她更加不好意思打扰。

"我也没想到你们认识。"王树有些意外地看了陆佳恩一眼，又看向罗晗。

"你真是火眼金睛啊，怎么我们美院的优秀学生都提前被你挖掘了？"

陆佳恩的神经一跳，连忙道："是我之前有幸被罗阿姨指导过。"

罗晗笑："佳恩没上大学前我就发现她是个好苗子了。"

王树挑眉："那你可要盯紧了。等过几年人从国外回来，就不好说喽。"

罗晗微微一怔："你要出国吗？"

陆佳恩笑着点点头："想申请佛美的研究生。"

王树插嘴："可不是嘛，平美的保研都看不上。"

罗晗一顿，看陆佳恩的眼神多了几分欣赏。她弯了弯唇："佳恩，我还有事，下次有空和你叔叔一家一起来吃饭。"

陆佳恩点点头："好的，罗阿姨。"

罗晗拍拍她的肩，又点头向旁边的邹予示意，然后说："走了啊，有空来家里玩。"

"罗阿姨再见，王老师再见。"

告别之后，罗晗和王树一起走远。

陆佳恩侧头，赶在邹予之前开口："看完展我和你解释。"

从美术馆出来，两人沿着银杏树大道步行往甜品店的方向走。

邹予的双眼放光："陆佳恩你是真人不露相啊！你居然也认识罗晗！

怎么从来不说啊?"

陆佳恩斟酌了下,温声解释自己只是托叔叔的关系曾经拜访过罗晗,并不算熟识。

邹予点点头,若有所思:"不过刚刚王老师帮你牵线搭桥呢,说不定你以后就在这儿办展了。"

陆佳恩看了看邹予微皱的眉,犹豫了下:"其实还有一个身份……"

邹予问:"什么?"

"她是我前男友的妈妈。"陆佳恩轻声道。

邹予一愣,拽住陆佳恩一起停下脚步。她眼睛睁得极大,不可思议道:"你刚分手的那个A大帅哥是罗晗的儿子?"

陆佳恩点点头。秋日下午的阳光和落叶一起飘下来,暖洋洋地落在身上。

"陆佳恩!"邹予大叫一声,语气夸张,"我命令你现在!立刻!马上!和你前男友复合!"

陆佳恩静静看着邹予,蓦地笑了。

"别开玩笑了。"她柔声说,伸手摘掉落在邹予帽子里的落叶。

"你才别开玩笑呢!"邹予恨铁不成钢,"你好歹等你出名了再分啊!有这么好的资源,你简直浪费!"

她听说过圈子里的很多是非非,知道一个好的人脉和运作对于艺术家来说多重要。

陆佳恩的神色平和,嘴角弯了弯:"你之前还支持我分手呢。"

"那是我不知道情况!我要知道罗晗是你前男友他妈,我按也给你按回去!"邹予急了。

陆佳恩"嗯"一声:"她根本不知道我们交往过。"

"啊?"邹予愣了。

陆佳恩点点头:"我们都不想告诉长辈。"

两人交往的第一天,秦孝则就提醒她不要和家里说。这一点也正合陆佳恩的意,两人默契地瞒着家里谈了近三年。

邹予张了张唇,欲言又止。在得知罗晗是秦孝则妈妈的那一刻,她第一反应就是要利用这层关系,甚至在一瞬间怀疑陆佳恩和秦孝则交往就有这方面的因素。可她没有想到,陆佳恩居然从始至终没有用过男朋友的关系。

邹予看着陆佳恩柔和的侧脸线条,喃喃出声:"陆佳恩,我发现你境界很高啊。"

她表面看着柔弱恬静,内心却坚定而有力量,生活得自律又充实。有这么帅又有资源的男朋友,一般人绝对不会因为"留学"这个理由就这分手的。攀上了这棵大树,根本没必要出国深造就可以有很好的发展了。

陆佳恩闻言,侧头冲着邹予柔柔一笑。金色阳光透过银杏树叶稀稀疏疏地落在她白皙的脸上,深色的眼瞳里仿佛有光在跳跃。

邹予心里一跳:"陆佳恩,要不以后我做书画经纪人,你签给我吧。"

陆佳恩不以为意地笑:"好啊。"

"哎,我说真的。"

"我也说真的呀。"

铺满了金色落叶的银杏树大道,两个年轻女生的说话声隐隐约约,身影在树梢林荫下渐行渐远,变成两团模糊的影子。

周五晚上,秦孝则接到电话,哥哥秦孝远从国外回来,要一起回家吃饭。他磨磨蹭蹭,卡在饭点才到家。

回去的时候,他一眼看到罗晗正拉着秦孝远嘘寒问暖。爸爸秦秉坐在沙发上,目光赞赏地看着大儿子,一番幸福一家三口的模样。

饭桌上,一家子照例没什么人讲话。罗晗忽然想起前几天在美术馆遇到的陆佳恩,抬头看向身边的三个男人,道:"我们有空和平遥、宝珠一家吃个饭吧。"

"可以,你安排。"秦秉没有多问便同意了。

秦孝则当即拒绝:"我不去,你们自己吃。"

罗晗忍不住皱眉:"你这孩子,你不是和佳钰也认识吗?再叫上平遥的侄女佳恩,你们年轻人多,也热闹嘛。"

"陆佳恩?"秦孝远抬眉,看了眼秦孝则又转向妈妈,"听说她在平美的成绩不错。"

罗晗点头,面上露出几分欣赏:"是啊,我前几天还在美术馆遇到她。这小姑娘挺有志向的,拒绝了平美的保研要出国留学。"

"啪"的一声,秦孝则的筷子掉在桌上,他没有管,抬眼向妈妈看过去:"拒绝保研?"

罗晗蹙了蹙眉,看了眼桌上的筷子欲言又止。

"嗯。你也是的,人家是陆佳钰的妹妹,你怎么一点也不关心的?"

秦孝则"呵"了一声,胸口又胀又痛。他倒是想关心呢,人家给他机会了吗?

秦孝则脑子发胀,觉得自己要气炸了。

秦孝则没吃几口晚饭便放下筷子说不吃了,一个人出了门。

夜色昏暗，花园里隐约飘着不知名的花香。

从前方这条路一直走，再左拐，便是小区的露天篮球场，秦孝则脑海里瞬间闪过纤弱清瘦的身影和一双澄净温柔的眼睛。

第一次在球场见到陆佳恩，还是同行的陈携率先发现的。陈携吹了个口哨，示意："哎，有人看你。"

他回头，看见一双清澈如水的眼，没什么焦距地看着这里。人瘦得一阵风就能刮跑似的，浅色格纹连衣裙下的小腿瘦骨伶仃。他一眼认出，这是陆佳钰的远房堂妹。他对陆佳恩的印象很深，因为当时陆佳钰的生日宴上出了个挺大的闹剧。

会场的其他男男女女都惊讶不已，各色目光全都盯在陆佳钰的身上，看热闹一样。只有陆佳恩一身淡色连衣裙，安安静静地坐着，面色平和没有波动，好像什么事都和自己无关。

当时他就想，这妞看样子好像未成年，怎么跟个佛门清净的出家人似的。于是在陈携说陆佳恩在看他的时候，他不由得起了逗弄的心思，叫住了要走的陆佳恩，随口逗了她几句。

后来他才知道，陆佳恩那次是来找自己妈妈的……

秦孝则眯了眯眼睛，哦，她也知道罗晗的不是吗？那她还折腾什么？她保上了平美的研究生他们还分什么手？她想在艺术圈发展，难道自己家里可提供的帮助不比出国留学更有价值吗？如果，他给她一些承诺，她是不是就可以留下？

好。

陆佳恩，你很好。

他盯着远处模糊的建筑物轮廓，摸出手机给江丞书打了个电话。

接通以后，他开门见山地问："季棠宁是不是快过生日了？"

江丞书："对，什么事？"

秦孝则的声音冷硬："我要去。"

"可以。"江丞书一口同意，却依旧有些奇怪，"你打电话就是专门说这个？"

秦孝则沉默片刻，吐了口气："你让季棠宁把陆佳恩叫来。"

两周后，季棠宁的生日宴在一家会所举办。陆佳恩到达包厢时，里面的人还不多，除了江丞书和季棠宁外没有自己认识的。她环视一周后稍稍松了口气，走过去将礼物送给季棠宁。

"棠宁，生日快乐！"

"谢谢佳恩姐姐！"季棠宁一脸开心地接过来。她今天穿了身修身的连衣裙，头发烫了漂亮的卷，脖颈间一条珍珠项链，十足的小公主扮相。

"今天好漂亮。"陆佳恩笑着夸她。

季棠宁弯了弯唇，拉着陆佳恩的手和她悄悄咬耳朵："我本来不想办的，是丞书哥哥说正好可以请你聚一聚，不然以后你出国我就见不到了。"

季棠宁抿了抿唇，面露不舍："佳恩姐姐你真的要出国吗？"

陆佳恩点点头："嗯，不过我还不知道能不能顺利申请上。"

季棠宁睁大眼睛："当然能啊！你画画这么好看。"

陆佳恩笑笑："嗯。你忙吧，我自己找地方坐。"怕耽误季棠宁招呼朋友，她拎着包走到沙发的角落坐下。

茶几上放着矿泉水和饮料，几个打扮时尚靓丽的年轻女生坐在沙发的另一侧刷着手机。

陆佳恩不知道还要等多久，索性打开手机复习起了意大利语。

秦孝则到这里时，看到的便是这么一番场景。人声音乐嘈杂的环境，陆佳恩一个人坐在角落，安安静静地看着手机。她微低着头，柔软顺滑的发丝垂下，挡住了大半张的侧脸。

她今天穿了件淡色的针织衫配长裙，深色外套被脱掉放在一边。针织衫是修身的款式，她纤细的腰部曲线被勾勒得明晰清楚，胸口也显得圆润了许多。

秦孝则把礼物交给季棠宁，二话不说地往沙发的方向走。

"哎。"陈携在背后叫了一声。

"算了。"江丞书使了个眼色。

陈携摇头叹气："我真是怕了他这暴脾气，你看他那眼神，和要吃人似的。"

他眼看着秦孝则靠近陆佳恩的方向，拍拍江丞书的肩："我过去看着点，你们忙。"

只是，和陈携预料中的不同，秦孝则并没有去找陆佳恩。他快到陆佳恩旁边时转了个方向，走到侧后方的窗口处站着。

秦孝则眯了眯眼，借着角度和光线看到了——陆佳恩在看外语。至于什么语，那还用猜吗？

胸口堵着一股气，秦孝则头上的神经"突突"地跳。

陈携走到秦孝则身边，秦孝则瞥了他一眼，突如其来地冒了一句："抱我大腿不是更快吗？"

这话说得莫名其妙，但陈携还是听懂了："是这样没错。"

"那为什么非要走？"

陈携非常认真地想了想："是不是因为你从来没和你妈说过你们的事，人家觉得没用？"

秦孝则一顿。他想起两人第一天在一起，自己就和陆佳恩说不要告诉两方家里，当时陆佳恩一口答应。

后来两人就这么相处下来，这件事也就没有再提。她是因为这个觉得自己不会让妈妈帮她吗？

他当时虽然这么说，可从来没和朋友们隐瞒两人之间的关系。在他看来，父母真知道了也没什么大不了的。

何况，就算是以普通朋友的身份，他也可以帮她不是吗……

秦孝则眯了眯眼，直直看向陆佳恩。一直安静坐在沙发上的人却忽然回头。两人目光猝不及防地在空中对个正着。

陆佳恩看书的注意力是被沙发另一侧的女生们打断的，伴随着一阵阵兴奋的小声议论。

"好帅！"

"他老是看这边，肯定有戏。"

"要不一会儿找季棠宁要号码？"

"别一会儿了，现在就上吧。"

说着说着，几人同时捂着嘴笑起来。

陆佳恩忍不住抬眸看了一眼，话题的中心人物是个十分漂亮的女生，棕色的长鬈发，小短裙，露出一大截细长笔直的腿。她手里拿着手机，脸色微微泛红。

陆佳恩这时才后知后觉地感觉到，窗口那边一直有风吹过来。她下意识地回头，正对上秦孝则棱角分明的脸。

他穿着白色卫衣外加飞行夹克，头发比之前长了点，显得随性不羁。他懒懒倚着墙，一条腿微弯，脸上是漫不经心的表情，眉骨和鼻梁线条突出，背着光的轮廓越发显得鲜明出色。对上她的目光，秦孝则的表情一怔，随后散漫地扯了扯嘴角。

陆佳恩的心脏一跳，回过头来。

原来他还是来了。

陆佳恩握紧手里的手机，抿了抿唇，所以……他是认同了自己好聚好散的说法，不介意看到自己了吗？

思忖间，侧边又是一阵骚动——那个女生站起身离开沙发了。

陆佳恩没有动作，静静坐在沙发上。包厢里混杂了交谈声和音乐声，她听不清他们说了什么。

不过半分钟，陆佳恩手里的手机响了一声。

秦孝则的信息跳了出来："你说我给不给？"

陆佳恩怔了怔。这个问题他以前也问过。当时他们俩在一起的时间还不长，她去Ａ大看秦孝则打球。那时候他的腿刚好不久，只打了半场就被换下来了。他穿一身黑色球衣，额头绑一束黑色发带，汗水淋漓地从球场下来。

也许是觉得自己发挥不够好，他的面色冷硬，眉眼较平时严肃不少。下场的时候，陆佳恩听到了周围一阵又一阵的尖叫声。

那是她第一次真实感觉到秦孝则在学校有多受女孩子喜欢。她上前两步迎过去问他腿部情况，结果还没说两句就有一个女生走到两人面前。那个女生大概是觉得她不会有什么意见，当着她的面找秦孝则要号码。

秦孝则却是低头瞥了她一眼，表情懒散。

"你说我给不给？"

那女生也看向她，嘴角带着淡淡的笑，似乎是要她大方点。

陆佳恩抿了抿唇，轻声说了句"随便"。

秦孝则长了张花心大少的脸，篮球打得好，行事也张扬肆意，会招女孩子喜欢一点也不奇怪，她管得了一时也管不了一世。

只是她想，如果秦孝则真的和其他女生暧昧，那自己就不和他在一起了。

"你女朋友同意了。"听她说随便，那女生开心地看向秦孝则。

"哪儿同意了？"秦孝则懒洋洋地说。

陆佳恩只觉得自己的肩膀瞬间一重，是秦孝则的胳膊搭在了她的肩上。还没反应过来，秦孝则已经反手摸上了她的脸颊。拇指和食指同时按压，将她的嘴角往下扯了扯。

陆佳恩怔忪着抬头，看见秦孝则轻笑了声。

"没看我女朋友都快哭了吗？"说完，他便揽着她离开。

陆佳恩的脖颈被他手心的汗蹭湿，呼吸间都是男生运动后的气息。潮热的，强烈的，却并不难闻。

"你怎么这么笨啊？"秦孝则低头在她的耳边教育。

她抬眸，撞进一双带笑的眼睛。

"你要说——不、给。"秦孝则捏她的下巴，挑眉，"懂？"

陆佳恩点点头，轻轻"嗯"了一声。只是后来她再没有当面遇到过这事了，直到今天。

陆佳恩的手指在屏幕上顿了顿，发了回复过去："你现在单身，是自由的。"

发完消息，她锁掉屏幕起身去了卫生间，再次回来时，几人都不在原来的位置了。

季棠宁一把拉住她，眼睛弯弯："佳恩姐姐，马上吹蜡烛了，你就站在我旁边不要走啊。"

陆佳恩笑了笑："好。"

两人正说着，包厢的灯光一暗。门打开，穿着正装的江丞书推着多层蛋糕进来了。季棠宁喜欢花，蛋糕上也缀满了鲜花，周边一圈奶油做成了花瓣的样子。远远看过去就像是五层红玫瑰似的。蛋糕最上层的烛光晃动，是房间内唯一的光线。

秦孝则慢悠悠地跟着陈携晃过来，在季棠宁的对面站定。刚刚找他要号码的那群女生站在他的旁边，不时抬头偷瞄他。

一伙人热热闹闹地给季棠宁唱生日快乐歌。秦孝则的目光隔着蛋糕落在陆佳恩的身上。烛光摇曳，她看着季棠宁的眼神温柔，唱歌的嘴角微微上扬。她的头发松松软软地落在肩头胸口，身形纤瘦，五官在黄色光晕下分外柔和。

秦孝则肆无忌惮地盯着她，可她的注意力全在季棠宁的身上，一个眼神都不分过来。

一曲歌之后，季棠宁闭上眼睛许愿。她说："第一个愿望，我希望佳恩姐姐可以顺利出国。"

秦孝则攥着拳，看到陆佳恩的脸上露出开心的神色。季棠宁后面说了什么他没有注意，脑子里嗡嗡的声音响成一片。好像忽然之间，"陆佳恩出国"这件事就成了一件定局，而且所有的人都知道了。他胸口一梗，很不甘心。

生日宴快结束的时候，陆佳恩去了一趟洗手间，不想出来时便遇到了站在走廊的秦孝则。他身体斜倚着墙，低头垂眸，似乎在想着什么。

陆佳恩不确定他要干什么，自顾自地向前走，路过他身边时，胳膊被一把抓住了。他抓得很紧，炙热的温度透过一层针织衫传到皮肤。

陆佳恩脚步一顿，抬眸看向站在一边的男人。他们不是说清楚了吗？

"陆佳恩。"秦孝则目光灼灼地盯着她，一字一顿地问，"你能保研为什么非要出去？"

陆佳恩眨了眨眼："罗阿姨告诉你的？"

"罗阿姨？"秦孝则轻嗤一声，"你也知道我妈是罗晗啊？"他眉头皱得很紧,语气生冷,"你待在我身边能获得的利益不是更大?"

陆佳恩一愣,万万没想到他会这么说。

她眉心蹙着,声音带着些许的不可置信:"你觉得我是因为这个和你在一起的吗?"

秦孝则看着她皱起的脸,声音稍稍放松:"你是不是怪我一直没有和我妈说我们的关系?只要你收回你之前的想法,我……"

"你什么?"陆佳恩打断他,她仰着头,喉头动了动,"我从来没想过要通过你的关系得到什么资源。"

是,她答应秦孝则交往时的目的的确不纯,可是她从没想过要利用他找罗阿姨走捷径。她从C市考到平美,现在又申请出国,都是凭自己的努力实现的。

"好,就算你以前没想,你现在可以想啊。"秦孝则胸口一抽。

陆佳恩抿着唇,睫毛颤了颤。对于秦孝则这么想她,她很难说没有失望的情绪。

"我不想想。当初是你说不要告诉家里的。"她声音很轻。

秦孝则"呵"一声:"陆佳恩,你留在平美读研,我们继续。以后的事……不会亏待你的。"他顿了顿补充,"我保证。"

陆佳恩摇摇头。秦孝则的言论反而坚定了她要出国的想法。如果留下,她的前途难道就绑在了秦孝则身上吗?那如果以后他不喜欢自己了,自己怎么办呢?

秦孝则攥紧了拳,指节作响。

他不解:"你不能为了我留下吗?"

陆佳恩的眼睛注视着他,缓缓摇了摇头:"抱歉,我不能。"

秦孝则稍稍退开一些,铺天盖地的失望涌上心头。他话都说到这份上,就差承诺以后娶她了,她居然还不同意?

"为什么?"秦孝则的声音低低响起,语气有些难以置信。

陆佳恩不是很爱他吗?她对他好了近三年。就连分手的前一刻,她都对他很好。

可就是这样一个陆佳恩,在这件事上却又倔强得过分。

秦孝则动了动唇,声音微哑:"你不喜欢我了?"

陆佳恩的神色有一瞬间的怔忪。她垂下眼睫,很轻地"嗯"了一声。

秦孝则的手掌蓦地收紧,眼神沉了下去。

陆佳恩的声音一如既往的轻柔,说出口的话却很理智:"可能对于我来说,学业和梦想更重要一点。所以,我不能为了你留下。"

秦孝则的人生太顺利了。他一出生就有优渥的环境，有志趣相投的朋友，有出色的外表，有很强的运动天赋，甚至连他玩票开的酒吧都经营得很好。他有自傲的条件和资本，也习惯了以自我为中心的生活。

　　陆佳恩知道自己这么说肯定会惹他不高兴，可这也是事实。

　　秦孝则身体一僵，胸口如被压了一块石头，堵得难受。他吸了口气，脸颊肌肉隐隐颤抖："我不懂，你为什么不选两全其美的方式。"平美是国内顶尖的美院，每年多少人挤破头想进。加上自己的保证和妈妈的人脉，她还有什么好担心的？

　　陆佳恩闭了闭眼，和秦孝则认识这三年多的碎片如雪花在脑海里飞舞。他打球的样子，带着清冽气味的外套，收到的匿名邮件，朋友圈里的照片，泳池里的冰冷……就算她留下，他们之间的问题也不会就此消失，不如将关系停留在能和平分手的阶段。

　　陆佳恩抬头，清凌凌的眼睛看着秦孝则。

　　"你就当作，我真的不喜欢你了吧。"她抿了下唇，嗓音清淡柔和，"不喜欢了，也就没有所谓两全其美的办法了，不是吗？"

　　话音落下，秦孝则脸色彻底暗了下去。他的嘴角抿成了一条直线，眼睛乌沉沉地看着她，神色冷傲。

　　就在陆佳恩以为他要发火的时候，他动了动唇，从喉咙里挤出一个字："行。"

第四章 / 挽留

十二月，气温骤降。

从健身房出来的秦孝则迎着冷风走回家，屋内一片漆黑。秦孝则没有开灯，扔了包独自坐在沙发上。不知道是不是刚刚吹久了风，他的头隐隐作痛。

秦孝则半躺在沙发上，阖上眼睛揉了揉眉毛。忽然，安静的房间里响起了很轻的一声猫叫。他睁开眼睛，只见肆肆头和尾巴都高高翘起，在脚边来回转圈。

"干吗？你又饿了？"他问。

"喵！"肆肆叫了一声，脸部的毛爹开。

秦孝则"啧"一声："要吃饭态度还这么差，你和谁学的臭毛病？"话是这么说，他还是起身，翻出包零食拆了倒在食盆里。

肆肆低头，粉色小舌不时露出来，吃得津津有味。

"肥猫，你这么吃会越来越肥的。"秦孝则蹲下来，难得有心情地和肆肆说起了话。

他瞄了眼自己手上的零食袋，轻哂："你妈要是看到又要说了。"

半响，他低声补充："哦，你妈已经走了。"

肆肆低头自顾自地吃着不理他。

秦孝则皱眉，伸手摸了下肆肆的头："喂，我说你妈走了。"

肆肆抬头，眼睛眯着冲他"喵"了一声，尖牙毕露，看上去对他打扰自己进食的行为很是不爽。

秦孝则"呵"一声："你还来劲了。"手臂一伸就要碰肆肆的食盆。

肆肆睁圆眼睛咧着嘴巴"喵"了一声，气势汹汹地直接向前一挥爪子。

秦孝则"嘶"一声收回手臂，手腕处多了一条红色的抓痕。肆肆警惕地盯着他，嘴里不时发出生气的低低嘶吼声，全身的毛乍开，满是戒备。

秦孝则和它对视半响，喉头一滚吐出几个字："没良心的。"声音冷凝，不知道是在说猫还是说人。

第二天醒来，秦孝则的头昏昏沉沉，如有千斤重。他摸了摸额头，竟然有些烫。他从小爱跑爱闹，皮实得很，很少生病，上一次去医院已经是几年前了。

于是，察觉自己发烧的秦孝则根本没对家里有药抱什么希望。他慢吞吞地洗漱好出来，随手拉开电视柜下面的抽屉。打开医药箱的时候却是一愣，印象中乱七八糟的药品被摆放得整整齐齐，外用和内服的药分区放着，临近过期的药盒上贴着写了到期时间的便笺。

秦孝则很容易就找到了退烧药。他打开药盒，其中一板已经少了两片。

秦孝则捏着药片，半响没有反应。他体质好，很少生病，更不会在家里备一些常用药品。这些东西一看就是陆佳恩的杰作。

这两片药是她什么时候吃的？秦孝则慢慢回忆着，发现自己对此一点记忆也没有。原来不止那一次，陆佳恩很多次身体不适都没有告诉过他。所以，她是什么时候吃的药？在那些自己睡着的清晨？还是在她等待自己的傍晚？

秦孝则的手上用力，铝箔发出被压皱的声音。

沉默片刻，他挤出一颗药片，正要吞下去时，口袋里的手机忽然响个不停。

秦孝则皱眉，发现是妈妈来电。他按下接通，"喂"了一声。

"孝则啊，我打算今天请佳钰一家来家里吃饭，你也回来吃吧。"

秦孝则今天精神不佳，下意识就要拒绝："我不——"

罗晗打断他的话："你哥今天一早出差去了，你不来见见佳钰吗？"

秦孝则沉默了一瞬。

罗晗叹口气："你们年轻人一起聊聊天嘛，还有佳恩。人家明年就要出国了,也见不了几次——"

秦孝则眉心一跳:"知道了妈,我去。"

挂掉电话,他看了看手里的药片,反手扔进了垃圾桶。

陆佳恩在接到姐姐电话时,对去秦孝则家做客的第一反应是拒绝的。可她没想到,自己前脚刚拒绝了姐姐,后脚罗晗的电话就来了,亲自约她吃饭。

陆佳恩坐姐姐的车到秦孝则家时,陆平遥夫妇已经到了,正坐在沙发上和秦秉夫妇聊天。

陆佳恩扫视一圈,并没有见到秦孝则的身影,心里安定了一些。

向长辈们问了好后,陆佳恩就被罗晗单独叫走了。罗晗带着陆佳恩去了自己的画室。

罗晗的画室很大,装修风格和房子一样古朴雅致。墙上除了她自己的画,还有一些个人收藏的或有名或小众的画。这画室陆佳恩以前来过,可这次进来,她一眼就被墙上新的一幅人像油画吸引了。

画上是一个年轻漂亮的女生,红色长裙包裹着窈窕身躯,头饰繁杂华丽,皮肤白皙,五官精致,眉间一点朱砂。少女打扮得艳丽漂亮,神色却十分哀婉。

画家并不只是在画画,可以反映现实,可以记录生活,也可以表达思想和情感。世界丰富的文化不就是通过古今中外不同的艺术形式在一代代传承吗?

陆佳恩心里挺骄傲自己可以通过画笔来表达一些东西。如果自己以后能在此起到一点微不足道的作用,她将倍感荣幸。

罗晗和陆佳恩聊了会儿国内外艺术的话题,又问了问她关于未来的发展规划。陆佳恩没有把话说死,只说先申请到了学校再说。

"哎对,你说申请学校我想起来。"罗晗拿出手机,打开微信给陆佳恩推送了一张名片。

"这是我朋友的儿子,在米兰读声乐研究生。我想你们年轻人之间好交流,我和他妈妈打过招呼了,如果你以后有什么问题可以找他。"

陆佳恩有些受宠若惊,连忙道谢:"谢谢阿姨。"

陆佳恩同罗晗一起往餐厅的方向走。餐厅里,其他人已经在长餐桌旁坐定,就等她们过来了。长辈们面对面坐在上位,陆佳钰和秦孝则分别坐在各自父母旁边。

陆佳恩一眼便看到秦孝则熟悉的背影。他身上只穿了件黑色的运动卫衣,懒懒散散地靠着椅子,手臂搭着长桌,正和对面的陆佳钰说着什么。

陆佳恩走过去,在堂姐的旁边位置坐下,和秦孝则成了斜对面的角度。

见她过来，秦孝则只微微掀了掀眼皮，又很快垂下眼睫。

陆佳恩同样沉默着垂下眼，安静等着开饭。

忽然，她听到罗晗的一声低呼："你胳膊怎么了？"

陆佳恩抬眸，只见罗晗正抓着秦孝则的右臂仔细查看。袖子被捋了上去，光洁的胳膊上隐约可见红色的抓痕。

罗晗这一声把其他人的注意力都吸引过来了。秦孝则左手撑着额头，浑不在意道："被猫抓了。"

陆佳恩心脏一跳，眉心不自觉蹙了起来。是肆肆抓他了吗？以秦孝则的脾气，他会不会打肆肆？

陆佳恩怔怔看着他的手臂，听到罗晗的声音："你养的那只还是野猫啊？"她有点担心，"要不要去医院打疫苗？"

"我养的猫，没事。"秦孝则唰一下收回手，又催促道，"吃饭吃饭。"

他端起酒杯对着陆平遥夫妇，礼貌道："叔叔阿姨好，我先敬你们一杯。"

这样礼貌有节的秦孝则对于陆佳恩来说有些陌生。原来在不熟悉的长辈面前，他那嚣张狂傲的一面也会收敛起来。

齐宝珠笑着夸奖："孝则越来越懂事了。"

"哪里，还是和以前一样，脾气死倔。"罗晗笑，"还是女孩子乖巧。"

陆佳恩低头听着两位母亲的客套互夸，感觉到对面有道不容忽视的视线落在自己身上。她稍稍抬头，秦孝则立刻偏过头去，不再看她。

陆佳恩只抓到他眼底的一抹红，看着像没有休息好似的。大概又去酒吧玩了吧，她暗想。

如果是恋爱期间，秦孝则现在的行为就是典型的"求关注"，可他们现在已经分手了不是吗？不管他休没休息好都与自己无关了。而且他说过的，不要自己再理他。

思及此，陆佳恩也不再看他，安安静静地吃起了饭。

坐在秦孝则对面的陆佳钰却是将两人的神色尽收眼底，嘴角弯出了饶有兴味的弧度。

"秦孝则。"陆佳钰叫了一声，笑眯眯地问，"你的脸怎么红了？"

她刚刚就发现了，秦孝则的眼睛有红血丝，脸颊也有些泛红。

话音落下，桌上的其他人都向秦孝则看过去。秦孝则皱眉看着陆佳钰，还没来得及说话，来自罗晗的手已经覆上他的脸。

"这么烫！"罗晗惊叫，"你是不是发烧了？"

此话一出，其余人都愣了。

秦孝则面不改色地拉下罗晗的手，含糊地"嗯"了声。

"你这孩子!"罗晗一时不知说什么好,过了几秒又连连追问,"多少度啊?吃没吃药?怎么会发烧啊?受凉了?"

秦孝则随意夹了块肉,语气很是无所谓:"不知道。"

罗晗急了,连忙叫阿姨拿了耳温枪来。秦孝则无奈接过来量了一下——38.7℃。

"没事。"他皱着眉,对于妈妈的大动干戈感到没有必要。

"怎么没事?"罗晗也严肃起来,"你吃了饭给我去医院看看。"

秦孝则"嗯"一声应了。

罗晗叹口气:"你就应付我,吃了饭指定又没影了。"

齐宝珠笑:"没事,吃好饭让佳钰送去医院好了。"

陆佳钰愣了两秒,看看妹妹又看了看秦孝则。两人都低着头,一个眼神也不给她。

齐宝珠碰了碰女儿的胳膊:"反正你下午也没事。你就陪孝则去趟医院呗。"

秦孝则抬眸看向对面,一双眼黑如深潭,似乎在等她的反应。

陆佳恩也抬起头,快速说道:"姐,你不用管我,在地铁站放我下来就可以了。"

长辈在场,陆佳钰见秦孝则完全没有推拒的意思,只好应了。

一顿饭吃完,大家担心秦孝则的身体情况,催几个年轻人快走。

出了门,陆佳钰按钥匙开了车锁,转身看向后面的两人:"喂,最后问你一次,真的要我送去医院?"

秦孝则"呵"一声,嘴角动了动:"不然呢?"

陆佳恩恍然未觉两人的对话,自顾自拉开副驾驶的车门,安安静静坐上了车。陆佳钰看了眼妹妹的动作,对秦孝则比了个鄙视的手势,也跟着开门坐进驾驶座。

秦孝则懒懒抬脚上车,在陆佳钰的后面坐下。他背靠着座椅,双腿散漫地前伸,灼热的视线直直落在副驾驶的陆佳恩身上。

一个多月没见,他没有避讳自己的贪婪目光。陆佳恩今天穿了件浅杏色的毛衣和灰蓝色的长裙,外加一件同色系的大衣。头发长了一些,柔顺地披在身后。她的双手放在裙子上,目视前方,整个人看上去乖顺又温柔。

今天天气很好,大片热烈却并不炙热的阳光从车窗洒落进来,将她的侧脸皮肤照得近乎透明。

从秦孝则的角度,他能看到陆佳恩的小半张侧脸和白净小巧的耳朵。

他揉了揉胀痛的额头,心脏一下一下地剧烈跳着。

一个多月没见,可看到陆佳恩的那一刻,他竟然还是想抱她,想亲她,想和她像以前那样亲密无间,想让她看着自己,想听她说关心自己的话……

发了疯地想。

陆佳钰从后视镜看了秦孝则一眼,又看了看恬静的堂妹。

她皱皱眉,出声道:"秦孝则,你真病假病啊?"怎么发个烧也这么不收敛?

秦孝则目不改视:"你没看我量体温了?"

陆佳钰"喊"了一声,不再说话。

陆佳恩听着二人对话,手心紧了紧:"姐,前面那个路口放我下来吧。我坐地铁回学校。"他们要去医院,没必要先送自己。

陆佳钰一愣:"我先送你回学校呗。"

"不用了。今天周末,你送我可能要堵车,我坐地铁反而快。你们去医院吧。"陆佳恩连忙拒绝。

秦孝则说了不想再和她搅在一起,她还是早点走吧。

陆佳钰再次看了眼后视镜。秦孝则脸上原本的漫不经心不见了,嘴角抿得很紧,眼睛烧得要喷火似的。

到嘴边的话改了口,陆佳钰一笑:"行,那你自己注意安全,到学校和我说声。"她拐了个弯,在路边停了车。

陆佳恩下车时和姐姐说了再见,犹豫了下又向后座看了一眼。秦孝则靠着座椅,脸颊因为发烧有些泛红,乌沉沉的眼睛看着她,看不出神色。

陆佳恩想起他说要自己不要再理他的话和上一次的不欢而散,心里一跳。"再见"两个字说不出口了,她微微颔首,给了秦孝则一个几乎可以忽略的点头。

秦孝则没有反应,一双眼依旧定定盯着她看,唇线几乎成了一条直线。

陆佳恩不再看他,匆匆转身往地铁口的方向走去。

秦孝则看着陆佳恩纤瘦的背影消失在地铁口,从没有一刻像现在这样清楚地认识到——他们真的分手了。陆佳恩对他连普通的关心和道别都没有了。

原本几乎是眼睛一刻不离自己的人,下车时看自己的时间连半秒都没有。之前看自己冲冷水澡都非常担心的人,现在连自己发烧都不在意了,她连个再见都没有,走得匆匆忙忙,毫无留恋。

秦孝则的心脏一下一下跳得剧烈,胸口堵得厉害。

"还去不去医院了?"前方忽然传来陆佳钰的声音。

秦孝则抬眼,在后视镜和她对视两秒,舌头在上颚抵了下,他轻嗤出声:"去啊,干吗不去?"

陆佳钰叹了口气,无奈地发动车子:"服了你,还真拿我当司机啊。"

就近找了家医院,陆佳钰停好车和秦孝则一起去找了医生。

验过血之后,医生给秦孝则开了输液单。

陆佳钰等在一旁,无所事事地玩着手机,快要无聊死了,看到秦孝则挂上吊针,连忙举起手机对着他拍了张照片。

"你干什么?"秦孝则皱眉看向她。

陆佳钰一脸的理所当然:"当然是拍下来当作证据啊,省得我爸妈污蔑我没送你。"

秦孝则"呵"一声,赶她:"你走吧。"

陆佳钰本就不想待在医院,闻言一喜:"真的?你不用我看着吊瓶?"

秦孝则半闭着眼,喉咙挤出两个字:"不用。"

他脑袋昏沉,话也懒得多说。

陆佳钰拎包起身,临走前忽然又回头,意有所指地笑了下:"你是希望我妹在这儿陪你吧?"

秦孝则掀开眼皮看了她一眼,没有说话。

"不用不承认了。"陆佳钰重新坐下。认识这么多年,她还没见过不可一世的秦孝则像今天这么吃瘪,特别是他在自己车上那直勾勾的眼神,实在是好玩。

陆佳钰忍不住充当起知心姐姐的角色,低头摆弄着自己新做的指甲:"人嘛,生病的时候总是希望得到自己喜欢的人的关心和照顾,我懂。可惜啊,我妹已经和你分手了……"

秦孝则的脑子嗡嗡作响,额头青筋突突地跳。他侧头皱眉,直直打断她:"有完没完?快走!"

真不知道为什么要让陆佳钰和自己一起来医院。也许是他潜意识里觉得陆佳钰会把自己的情况告诉陆佳恩,以此能和她多一点点联系。可如今听陆佳钰幸灾乐祸的口吻,这种事根本就不可能发生。

"喊,你以为我想待着啊?"陆佳钰甩了下自己的长卷发,踩着高跟头也不回地走了。

听到高跟鞋的声音渐渐远去,秦孝则又闭上了眼睛。陆佳钰说得没错,他确实很想陆佳恩在这里。

假寐片刻,秦孝则翻开手机,找到陆佳恩的头像点开。

陆佳恩的微信头像是她自己手绘的图案——一个穿着红衣服的小女孩,

有点像过年贴的年画娃娃。

他以前问过陆佳恩为什么要用这个,陆佳恩说是照她小时候的照片画的。因为她外婆特别喜欢这张照片,她就把它画下来当作头像,方便外婆在微信里一眼找到她。

秦孝则默默看了一会儿头像,返回两人的聊天界面。

最后一次的聊天记录停留在他喝多那天,距今已经快两个月了。

最后一条是陆佳恩叮嘱他以后不要喝那么多的消息。

再往上翻一翻,很快就翻到了陆佳恩发烧那天。

Q:"?"

恩:"没事,发错了。"

在这个对话前,是一行"恩撤回了一条消息"的灰色小字。

时间是上午十点。算一算,应该是她发烧挂水的时候。

真的是发错了吗?如果没有发错,她想和自己说什么呢?

秦孝则看着聊天界面,很难不去猜测其他的可能性。

"人嘛,生病的时候总是希望得到自己喜欢的人的关心和照顾……"陆佳钰的话再次响在耳边。

秦孝则捏着手机,抬起头环顾四周。周围来挂水的年轻女生不少,大部分人的身边都有一个男的陪着。很多女生闭着眼睛,窝在另一半的怀里,面容疲惫。

秦孝则的心脏忽然重重一跳。他后知后觉地发现,自己这个男朋友,似乎并没有陪着陆佳恩做过什么。

自他们认识以来,陆佳恩就一直很独立。和她柔弱安静的外表不一样,她的自制力和行动力都非常高。

交往以后,她也从来没对自己提过什么要求,她唯一要求过的事就是来看自己打球。

而他本身就没有什么恋爱经历,遇上了陆佳恩,他也就心安理得地享受着她的纵容和温柔。

陆佳恩好像一直站在他的身后,只要他回头就能看到。他从来没想过,陆佳恩会说出"不喜欢了"这样的话。

秦孝则怔怔看着对面的情侣出了神。直到情侣中的男生很不爽地向他看了好几次,他才意识到自己已经盯着对面看了很久。

他低下头,再次看向已经撤销的消息,忍不住想:陆佳恩那个时候,是不是很失望?

陆佳恩回到宿舍过了一会儿才想起罗阿姨推送的名片。名片上的微信名称是"ying"，头像是一张宏伟壮丽的剧院照片。

她查了下，现在的意大利是上午九点左右，于是礼貌地添加了罗阿姨推送来的名片。

她简单地备注了自己的情况后，那边很快就通过了好友申请。

ying："你好，我是应煊。"

对方先开了口，陆佳恩也跟在后面礼貌地打了个招呼，表明了来意。

应煊知道她想申请意大利的研究生后，以过来人的角度给了她很多的建议。陆佳恩一边记住一边连连道谢。

这次之后，陆佳恩和应煊就算认识了。两人的交情基本处于朋友圈点赞的范围，偶尔聊几句关于意大利的话题。

时间在平静的生活中渐渐过去。一月初，平城美展的入选名单下来了，陆佳恩的作品《雨后》赫然在列。

收到通知后，陆佳恩高兴地编辑了朋友圈，发送时犹豫了下选择屏蔽了秦孝则——两人已经分了手，这画她也不打算送了。

朋友圈一发，点赞数和留言急速增加。远在意大利的应煊看到，也在微信恭喜了她。

这段时间内，应煊找他在佛美的朋友给自己发了很多有助于申请的资料，陆佳恩很是感激。

她也是才知道，应煊在研究生期间就已经受邀在剧院进行歌剧表演了，他的头像就是他自己第一次演出的剧院。

陆佳恩回复了谢谢之后，也客气地恭喜他上周歌剧表演成功。应煊道了谢，提起了另一个话题。

ying："对了，我一直想问你，你的微信头像是自己画的吗？"

恩："对，是我按照自己小时候的照片画的。"

她犹豫了下，打字："如果你想要的话，我可以试试。"

ying："真的？"

ying："还是算了，让未来画家画这个太屈才了，不麻烦你。"

陆佳恩连忙说："不麻烦的，你把照片发来吧。"

应煊帮了自己这么多忙，自己给他画个头像实在是太小的一件事了。

应煊那里没有回复。

几分钟后，他发来了一张自己的半身像。他穿着表演时的燕尾服，头发梳得干净整齐，眼睛神采奕奕，五官比例很好。常规印象中，歌剧男演员大多身材偏胖一点，而应煊却不是。他的身材看上去不胖不瘦，脸颊更是偏瘦削一些，轮廓分明。

陆佳恩定定看了一会儿，总觉得有些眼熟。正思忖着时，应煊的下一条消息来了。

ying：" 你对我有印象吗？"

看到这条消息，陆佳恩再次点开图片仔细看了看，她斟酌着打字："我们是在我姐姐的生日宴上见过面吗？"

既然是罗阿姨朋友的儿子，那很有可能和姐姐也认识。思及此，陆佳恩没有点击发送，而是先给姐姐发了消息问她三年前的生日宴是不是请过应煊。

陆佳钰很快回了消息："嗯，是我爸妈请的他们一家。不过我和他不熟，怎么突然问起他来了？"

陆佳恩于是将罗阿姨推送应煊的消息告诉了姐姐。

陆佳钰回了个大笑的表情包："秦孝则要是知道他妈把应煊介绍给你，是不是要气炸了？"

陆佳恩的手指一顿，回复："他不会的。"

上次在秦孝则父母家见面，他并没有什么太大的波澜。这么久过去，他应该已经接受了两人分手的现实。甚至，他已经新交女朋友了也说不定。

陆佳钰："别怪我没提醒你啊，我觉得他还喜欢你。上次我送他去医院，他看了你一路。"

陆佳恩皱了皱眉，正要回复时，应煊的消息来了。

大概是看她一直没回以为她不记得了，应煊直说了在她姐姐的生日宴上两人讲过话。

ying："你别误会，一开始我不知道罗阿姨口中的人就是你。我是看到你朋友圈的照片才确定的。"

经过应煊的提醒，陆佳恩也想起来了。那天他们几个年纪相仿的年轻人坐在一桌，应煊应该就是其中之一。难怪自己觉得他眼熟。

恩："那真是巧了[开心]。"

陆佳恩和他聊了几句，便借口要画画终止了话题。

她打开和姐姐的对话框，蓦然想起那天分别时秦孝则看着自己的眼神，眼睛黑漆漆的，里面隐隐有红血丝的痕迹。

还喜欢她？陆佳恩抿了抿唇。与其说喜欢，不如说是被甩之后的不甘心在作祟罢了。而且那是一个月前的事了，现在的秦孝则有女朋友了也不一定。

然而，秦孝则并没有交新女朋友。这段时间，他一直在不自觉地观察着周围情侣们的相处。

公司里的那对小情侣，男生每天会给女朋友订饭带水果，有时订得不合口味了，女生会撒娇抱怨几句；和自己同是管培生的女生，每天下了班都有男朋友在门口等着接人；部门里刚结婚不久的X姐，圣诞节时收到了一大束玫瑰，笑得很开心……

秦孝则渐渐发觉，自己和陆佳恩在一起时和大部分的情侣不一样，不，应该说是自己很少做那些讨女朋友欢心的举动。自己在这段感情里做得最多的，是送一些对自己来说不足挂齿的礼物，是带陆佳恩去高档餐厅吃饭，是让她和自己一起出门玩乐……

但是这些，大多是从自己的角度出发的。

他很少会花心思想陆佳恩需要什么。也许是因为，他潜意识里一直觉得陆佳恩并不需要。她这么喜欢自己，好像只要待在自己身边就够了。

他从来没想过，陆佳恩对自己的爱会消失。以至于过了这么久，他依然没办法接受这一事实。

酒吧里的灯光暧昧迷离，舞曲和吃喝玩乐的声音混在一起，更显得喧嚣嘈杂。

秦孝则约了江丞书和陈携出来喝酒，有痛哭声和控诉声从旁边隐隐约约传来。

"那个渣男！亏我对他那么好……"

秦孝则侧头，看见旁边卡座上穿着吊带的女生哭得涕泗横流，妆晕得一塌糊涂。她的朋友们不时给她递着纸巾，轻声安慰。

秦孝则只看了一眼就转回头，皱了皱眉。他晃着手里的杯子，直直看向自己的朋友，忽然开口："我渣吗？"

江丞书顿了下，点点头。

秦孝则又看向陈携。

陈携尴笑两声打哈哈："还好吧……"他看了眼江丞书，叹了口气，"好吧，和江公子比是有一点。"

秦孝则垂着眼没说话，光怪陆离的灯光打在他俊朗的脸上，神色不清。

"哪里？"半响，他又问。

陈携举起双手，连声道："你是对人家有些不上心，不过优点是对其他女人更不上心。"

其实在陈携看来，秦孝则做的事并没有多渣。和陆佳恩在一起的时候，他一没有亏待陆佳恩，二没有拈花惹草。他从小到大都肆意妄为惯了，也就是以自我为中心了点。

但他们之间本来就是陆佳恩喜欢秦孝则多一些,所以陈携打心眼里并没有觉得秦孝则做得有多过分。

这些天秦孝则一直在想,陆佳恩怎么就不喜欢自己了。

其实他也不是没有为陆佳恩着想过。至少去年的毕业旅行,他是想过的。他知道陆佳恩喜欢欧洲的美术馆,特意安排了去那里的行程。他甚至已经想好要陪她逛无聊的美术馆博物馆了。所以,在陆佳恩拒绝他的邀请时,他才格外生气。

"你忘了?你一开始不过是因为你哥才和陆佳恩交往的。"江丞书淡淡出声提醒。

秦孝则一怔,抬眸看向江丞书。

"对啊,我怎么忘了。那确实是有点渣。"陈携一拍大腿,"而且还天天找我们鬼混。"

江丞书举杯碰了碰陈携的杯子,从容地补充:"最后玩车玩出报应进了医院。"

秦孝则身形一顿,对,他不否认是一时脑热才和陆佳恩提出交往的。

那时候,他一直以为陆佳恩暗恋自己,来自己小区写生也不过是想看自己打球的借口。可不知什么时候起,他发现陆佳恩竟然给自己哥哥秦孝远送了礼物。她不是喜欢自己吗?怎么能和秦孝远走那么近?他从小到大都活在秦孝远的阴影下,所有人都喜欢哥哥多于自己。

难道陆佳恩也是这样吗?不行的。她明明喜欢自己。她应该喜欢自己。

那时的秦孝则迫切地想要做些什么来证明自己比起秦孝远也是有人喜欢的。于是,他当天就找到了陆佳恩,要她做自己的女朋友。

陆佳恩听完以后愣了好久,看着他的眼睛不说话。他心里便越发烦躁起来。怎么,和秦孝远接触后,连这个都要考虑了吗?

"答不答应?不答应别来看我打球了!"他忍不住凶巴巴地威胁。

陆佳恩顿了下,神色平静地点点头:"嗯,好。"

两人就这么成了名义上的男女朋友。

可第二天,他脑子清醒过来又有些不知所措。无端端多了一个女朋友,他根本不知道该怎么交往。他习惯了和同性朋友在一起玩,女朋友在他印象中是一种很麻烦的生物。所以,他选择了忽略陆佳恩的存在,继续和朋友们一起玩闹。

直到他腿伤住院⋯⋯

"哎,不对,可陆佳恩又不知道这些。"陈携皱了皱眉。他挥了挥手,"哎"

一声，看向垂眼沉思的秦孝则，"你要实在放不下呢，就去把人追回来呗。"

自尊心算啥啊？男人就是要脸皮厚一点。

江丞书轻嗤："追回来干吗？等着异国的几年不停吵架吗？"

"哎，你这人！"陈携"啧"一声，"你又知道会一直吵架了？说不定我们秦大少爷改邪归正了呢？"

听着两个朋友各执一词，秦孝则心中更加躁郁。这段时间，他经常想起陆佳恩。也许人性本贱，以前陆佳恩在的时候，他没有觉得有多开心；可如今陆佳恩不在了，他哪哪儿都觉得不对劲起来。

他甚至开始质疑自己，如果当初他对陆佳恩好一点，她是不是就不会分手了？

最近，这样的想法越发强烈，他也越来越心烦。

秦孝则端起酒杯一饮而尽，起身去了洗手间。他洗了把脸出来，迎面碰上一个浑身酒气的女人。

秦孝则往旁边走了走，打算避开这个人，擦肩而过的瞬间，那女人却像昏头了一样猛地往他的方向一撞。

秦孝则迅速往后退了两步躲开。女人的肩膀撞到了墙壁，手下意识地前伸抓住了秦孝则的袖口。

秦孝则的神经一跳，另一只手就要把人拉开。

女人死死抓住他的手腕，抬眸看他："帅哥，一起喝一杯？"一张看不清五官的脸出现在眼前，说话间酒气四溢。

秦孝则额头青筋突突地跳，拉下女人的手就走。再次回到座位，江丞书已经不在了。

"回去陪季棠宁了。"陈携简单解释。

秦孝则漫不经心地点点头。

"哎，我说，你要是真想追回女朋友呢，就和我们江公子取取经。"陈携跷着二郎腿，姿态吊儿郎当，"你看看这二十四孝哥哥做的，就差把'江丞书爱季棠宁'刻脑门上了。"

谁都看得出来江丞书喜欢季棠宁，只有季棠宁傻乎乎地以为两人只是兄妹之情。而江丞书也就依着她，以"哥哥"的身份陪了她这么多年。

秦孝则敛眉，声音有些生硬："再说。"

他承认江丞书确实做得很好，可自己和江丞书不一样，陆佳恩和季棠宁也不一样……

正想着，秦孝则的旁边忽然一沉，鼻尖闻到了浓烈的香水和酒气混合的味道。

"你好,刚刚不好意思,能加个微信吗?"在旁边坐下的人问。

秦孝则皱着眉往旁边一瞥,看到了刚刚差点撞到自己的女人。她的脸洗过了,但是没洗干净,晕开的深色眼影覆在眼皮,黑眼圈似的。

"不加。"

"不是,我刚刚可能把你的衣服弄脏了,我想把清洗费给你。"唐舒挤出一个笑,好言好语地说。

秦孝则低头,这才发现自己的白色袖口蹭到了紫红色的酒渍。

他深呼吸了一口,再次拒绝:"不用。"

经过这么一个插曲,秦孝则也没了喝酒的心思,找了代驾打道回府。

回到家,照例又是一室的冷清。他"啪"一下打开灯,亮黄的光线越发显得家里空旷。

秦孝则眯了眯眼,恍惚间似乎又看到陆佳恩坐在阳台的摇椅上,手里一本书,膝上一只猫。

说来奇怪,他不喜欢别人的香水味,可是竟然会觉得陆佳恩身上的中草药味好闻。大概是因为别人都不是陆佳恩。

秦孝则扔下钥匙,换了拖鞋。窝在角落的肆肆抬起头朝他看了一眼,又低下头继续团在一起。

秦孝则缓步走到肆肆面前蹲下,指腹在它颈后摩挲了下。

肆肆睁开眼睛,静静盯着他看。

"喂,肥猫。"他挑了下眉,语气散漫,"你想不想你妈?"

肆肆"喵"了一声,又大又圆的眼睛看上去有些蒙。

秦孝则轻笑了声:"我知道你想她了。"

"喵!"

他掏出手机给肆肆拍了张照片发给了自己的微信置顶。

"这只肥猫想你了。"

陆佳恩第二天早上醒来才看到秦孝则发来的消息。她皱着眉点开照片,一时不知道秦孝则是什么意思。

相比于以前,肆肆好像是又胖了一点。陆佳恩保存好肆肆的照片,又退出看了看发送时间——夜里将近十二点的时候。如果说秦孝则是想通了好聚好散,那他不会这么晚给自己发消息。所以,唯一的原因是——他又喝多了。喝多了,所以不太清醒地再次联系了自己。

"你要分手就不要管我,我给你发消息也不要理我!听到没有?"

想起那天他在自己耳边的警告,陆佳恩抿了抿唇,没有回复。等他清醒了,自然也就没事了。

然而，出乎陆佳恩的意料，她在之后的几天又断断续续地收到了秦孝则的消息。有时发张肆肆的照片，有时发他打球的照片。照片各不相同，唯一相同的是这些都是她以前很喜欢的。一次两次可以是喝多了，五次六次呢？

陆佳恩想起那天姐姐说秦孝则看了自己一路，眉心微蹙。

一个猜想隐隐在脑海里出现。就在她思考要怎么办的时候，秦孝则的消息又来了。

这次的照片上是秦孝则的一截手臂，麦色皮肤上，红色的抓痕十分明显。

Q："它又抓我，怎么办？"

陆佳恩额上的青筋跳了跳，秦孝则似乎是完全不记得自己说过的话了，一而再再而三地发消息过来。

陆佳恩不理他，他也不在意，只是下一次再继续。看上去只要陆佳恩不拉黑他就不死心似的。

陆佳恩看着他手上的抓痕，犹豫了下还是打字回复："肆肆的脾气很好，你不要刺激它就好了。"

她有点担心秦孝则会对肆肆做出什么不好的事来。她现在没有能力养肆肆，能在秦孝则那里待着对肆肆来说是比较好的。

秦孝则很快回她："你来家里教我。"

陆佳恩看着那几个字，再没有回复。如果现在她还不明白秦孝则的意思，那真是白和他交往了。

想了想，陆佳恩拨打了季棠宁的电话，约好周末的时候见一面。

周六下午，陆佳恩再次到季棠宁的家里拜访。不出意外地，也再次看到了江丞书的身影。

江丞书淡淡地和她打了个招呼，低头继续看起了平板电脑。

季棠宁看到陆佳恩很开心，关心地问她什么时候放假。

陆佳恩笑了笑："打算过几天就回家了，所以想着走之前再和你见一面。"大四了，她们学校管得松，很多人已经不来学校了。这几天的宿舍就剩陆佳恩一个人。她打算把手头的画画好，早点回去见外婆。

季棠宁"哦"了一声，腮帮子微微鼓了鼓。

陆佳恩好笑地看着小姑娘，温声问："你想玩什么？"

季棠宁眼睛放光，语气有些期待："佳恩姐姐你可以教我玩游戏吗？"

陆佳恩微微一怔："什么游戏？我平时不太玩……"

"棠宁是要你教她斗地主。"坐在一旁的江丞书悠悠开口。

他抬眸瞥了一眼季棠宁，又问："我要教你你怎么不要？"

季棠宁的脸一转，嘟了嘟唇："就不要你。"

江丞书心口一疼，神色微沉。不知什么原因，最近的季棠宁忽然就没有以前那么亲近他了。她小孩子心性，总喜欢说些孩子气的赌气话，根本就不懂自己听到这些话的心情。

陆佳恩的目光在两人之间游移了下，连忙开口："斗地主我会的，你想在哪儿玩？"她比较擅长这些棋牌类游戏，教季棠宁还是没什么问题的。

"那我们上楼去！"季棠宁拉着陆佳恩的手就走。

接下来的时间，两人除了玩游戏以外，陆佳恩还教季棠宁画了会儿画。

结束后，陆佳恩依旧留在季棠宁家吃了晚饭。

吃好饭，江丞书开车送陆佳恩回学校。

一月的天气渐冷，寒风习习，树叶萧瑟。在车上，陆佳恩看向江丞书，提出了自己真正的目的："方便聊一聊吗？"

江丞书微微一怔，似乎不是很意外："关于孝则？"

陆佳恩点点头，"嗯"了一声。

"好。"江丞书没有多问，在路边停车。

陆佳恩的眼睛定定看着江丞书，开门见山："我想和你确认一件事。三年多前，秦孝则是不是因为他哥才和我在一起的？"

江丞书一愣，惊讶："你听谁说的？"

陆佳恩的神色平静，嘴角扯了扯："我不想说。你告诉我是不是真的。"

那时候她常常麻烦秦孝远放自己进门，对此很是感激，于是在一次去秦家小区时特意送了礼物给秦孝远以示感谢，两人还很友好地聊了一会儿。也就是当天，秦孝则忽然拦住她要求交往。可她答应后，秦孝则又像忘了她似的很久也不联系。他好像是一时冲动提了交往，紧接着就后悔了似的。

那封匿名邮件不知是出于什么目的，但以秦孝则那段时间的表现来看，真实的可能性非常高。

江丞书微微皱眉，垂着眼没有说话，脸上神色复杂。

车内的气氛沉默中有些压抑。

"我相信你，希望你不要骗我。"陆佳恩淡淡的声音在车厢里响起。

江丞书沉默片刻，点头承认了。

"不过那是一开始，后来你们之间的事和他哥哥无关。"江丞书补充，"我看得出来，他是真心把你当女朋友的。"

陆佳恩点点头，本就有七八分肯定的事彻底得到了证明。她垂着眼，捏着衣角的手心微湿。

片刻,她做好了决定,吸口气看向江丞书:"你之前说过会帮我的话还算数吗?"

这指的是很早以前,江丞书为了感谢她陪季棠宁时说的话。

"算,只要不是违背伦理道德的事。"

陆佳恩轻笑了一声,在车厢里分外明显:"放心,只是小事。"

江丞书:"什么?"

她眨了下眼,脸上的表情半是释然半是坚定,声音平静清晰:"很简单,你把我今天向你求证的事告诉他就好。"

江丞书愣了下,嘴角逐渐抿起。

车厢里一片安静。陆佳恩没有催促,静静看着前方的夜景。

远处的街灯霓虹闪烁,隐隐约约地有音乐声传来。

半响,江丞书开口了:"为什么?"

陆佳恩背靠座椅舒了口气,她转向江丞书,眼神平和:"我只是想分手而已。"

江丞书看着她,眼睛里闪过一丝复杂,低低出声:"陆佳恩,其实你挺狠的。"

她外表看着柔弱,心里却一直很有自己的主意。近三年的感情,说不要就不要了。这件事,她显然不是第一天知道,却一直没说。应该是孝则那里有了复合的想法,她才使了这招来斩断后路,断绝复合的可能。她嘴上说只要他转告秦孝则就好,实际目的是希望他能劝说并拦住秦孝则可能有的复合举动。

江丞书叹了口气:"我会转告,不过我怀疑自己会被打。"以秦孝则的脾性,自己真不一定能劝住。

陆佳恩眉毛微抬,抿了抿唇轻声道歉:"抱歉。"

江丞书摇摇头,发动了汽车:"没关系,我答应过你。"

另一边,秦孝则一直没有等到陆佳恩的回复。反倒是江丞书联系了他,约他出来一起打球。

秦孝则不以为意地答应了。他叫了几个以前篮球队的学弟,几人约在A大的体育馆打球。

一场酣畅淋漓的球赛下来,秦孝则心情舒畅了不少。

秦孝则大手一挥,请其他人就近在A大的食堂餐厅吃饭。一伙人边吃边聊,再加上喝啤酒和饮料,时间倏地过去。

从食堂出来,天色已经暗了下来。正值期末,大部分学生都在自习,校园里冷冷清清的，道路上行人不多。A大的学弟们回了宿舍，秦孝则和江丞书、陈携三人则往停车的方向走。

路上，秦孝则步伐散漫，边走边低头发着微信。

江丞书看着他的侧脸，缓缓开口："孝则。"

"嗯？"秦孝则低头发着消息，漫不经心地回了他一句。

江丞书张唇，正要说话时被秦孝则手机的一串铃声打断。

秦孝则接通电话，声音懒散："喂。"

施静的声音从里面传来："秦孝则，你什么时候要？"

"看你时间呗。"秦孝则的声音在冬夜里散开，"当然是越快越好。"

施静说："我最近都在学校，你有时间就来找我拿。"

秦孝则看了看时间："你现在也在吗？"

施静顿了顿，"嗯"了一声。

"那我现在去平美找你，大概二十分钟。"秦孝则余光瞥见江丞书正看着自己，挑了挑眉。

挂了电话，江丞书的声音从旁边传来："你要去平美？"

秦孝则"嗯"一声，双手插兜。

"干吗啊？去追佳恩妹妹啊？"陈携取笑他。

秦孝则扬着下巴，轻嗤："老子是去借施静的图书证学习的。"

做人坦率点好吗？有什么必要非要去平美的图书馆学习吗？

"成成成。"陈携和江丞书交换了眼神，无力吐槽。

江丞书眼睛闪烁了下，出声劝阻："别去了，没用的。"

秦孝则和陈携都是一愣。

陈携"啧"一声看向江丞书："我说你怎么老是泼自己兄弟冷水啊？还嫌冬天不够冷是吧？"

秦孝则停下脚步，定定看着江丞书："什么意思？"他敛着眉目，语气生硬。

江丞书的表情严肃，嘴角微抿。对视片刻后，他缓缓出声："陆佳恩知道你当时是因为你哥才和她在一起的了。"

秦孝则的脊背一僵，头皮隐隐发麻。

"什么？"陈携吃惊地叫了一声，"她怎么知道的？"

寒风中，秦孝则的眉眼一敛看向他："你又是怎么知道的？"

"对啊！"陈携一愣，反应过来，"你又是怎么知道陆佳恩知道的？"

话音落下，秦孝则已经走到江丞书面前，手握成了拳，骨节作响。他气势迫人，声音更加冷硬："你告诉她的？"

"哎，别冲动！"陈携连忙拉住秦孝则的胳膊。他怀疑如果江丞书回答"是"，秦孝则的拳头就要上去了。

江丞书不躲不闪地摇摇头："不是我说的。"

"她来找棠宁时告诉我的。"江丞书的语气平静，"所以，你不要再费力了。"

秦孝则定定地和江丞书对视，一双眼在黑暗中亮得惊人。他知道江丞书的意思。自己以前对陆佳恩不够好，在一起的理由又如此荒谬，对于陆佳恩这种原则性很强的女生来说，几乎是不可能接受的。

基于从前发生的事，他眼下想复合的态度也显得非常不可信。就这么算了吗？

秦孝则的脑子嗡嗡作响，心脏一抽。不，他不愿意。

他可以和陆佳恩解释的，或者向她道歉。他一开始的理由确实挺荒唐，可从他出院后，他就一直把陆佳恩当作自己真正的女朋友看待。

两人之间的交往和亲密全部和他哥无关。

千万种思绪在秦孝则的脑海里翻涌，停顿片刻后，他转身快步离开。

"哎，你干吗去啊？"陈携在后面叫道。

秦孝则没有说话，越走越快的身影很快和夜色融在了一起，消失不见。

因为开了车来，秦孝则今晚难得的没有喝酒。可他的脑子却像喝醉了似的，昏昏沉沉的。

从Ａ大开到了平城美院，他给施静打了电话。等了一会儿，他看到施静穿了身米色的毛呢大衣，施施然从宿舍楼下来。

秦孝则双手插兜站在路边，面色冷峻。

寒风中，他只穿了件敞开的黑色大衣，里面是没来得及换下的球衣。很随意的搭配，他穿起来却显得另有一番潇洒不羁的劲。

"给你。"施静从口袋拿出借书证，递给秦孝则。

"你刚刚在Ａ大打球？"她顺口一猜。

秦孝则低低"嗯"一声，伸手接过借书证，随手塞进口袋。

施静看着他，直觉和电话里散漫的腔调不同。

犹豫了下，她缓缓开口："你……是还喜欢佳恩吗？"

秦孝则心里一跳，掀了掀眼皮看她一眼。

分手这么久以来，施静是第一个直接点出"喜欢"两个字的人。

其他人要么说他没放下，要么说他不甘心被甩。只有施静，直接问他是不是还喜欢陆佳恩。

喜欢。是啊，他还喜欢她。

不然他为什么总要联系一个不回复自己的人？犯贱吗？

施静看秦孝则的脸色已经明白了答案，在口袋里的手不自觉握拳。

她抿了抿唇，轻声说："可是她要出国了，你能接受吗？"

秦孝则的嘴角抽了抽，侧头看向陆佳恩宿舍楼的方向，说："总比见不着好。"

现在他不仅见不到人，连信息也不回了。

秦孝则转回头，垂眸看向施静："带手机了吗？"

施静点头："带了。"

秦孝则面色平静："打电话给陆佳恩让她过来——"他说一半又改口，"算了，你问她在哪里，我去找她。"

以陆佳恩的习惯，这个点她可能在图书馆或者画室。这一次，他学着跟随陆佳恩的节奏，不再要求陆佳恩为自己跑来跑去。

施静迟疑了两秒："你真的想复合？不介意自己被甩？"

按照秦孝则的个性，不是应该气得老死不相往来吗？施静的心脏快速跳动，眼睛眨也不眨地盯着秦孝则。

秦孝则的下颌线紧绷，几不可察地点了点头。承认这点对他来说很难，他也是花了几个月的时间才说服自己重新联系陆佳恩。

"你打不打？不打我走了。"他的脸上出现一丝窘迫，没好气地说。

施静眨了眨眼，"哦"一声垂下眼睫，她摸出手机，拨打了陆佳恩的电话。

"嘟嘟"的长音响起，屏幕上显示正在等待接听。

一声。

两声。

三声……

每一声都显得无比漫长又无比清晰。

寒风吹动树梢，发出锋利的声响。远处隐约有学生们走路说笑的声音传来。两人之间，空气却显得极为寂静。施静的心脏被吊了起来，跳得极快。

秦孝则皱着眉，心情在这一声声的电话音中越发烦躁。他想当面和陆佳恩解释，除了找施静，他也不知道还有什么更快的办法。

不记得几声之后，屏幕变成了通话计时。

陆佳恩轻软的声音响起："学姐。"

施静愣了下才反应过来，清了清嗓子："佳恩，你现在回家了吗？"

陆佳恩："还没有呢，准备过几天回去。有什么事吗？"

施静"哦"了声："那你现在在哪里啊？宿舍吗？我有东西想给你。"

陆佳恩轻笑了一声:"不是,我在图书馆呢。那我现在回去。"

施静迟疑了下,看见秦孝则摆了摆手,连忙道:"不用不用,我也不急。下次吧。"

陆佳恩没有怀疑,和施静聊了几句后便挂断了电话。

施静收起手机,抬眸看向秦孝则:"图书馆。她可能在二楼。"

秦孝则点点头,说了句"谢了"转身就走。他单手插兜,大衣的衣角在风中翩跹。与平时散漫随性的姿态不同,他这次走得很快。

施静定定看着秦孝则高大挺拔的背影,久久没有动作。转了个弯,秦孝则的背影不见了。施静理了理自己被风刮乱的头发,转身回了宿舍楼。

平城美院的图书馆相比 A 大来说要小一些,人相对也少很多。按照施静的说法,秦孝则果然在二楼发现了陆佳恩的身影。

图书馆开了空调,陆佳恩的羽绒服披在椅背。她穿着白色的长毛衣裙,长至胸口的头发披着,耳朵侧上方夹着一枚奶白色的珍珠发夹。

她耳朵里戴着耳机,低头在活页笔记本上写着什么。

她的对面坐着一个戴眼镜的男人,也在低头写着什么。

秦孝则的心里一动,随手拿了本书坐在陆佳恩的旁边。

这下他看清了,陆佳恩的表情专注,纸上是一行行工整的意大利语。

原来是在做听力。

再次看到这些东西,秦孝则已经不像之前那么气闷了。在连续几次的拒绝后,他已经完全接受了陆佳恩要出国这个事实。

陆佳恩听写得专注,完全没有感觉他的存在。反倒是她对面的男生,朝他看了好几眼。

秦孝则轻嗤,抬眼朝男生瞥了一眼。戴眼镜的男生一僵,立刻低下头。啧,都是男人,他能看不出对方什么想法吗?这里的位置那么多,对方偏偏要坐陆佳恩的对面,说不是冲着陆佳恩来的那就出鬼了。

秦孝则第一眼就排除了这男生是陆佳恩新男友的可能。陆佳恩不喜欢这种书呆子类型。

秦孝则懒洋洋地靠着椅背,双腿随意伸着,竖起书将自己挡住,借着角度看陆佳恩。

明亮光线下,她的皮肤白净如霜雪,鸦羽般的睫毛垂下,鼻尖秀气,唇色偏淡,下巴小巧。发丝柔软顺直,泛着黑色的亮光。

秦孝则暗骂一声。这姑娘真是贼漂亮,越看越漂亮的那种。

秦孝则脸颊动了动,肆无忌惮的目光落在陆佳恩身上。既然已经有所决定，他现在反倒没那么急了。

没关系，他等陆佳恩自习结束好了。

陆佳恩做完听力练习，舒了口气，慢慢摘下耳机，她看了看时间，已经快到九点了。

想起之前施静给自己打的电话，陆佳恩决定早点回去，路过施静宿舍时再问问她。

陆佳恩收拾东西的时候，她对面的男生也开始收拾起了东西。她没有在意，整理好书包，穿上外套离开。这期间，她专心做着自己的事，完全没有注意到自己旁边位置上的秦孝则。

"哎，同学。"刚出了馆室，陆佳恩就被人叫住了。紧接着，刚刚坐在对面的男生追上来，脸颊微红。

"同学你好。"男生的眼神闪了闪，有些不好意思，"我是设计学院研一的。我可以加你的微信吗？"

陆佳恩愣了下，缓缓摇头："不好意思……"

"她不需要。"一道男声从两人身后传来。

听到熟悉的嗓音，陆佳恩脊背一僵，侧头看见秦孝则高大的身影。

戴眼镜的男生在馆室里就注意到秦孝则了，此刻也是一愣。他没想到，两人竟然真的认识。

秦孝则在陆佳恩的身侧站定，语气散漫："没看出来吗，人家不想给。而且，"他的目光懒懒地从上到下扫过男生，嘴唇一张，"她不喜欢你这种类型的。"

男生的脸色因为窘迫变红，不知所措地抿了下唇。秦孝则个子高长得帅，衣服鞋子无一不贵，看着就是有钱人家的公子哥。他的姿势和语气都显示着对旁边女生的占有欲和喜欢。

陆佳恩皱了皱眉，抬头看他，语气隐隐带着指责："秦孝则！"

"我说错了吗？"秦孝则挑眉，"我知道你不喜欢这种——"他顿了顿，把"书呆子"换成了相对温和一点的"读书人"。

陆佳恩吸了口气，原本看到他的惊讶和不解在此时都变成了羞恼。他说得没错，自己确实不想给微信。不过这和他有什么关系啊？自己不是已经找过江丞书了吗？怎么秦孝则不仅没有放弃，反而还来美院找自己了？难道江丞书还没有和他说吗？

一时之间，陆佳恩的脑海里闪过非常多的念头，乱成了麻。

就在这时，对面的男生低低说了句"不好意思"，转身匆匆离开。

秦孝则瞥了眼男生离开的背影，嘴角一勾。陆佳恩抬头看了他一眼，抬脚离开。秦孝则一顿，也迈开长腿晃悠悠地跟在她后面。

出了图书馆，气温一下降了很多。

陆佳恩戴上羽绒服的帽子，围好卡其色围巾，双手插在羽绒服的口袋里，自顾自地往前走。

"喂，陆佳恩。"秦孝则在后面叫她。

陆佳恩停下来，忍无可忍地吐了口气。

"你到底想干吗呀？"她全副武装起来，露在外面的一双眼睛又大又亮。说话时拖着音，听起来柔柔的，一点也不凶。

秦孝则也在她面前站定，神情难得的正经。

"我来和你解释。"他正色道。

"解释？"陆佳恩长长的眉毛微蹙。

秦孝则有些不自在地别开眼，语气生硬地飞快加了一句："还有道歉。"

陆佳恩怔怔看向秦孝则，有一瞬间怀疑自己出现了幻听。

寒风呼啸，秦孝则的大衣解了两枚扣子，露出脖颈和大片胸口，隐约可见里面红色的篮球衣。

陆佳恩的脑子空白了一瞬，很快明白过来他可能是和江丞书见过面了。

"你刚刚和江丞书一起打球？"她开口问道。江丞书并没有如自己所期待的那样劝住秦孝则。也是，毕竟他们才是好朋友。

秦孝则转回头看着陆佳恩，点点头。陆佳恩是真的很聪明，很多事不用明说就知道，和她在一起特别轻松。

陆佳恩面色一紧，声音有些冷："那你应该知道我的意思了。"话音落下，她转身抬脚离开。

刚走了两步，胳膊便被一只大手抓住了。

"陆佳恩。"秦孝则拉住她，强势地让她和自己面对面，两人的距离极近。

昏暗不明的路灯下，陆佳恩的眼睛像是盛了盈盈月色，水润清透，干净柔美。

秦孝则的心脏塌了一方，原本强硬的态度不自觉软了下来："之前那个是我不对，我向你道歉行吗？"

这是他第一次和别人道歉。

半明半昧的灯光下，秦孝则一向桀骜不驯的脸上难得的正经和急切。

陆佳恩怔了怔，有些意外。她垂下眼，插在兜里的手不自觉握紧。莫名地，她回忆起刚认识秦孝则那段时光。

她第一次看到秦孝则打球，脑海里就不自觉想起了杭佑的身影。相仿的年纪，相似的身材，相同的爱好。当时她就在想，如果杭佑没有去美国，那该有多好。在高考结束的假期，他本可以和他们一样，拥有这样放肆挥洒汗水的惬意时光。

后来说不上什么时候起，她便喜欢上去秦孝则小区看他们打球。秦家小区的风景很好，她常常以写生为借口过去。那时候她和秦孝则话都没说过几句，她只敢麻烦看上去温和礼貌的秦孝远帮忙。

秦孝远是一个很好说话的人，次次帮她和门口的保安打招呼。

原本她只是单纯去看秦孝则打球，可那一天，他忽然扔了一个外套过来。

陆佳恩当时一下愣住。因为，这是以前杭佑最喜欢做的事。再然后，秦孝则走过来，低头坏笑着掀开外套。

那一瞬间，如太平遇薛绍，郭襄见杨过。阳光透过树叶，错落的光影落在他的眼睛、鼻梁和下巴。他的额发微湿，嘴角噙着逗弄的笑，看着自己的眼睛好像有光。

她怔怔看着秦孝则的脸，仿佛看到了意气风发的另一个人。

大概是从那时候起，陆佳恩就越来越喜欢看秦孝则打球。他和杭佑的长相不算像，可是打球时的张扬潇洒、喜欢逗她的话，甚至一些小动作都很像，就连他所在的大学也是杭佑的目标院校。

当秦孝则提出交往的时候，陆佳恩无法说出拒绝的话。她实在太贪恋在秦孝则身边的感觉了。她默默看着秦孝则的日常，仿佛看到了另一种可能的杭佑，他本该和秦孝则一样，考入A大，加入校篮球队，参加CUBA，用一座金杯告诉父母他是可以打职业的。

那是杭佑本该有的人生啊。

秦孝则动机不纯，她也别有心思。两人半斤八两，其实没什么必要道歉。但这个开始本来就是不对的，也是不应该的。现在是时候结束了。

她把这件事说出来，也不过是想彻底分手罢了。

"不用了。"陆佳恩小声说。

"什么？"

她的声音太小，秦孝则没有听清。

陆佳恩沉默着不说话。

秦孝则抿了抿唇，声音里有些不自在："我那时候应该是吃醋了。你不是喜欢我的吗？送秦孝远礼物干什么？"

陆佳恩抬眸，并不是很相信这个说辞。

"在一起以后，你很久没有联系我。"她淡声提醒。就连他出车祸住院，自己也是听姐姐说的。如果是吃醋,对女朋友会是这个态度吗?

秦孝则喉咙一哽,顿了半晌才说:"好吧,是我不对。我那时候浑蛋,好吧?"

陆佳恩的睫毛颤了颤,没有说话。

"但是我后来真的没再想着秦孝远这事了……"秦孝则皱着眉,想要进一步解释。

陆佳恩叹了口气,开口打断了秦孝则的思路。

"不要再解释了。我们已经分手了。"

夜色如水,天空不知何时忽然飘起了雪花。陆佳恩抬头看了一眼,从书包里拿出伞撑开。秦孝则没有在雪天打伞的习惯,可是她有。

她抬眸,声音里有些疲累:"我们就这么算了吧,好吗?"

秦孝则沉默。

"下雪了,早点回去吧。"陆佳恩轻轻提醒了句,抬脚往宿舍的方向走。

秦孝则跟上她,快速道:"如果我同意你出国呢?如果我愿意和你异国恋呢?"

雪花落在他的头发和脸颊上,脖颈和手仿佛被冻得没了知觉。

陆佳恩怔了怔,缓缓摇头:"可是我不愿意。"

异国恋真的很难维系,已经分了手,她不想再尝试了。她也不相信他们能维系几年的异国恋。

秦孝则的心口一窒,刺痛感从心脏的位置蔓延开,就算自己愿意和她异国,她也不愿意回来吗?

"陆佳恩。"秦孝则的声音有些颤,他吸了口气,喉结滚动,"你就这么不愿意回到我身边?"

陆佳恩额头青筋跳了跳,心脏一抽。她第一次听见秦孝则用这种语气和自己说话。在内心处,陆佳恩还是希望和平分手,于是好言解释。

"我们不合适啊……"她轻声说,"在一起这么久,你还没发现吗?"

他们的出身不一样,成长环境不一样,人生观也不一样。相比于他一帆风顺的人生,她的经历要复杂很多。从父母过世,到发现先心病,再到千军万马过独木桥考进美院,甚至于对未来的规划……既然这样,好聚好散不好吗?

秦孝则定定地看着陆佳恩,可算是明白温柔的残忍是怎么一回事了。

她的表情温和淡定,语气轻柔缓慢,可说出口的话却字字如刀,不见血地往他心上戳。

"没发现。"秦孝则别开眼,硬邦邦地说。

风太大了,吹得他头疼,眼睛也疼:"你是怪我对你不够好呗。"自己以前对她不够好,所以她不想再和自己在一起了。

秦孝则吸了口气,牙齿紧紧咬着,从喉咙里一个字一个字地挤出声来:"我、以、后——"他闭了闭眼,胸口震颤着,"学还不行吗?"

秦孝则这辈子从没有对谁这么低声下气过。他话说得艰难,所有肢体都在表达着从未有过的难堪。就这么一会儿工夫,他的肩膀已经落了层薄薄的雪花,在黑色的外套上分外明显。

看到秦孝则这样,说陆佳恩一点触动都没有是不可能的。她了解秦孝则,也知道这些话对于他来说很难。

可是……

陆佳恩抿了抿唇,也放软了声音:"孝则,你现在只是不甘心,不习惯。等我离开的时间长了,你就不会这样想了。"

在她看来,秦孝则的表现更像是小孩子不小心弄丢了喜欢的玩具,不甘心地想再找回来。

丢了的当下确实会很难过,可时间一长有了新玩具,这难过很快就会被抛之脑后了。

秦孝则没有搭话,以一种沉默且执拗的态度走在她的旁边。半晌,他扯了扯嘴角,低声道:"你还拿我当小孩呢。"

闻言,陆佳恩停下脚步。黑色的伞面缓缓抬起,露出被围巾遮住大半的脸。她叹了口气,右手缓缓靠近秦孝则。

秦孝则僵硬着身体,眼看着她的手离自己越来越近。她洗发水的味道和女孩子身上的清香瞬间涌入秦孝则的鼻尖,很快消失。

陆佳恩踮脚,就在手指即将碰上外套的扣子时,她忽然一顿,又收了回去。交往时帮他理衣服惯了,可现在这个动作显然已经不合适了。

陆佳恩退后两步,露在外面的半张脸白皙精致。

"不是小孩子的话,应该照顾好自己的身体。这么冷的天,穿得少很容易感冒发烧。扣子应该扣好。"她的声音一如既往的清软温和,又透着淡淡的疏离。

这是她的经验之谈,也是在提醒秦孝则上一次的发烧。

秦孝则呼吸窒了一瞬,心脏一抽一抽的,各种情绪在里面冲撞汇集。

他垂在身体两侧的手臂隐隐颤抖,手背经络凸起,血脉在身体里叫嚣汹涌,全身的关节似乎都在作响。

"我走了,别送了。"陆佳恩再次转身,抬脚走上宿舍楼的台阶。

刚收起伞，身后传来两声脚步，高大的身躯下一秒便贴上她的脊背。

陆佳恩一怔，肩膀已经被人从后紧紧搂住，炙热的唇靠着她的耳朵。

"你陪我。"秦孝则的声音沙哑，灼人的气息喷洒在耳郭。

虽然知道陆佳恩就是这样为他人着想的性格，可在她下意识想帮自己系扣子的时候，秦孝则的心脏还是一颤。

他们交往三年，总归是和别人不一样的。自己在陆佳恩心里，应该是有些特别的吧？

秦孝则没有明说，可是陆佳恩听懂了。

她垂眸看向搂住自己肩膀的手臂，修长、有力、坚实。他的力气很大，紧紧禁锢住她，好像真的很舍不得她。

陆佳恩拍拍他的手臂，温声道："孝则，会有人陪你成长的。但那个人不是我。"象牙塔里的幸福孩子是长不大的小朋友，可进了社会，人总是会长大的。他会遇到其他女生，慢慢学会怎么维系一段感情。但那个人不会是自己了。

秦孝则的声音很低，带着股倔强的劲："我就要你。"

陆佳恩叹了口气："对不起啊，我不能陪你了。"她艰难地转过身，理了理自己的围巾，露出鼻子和嘴巴，黑白分明的眼睛定定看着秦孝则，声音像水一样干净。

"成熟的第一步，我们和平分手好吗？"

秦孝则垂着眼，喉头来回滚动。

"和平分手？"他不知道陆佳恩是怎么能做到这么平静的。

"到底为什么？"秦孝则的声音沙哑晦涩，"因为那件事，留学，还是我以前……"

他顿了顿，有些说不下去了。

陆佳恩抿了抿唇，声音轻软："你看，你也知道我们之间有很多问题对吗？"

晚上九点多的女生宿舍楼外，雪花渐大，不过一会儿的工夫，地面已经全湿了。

寒风呼啸，冰冷刺骨。

秦孝则盯着陆佳恩的眉眼，沉默。他们之间是有问题。可不同的是，自己想要解决问题，她却只想直接扔掉问题本身，不愿意费时间和精力来尝试解决了。

陆佳恩将手上的伞递给秦孝则："雪太大了，打伞回去吧。"她自小在南方长大，来这里几年了依旧有在雪天打伞的习惯。

秦孝则没有接，眼睛比夜色还要深沉。

在这个下雪的夜晚，他终于明白，原来那天陆佳恩去自己家说要谈谈的时候，早就做好了要分手的准备。只等他说出不同意留学的话，她就会顺势提出分手。而以他的性格，当时是万不可能挽留的。

陆佳恩是早有准备，而他猝不及防。

陆佳恩的手伸了一段时间，见他没有接过去的意思，又慢慢收了回来。也是，他没有打伞的习惯，每次下雪抖一抖就算完事。

"陆佳恩。"就在陆佳恩准备走时，一直没出声的人突然开口。

她抬头，撞进一双深沉又复杂的眼睛里。

"你早就准备好了，可我没有。"

秦孝则在这段感情里有些自我和迟钝，可他并不蠢。即使有体育的加分，A大也不是那么容易考的。真的理论起来，他也不是不会。

好，她要理性分手，那他就和她理一理。

"你觉得这样公平吗？"秦孝则向前两步，逼近陆佳恩。

"你过来和猫见了面，陪我睡了觉，早上起来做了饭……"秦孝则的声音不疾不徐，声调像裹着雪花一般寒凉，"你所有做的，都让我觉得我们在恋爱中。"

他闭了闭眼，又睁开盯着陆佳恩，神色冷厉。情绪的堤坝崩塌了一角，他忍不住低吼出来："可实际呢？你是来分手的！"

陆佳恩的睫毛一颤，轻声解释："因为那时候我们还没有分手啊，而且我也不确定你的态度……"

她只是做了女朋友会做的事，有错吗？

也许是她的眼神过于无辜，秦孝则用力地吸了口气："是。你什么都做得很好，分就分了。"

他看着她，低声质问："可我呢？我完全没有准备就这么被你甩了。"

秦孝则的声音沙哑，隐隐透着股无力。

"陆佳恩，你这样不对。"每当想起分手前的陆佳恩，他心里就是满满的不甘。

她脾气好，在他面前连大声说话都没有过。没有吵架，没有抱怨，她把温柔进行到了最后一刻，然后平平静静又轻轻巧巧地提了分手。

她关心过他手臂的伤，安安静静地任他亲吻，早上起来为他刮了痧……她让他一直沉浸在温柔乡里，飘飘然不亦乐乎。然后忽然之间，她就不要他了。

秦孝则这几年都生活在陆佳恩编织的美梦里，却在那一天毫无防备地被拖拽出来，一点点缝隙都不留给他。

很久之后他才明白，那种气头上吵架的分手反而很容易和好，而这种平静理智时提出的分手却很难复合。

因为这代表对方已经在心里想了很久，做足了准备。

陆佳恩定定地看着秦孝则，好看的眉毛微微蹙起，她一时被说愣住了。

她是第一次谈恋爱，并不太清楚感情的开始和结束需不需要流程。难道提分手还要提前通知吗？

陆佳恩认真地思忖了一会儿，轻笑一声，真是差点被他绕回去了。

"我早就和你提过留学的事，你不应该说没有准备。"陆佳恩抿了抿唇，语气很是坦然，"早在我们第一次为了这个话题不愉快的时候，你就应该想到结局才对。"

秦孝则想说自己没有想过。他对自己，对这段感情都太自信。自信到根本没想过陆佳恩会有和他提分手的一天。

"你不打伞，那我回去了。"陆佳恩不想再说，道了别转身。

秦孝则眯了眯眼，目送她进了宿舍里。

光线很亮，在她的头发上折射出一圈光晕。转个弯，她秀气漂亮的侧脸一闪而过，不见了踪影。

秦孝则慢慢走回自己的车前，抖落一地的雪花。有雪顺着脖颈滑进去，皮肤一阵刺骨的寒凉。他低头，伸手摸了摸自己胸前的扣子，腮帮动了动，蓦地笑了。

——陆佳恩，我们没完。

几天之后，陆佳恩结束了学校的事，坐飞机回了C市。

寒假的时间短，陆佳恩没有再做兼职，每天早起看书、画画，有时出门写生，或者陪外婆做些什么。

就这么到了年前，沉默许久的高中微信群忽然热闹起来。班长计划初五组织一场同学聚会。陆佳恩是班里唯一的艺术生。大家在教室自习时她在画室画画，大家有体育课外活动时她不能参加。她无父无母，每次都是外婆来开家长会，再加上心脏病胸口刀疤的传言……

总之，陆佳恩高中时在班里显得格格不入，也没有什么朋友。

除了杭佑。

如果他们还能算朋友的话。

陆佳恩虽然在班级群里，但她只是一个安静的潜水员，这种毕业后的聚会也从来不参加。眼下，班长正在群里统计要参加人的名字。陆佳恩扫了一眼,正打算放下手机时,目光在触到一个名字时蓦地一顿。

一个男生在群里艾特了另一个男生:"你不是联系上杭佑了吗?把他拉进来啊。"

陆佳恩捏着手机,紧紧盯着手机屏幕。

被艾特的男生名叫席田,是杭佑的好朋友。

席田很快回复:"拉了,等他同意。"

班长:"杭佑回国了?"

席田:"没。他过年也不回来,要毕业才回来。"

有人吐槽:"这家伙儿狠啊,一出去这么久不回来。"

席田:"哈哈哈!"

有男生手快回复:"等他回来约打球。"

群里一阵沉默。

所有人都知道,杭佑是他们这届唯一一个以篮球特长生身份得到A大降分录取名额的人。如果没有发生意外,他现在应该在A大而不是澳洲。

陆佳恩看到"打球"二字,心脏像是得了应激反应似的跳得飞快,手指瞬间发寒。

席田:"约啊!平时打打又没事。"

陆佳恩的肩膀微微颤抖,吸了口气按灭屏幕。

对,平时可以打球。可他永远也当不了职业篮球运动员了。拿到A大的降分资格,考入A大,进校篮球队,参加CUBA,拿奖走上职业道路。这是杭佑在高中时的梦想。

陆佳恩无数次地想,如果自己没有选择那天送画,他是不是可以很顺利地实现自己的梦想?他会和秦孝则一样,得到无数的欢呼和掌声。秦孝则家里的那座金杯,他手里应该也有一座。

可惜,这世上从来就没有"如果"。

另一边,秦孝则带着肆肆回自己家住了一段时间。在观察了几天后,肆肆很快适应了新环境,磨爪子,翻东西,玩得不亦乐乎。

秦孝则下班回来,看到被肆肆翻得一团乱的房间,气不打一处来。

"你还真不拿自己当外人啊?"他皱着眉,言辞冷硬地指责。

肆肆坐在一团毛巾上,看着他"喵"了一声。

秦孝则挥手,作势要打:"你以为我不会打你啊?"

早晚把这只肥猫扔了。

肆肆"喵"一声,吓得飞快跑走。

秦孝则狠狠吐了口气，蹲下身收拾残局。这肥猫不知道从哪个犄角旮旯翻出一堆旧书，书面灰蒙蒙的。

秦孝则拎起来抖了抖，灰尘顿时飘了满天。他眉头紧锁，将这些旧书往旁边一扔。

一张纸从里面轻飘飘地落了下来。秦孝则侧眸看了看，顿时一怔——竟然是陆佳恩画的素描。

他一只手臂搭在膝盖，另一只手拿过画稿，起身坐在椅子上，细细打量。画稿上是几个男生打篮球的背影，中心人物是一个穿着7号球衣的男生。男生的个子很高，头发飞扬，露出的小半张侧脸鼻梁挺拔。后背的两个肩胛骨因为姿势的缘故凸起，手臂线条坚实流畅。

这应该是陆佳恩很早以前画的，画工还不到家，这人画得和自己并不是很像。秦孝则靠着椅背，上下左右来来回回地看着画稿，嘴角微弯。

他看着看着，心脏却蓦地一紧，脑子里一片空白，嗡嗡声响作一团——不对！自己什么时候穿过7号球衣？！

第五章 / 真相

杭佑加进班级群的这天晚上，陆佳恩做了个梦。梦里是春末夏初的季节，嘈杂的学校操场满是自由活动的学生。风光明媚的天气，空气中有股清新温暖的味道。

陆佳恩不用上体育课，但她偶尔也会出来在操场上走一走，透透气。路过双杠时，忽然有人叫住了她。

"陆佳恩。"她抬起头，看见杭佑穿着短袖坐在双杠上，校服外套被随意搭在旁边，蓝白色衣摆垂下，拉链锁头在阳光下反射出金色的光。他一双长腿晃啊晃，脸上带着吊儿郎当的笑意。一手撑着双杠，另一只手伸出食指勾了勾。

陆佳恩以为他有事，向前走了两步。

杭佑低下头，明亮有神的眼睛看着她，笑容看起来有点坏。

陆佳恩心脏暮地一跳，快速走开，脸颊被太阳晒得微微发烫。

后来，他在陆佳恩面前的存在感就越来越强。

意气风发的少年，性格热烈直白。杭佑是校篮球队的，早早定好了要走体育特长生的路子。他长得好看，篮球又打得好，在学校里的知名度很高。

学校组织篮球比赛时，几乎有他参加的比赛就会稳赢。集体的活动课上，篮球场周围也少不了看他打球的女生。

班级比赛那天，陆佳恩也去了篮球场看他们打球。比赛开始前，杭佑毫不避讳地穿过一群观众，脱下校服外套扔给陆佳恩。

"帮我拿着！"他笑嘻嘻地说，惹得周围无数的哄笑和窃窃私语。

陆佳恩抱着他的校服，尴尬中又有些不知所措。杭佑看到她脸颊泛红的样子，兀自笑得开心。那场比赛，班级毫无疑问地赢了。

陆佳恩好不容易等到比赛结束，把校服还给杭佑就走。杭佑却追上来，不紧不慢地跟在她后面。

陆佳恩回头，抿了抿唇。杭佑的脸上汗涔涔的，校服被他捏在手里，随着走路姿势一晃一晃。见她回头，杭佑脸上再次露出了笑。

陆佳恩想了想，看着他一本正经道："杭佑，我现在只想好好学习。"

她要考的美院是国内数一数二的，容不得一点放松。她想自己还是应该和杭佑说清楚。

"哦——"杭佑拉长了音调，轻笑一声。

"那就等你高考完再说呗。"他无所谓地说。

陆佳恩对上他漫不经心的表情，微微一怔。拒绝似乎是失了效。

杭佑依旧在学校肆无忌惮地表达着自己。他会趁着课间给陆佳恩塞些零食和饮料；他会在运动前后理直气壮地将校服扔给陆佳恩保管；他会在需要搬桌椅的时候顺手将陆佳恩的凳子带走；知道陆佳恩身体不好又低血糖，他便随身带着水果糖；陆佳恩学画画缺席的时候，他会把她漏掉的通知发过去……

那年他们同样十七岁，他鲜衣怒马，意气风发；她安静内秀，不动声色。

陆佳恩去平城集训时，杭佑告诉她自己以后想打职业篮球。陆佳恩点点头，觉得很好。他打球这么好，一定可以。

"可是我父母不同意，觉得我能靠体育特长生上大学就行了。"杭佑的声音有些无奈。在家长眼里，读一个好就业的专业比打职业篮球看上去靠谱很多。

陆佳恩眨了眨眼，温声鼓励："我觉得你可以。看上去遥不可及的梦想也要试一试啊。"就像很多人听说她要当画家，也觉得是天方夜谭一样。可梦想就是用来努力实现的啊，不试一试怎么知道呢？

杭佑于是笑了："所以我打算先考上 A 大，进校队打 CUBA，再通过选拔打职业。"

说这话的时候，他的眼睛里好像有万千星星在闪烁，亮得惊人。

当时的陆佳恩还不懂 CUBA 是什么，只懵懂地点头。

杭佑低下头看她，难得有些正经地说："平美和Ａ大都在平城。"

陆佳恩一怔。杭佑盯着她不说话，嘴角又慢慢勾起坏坏的笑。于是陆佳恩懂了，脸颊微微发热。

年少时的感情朦胧而美好，彼此心照不宣。

C市一中学风浓厚，大多数学生和家长都以读书为第一要务。"学好数理化"是陆佳恩从小听到大的劝诫。

一个年级大几百人，艺术生和体育生却寥寥无几。班级里只有陆佳恩和杭佑是例外。

在学校，两人更是因为这种特殊多了些互相理解的默契。从平城的画室集训回来，陆佳恩送了杭佑一幅画。她把自己想说的话都画在了笔下，希望他们在剩下的几个月里好好努力，专心备考，各自考入理想的院校。

为了避开同学，她特意等到同学们走光才送出手。杭佑于是顺理成章地送陆佳恩回了家。那是两人第一次一起同行。

第二天上学，杭佑却没有来，事情就是这么狗血无奈。

杭佑在回家的路上遇到了小混混抢劫，少年人不甘示弱，斗争中脚踝粉碎性骨折。

听到这个消息的时候，全班师生都不敢相信。他可是要打职业篮球的人啊。

陆佳恩面色苍白，浑身发冷。

在这件事过去的很多年后，陆佳恩依旧会想，如果自己没有在那天送杭佑画，这场悲剧是不是就不会发生？

可惜没有如果。

陆佳恩魂不守舍了好几天，在一天下午偷偷去了杭佑所在的医院。他躺在病床上，静静地看着自己的腿发呆。

原本阳光张扬的男生，好像忽然之间被抽走了所有的精气神。他平静，沉默，毫无生气。

陆佳恩站着门外，眼泪止不住地往下流。她忽然不敢推门进去了。她应该在医院照顾他的，可是她没办法。她控制不住自己的情绪和眼泪。

陆佳恩扭头，去找了杭佑的主治医生。她苍白着脸，边哭边问他杭佑还能不能打球。

医生叹了口气，抽张纸递给她，说："小姑娘你别急，这伤呢，年轻人恢复快，肯定不会跛脚的你放心。"

"可他是要打职业篮球的啊。"陆佳恩抽抽噎噎地说。

医生摆摆手："这你就别想了。职业篮球那运动量能行吗？"

陆佳恩不死心，睁着一双泪眼问："一点可能都没有吗？"

医生叹口气："姑娘哎，我们又不是NBA专业医生，别想了啊。"

陆佳恩于是果断地抓住了关键词："如果能去美国找专业医生治疗，是不是就可以？"

医生点点头："那还有可能，NBA是有先例的。"

他皱眉看着陆佳恩，无奈地说："不过这医生是那么容易找的吗？小姑娘，咱普通老百姓，去哪儿找NBA的专业医生啊？那小伙子是你朋友吧？你还是多安慰安慰他吧。年轻人，未来还是很宽广的。"

陆佳恩抿了抿唇，站起来向医生鞠了一躬。说了句"谢谢"后，她马不停蹄地去车站买了最快到平城的车票。

在破碎的梦想面前，所有口头上的安慰都显得苍白无力。陆佳恩见过杭佑眼睛里的光，她不忍心也不愿意就这么看着他黯淡下去。他是学校里打球最好的男生啊，要他因为几个混混就失去机会，他怎么可能甘心？她又怎么甘心？

陆佳恩自己没有人脉，她唯一能想到的，就是在平城位居高位的叔叔陆平遥。在画室集训时，叔叔曾经找过陆佳恩希望她和陆家恢复联系。当时的她自诩清高，没有同意。可现在走投无路的情况下，她只能去平城找叔叔请他帮忙，问他是否有这方面的人脉。

叔叔并没有和她计较之前的拒绝，打了几个电话之后，他对着陆佳恩点了点头。

得到肯定的那一刻，陆佳恩几乎又要落下泪来。

陆平遥没有亲自出面，而是委托杭佑的主治医生建议他家人去美国治疗。杭佑的家境不错，父母也同意了。他出国前，陆佳恩去医院找他。

那天的陆佳恩说了很多，杭佑却异常沉默，只要她好好准备高考。

陆佳恩点头应好，没有告诉他去美国是自己找的关系。

高考结束之后，陆佳恩预感自己考得不错，加上校考分考平美没什么问题。她鼓起最大的勇气，发了一封长消息给杭佑，在结尾说自己会等他回国。

这一次的消息却仿佛石沉大海，很久没有回复。

一直到高考分数出了，陆佳恩确认被平美录取时，她才收到了杭佑的信息。

"对不起，我有女朋友了。"

轻飘飘的一句话，把陆佳恩好不容易鼓起的勇气打散，也彻底打断了陆佳恩和他联系的念头。

收到信息之后，她便删掉了杭佑的联系方式，接着就去了平城在叔叔家住了一段时间。

也就是那时候，她开始觉得秦孝则和杭佑很像。

在照顾秦孝则腿伤的那段时间，陆佳恩更是从他那里得到了一种在杭佑那儿没有的救赎感。她尽心尽力地照顾秦孝则，好像在弥补自己高中时的遗憾一样。

秦孝则的腿一天天地好起来，精神越来越足，对她也不似之前那么冷淡。他像是空闲中得了有趣的玩具，时不时对她说些乱七八糟的话逗她。

陆佳恩的郁结愁绪在秦孝则的插科打诨下，竟然诡异地也好了很多。那段时间，说是她在陪着秦孝则，可某种程度上说，也是秦孝则在陪着她。

听到医生说秦孝则恢复得很好，不影响以后打球时，陆佳恩高兴得想哭。她好希望在美国的杭佑也能得到医生同样的结论啊。可是她已经删掉了杭佑的联系方式，并不清楚杭佑在美国的治疗情况。

很长一段时间以后，陆佳恩才在班级群里看到有人提起杭佑，听说他没有回国，而是去澳洲读了金融。谁也没有提起打篮球的事。

以前的梦想好像变成了秋天的枯叶，就这么随风飘散化为尘泥。

可陆佳恩记得啊。她记得杭佑打球的模样，也记得他雄心勃勃计划未来职业的样子。

十七岁的少年意气风发，眼里有光，脚下有风。他曾经张扬耀眼地在她的人生里经过，她却把这样的人弄没了。

陆佳恩至今不知道，杭佑读金融是不是因为没有治疗好腿伤。

她也不敢问。

陆佳恩醒来，微信多了一条好友申请，是杭佑通过班级群加她了。

陆佳恩的身体僵直，心脏跳得有些快。她点开了杭佑的主页，眼睛霎时酸涩。杭佑的个性签名那一栏，赫然写着一行字：

追风赶月莫停留，平芜尽处是春山。

陆佳恩心脏一颤，不知杭佑为什么还要用这句话做签名。她顿了顿，手指轻点通过了杭佑的好友申请。通过之后，她把手机往旁边一放就去洗漱了，再回来时，微信里多了一条消息。

没有激动的寒暄，没有感慨万分的叙旧，两人只是礼貌地互相打了招呼，问了近况。

如同两个最普通不过的老同学。关于以前，两人并没有交流太多。杭佑看到了她入选平城美展的朋友圈，和她说了恭喜，她便礼貌地回复了谢谢。

横亘在两人之间的，不仅是时间，还有许久未联系带来的生疏和陌生感。

陆佳恩没有问杭佑的签名，他也没有主动说。简短的交谈之后，陆佳恩借口出门，结束了这一次的聊天。

愉快地过完了这个寒假后，陆佳恩并没有在C市多待。除了要回平城准备美展和毕设外，更重要的一个原因是，她打算趁着这段时间把心脏病手术做了。

回到平城的第二天，陆佳恩独自去医院咨询了心脏病手术的事。

等所有的事情都处理清楚，已经快要到傍晚了。早春时节，天色暗得早，陆佳恩从医院出来已是薄暮红山，霞光渐晚。

见时间不早了，陆佳恩就在医院附近找了家面馆解决晚饭问题。快要吃完时，手机忽然响了——是秦孝则打来的电话。

陆佳恩犹豫了一下没有接，安静地继续吃饭。可秦孝则却是不依不饶，一个通话断了另一个马上就来，带着股不达目的不罢休的架势。

陆佳恩吃好面，出门接通了电话。

"你在哪儿？"电话那头的声音冷冰冰的，和上次见面时的态度截然不同。

陆佳恩的心里微微一动，回他："在外面，有事吗？"

秦孝则冷哼一声："有。"说完便挂断了电话。

陆佳恩看着被挂断的电话，眉头打了结，心里隐隐有个地方觉得不对，莫名有种惴惴不安感。

从地铁站出来，天色已经完全暗了下来。陆佳恩沿着地铁口的小道向美院的方向走。她穿着咖啡色的背心裙搭条纹衬衫，外加一件浅色的毛呢大衣。晚上气温比起白天降了不少，习习凉风吹在身上，带来些早春的寒意。

这条路灯光昏暗，行人稀少，夜色中显得极为寂静，偶尔传来汽车呼啸而过的声音。陆佳恩不自觉低下头加快了步伐，想快点走完这一段路。匆匆赶路时，耳边忽然传来一道尖锐的喇叭声。

陆佳恩冷不丁被吓到，抬头时却见一辆熟悉的黑色车子快速地从自己身后驶过。

行驶到她面前时一个急转停，轮胎在地面摩擦着发出刺耳尖厉的声音。

长长的摩擦声过后，车子嚣张地横停在了陆佳恩面前，将她走路的这半边道堵了个严严实实。

陆佳恩停下脚步，表情怔忪。下一秒，车门被人"砰"一声推开。秦孝则高大的身影从驾驶座下来，他面色冷峻，带着不容忽视的气势走了几步，在陆佳恩前方站定。

陆佳恩的心脏被吊了起来，跳得很快。待看清秦孝则身上的衣服时，她不禁倒吸了一口气，脊背僵住，浑身发凉。

秦孝则面无表情地看着陆佳恩，目如寒冰。

寒凉的早春晚上，他只穿了件黑色的T恤，外加一件高中校服外套。外套的拉链敞着，衣角被风吹得飞舞。

借着月色和灯光，陆佳恩看得很清楚——秦孝则身上这件外套，分明是自己高中，C市一中的校服！

她惊疑不定地看向秦孝则，脑子一片空白，喉咙如被扼住了说不出话来。

秦孝则向前两步逼近她，神色逐渐冷凝。

陆佳恩想后退，可整个人像被定住了动弹不得，双腿沉得迈不开步。

她只能眼睁睁地看着秦孝则低下头，声音如恶魔一般——

"像吗？"他问。

陆佳恩的睫毛一颤，垂在身侧的手指用力，指甲尖泛白。短短几秒，她的身体像是浸在了冰水里，失去了思考和移动的能力。

见她沉默，秦孝则提高了音量，又问了一次："我问你像不像？！"

陆佳恩紧紧抿着唇，唇色泛白。

她后退一步，仓皇而不知所措地看着秦孝则。

窄小昏暗的巷子里，两人沉默地僵持着。

秦孝则虽然脾气不算好，可从来没有像今天这样，整个人濒临着暴怒的边缘。他甚至不知道，自己从发现画稿到今天是怎么过来的。当人对自己深信不疑的事情产生了怀疑以后，裂缝往往是越拉越大的。

那一天，他翻来覆去地将那张素描看了许多遍。他不想承认却又不得不承认，画里的地点、人物都不是自己熟悉的。

那天晚上，秦孝则失眠了。一个匪夷所思又大胆的假设浮现在他的脑海——画里的人不是自己。

那他后来在陆佳恩素描本里看到的人，到底是谁？他在两个家中翻箱倒柜，试图找出其他的证据证明陆佳恩画的是自己，可惜一无所获。

可是在寻找的过程中，秦孝则忽然就意识到了其他的疑点。他想起自己要陆佳恩给自己再画一幅画时，她迟疑着问出"再"的困惑表情；他想起陆佳恩素描本里的"自己"似乎从来没有正面清晰的脸；他想起交往这几年，陆佳恩对于看他打球这事出乎寻常的热情和喜欢……这些——到底都是为什么？

秦孝则越想越觉得心惊。他不愿细想那个男人，更羞于和其他人提及，于是当机立断，独自一人去了C市。

当秦孝则真的想要做成一件事时，他的行动力是极强的。在C市待了短短两天，他很快就查到了——那个叫杭佑的男人。

几乎是看到照片的第一秒，他就确定了陆佳恩画稿里的人是杭佑。

他之前怎么会觉得考入平美的陆佳恩画工不行呢？可笑。她的画工明明好得很！画杭佑画得入骨三分，惟妙惟肖。

也是那时，秦孝则彻底意识到，因伤出国的杭佑才是陆佳恩心里的白月光，自己不过是个沾光的替代品而已！

回忆起这些天自己的遭遇，他气不打一处来，恨不能将陆佳恩的心掏出来看看里面到底有什么。

偏偏陆佳恩却一点反应也没有，只怔怔站在原地看他。

半晌，她动了动唇，声音很轻："你在说什么？"

陆佳恩不确定秦孝则知道了什么，又为什么穿这身衣服。

一个猜想隐隐浮现，她不自觉攥紧了拳头，心脏怦怦直跳。

"说什么？"秦孝则盯着她，从喉咙吐出三个字，"杭佑呗。"

昏黄灯光下，陆佳恩的脸色瞬间苍白，不自觉打了个寒战。

"我这个替代品当得还合格吗？"越是调查，他就越是肯定这一点。同样是篮球特长生，同样的A大，身材相近，就连他腿伤得都恰如其分！

秦孝则越想越气，胸口剧烈起伏着，脖颈青筋暴起，就连额头都隐隐透出血管的脉络。

他忍不住怒吼出声："说话！"

陆佳恩的身体颤了一下，心脏跳得厉害，呼吸不自觉变得急促。

内心深处最大的秘密被戳破，她几乎要喘不过气来。

她不知道要怎么回应秦孝则的质问，低下头喃喃自语："对不起……"

这样的反应在秦孝则看来无疑是承认了，一股从来没有的耻辱感从身体深处涌出。他的左手指节咯咯作响，右手强势地捏住陆佳恩的下巴，迫使她抬头。那双他很喜欢的眼睛变得通红，灯光下又似含了一汪水，波光粼粼。

秦孝则已是气极，喉头剧烈地滚动："你现在又为谁哭呢？我这个被你耍的人都没哭，你哭什么哭！"

他半是气愤半是责问，眼睛充了血，又疼又涩。

秦孝则想起自己住院时，她在医院哭得梨花带雨。那时候还以为她是因为很在乎自己才哭成这样，可结果呢？她根本就是为了另一个男人在哭！

秦孝则第一次感觉到了命运的荒谬。

他这个替身当得还真是完美。

可笑！

更可气！

秦孝则不自觉加大了手上的力道，紧咬着牙齿的嘴巴隐隐感觉到了铁锈味。

陆佳恩的发如瀑布，眼睛泪光点点，脸色苍白，鼻尖有些红。黑、白、红、粉在她的脸上得到了完美的统一，昏黄灯光下显得柔美可怜，楚楚动人。

可秦孝则此刻无心欣赏月下美人，被戏弄的不满和气愤占满了他的每一寸身体，几乎要破体而出。

陆佳恩动了动唇，声音有些颤抖："我是认认真真做你女朋友的……"她小声解释着，眼底有些湿润。这段感情的开始她是有不对。可是在恋爱中，她也在努力做好一个女朋友啊。

"女朋友？"秦孝则像是听到了什么好笑的事，手上蓦地松了。他的脸色绷得极紧，颊边肌肉隐隐颤抖。一向骄傲惯了的人，这辈子都没受过这种屈辱。

"陆佳恩，我真恨不得掐死你！"他看着陆佳恩的目光夹着气愤和恨意，凌厉地扫过她的下巴。那里因为他刚刚的用力，已然红了一片。

陆佳恩的肩膀一颤，看着他的目光多了些惶恐。

秦孝则紧盯着陆佳恩。她脸色苍白，薄瘦的身体如纸片，夜风中摇摇欲坠。这时候知道怕了？要他的时候呢？

秦孝则将身上的校服脱下，扔垃圾一般狠狠丢在陆佳恩的脚面。正要说话时，喉间一股气血上涌。他偏开头，向路边的下水道吐了一口混着血丝的水。

血腥味在口腔里弥漫，秦孝则的拇指擦过嘴角。半明半昧的光线下，他的目光凶狠强势，脸部轮廓线条紧绷。

他一字一顿地宣布："我不会就这么放过你。"

秦孝则转身就走。坐进驾驶座后，车门"砰"一声关上，力气之大，车身小幅度晃了一下。发动机轰响，车子倏地一个转弯，背对着陆佳恩扬长离开。

陆佳恩静静在原地站着,任由冷风吹在脸颊,对周边的环境仿佛失去了感知。

过了好一会儿,她缓缓俯身,伸手捡起了地上的校服,衣服仿佛还残留着秦孝则身上清冽的味道。

陆佳恩默默掸去校服上的灰尘,双手抱着校服往学校的方向走去。纤瘦的背影很快和夜色融为一体,消失在昏暗的巷口。

秦孝则回去的路上,一路将车开得飞快。到了家,他重重往沙发上一坐,粗喘着气,脸色被气得通红。这口气,他是不可能就这么咽下的。

今天和陆佳恩的见面,无疑是肯定了自己一直以来的猜测。陆佳恩居然敢耍他——她和自己交往,竟然只是因为自己和那个杭佑在各方面都相似!怎么着,如果她认识A大篮球队的其他人呢?是不是也可以交往?

秦孝则越想越气,胸口不停地起伏,怒火在身体里乱窜,几近爆炸。

在一旁休息的肆肆似乎是感觉到了异样,抬头看了看秦孝则。它拖着越发肥胖的身躯,磨磨蹭蹭地挪到秦孝则身边。

秦孝则睨它一眼,没有理会。这猫本来就是讨陆佳恩喜欢才买的,一直和秦孝则不熟。

陆佳恩走后,一人一猫反倒是比之前熟稔了很多。可眼下,秦孝则真不知自己该感谢它还是气它。

他深呼吸了几口气,倏地站起身来走向书房。这书房原本是陆佳恩很喜欢来的地方。她喜静,常常抱着书和笔记本过来学习。

几乎是一瞬间,他的眼前便浮现出陆佳恩在这里学习的样子。纤薄瘦削的身体坐得笔直,乌黑的头发垂下,灯下的皮肤白皙干净。

秦孝则揉了下眉毛,目光慢慢在房间里扫过一圈。在掠过书柜里的金杯时,他蓦地一顿,眉头皱了起来。

秦孝则猛然想起,陆佳恩有好多次,都在看着这座CUBA的金杯发呆。当时他还以为这是陆佳恩喜欢崇拜自己的表现方式,而今反应过来,他只觉得分外耻辱!

陆佳恩看着这座金杯的时候,她在想些什么?回忆那个杭佑吗?幻想他也在A大和自己一起拿冠军?

秦孝则脑子里神经突突地疼,血管有一种要爆裂的痛感。他别过眼,胃里一阵翻云倒海。

在C市时,秦孝则已经把杭佑查得很清楚。他是学校里的篮球特长生,理想是打职业篮球。如果没有意外,杭佑应该是自己的学弟、队友。而陆佳恩，则很有可能是自己队友的女朋友……想到这里，秦孝则的胃越发难受，一股酸水直冲上来。他干呕一声，快步奔到卫生间，对着马桶呕吐。

他晚上没有吃东西，胃里空空荡荡，吐出来的全是胃里的酸水。

又是一阵干呕之后，秦孝则擦擦嘴回到了书房。

他打开书柜拿起奖杯，随手扔进了垃圾桶。奖杯和垃圾桶碰撞，发出一声轻响。

秦孝则看也不看地回到卧室，颓然倒在床上。他面无表情地看着天花板，脑子一团乱麻。和陆佳恩从相识到分手的一幕幕在眼前回荡，之前困惑的事忽然间有了答案。

为什么陆佳恩一个从来不运动的人会对他打球过分的热衷；为什么陆佳恩会说第一次动心是自己打球时向她扔了件外套；为什么在自己不理她的情况下，陆佳恩一听说自己腿伤了就跑来医院，任劳任怨地照顾自己那么久；为什么在听说自己拒绝了职业篮球的邀请后，陆佳恩会露出怅然又感慨的神色……

一桩桩，一件件。以前模糊不清或是自己忽略的事，突然之间变得无比清晰。每一件事都在说——秦孝则，你不过是个替代品而已！

秦孝则漠然地躺在床上，右手捂住自己的心脏，那里一抽一抽的，又像被人用钝刀子一点点地剜着。他第一次感觉到了什么是锥心的痛苦。

就算在陆佳恩提分手以后，他内心深处也一直觉得他们还会复合。

可如今，他终于明白为什么陆佳恩会那么理智淡定——因为她根本就不爱自己！她对自己所有的温柔与好，一是性格使然；二是因为杭佑。和秦孝则有什么关系？

秦孝则脑袋神经被拉得极紧，大幅度地一跳一跳。他疼得没有办法进行思考。

"喵！"床下忽然传来了一声猫叫。

秦孝则侧头，看见肆肆仰着头瞪大眼睛看他。他胃里又是一阵难受。

秦孝则忍住想干呕的欲望，又转回头去，他掏出手机，给陆佳恩发了一条微信。

此仇不报非君子。况且，他本来就不是什么君子。陆佳恩竟然敢耍他，那就必须承担后果。

陆佳恩回到宿舍，发现自己手机里多了两条秦孝则发来的消息。

Q："把你的猫拿走。"

Q："明天。"

她连忙打了个电话过去。秦孝则直接按断了通话，显然并不想和她交流。

陆佳恩只好发消息过去："我现在不太方便养肆肆，你可以养它吗？"

Q："不可以。"

恩："可是肆肆是你带回来的啊。"

刚打完字，陆佳恩忽然发觉他们现在好像一对不想要孩子在互相推辞责任的离婚夫妻。

可秦孝则显然不是多有人情味的人，当即回复："你明天不来拿，我就把它扔了。"

陆佳恩怔住。她也不知道秦孝则说的是气话还是真话，可是她不敢赌。

迟疑了半晌，陆佳恩发消息过去："好，我明天过去。"

第二天，陆佳恩问舍友们如果她一时找不到合适的宠物店或者寄养人，可不可以把猫带回来养两天。

舍友们早在陆佳恩的朋友圈看过肆肆的照片，对它都挺喜欢，当即表示了欢迎。陆佳恩道了谢。

陆佳恩不知道他会怎么对付自己，直觉这次见面也不会有好的局面，她一个人在宿舍给自己进行了很久的心理建设。

一直拖到下午，陆佳恩才整理好心情出门了。

到达秦孝则家时，正值下午。早春的阳光正好，疏疏落落地透过叶子洒下。

再次站在门口，陆佳恩莫名地有点紧张，她深呼吸了几次，伸手按响了门铃。

过了一会儿，门里隐约有脚步声传来。下一秒，门被人从里面打开，秦孝则凌厉的眉眼轮廓也再次出现在陆佳恩面前。

看到眼前的人，陆佳恩一愣，心脏霎时狂跳。不过短短一天，秦孝则竟然完全变了个样似的。原本潇洒飘逸的头发理成了板寸，衬得他五官更加冷硬，一双眼睛布满了血丝，眼下是两片青色，下巴冒出的青楂也没有处理。

陆佳恩张了张唇，声音哽在了喉咙。

秦孝则嘲讽一笑，退开让在一边："怎么，不信现在还像。"

陆佳恩的心脏重重一跳，眼睛发酸。她摇摇头，默默进了门。

秦孝则背对陆佳恩走到沙发坐下。他背靠沙发，右腿叠在左腿上，闲散地坐着。

肆肆的东西已经收拾好堆在一边，而肆肆窝在地上，圆圆的眼睛有些戒备地看着她。

见状,陆佳恩的鼻尖又是一酸。这么久没见,肆肆果然和她生疏了,反倒是看秦孝则的目光柔和不少。

陆佳恩迟疑了一下,看向坐在沙发上的秦孝则,尝试开口:"肆肆它并没有错,我们的事可以不要涉及它吗?"

秦孝则抬眸,懒懒地看她一眼,语气生硬:"不可以。"

陆佳恩抿了抿唇,往前走了两步,在秦孝则面前站定:"能不能——"

像是触动了什么机关,秦孝则厉声打断她:"不能!"他蓦地站起身,直直逼近陆佳恩。

她穿了身奶白色的针织连衣裙,沐浴在阳光下的皮肤如顶级的瓷器,一点瑕疵也没有。身材纤细柔弱,婷婷袅袅的好像一株水仙。她微抬着头,眼睛水润清澈,下巴小小尖尖,从上到下从里到外都透着股温柔。

可就是这么一个人,把自己耍了三年。秦孝则盯着她的眼睛,全身的肌肉紧绷。

"我现在一看到它就想到被你玩弄的三年!多一秒都不想见!你懂了没有?!"

陆佳恩的眉尖蹙了起来,眼神有一丝受伤:"我不是……"

"你不是?"秦孝则蓦地笑了。

陆佳恩没有动,手里攥着自己的衣角。

"好,我问你。"秦孝则一双眼睛红得吓人。

"你和我亲密的每一刻,都想的谁?"他脖颈青色的脉络凸起,几乎要爆裂一般。

陆佳恩被秦孝则的话震慑住,仓皇退后一步,头皮隐约刺痛,睫毛颤了颤,脸色泛红。

"我没有想着他……"她的声音很轻,带着颤音。她和杭佑没有过任何肢体接触,她怎么可能幻想着杭佑……这个问题对于她来说有些难堪,光是想想就觉得羞愤。

"我们交往,"陆佳恩有些艰难地说,"我是认认真真当你女朋友的。"

"女朋友?"秦孝则气笑了,"你骗鬼啊!"

他看着陆佳恩,只觉得胸口一扎一扎地疼。这张脸长得清纯柔弱,任谁看都会觉得是个单纯的漂亮姑娘。可实际呢?她居然能瞒着自己把另一个男人藏在心里这么多年!

秦孝则心口一梗,想起自己对她的感情便越发觉得屈辱和羞愤:"陆佳恩,这件事你别想这么算了。"

陆佳恩面色白了一瞬,握成拳的手心微湿。

"怕了?"秦孝则冷笑,"你耍我的时候怎么没想到呢?"

陆佳恩颤抖着唇,声音很轻:"你和我在一起也不过是因为你哥哥,我们不能两清吗?"况且在交往期间,她自问自己做到了一个女朋友应该做的,对他并不差啊。

"不能!"秦孝则回到沙发坐下,暴躁地催促,"快带着你的猫走!"

陆佳恩顿了顿,不再多言。她蹲下身想去抱肆肆到猫包里,还没摸到猫,肆肆已经飞快地跑开。

陆佳恩一怔,轻声叫它:"肆肆过来。"

肆肆没有理她,依旧一脸戒备地看着她。她向它伸手,声音不自觉有些抖:"肆肆,过来,我们走了。"

肆肆只眨了眨眼,身体纹丝不动。

陆佳恩向前两步,手指要碰到它时又被它跑开。

肆肆转身,身上的毛乍开,冲着陆佳恩尖厉地"喵"了一声。

陆佳恩眨了眨眼,企图去掉越来越重的酸涩感。肆肆一定是感觉到了,它不想走,可是没有办法呀,秦孝则不要你了啊。

陆佳恩定定看着肆肆,视线渐渐变得模糊,感觉到了一种从没有过的狼狈,一向很黏自己的肆肆现在都不愿意相信自己了。

朦胧中,她余光看到秦孝则黑色的袖口一闪而过,一团金灿灿的毛团伴随着叫声被放进了猫包。

"可以了。"

陆佳恩听到秦孝则低低的声音。她飞快地抹了下眼睛,将肆肆的猫粮零食玩具等小东西一股脑塞进包里。

肆肆不喜欢猫包,不时在里面发出凄厉的声音,尖锐的声音在房间里分外清晰。

陆佳恩吸了吸鼻子,将猫包背在身上,低头去拿地上的猫厕所。这猫厕所很豪华很贵,也很重。陆佳恩抿唇,有些吃力地双手拎起它,缓缓走到门口,她却腾不出手来开门。

正要把猫厕所放下时,身后忽然传来脚步声。紧接着,一截手臂伸到门前,指节分明的大手顺势帮她推开了门。

陆佳恩没有看他,头也不抬地出了门。

秦孝则没有关门,一路看着陆佳恩的背影消失在电梯口。随后,他走到阳台的落地窗前站立。

不一会儿,单元门口出现了陆佳恩的身影。她身上一前一后两个背包,双手提着那个据说有多种功能的高科技猫厕所。她本来就瘦,同时负担这三个东西对她来说显然很吃力。她走路走得很慢,时不时低头看向猫包,像是在安抚肆肆。

秦孝则想起刚刚陆佳恩红着的眼睛和鼻尖,心里一阵烦躁。

她哭什么?自己这个被玩弄的人还没哭呢!明明是她的错,可看她哭了,秦孝则还是本能地感觉到了难受。他皱眉看了半晌,给江丞书打了个电话。

陆佳恩好不容易走到小区门口,将手上的猫咪厕所放了下来。这么多东西,她只能先打车回学校了。这里不好打车,打车软件显示前面还有十几个人。恰好此时季棠宁和江丞书来了,季棠宁围着肆肆,开心得不得了,要抱回家养。

快到平美,陆佳恩和江丞书道了谢谢。陆佳恩看向江丞书,犹豫了几秒轻声开口:"也谢谢他。"

今天从秦孝则家出来后的事情出奇顺利。陆佳恩不是傻子,早猜到是秦孝则联系了江丞书,她的心里一时五味杂陈——这个人嘴上放着狠话,转头又找了自己兄弟来帮忙。

"谁?"江丞书推了推眼镜,轻笑,"我可什么都没说。"这是陆佳恩自己猜出来的,自己也不算违背了秦孝则的意思。

"嗯。"陆佳恩点点头,侧头看向窗外。

虽然秦孝则今天打了这个电话,可是他肯定还在生气,今天威胁自己的那几句话也不像是随便说说。

车窗上,隐约映着陆佳恩一张布着愁绪的脸。

半晌,她缓缓地吐了口气,先走一步看一步吧。

送陆佳恩到平美后,江丞书给秦孝则打了个电话:"事情办好了,人也送回学校了。"

秦孝则低声应了句就要挂断电话。

"等等。"江丞书眉头一皱,"你什么情况?"

最近的秦孝则简直反常地安静。酒吧不去了,车也不玩了。他宛如一个宅男,除了上班就是回家。要不是了解他,表面看还真像一个精英男青年。就连陈携也跟江丞书抱怨过几次,说最近的秦孝则出奇地难约,即使约出来也不说话,就蒙头喝酒。

秦孝则的声音淡淡:"没事。"

"什么没事?过两天出来喝酒说清楚。"江丞书声音难得的严肃。

如果说刚分手的秦孝则是把多余的精力发泄在运动上，那现在的秦孝则却好像连精力都没了，整个人透着股颓唐萎靡的气质。

"再说。"秦孝则挂断了电话。

另一边的陆佳恩回到宿舍，邹予一脸兴奋地迎过来，见她手上空空，不由得好奇："猫呢？"

陆佳恩摇了摇头："送到我朋友那儿去了。"

邹予有些失望地"哦"了一声："不过给朋友了也好，比我们宿舍条件好一些。"

"是啊。"陆佳恩点点头，回位置坐下休息。今天的她着实有些累。不仅是生理上的，更是心理上的。

"对了，佳恩，明天礼堂有个交流会，听说罗晗也会来。你去吗？"邹予背靠着桌边，目光落在陆佳恩的脸上。最近陆佳恩忙着美展和手术的事，一直没太关注学校里的讲座和活动。

听到邹予的话，陆佳恩心里一"咯噔"："不去了，有点累。你们去吧。"

陆佳恩洗漱后躺在床上，一直在想秦孝则的话。如果能顺利出国，那他想报复也是几年之后的事了，可如果自己没能顺利出国……

不知过了多久，想着事情的陆佳恩迷迷糊糊地睡着了。夜里，她做了一个梦。梦里，她已经从国外回来，正着手准备个人画展。

某天，她正在画室画画时，经纪人忽然握着手机闯了进来。经纪人一脸惊慌，冲着她大声道："完了完了！我们的画展被取消了！你的画也全部扣在了画廊！"

她一惊，画笔掉在了地上。桌上的手机同时响了起来，屏幕上赫然显示着秦孝则的号码……

与此同时，现实中的陆佳恩从睡梦中被手机铃声惊醒。她坐起身，揉着额头拿过一旁的手机。

陆佳恩这才发现竟然又一次睡过头，响铃的也不是闹钟而是来电。

她按了接听，声音里带了点沙哑："邹予？"

邹予的声音很是惊讶："你猜我看到谁了？你前男友居然也和他妈妈一起来了！"

陆佳恩一怔："什么？"话一出口，她才发现喉咙有点疼，不禁咽了下口水。

秦孝则对于艺术类的东西从不感兴趣，更不要说参加这种活动了。

"他以清晗美术馆工作人员的身份来的，是不是回去帮他妈妈了？"

邹予的声音从手机里传出，"他理了个板寸我差点没认出来。你别说，他冷冰冰站在那里的时候看着还挺凶的……"

"邹予。"陆佳恩打断了舍友的滔滔不绝，"我喉咙有点疼，先不和你说了。"

邹予一顿："好好好，那你多喝点水，不行就吃点药。"

陆佳恩应了声好，挂断了电话，心脏怦怦直跳，有点慌。

她坐在床上缓了一会儿，顺着梯子慢慢爬下了床。站在洗漱台前，镜子里映出一张苍白的脸，连嘴唇都毫无血色。

陆佳恩深呼吸了几次，继续刷牙洗脸。她泡了一杯胖大海，一个人坐在书桌前听意大利语。透明的杯子里，棕色胖大海渐渐从椭圆形膨胀开，张开了翅膀似的，在水里缓缓浮动。

陆佳恩耳朵听着意大利语，心里却在想着秦孝则这次来美院的事。诚然，他作为罗晗的儿子，不管以后是跟父从商，还是帮着母亲处理美术馆的事，都无可指摘。可加上他那天说的话，又不得不让她怀疑他是冲着自己来的。

一个上午的时间，陆佳恩几乎都花在了思考如何应对这件事上。临近中午时，她忽然接到了罗晗的电话。

"佳恩啊，我正好在你学校做活动。中午一起吃饭吧？"罗晗的语气听上去是一贯的客气温和。

陆佳恩咳嗽两声，又按了按嗓子："抱歉啊罗阿姨，我今天嗓子疼。"

她今天的喉咙确实不舒服，一讲话就疼，说出口的声音也沙哑难听。

罗晗也听出来了，关心道："那你快别讲话了。赶紧吃点药，不行去医院看看医生。"

陆佳恩轻轻"嗯"了一声，又道了再见后挂断了电话。

另一边，罗晗挂断电话，转头看向在一旁的儿子。

"佳恩她嗓子疼不能出来吃饭了，你和我一起吧？"

嗓子疼？他微微蹙眉。

"不吃了，我回酒店工作。"秦孝则拒绝。

这种场合，一般都是文化人之间的互相吹捧，他不喜欢。

罗晗微微叹了口气。她这个向来桀骜不驯又爱玩的小儿子最近不知道怎么了，突然理了个利落的板寸不说，还转了性似的一直在工作加班。罗晗在欣慰的同时又隐隐有些担心，可秦孝则的脾气硬，问他也说不出什么来。

"那好，你自己注意安全。"罗晗没有勉强，叮嘱了下便让他回去了。

秦孝则点点头，独自沿着校园大道往平美的门口走。路过陆佳恩宿舍楼时，他的脚步一顿，抬头向上，只看到一排排的阳台和窗户。

半晌，秦孝则轻嗤一声，摇摇头走了。她嗓子疼关自己什么事？

秦孝则是在几天后被两个朋友叫出来的。

江丞书订的一家私房精菜馆，位于小巷深处。外表看是平平无奇的大门，走进却是别有洞天的一番天地。院里亮着橘色的暖光，植被丛密，正中偏右的位置一棵大树，树皮斑驳。

餐馆布置得很有风情，桌上的餐具也精致格调。江丞书定的房间毗邻院子，方位很好。透过透明的玻璃墙，喝酒吃饭时也不耽误欣赏园中小景。只是眼下的秦孝则并没有心情欣赏美景，到了房间便直直坐下。对面的江丞书和陈携在看到他时，俱是一愣。

两人互看了一眼之后，陈携忍不住率先出声："秦大少爷，您这头发……"他顿了顿，皱着眉竖起一个大拇指，"帅啊。"这位爷一段时间不见，一见面就变了个大样。认识这么久，陈携从来没见过秦孝则理板寸。但他也不得不承认，秦孝则顶着这发型依旧很帅，甚至多了些个性。

秦孝则睨他一眼，没有说话。

江丞书背靠椅子，默默打量着秦孝则。一段时间没见，他看着瘦了些。不知道是不是发型的缘故，整个脸型的轮廓更加立体鲜明，下颌线看着也瘦削了不少。

这边的座位需要提前预订，菜也上得很快。没过多长时间，棕色木桌便摆满了摆盘精致的菜肴。

秦孝则机械地给自己塞了几口，尝出是江南一带的口味，应该是陆佳恩会喜欢的。

他皱了皱眉，放下筷子，为再一次想到她而感到烦躁。

"怎么，不合口味？"江丞书见他又是皱眉又是抿唇的，缓缓开口。

秦孝则摇了摇头，端起杯子喝了口酒。他只是不知道怎么了，最近常常会想到那天见面时，陆佳恩听到自己威胁时又惊又疑的表情。还有她苍白的脸，红通通的眼睛和淡色的唇。每次想到，心里都莫名其妙地难受。

陈携"哎"一声，举起杯子看向两人："一起走一个？"

江丞书点点头，也举起杯子。秦孝则面无表情地和他们碰了个杯，又垂下眼去。

陈携看他这副样子，着实好奇："你到底怎么了？彻底放弃陆佳恩了？"除了这一点，他想不到其他令秦孝则忽然性情大变的理由。毕竟在这之前，秦孝则也只是找自己喝酒打拳而已，并没有现在的这股消沉颓靡，简直沉默得不像话。

秦孝则神色一顿，直直看向陈携。

陈携怔住，摆了摆手："哎，你别这样看我，我害怕。"

秦孝则于是又转过脸，仰头闷了口酒。

陈携和江丞书交换了一个眼神，一时都没有说话。其他的事情不确定，和陆佳恩有关是跑不了的了。

吃到后面，秦孝则又要了一瓶酒。陈携阻拦无果，对着他连连叹气。

秦孝则不理陈携，自顾自给自己倒了一杯，仰头喝下。他放下杯子，随意往院子里一瞥，顿时僵住。隔着一层透明的玻璃墙，一个形似陆佳恩的身影正从院子里穿过。来不及细想，秦孝则蓦地起身离开。椅子在地面发出刺耳的声响。他脚步匆忙，行走间腿和桌腿撞了一下。

"哎，哎！"

"你干吗？"

秦孝则无暇顾及小腿的疼痛和朋友的叫喊，急急转了弯出房间，匆匆越过院子。

刚走到院门口，那个身影又落入眼帘。秦孝则张了张口要喊，正巧那女生听到动静回头。四目相对的瞬间，秦孝则的表情逐渐凝固在了脸上。

不是她。只是身材和发型相似，衣服风格也类似罢了。

秦孝则敛下眉眼，正要转身时却看见女生对自己露出了惊喜的神色："是你啊！"

秦孝则一愣，皱着眉道："认错了。"

他并不认识这女生，转身就要走。

女生小跑几步追过来，急急解释："我没认错。我们之前在酒吧见过。不过那时候你不是这个发型。"

唐舒一边抬头瞄他一边提醒他："那天我把酒弄你身上了……"

秦孝则低头看了她一眼，神色冷淡："抱歉。"

"可能我那时候妆比较浓……"唐舒笑着解释，又跟在他后面进了院子。

"你别跟着我了。"秦孝则蓦地停下，看着她的目光冷峻。从小到大被不少女生喜欢，这姑娘什么意思他明白。可他是真的对她没兴趣。

听到秦孝则的话，唐舒的脸色白了一瞬。

"你误会了，我只是想解释清楚。"她动了动嘴角，有些尴尬。

"那我走了。"见对方态度冷淡，唐舒也不好意思再跟，转身出去了。

秦孝则再次回到房间，刚刚歪倒的椅子已经被扶正。他沉着脸，一言不发地坐回位置。

刚刚陈携偷偷跟出去看了眼，已经知道是怎么事了。

"兄弟，想开点。"他拍着秦孝则的肩，因为陪秦孝则喝酒脸皮也泛了点红。

"你想想，你和陆佳恩谈一场恋爱也不亏是不是？人家小姑娘漂亮，温柔，对你又好……"陈携一手勾着秦孝则的肩，另一只手伸到秦孝则面前——列举着陆佳恩的优点，试图用过来人的身份开导秦孝则。可他越是夸陆佳恩，秦孝则的脸色就越是难看。

"行了别说了，你也喝多了。"江丞书及时阻止陈携。

"我没、没有……"陈携说话有点大舌头了，依旧搂着秦孝则不放，"分就好好散伙得了，没准以后见面还能做个朋友。"

秦孝则冷笑着将陈携的手臂从自己肩膀拿下。朋友？这也是陆佳恩的想法吧？和平分手，再见可以做打招呼的朋友。

做梦！

秦孝则小时候看《倚天屠龙记》，一直不明白张无忌为什么说对赵敏"又爱又恨"。他也不明白爱和恨怎么可以共存。可秦孝则现在懂了。

他愤怒，他怨恨，可他却又轻易地被陆佳恩牵动着神经，哪怕只是一个相似的背影。

他恨陆佳恩，更厌恶这样的自己。真的舍得报复吗？

呵。他自己都不信。

气温渐渐回暖，平城美展正式在平城拉开帷幕，为期一个多月。与此同时，陆佳恩接到了医院的电话，要她住院检查，准备手术。

陆佳恩一个人办理了住院手续，找了护工，订好了这几天的住院餐，签好了手术前的知情同意书，在外面吃好了晚饭。独自井井有条地做完了所有事，已经是华灯初上了。陆佳恩捏着手机站在住院部的楼梯口，打了个电话给姐姐陆佳钰。

"佳恩？"

"姐。"陆佳恩停顿了下，"你明天有空吗？"

"明天就上班啊，没什么事。"陆佳钰困惑，"怎么了，有事吗？"

"嗯，有一点。"陆佳恩看着对面黑漆漆的窗户，声音平和，"我明天上午要做一个小手术，如果方便的话你可以过来一下吗？我怕手术中间万一需要家属签字……"

小手术也有理论上的风险，最好还是有家属在。陆佳钰的语气蓦地紧张起来："你怎么了？哪家医院？"

陆佳恩抿了抿唇，垂下眼盯着楼梯的台阶："在市二院。你先不要告诉叔叔婶婶,我不想他们担心。真的是小手术。"

"我可以先不告诉他们,但你要告诉我什么手术。"陆佳钰的语气很严肃。

"是先天性心脏病的手术。"

听到电话里传来倒抽气的声音,陆佳恩连忙补充:"不是你想的那样,是简单的微创手术。"

再三保证之后,陆佳钰将信将疑地挂断了电话,说明天一早过来。

陆佳恩长舒一口气,带着手机回了病房。

眼下是晚上七点,靠外侧的婆婆睡了,中间病床的小姑娘靠坐着玩平板电脑。陆佳恩轻手轻脚地回来,拉上帘子一个人换上了病服。她坐在床上,慢慢翻着美展的照片。

这次的美展在市美术馆举办,陈列馆有两层,规模很大。邹予给她发来了很多照片,这其中也包括了自己的那一幅。

"很多人都在拍你的画!我看得奖有戏!"

陆佳恩弯弯嘴角,点开了照片。因为拍照角度的关系,陈列馆的灯印在画中秦孝则的头发上,形成了一个小小的白色光晕。

她的目光在那抹白色上顿了顿,不知怎么就想到了他现在的板寸,随即又想到两人现在的僵持。

怔忪间,陆佳恩听到病房门被打开的声音,一阵匆匆的脚步声越来越近。

下一秒,陆佳恩的帘子被"哗"一下拉开,那个微胖的护士出现在眼前。

"56床。"护士核对她的名字,"陆佳恩?"

陆佳恩放下手机,点了点头:"是我。"

"你收拾下东西吧,跟我走,换病房了。"护士提醒。

陆佳恩一愣:"换病房?"

"嗯。"护士抽走她床头的单子,"你朋友给你换了单人病房,你不知道吗?"

"朋友?"陆佳恩的心脏一跳,轻声问,"谁啊?"

护士看了她一眼,想了想道:"个子很高的年轻人,姓秦。"

第六章

暗涌

　　陆佳恩的表情一顿，说："请问我可以不去吗？"

　　他们已经分了手，她去住秦孝则付钱的病房做什么呢？她当然也可以把病房的钱还给秦孝则，可这病房并不是她要求住的，要她白白支出一大笔病房费她心疼，也不愿意。况且，以秦孝则的脾气，他肯定也是不会收的。

　　听陆佳恩这么说，护士不由得再次打量了下陆佳恩。其实她对这姑娘印象挺深的。长得漂亮又娇瘦的小姑娘，看上去柔柔弱弱需要照顾的样子，没想到独立得很，办事礼貌又利落。

　　她下午还琢磨过，这姑娘没有家人在本地，男朋友总该有的吧？这样貌和个性一看就不缺男生喜欢。这不，晚上就来了个高高帅帅的年轻人，急急忙忙地说要来给这姑娘换病房。

　　护士嘴角扯了下，轻笑："怎么，和男朋友闹别扭了？"这是她的第一反应。男生外表出色，看着经济条件也好，一过来就说要换条件最好的病房，头上还急出了汗。

　　这不是男朋友说不过去吧？

　　陆佳恩垂下眼睫，轻声反驳："他不是我男朋友。"

　　护士的表情一僵，似乎有些意外，顿了顿才道："他现在手续都办好了，你这不住不是白不住吗？"

她看了眼陆佳恩的神色，又建议："要不你自己和他说说？"

陆佳恩思忖着点头。想来秦孝则大概是从姐姐那里得到的消息，如果已经办好了手续，他可能也不在医院了。

"那你联系，有结果去护士站和我说声。"护士将单子放回床前，先行离开了。

病房里很安静，睡觉的睡觉，玩手机的玩手机，只有小姑娘的妈妈好奇地打量着陆佳恩。

陆佳恩避开阿姨的目光，下床穿好鞋，打算去门外给秦孝则打个电话。打开门的瞬间，楼梯口的方向同时传来一阵匆匆脚步声。下一秒，秦孝则高大落拓的身影出现在了楼梯口。

陆佳恩站在原地，目光微微一怔。

乍暖还寒的春夜，秦孝则上身只穿了件黑色衬衫，肩线平直，身材挺拔。他的行色匆匆，眉眼里是来不及掩饰的焦急。

见到陆佳恩，秦孝则脚步一停。光线敞亮的走廊，两人隔着一段走廊的距离对望。医院冷冰冰的白炽灯光落在他脸上，深刻的五官轮廓更加明晰。

陆佳恩手心捏着手机，看到秦孝则的喉结滚动了一下，大步向自己走来。修身的黑色衬衫下，他紧实的胸口剧烈起伏着，脸上线条紧绷。

陆佳恩不自觉捏紧了手机。现在不用打电话了，他人来了。

秦孝则在陆佳恩面前站定，一双深色的眼睛里情绪翻滚。

陆佳恩的睫毛一颤，轻声问："你怎么来了？"

秦孝则的喉头上下滚动着，似乎有很多话要说。半晌，他低声开口："东西收好了吗？"

在来的路上，秦孝则有无数的问题想问陆佳恩。她是什么时候知道自己有心脏病的？为什么从来不说？为什么要现在动手术？有心脏病是不是很难受？做完手术是不是就可以像正常人一样了？

可看到穿着宽大病服的陆佳恩站在走廊，面色苍白得一点血色都不见，一双干净乌黑的眼瞳看着自己……她看上去那么弱小，好像一不留神就会受伤。秦孝则忽然一个字都不想问了。他此刻只想让陆佳恩顺利做完手术，其他事都可以放到后面。

陆佳恩摇摇头："我不用换病房，这里挺好的。"

秦孝则喉咙哽了下，他咽了咽口水，声音有些哑："我已经办好手续了，这里的床位明天就会来新病人，你不过去人家怎么办？"

陆佳恩抬眸看了他一眼。本以为秦孝则免不得又要为隐瞒病情的事生气,拒绝换房可能惹得他更加不满。没想到他会这么心平气和讲话,还有理有据地分析。

陆佳恩叹了口气,轻声道:"你这样,我们之间更牵扯不清了。"

秦孝则沉默地看着她。她静静和他对视,目光平静。

半晌,他忽然开口:"陆佳恩。"垂在身体两侧的手搭上陆佳恩的肩膀,他俯身和她平视。

"我们之间算得清吗?"他凝声说。

听到这句话,陆佳恩蓦地沉默。

今晚的秦孝则对她来说有些陌生。自从知道杭佑的事后,这是他第一次这么平静且理智地和她对话。他顶着一气之下剃得很短的头发,脸颊身形都清减了些。灯光下,他眼底的血色十分清晰,眼神却是难得一见的平和,甚至可以说是"温柔"。

也许是受医院和黑夜的影响,陆佳恩的鼻尖蓦地有点发酸。她知道秦孝则的意思。他们的感情从开始到结束都是一笔糊涂账,既然算不清,索性也不算了,那就这样吧。陆佳恩有些破罐破摔地想。

她眨了眨眼,轻声开口:"我不会还你病房费的。"

陆佳恩要和他事先声明,她做手术已经花掉不少钱了,以后出国又是一笔开销。这病房费不在她的预算内,她也不想清高地再还秦孝则。

秦孝则一顿,竟然有点想笑。

"你还我也不要!"他拍了拍陆佳恩的肩,松开了手。

陆佳恩的肩膀纤弱瘦小,他的手心能清晰感觉到骨头的形状。怎么这么瘦?秦孝则的心口一抽,催她:"还不进去收拾?"

陆佳恩顿了下,点点头,开门进去。

病房的灯已经关了,陆佳恩把帘子拉上,打开自己床位的灯。

秦孝则跟在她后面进来,在帘外问她要不要帮忙。

陆佳恩轻声说不用。她的东西不多,没多长时间就收拾好了。一个行李箱,一个背包,外加她自己带的洗漱用具。

秦孝则默默背上包,左手拎起箱子,右手拿盆。

"给我拿吧。"陆佳恩不好意思都给他,伸手要拿盆。

秦孝则拒绝,沉默着摇了摇头。

陆佳恩拗不过他,只好算了。

单人病房的条件比楼下好很多。房间宽敞干净,沙发、电视、淋浴、马桶等设施一应俱全,有点像酒店的房间,就连陪护床也比三人间的好很多。

在这里安顿好,已经是晚上九点了。安静空荡的房间里,两人四目相对,一时都没有说话。

陆佳恩抿了抿唇,看着秦孝则开口:"你回去吧。"她乌发淡唇,模样乖巧温顺,说话依旧是那副轻声慢语的调子,好像真的不需要人陪似的。

秦孝则的目光定定落在她身上,喉咙里含了层砂似的:"你不想我在这里?"一瞬间,许多个画面飞入秦孝则的脑海。他想起自己发烧时的样子,想起陆佳恩那条撤销的消息,想起家里那盒药箱……

如果是还在一起的时候,秦孝则肯定会赖在这里不走。可现在,他忽然不确定了……

陆佳恩被他盯得敛下眼睫,轻声道:"时间不早了,我也要休息了。你早点回家吧。换病房的事谢谢你。"

秦孝则的心口在她的话中渐渐凉了下去。明天就要手术,他也不愿惹得陆佳恩不开心:"那我走了。你有事叫我。"

陆佳恩随口应了一声,目送他离开。轻轻的一声门响,房间里只剩下一个人。

陆佳恩吐了口气,转身回到病床上躺下。她关上灯,空荡荡的房间只能听到自己呼吸的声音。

陆佳恩闭上眼睛,渐渐进入了梦乡。她不知道,在一墙之隔的门外,有人坐在椅子上查了一晚上关于先心病的资料。

第二天一早,陆佳恩是被护士查房的声音吵醒的。她坐起身,看到了昨晚那个要她换房的护士。

护士问了陆佳恩几个问题后,又告诉她手术定在上午十点。

陆佳恩道了声谢谢。

临走前,护士意味深长地笑了笑,说:"还说不是男朋友?是闹别扭了吧?"

陆佳恩不明所以地看向她:"什么?"

护士指了指门外,小声说:"给你换房的小伙子啊,昨晚找我们借了床被子在门口睡了一晚。"

陆佳恩心脏一跳,惊讶:"他还在外面吗?"

护士摇头:"一早就走了,说是一会儿再过来。"

陆佳恩怔怔着"哦"了一声,心情复杂。

她此刻才明白过来,秦孝则要自己"有事叫他"不是随便说说,他是真的在门外。他这是在干什么?他们已经分手了,他并没有义务关心照顾自己啊……

没时间想太多，陆佳钰和邹予已经依次来了医院。

三个女孩子在一起，病房一下热闹起来。陆佳钰在来病房前已经咨询了医生，确认妹妹的手术确实只是微创手术后放心了很多。邹予则和陆佳恩聊了许多有关平城美展的事。

"反正我觉得，下个月的评奖你还是很有希望的。"看完了整个美展，邹予对于陆佳恩的画依然很有信心。

陆佳恩笑了笑："好，如果得奖了我请宿舍吃饭。"她的语气轻松，面色柔和，一点也看不出对手术的担心。

陆佳钰昨晚却是被吓得不轻，没怎么睡好，说："你昨天真是吓死我了。以后有事可不能这么瞒着我们了，我好歹是你姐啊！"

陆佳恩心里一动，点了点头："好。"

想着陆佳恩要手术，几人也没有聊太久。

这时，病房门被推开。几人循声望去，只见护士们推着床进来了。而跟在护士们后面的年轻男生，可不是秦孝则嘛。他穿着白色卫衣和蓝色牛仔裤，眉眼轮廓利落，看上去干净清爽。

见到他，病房里的三人均是一愣。陆佳恩侧头看向姐姐。

陆佳钰神色有些心虚，低头对着陆佳恩的耳朵小声解释："我本来是想问他情况的，谁知他一问三不知，还威胁我说出你在的医院。"

陆佳恩点点头，没有多说什么。

"准备手术了哦！"护士提醒，"来姑娘们让让，我们要把病人抬上来。"

邹予连忙走开，给推床让开位置。两个护士走到陆佳恩床边，正要动作时只听一道男声传来。

"我来。"秦孝则几步走过来，神色正经，"我抱你上去。"

陆佳恩本想说不用，余光却瞥到护士们松了口气的样子，一时有些迟疑。她体重确实不重，以前秦孝则都是轻轻松松就抱起来的。可是她不知道对女护士来说，会不会吃力……

这么一愣神的工夫，秦孝则已经倾身过来。陆佳恩的腰下一热，手心温热的体温透过一层病服传过来。下一秒，她转了个方向，被人小心翼翼地放在了手术床上。紧接着，推床开始移动起来。车轮滚动中，陆佳恩看到了很多人的脸，所有人都皱着眉，一脸的担忧。她笑了笑，表示自己没事。

"好了，家属们不用跟，在这里等着就行。"随着护士的声音，其他的脚步声停了。

天花板上的灯、走廊的椅子、病房门、路人等等走马观光般在眼前掠过。

过了一个拐角后,陆佳恩被推进了手术专用的电梯。下一站,便是明亮宽敞的手术室。

陆佳恩得的是房间隔缺损心脏病。简单点来说就是她的心脏缺了一个口,需要通过手术的方式用金属材质的封堵器堵上那个缺口。

她的情况轻微,只需要在大腿上开口,再通过血管把封堵器送入心脏即可,属于相对简单的介入手术,手术时间也不会很长。

虽然之前已经在网上查了很多遍资料,可当麻醉后的正式手术时,陆佳恩还是感觉到了难受。

毕竟是在身体里放入一个异物,陆佳恩的心脏跳得很快,反应强烈,有几秒甚至有种不能呼吸的感觉。

"姑娘放松点,我们马上好了。"医生观察着监护器,安慰她。

陆佳恩"嗯"了一声,做了几次深呼吸,感觉稍微好了一点。手术是局部麻醉,陆佳恩睁着眼睛,感官在这个时候无限放大。

头顶的灯光很亮,手术器械发出的声响清脆明晰。结束时,医生开了个玩笑:"好了啊姑娘,缺的心眼给你堵上了。"

陆佳恩扯扯嘴角,温声道谢:"谢谢医生。"

陆佳恩的单人病房门外。陆佳钰和秦孝则并排而坐,邹予则很有眼色地坐在了另一排椅子上。陆佳钰理了理自己的头发,朝秦孝则挑眉:"聊一聊?"

秦孝则没什么表情地瞥她一眼,声音微沉:"不聊。"他现在没心思聊天,胸口很沉。明明是陆佳恩在做手术,他自己的心脏却好像也出问题了,一绞一绞地难受。

陆佳钰"喊"一声:"这病房是你弄的吧?我妹不可能这么奢侈住单人病房。"这种单人病房一天四位数的床位费又要自费,一看便不是陆佳恩会主动要求的。

陆佳钰昨晚一时蒙了也没有想到,此刻见秦孝则居然做到了难免有些惊讶。秦孝则"嗯"一声应了。

"你是不是还想追回我妹啊?"陆佳钰歪头,探究的目光落在他身上。

秦孝则皱着眉,手臂随意搭在腿上,并没有回答。陆佳钰只当秦孝则默认了,正要说什么的时候,秦孝则的手机响了起来。他起身,走到一边接听了电话。陆佳钰隐隐听到了"请假"之类的字眼。

秦孝则再回来时,神色依旧凝重。应该说,他在医院的脸色就没有好看过。

"喂，你别整天沉着脸行不行？你知不知道你这个发型看上去已经很凶了？"陆佳钰继续吐槽，"你这样到底是来看病人的还是来要债的啊？想吓唬我妹呢？"

秦孝则目光沉沉地看着陆佳钰。陆佳钰才不怕他，扬起下巴睨他。

"本来就是。病人需要放松和休息，你问问谁看你这样能放松？不知道的还以为我妹欠了你钱呢。"

秦孝则握成拳的手紧了紧，胸口一股浊气郁结。她懂什么？自己现在笑得出来吗？重重呼了口气，他还是咽下了这口气，老实应了："知道了。"

陆佳钰露出"孺子可教"的满意笑容。

"你是不是想请假照顾我妹啊？那……哎！"

话没说完，秦孝则却忽然站了起来，她也连忙跟上。

秦孝则一直留意着电梯那边的动静，听到有车轮的声音连忙起身。几步跑过去，他看到陆佳恩白着一张脸躺在床上。头发披散，眼睛闭着，睫毛鸦羽般覆在白皙薄透的眼下，整个人如睡美人一样安静。

"手术做好了。"医护人员一边推车一边说，"大腿打了麻药，上厕所不太方便，你们多注意下……"

几人连忙应好，跟在推车后一起进了病房。

秦孝则将陆佳恩从推车抱上病床时，陆佳恩的睫毛动了动，缓缓睁开眼睛。许是闭得时间长了，她的眼神有些迷蒙。

"你感觉怎么样？"秦孝则小心翼翼地放下她，只觉怀里的人又轻又薄，脆弱得很。

陆佳恩看了看他，长睫又垂下，声音很轻："还好。"

秦孝则一顿，默默退到了陆佳钰和邹予的后面。两个女生随即迎上去，关心起陆佳恩的情况。

没聊多久，陆佳恩订的午餐到了。她看向其他三人："你们也去吃饭吧，吃好可以直接回去了。"

"那我们先去吃饭了。"陆佳钰手臂搭上外套，冲着邹予打了个响指，"走，请你吃饭去。"

两人走后，病房里便只剩陆佳恩和秦孝则二人。陆佳恩没有看秦孝则，低头默默吃着饭。她能感觉到秦孝则的目光一直落在自己身上，可是她这会儿也不知道要和他说什么。

快要吃完的时候，小桌板上忽然多了一杯水。

陆佳恩吃饭的动作一顿，抬眸对着秦孝则说了声谢谢。

"不用。"他低声说完，又退到一边。

等陆佳恩吃好,秦孝则又默默过来收拾起桌上的餐具。他动作很快,脸上没什么多余的表情,眼下的青色在光线下十分明显。

陆佳恩心里一动,轻声开口:"你也回去吧,我这里没事了。"

秦孝则转头和她对视,神色十分认真。

"陆佳恩,我要留在这里。"他说完这句便不再多话,拎起垃圾丢到门外又折回,打定了主意要在这里似的。

陆佳恩抿了抿唇,忍不住问道:"为什么呢?我手术做完了,护工也快到了。真的不用了。"况且他不是信誓旦旦地说要报复自己吗?留下来算怎么回事呢?

秦孝则闻言看她,目光深沉而复杂:"你当我还你以前照顾我的人情好了。"他问过医生,陆佳恩只要住四五天就可以出院,他也已经请好假了。

陆佳恩张了张唇,欲言又止,索性随他去了。再顺着他住院的事说下去,免不得又要波及杭佑,惹出争执来。

"你要不要睡一会儿?"秦孝则问。

陆佳恩摇摇头:"刚吃完躺着不舒服,我坐一会儿。"

她侧头,试图去够床头柜上的手机。

秦孝则先她一步拿起手机递过来,移交时,手指不小心碰到了电源键。未读的微信消息顿时显示在屏幕。

杭佑:"我打算六月份回国。"

陆佳恩头皮一紧,眼睛如被针扎般刺痛了下。她下意识抬眸,撞上秦孝则一双深沉如海的眼睛。四目相对的瞬间,病房的空气忽然凝滞。

陆佳恩脑子空白了一瞬。秦孝则盯着她不说话,脸上线条紧绷。就在这时,门口忽然传来了声音。

陆佳恩寻声看去,是自己请的护工阿姨来了。

阿姨姓李,约莫四十多岁,长相和蔼,身材微胖,做护工已经两年多了。病房里忽然多了一个人,原本紧张的气氛被打破。

"李阿姨来了,你先去吃饭吧。"陆佳恩催促秦孝则。现在十二点多了,他还一直没有吃东西。

秦孝则定定看了她一会儿,目光沉沉。半响,他点了点头,沉默着推门出去了。

"小姑娘,这你男朋友啊?"护工李阿姨等秦孝则走后问了一句。

陆佳恩摇摇头:"不是的。"

李阿姨"哦"了声,识趣地没有再问。

陆佳恩解锁了屏幕,看着杭佑的对话框发呆。和杭佑重新联系上以后,两人的交流保持着不高不低的频率，言语间比起最早联系时要熟悉了些，偶尔会互相分享一些学习和生活上的事。

虽然两人之间的聊天并没有什么暧昧的成分，可刚刚被秦孝则看到的时候，陆佳恩还是反射性地感到了心慌。秦孝则那天晚上穿着校服跑来质问她的场景还历历在目，她下意识地以为秦孝则又要生气。

陆佳恩微微叹气，顺着杭佑的话题回复了几句。

杭佑："你什么时候出国？"

恩："应该是九月。"

杭佑发来一个高兴的表情："那我们还赶得上见面。"

陆佳恩的手指微微一顿。

正要回复时，门口传来了高跟鞋的声音。心知是姐姐回来了，陆佳恩简单回复了句，结束了和杭佑的对话。

下一秒，病房门被打开。陆佳钰拎着两大袋东西出现了："喏，买了点水果。哎，对了，我刚刚在楼下看到秦孝则了。"

陆佳恩一愣："他在楼下？"秦孝则这时应该在吃饭才对。

陆佳钰点头。陆佳恩"唔"一声，垂下眼睫，心里乱糟糟的，总觉得有什么事情是自己没想到的……

秦孝则是在二十分钟后回到病房的，同他一起的，还有一束娇艳欲滴的花。陆佳恩的眼睛眨了眨，怔怔看着他手里的那捧花。

"你去买花了？"陆佳钰也有些讶异于他的速度。

秦孝则"嗯"一声，默默走过来将花放在窗台，紧接着一言不发地坐在椅子上，大有僧人入定的架势。

陆佳钰看着他的动作一愣："你准备一直留在这儿？"

秦孝则点头："你回去吧。"

陆佳钰勾了下头发，疑问的眼神看向陆佳恩。

陆佳恩想起两人中午的对话，对姐姐笑了笑，语气平和："姐，我这里没什么事了。你回去休息吧，今天麻烦你了。"

陆佳钰的目光在妹妹和秦孝则之间游移，一时有些摸不着状况。

护工李阿姨轻笑一声："小姑娘需要休息，人多也没必要。这里要做什么有我呢。"这位姐姐一看便是个娇滴滴不会照顾人的主儿，估计也帮不上什么忙，留下来也没事，不如回去休息。

陆佳钰想想有理，在病房待到陆佳恩午休时便先行离开了。

下午，陆佳恩是被憋醒的。她有些不好意思地和李阿姨说自己想上厕所。

"好，我帮你。"说完，李阿姨从阳台拿出一个类似于盆的东西就要过来。

陆佳恩大惊失色："在床上吗？"

"对啊！"李阿姨理所当然地说，"你现在腿动不了，怎么下床？"

陆佳恩看着那个白色的东西，脸唰地红了个透，整个人又羞又窘。李阿姨见得多了，知道小姑娘脸皮薄不好意思。

"没事，医院都这样，没啥的。我帮你。"她赚的就是这个钱，对此习以为常。

陆佳恩红着一张脸，表情犹犹豫豫，很是尴尬。她第一次感觉到了身为病人的窘迫之处。她犹疑着看向秦孝则，准备叫他出去。

对视的瞬间，秦孝则却是忽然起身向这边走过来。

"我抱你去卫生间。"他的神色如常，抱起陆佳恩进了卫生间。

看着满脸通红的女生，秦孝则的左手搭在她的后腰，低声询问："我帮你脱？"

"不要！"陆佳恩的声音惊慌失措，"你快出去，离远一点。"

秦孝则点点头，听话地离开了卫生间。

"小伙子谢谢你了啊，这我一个人可抱不动。"李阿姨道谢。

秦孝则扯了扯嘴角："没事。"

解决完个人问题再被秦孝则抱回床上时，陆佳恩的脖颈都泛着淡淡的粉色。要前男友帮助自己解决个人问题绝对是她人生中迄今为止最尴尬的事情——没有之一。

下午六点不到，陆佳恩和秦孝则的晚餐到了。陆佳恩拆下饭盒，目光一怔。

她看向秦孝则，语气里有几分肯定："你帮我换了套餐？"这一份餐点和中午的相比明显不是一个级别的。

秦孝则淡淡点头，说："嗯，换了。"他去订餐的时候顺便把陆佳恩的也换了。

陆佳恩垂下眼，自住院以来，秦孝则一次又一次地刷新着自己的认知。他的行为都出乎自己的意料，甚至，在看到了杭佑的信息后他一直闭口不言，仿佛没有这件事一样。

陆佳恩默默吃饭，心里盘算着要不要和他开诚布公地谈一谈。

没等她想好，另一个问题又出现在眼前——夜里谁陪护？房间里只有一张陪护床，陆佳恩计划是给李阿姨睡的。

可是秦孝则坚持不回去，说他在外面椅子上睡就可以。陆佳恩见他眼下的青色越发明显，催他回去休息。

"不回。"秦孝则的脾气上来，执拗着不走。

"你晚上想上厕所怎么办？"他问。

陆佳恩一顿，不说话了。半晌，她叹了口气，妥协了："那你睡病房里面吧。"

看秦孝则的黑眼圈就知道外面的椅子根本就没法睡。她只好让李阿姨回去，明天早上再来。

李阿姨走后，房间里只剩下陆佳恩和秦孝则两人。除了时不时问陆佳恩身体怎么样以外，秦孝则并没有多说什么。

比起以前，他今天异常沉默。而做了手术的陆佳恩有点累，晚上早早就关了灯，没多久便睡着了。

夜里，她不知何时醒了过来。睁开眼，房间漆黑而安静。朦胧中，陆佳恩看到对面陪护床上高大乌黑的影子，蓦地一惊。

秦孝则背靠着墙面坐在陪护床上，一只脚踩着床，手臂搭在屈着的膝盖上，另一条腿则随意伸着，半截小腿悬在床外。他就这么以一种吊儿郎当的姿势坐着，眼睛一眨不眨地盯着陆佳恩看。

陆佳恩被吓了一跳，睡意顿时消散了不少，问："你怎么还不睡？几点了？"

秦孝则抬了抬手腕，看一眼回她："两点。"

月色中，他的轮廓隐隐约约，声音也像裹着夜色般低沉。

陆佳恩愣了愣，忍不住又问了一次："你怎么还不睡啊？"

"睡不着。"秦孝则无所谓地说。他动了动，直接从床上下来走到陆佳恩床边。

他低头，明亮灼热的目光落在陆佳恩脸上："要去卫生间吗？"

陆佳恩摇了摇头。

"哦。"秦孝则点头，帮她拉了拉被子，"那你继续睡。"

陆佳恩躺在床上，目光在他轮廓线条越发明显的下颌线停留几秒。

"你……要聊聊吗？"她迟疑着问。

"不要。"秦孝则拒绝，"你睡吧。"大晚上的，他和她一个刚做完手术的聊什么？

陆佳恩的目光闪烁了下，轻声说："那你也睡吧。"

秦孝则"嗯"一声，返回陪护床躺下。

陆佳恩确认他是真的躺下，心里暗暗舒了口气，闭上眼睛。

不一会儿，病床上传来了均匀平缓的呼吸声。秦孝则翻了个身，再次睁开眼睛看向陆佳恩。因为方向和角度的关系，他只能看到一个模模糊糊的轮廓。

秦孝则没有说谎，他是真的睡不着。这两天，他陆陆续续地想了很多，也想清楚很多事情。

他问过医生，知道陆佳恩的心脏病不是狗血电视剧里常演到的严重类型。所以陆佳恩才能瞒了大家这么久。可是真的一点征兆也没有吗？并不是。

仔细想一想，陆佳恩比其他人体质弱得多，很容易感冒。甚至，他把陆佳恩带着鼻音的声音都当成了一件稀松平常的事。

"这病呢，平时就是要多注意保养。不要受凉感冒，避免剧烈运动……"医生的话言犹在耳，像一根针牢牢扎在秦孝则的身上。

他想起陆佳恩对于养生这件事出奇地重视；他想起了去年在别墅的夜里，自己把陆佳恩拉进泳池时她打着战的嘴唇；他想起某些旖旎时刻，他不愿意老老实实在床上，把人压在飘窗或浴室的时候，总调笑着说一会儿就不冷了；他想起陆佳恩随身带着的药盒和身上若有似无的中草药味……

作为陆佳恩的男朋友，他本应该很容易察觉出异样的，可是他没有。

秦孝则的胸口酸酸胀胀，懊悔和自责的情绪折磨着他。他把一切都想得理所当然，或者说根本就没有仔细想过。

如今再回忆起来，才发觉自己很是离谱。最离谱的是，他自以为的仰仗——"陆佳恩的喜欢"，也是假的。

实在太可笑了。经过这段时间，他已经想通了。

他对于陆佳恩的愤怒，除了被欺骗戏弄以外，更多的是来源于"陆佳恩不爱自己"这件事——他接受不了陆佳恩不爱自己。

陆佳恩怎么可以不喜欢自己呢？他像个被长期依赖的大人抛弃的孩子，只会无能地撒泼打滚，嘴上说着狠话要报复。

他曾经想过，但凡在质问陆佳恩时，陆佳恩能对自己说她是真的喜欢自己，自己就会心软。可是她没有。

她只是对他道歉，说对不起。所以他如此恼怒、羞愤。

今天看到杭佑的信息时，他不可抑制地想把手机砸烂，不让他们联系。

可是他克制住了。

陆佳恩叫他去吃饭，但他根本吃不下。他一个人在楼下站了很久，最后又去花店转了一圈。

他想起自己住院时，陆佳恩经常带花来看他。于是，他挑了花店里最漂亮的那一束带回去。

秦孝则的目光落在窗台上的花束上，心口微涩，脊背发凉。

他忽然懂了，为什么陆佳恩那么坚决地要分手，哪怕自己说会改也不肯复合——

白月光回来，替代品自然该下场了。

杭佑要回国。

陆佳恩就不要自己了。

呵。

第二天清晨，秦孝则被一阵轻微的动静惊醒了，睁开眼睛一看，陆佳恩正低着头试图把床板摇上去。他一个激灵，连忙起身过去帮忙。

陆佳恩道了声谢，又有些不好意思地问："我吵醒你了？"

现在才六点，就算秦孝则那时睡了，满打满算也才睡了四个小时。

秦孝则摇摇头，搬了张椅子过来，让陆佳恩坐在洗脸池前。

陆佳恩洗漱时，他就静静站在一旁盯着她看。

这样的时刻对于两人来说都有些陌生。以前陆佳恩洗漱时，秦孝则往往还没有起床，更不要说在旁边陪着她了。

洗完脸，陆佳恩抬头时和秦孝则的目光在镜子里撞个正着。秦孝则头发短利，五官硬朗，下巴处是新长出来的胡楂。他一身黑色的衣服，斜斜站在门口，看上去莫名有些颓和痞。

陆佳恩擦脸的动作一顿，眉头微微蹙了起来："要不你回家休息一会儿吧，我这里有李阿姨呢。"

看他模样憔悴了许多，陆佳恩心里有点过意不去。

秦孝则没有说话，默默走过来又把她抱回了床上。放她下来时，他没有立刻起身，而是盯着她的眼睛说："我说过我不走。"

陆佳恩抿了下唇，别开眼，随他去了。

医院的早上是忙碌的。在经过洗漱、查房、早餐等一系列事情之后，病房渐渐安静下来。

窗外的阳光很好，粉黄色的花开得正好，微风浮动，空气中飘散着花香和果香的混合味道。

秦孝则坐在床边，老老实实地给陆佳恩削苹果吃。一束阳光打在他的侧脸，他垂下的睫毛在眼下落了层影子。他大概是从没做过这种事，加上手又重，一刀下去能削掉好多果肉。

陆佳恩自然不会笑他手笨，只是觉得这样安静平和的时刻在两人之间很是罕见。于是在秦孝则递过来一盒削好的苹果块时,她忍不住开口:"我们聊一聊?"

秦孝则的目光一顿,随即漫不经心地"嗯"了一声。

陆佳恩坐在床上,头发披散下来,衬得脸越发小。

她缓缓张口,声音轻柔如窗外的三月春风:"我想让你平心静气地想一想几个问题。"

秦孝则坐回椅子,双腿无意识地散漫伸着,脸上没有什么表情地应了一声。

陆佳恩的眼睛干净清透,目光真诚:"我们两个在一起时,各自的目的都不是那么纯粹,对吗?"

秦孝则沉默片刻,不情不愿地"嗯"了声。

陆佳恩继续道:"那在一起以后,我对你应该还算不错,也没有做任何对不起你的事,对吗?"

秦孝则目光沉沉地看着她,不置可否。

陆佳恩一顿,蓦地想到了昨天的那条消息,一个念头一闪而过。

"我和他重新联系是在我们分手以后。"她看着秦孝则解释。她这才明白过来昨天心里总是觉得不对劲的地方在哪儿。秦孝则并不知道她和杭佑的具体事情,看到杭佑的信息很有可能误会她是因为杭佑才分手的。

"哦?"秦孝则挑了下眉,神色若有所思。

"也就是说,他拒绝了你,这几年也没有再和你联系?"秦孝则不是傻子,早早明白过来在别墅那次惹得自己吃醋的罪魁祸首就是杭佑。

陆佳恩愣了下,没有想到秦孝则会主动提及杭佑的话题,以这么一种冷静的态度。于是,她抿了抿唇,简单解释是她把杭佑删了,过年期间才重新联系上的。

"呵。"秦孝则冷笑一声,"他现在想起来联系你了,早干吗去了?"他盯着陆佳恩,目光锐利而炙热,"他要是喜欢你,早就应该回来找你。躲在国外算什么男人?"

陆佳恩皱了皱眉,小声反驳:"他现在也没说喜欢我。你不要这么说。"

秦孝则的呼吸蓦地重了一瞬。如果杭佑真的不喜欢陆佳恩,根本没必要再加她。男女间不就那么回事吗?他头别向一边,喉结上下滚动,语气里满是桀骜不驯。

"我偏要说,他就是胆小鬼。"

"尿!"不就是脚腕骨折吗?人姑娘都主动表白了还拒绝。他瞧不上这种男人。

陆佳恩盯着他喘着粗气的侧脸,没有说话。其实她也想过,杭佑当时拒绝自己是不是脚伤的缘故。可不管什么原因,他已经做了决定,那她就会尊重他。

"你问完了没?"秦孝则忽然转向她,"我也有问题想问你。"

陆佳恩点点头:"嗯,你问。"

秦孝则:"为什么从来不说你有心脏病的事?你不和我说,也没有告诉你叔叔一家。"

身体不是儿戏,如果他知道,哪怕自己再浑蛋也会多注意点的。

"我不想你们把我当病人看……"陆佳恩垂下眼睫,轻声解释,"以前在学校大家都对我小心翼翼的。后来换了环境,我想当个正常人试试看。"

秦孝则眉头皱得很紧,神色复杂。半响,他张了张口,低声道歉:"那次泳池……对不起。"

他才知道自己眼里普通的病对陆佳恩来说却不一定,再回想拉她进泳池的事,他只觉得胆战心惊,一阵后怕。

陆佳恩抬眸和他对视,微微一怔:"是我没有告诉你的,不怪你。"

她穿着蓝白条的病服,黑白分明的眼睛干干净净。阳光从窗外落在她搭在腿上的手臂,将那一截皓腕染成了金色。

"这种事我不应该瞒着你的,我也和你道个歉。我自认为可以和健康的人一样生活,所以来平城后,谁都没有说。"

"对不起啊。"陆佳恩说话的声调轻柔平和,从容淡定,一如往常,温柔得让人发不出脾气来。

秦孝则的喉头动了动,别开眼去。

"所以你到底想说什么?"他的目光无意识落在窗台的花束上,哑声问道。

陆佳恩:"我想说,如果你想通的话,可以不要记恨我吗?"

秦孝则蓦地转过脸来,定定看着坐在床上的陆佳恩。说来说去,她还是害怕他会报复。她穿着松松垮垮的病服,乌黑柔顺的头发披在肩上,素净的一张脸白皙清透,纤细如一枝娇嫩淡雅的花,安安静静地等待着他回答。

秦孝则的心脏像被重物狠狠砸了一下,他静静看着陆佳恩,眉头微蹙,唇线抿得很紧。脑海里一道灵光闪过,秦孝则的目光一凛,忽然出声:"你是不是故意告诉陆佳钰的?"

她一直瞒着自己生病的事,没道理忽然就想通不瞒了。

话音落下,陆佳恩的神色有一瞬间的恍惚。

"被你猜到了啊。"她抬眸看过去,眼睛里闪过一丝释然,"对,我是故意的。"

秦孝则说得没错。她本来并不打算告诉姐姐手术的事,忽然改变主意,是因为听到秦孝则说要报复她。

姐姐知道了,那秦孝则知道也是早晚的事。

只是她也没有预料到他当天晚上就来了医院,还为她做了那么多……

秦孝则一直没有说话,心里有些出乎意料。

陆佳恩定定看着一旁的秦孝则,抿了抿唇将自己的想法和盘托出:"我害怕你真的会报复我,想用自己的病赌一赌。我想,你知道我生病后,应该就会心软,不再想要报复我了。"

博取别人的同情本是自己很讨厌的事,可她还是为了自己的前途做了。

她了解秦孝则,清楚地知道自己的眼泪和病情会对秦孝则有用,于是拿这件事做了武器,企图让他彻底打消报复自己的想法。

秦孝则的手臂蓦地收紧,心脏一扎一扎地疼:"所以你真的觉得我会报复你……"

"我不敢拿我的前途冒险啊。"陆佳恩轻声说。

即使知道他就是嘴上耍狠的个性,她也想早点把这件事解决。她甚至还考虑过,如果这招不行以后只能再找叔叔帮忙了。

秦孝则脸色有些发青,胸口堵着一口气迟迟上不来。

他真的没有想到,陆佳恩为了和他撇清关系会想出这么一招。她愿意来住他付钱的单人病房,同意他留下照顾,也是同样的目的吧?她打了一张感情牌,他却无招可出。

陆佳恩垂下眼睑,轻声道:"你看,我其实挺坏是不是?我没有你想象中那么单纯,不值得你在我身上花心思的。"

不管是什么心思,都没有必要。

"什么意思?"秦孝则攥紧了拳头,指节作响。

她话里话外都是那一套,想要和他"和平分手",不再纠缠。他并没有说想复合,她这么急着撇开他做什么?想无牵无挂地保持单身好和杭佑发展吗?

"意思是……"陆佳恩抬眸看他,神色认真,"我要出国了,目前也不想再交男朋友,你不要再把注意力放我身上了。"

秦孝则看着陆佳恩,胸口堵得厉害,呼吸粗重。话都说到这份上,他还能怎么着?

"行,陆佳恩。"他咬着牙,喉咙像被黏住了似的,发声艰难,"如你所愿,你出院后……"

秦孝则顿了顿，指甲用力卡进了手掌心中，掐得生疼："我们两清。"

这次谈话之后，秦孝则更加沉默了。他好像真的只是来还之前陆佳恩照顾他的情分，并没有其他意思。只除了陆佳恩第一次下床头晕，他心急如焚，小题大做地从值班室找来了医生。

医生来了以后，说这是躺久以后身体的正常反应，不用担心。秦孝则舒了口气，又恢复成原本的样子。陆佳恩在医院一共住了四天便出院了。出院那天，邹予来医院接她。

秦孝则送两人回美院后，一个人回了家。家里空荡荡的，他的心里也空荡荡的，缺了块什么似的。得到自己的承诺，陆佳恩应该很高兴吧。

那个白月光要回国，说不想再续前缘他才不信。陆佳恩说她不值得自己花心思，难道那个胆小鬼就值得她花心思吗？

秦孝则越想越烦，随手将手机往沙发上一扔。"嗡嗡"声随即响了起来。秦孝则皱了皱眉，接起电话。电话是妈妈罗晗打来的，问他要不要和施静一起去看平城美展。

秦孝则对这些没兴趣，下意识地拒绝了。

"你不是说要来帮我吗？连美展都不看怎么帮我？"罗晗笑说。

秦孝则闻言又是一哽。说要帮她也不过是因为陆佳恩，现在人家都说清楚了，他还帮什么帮？

"不想去。"秦孝则再次拒绝。

"这次的美展有佳恩的画，我看着挺好的。你不来看看啊？"罗晗的语气不疾不徐。

"陆佳恩？"秦孝则惊讶。

"对啊。"罗晗笑了声，"而且画里有个打球的男生还和你有点像呢。"

秦孝则的耳朵一麻，心脏忽然跳得厉害。

罗晗顿了下，继续道："要不是我问了佳恩她说不是，我都要怀疑她喜欢你了。"她看到陆佳恩的画时也挺惊讶，越看那画越觉得其中一个人像自己儿子。正好施静在，她便拉了施静来问。

施静含含糊糊的，说也不确定。后来陆佳恩回复说了不是，罗晗也就没当回事，这会儿顺口一说。

秦孝则沸腾的血脉瞬间冰凉，心沉了下去。

"她才不喜欢我。"他低声自嘲了句。她喜欢的，画的都是她自己的白月光。

罗晗没有在意，继续说了几句。秦孝则并不想听，草草应付两句挂断了电话。从冰箱拿了瓶冰水,他咕咚咕咚灌了一大口,随后重重往沙发上一坐,脊背弓着,两条手臂搭在膝盖。

像他又不是他。那不就是杭佑吗?陆佳恩居然还把杭佑画去参加美展了……那还看什么看,他找虐吗?还说不打算交男朋友?是不打算交杭佑以外的男朋友吧?

秦孝则的胸口重重起伏,快要气死了。

他伸手拿过茶几上的矿泉水瓶,手心用力。

瓶子发出塑料变形的声音,在空荡的房间里显得很是难听。"哐"一声,已经扁了的矿泉水瓶被秦孝则丢进了垃圾桶。

另一边,出院后的陆佳恩把所有的精力都放在了毕业设计和学意大利语上。

四月份,平城美展评选奖项。陆佳恩的《雨后》顺利拿到了银奖。对于一个新人来说,这个奖无疑是非常大的鼓励和肯定。

颁奖那天,陆佳恩站在一众前辈艺术家中间,心潮起伏,倍感鼓舞。得奖之后,陆佳恩履行承诺,趁着三位舍友都在学校时请大家一起吃自助餐。

餐桌上,邹予剥着蟹壳,对自己的眼光洋洋自得:"怎么样,我说你可以得奖吧!"

陆佳恩笑得开心:"是是是,借你吉言。"

"那有人来找你买画吗?"穆可好奇地问。

陆佳恩点点头:"有。"

"对方出价多少啊?"邹予蘸了蘸酱料,又看向陆佳恩。

陆佳恩比了个"六"的手势。本来出价没有这么高的,后来她得了银奖,价格便也水涨船高地提了些。

"六万你都不卖?!"杨优忍不住惊叫出声。

这价格对于新人来说已经非常好了。陆佳恩笑了笑,说:"第一次参加美展,想留个纪念。"

邹予"噗"一声。见其余三人都看向她,她连忙解释:"我吐壳呢。"说完又冲着陆佳恩挤出一个笑,眼睛里有意味深长的了然。

陆佳恩手术住院的情况她可是知道的。什么留个纪念,她看明明是舍不得画里的前男友吧?

邹予是个憋不住事的,在晚饭后回学校的路上忍不住问了陆佳恩。

陆佳恩沉思片刻,笑了一声。

"不是舍不得他,是舍不得这段时光。"她轻声说。

父母意外出事，自己又身体不好，陆佳恩很早就体会到了命运的无常。她很珍惜自己的时间和身体。人生的每一个阶段对于她来说都是值得纪念的。这幅画算是她这几年的一个记录，她确实不想卖。

陆佳恩说这句话的时候，皎皎月光照在她的脸上，神色温柔清朗。邹予不由得怔了怔，顿了半响才小声说："可我还是觉得有点可惜啊。"

对新人来说，卖画这事是可遇不可求的。美展获奖本是一个千载难逢的机会，下次还不知道什么时候才有呢。

陆佳恩弯了弯唇，笑着道："毕业展的画我就不留啦！"

邹予恍然："哦，对，还有毕业展。"

平城美院每一届的毕业展是业内有名的展览，对外开放参观。每次毕业展都有不少学生的作品会被赏识者买走，有些甚至价格不菲。

陆佳恩点点头："嗯，到时候可能还要麻烦你。"

邹予一愣，反应过来，陆佳恩提过意大利语的等级考试也在六月。

"没问题。"邹予打了个响指，信誓旦旦地保证，"到时候谁出价高我就卖谁！"

忙忙碌碌中，时间很快来到了六月的毕业季。

平城美院一年一度的毕业展正式开幕。作为国内数一数二的专业艺术院校，平城美院的毕业生作品水平比一般院校高很多。每一次的毕业展也办得漂亮盛大，吸引着不少业内人士和艺术爱好者前来参观。

这一次自然也不例外，整个毕业展分成了好几个展厅，分类展示毕业生们的作品。

秦孝则来到美院时，校美术馆里已经有不少人了。他顺着指示牌来到了油画专业的展示区，很快找到了陆佳恩的作品。

陆佳恩的毕业设计是名为《城市》的系列组图，选取了城市的几个角落一一展现。有车水马龙的街道、有繁华时尚的商场，有温馨出游的一家人，也有结伴而行的快乐少女……和有些画面压抑和色彩诡谲的艺术类作品不同，陆佳恩的画色彩明亮艳丽，人物也大多选取了幸福开心的场面，哪怕是街边的小商贩也是衣着整洁、笑容满面的模样。

整体画风积极，阳光，朝气，欣欣向荣。

秦孝则找过来的时候，正巧碰到美院的老师带着几个校外人士参观评画，几人你一言我一语的话不时飘到秦孝则的耳中。

"这幅画的基本功扎实，人物细节勾勒得好啊。"

"颜色也漂亮。"

"年轻人，多画些积极向上的画不挺好的嘛！"

说完，几个人都笑起来，带着赏识的意味。

老师也笑，骄傲之意溢于言表："这位同学前段时间刚在平城美展拿了银奖。"

秦孝则看了眼几人的背影，心中微动。他平时并不关注艺术类的东西，家里很多价值不菲的名画也从没仔细打量过。

可在这一刻，他忽然无比想把陆佳恩的画买下来。既然两人没关系了，那自己对她就是陌生人了，买画也无妨。在一起那么久，他自己掏钱买画做纪念总可以吧？

思忖片刻，秦孝则拍了照片，打了个电话给朋友王连，要对方帮忙以王连的名义买。王连和陆佳恩完全没有交集，没细问便答应下来。

挂了电话，秦孝则的身边忽然传来一道男声。

"你好。"

秦孝则抬眼，对上来人的脸，脊背顿时一僵，全身的毛细血管张开，戒备意味很重。

那人并没有看出秦孝则的异样，礼貌地问："不好意思，我刚刚听到你打电话……"他顿了顿，继续道，"请问你是想买陆佳恩的画吗？"

秦孝则唇线紧抿，并没有回答，一双锐利的眼睛放肆地打量着来人。这张脸，他在陆佳恩的画和查到的照片里看过无数次——杭佑。

他回来了，还到平城美院来找陆佳恩了。

诚然，作为陆佳恩的白月光，杭佑的外表也十分出色。他一身白衣黑裤，五官俊朗，身高腿长，看上去清爽干净。

秦孝则的目光在杭佑脚踝落了一秒，又转回他的脸上。

"你好？"杭佑再次出声询问。

秦孝则微微颔首，从喉咙里发出了一声"嗯"。

杭佑"哦"了一声，很好说话的语气和他商量："这幅画的作者是我的朋友，我想把她的毕业作品买下来。如果可以的话……"

"不可以。"秦孝则打断杭佑，目光直直地和杭佑对视，他垂在身侧的手攥成了拳，面上却是挤出一个笑，"我不让。"

买来送给陆佳恩当惊喜吗？他不让。

他偏要抢。

杭佑一愣，张了张口："能冒昧问一下你的出价吗？"

秦孝则"呵"一声低笑："你要和我竞价吗？"

他眼尾微挑，反问道："要不你先说你的价格？"

这神情和语气的挑衅意味明显,杭佑微微一怔。片刻后,他摇了摇头,说:"不是。"

眼前的人外表出色,衣着打扮随性,手腕那块表价格不菲。整个人有种长期养尊处优、众星拱月下的狂傲不羁,一看便知是出身富贵、出手阔绰的公子哥。在国外留学这几年,杭佑见过不少这样的同学,心里了然。

"打扰了。"杭佑抿了下唇,转头离开。本想买了画给陆佳恩一个惊喜的,如今只能作罢。

秦孝则定定看着杭佑的背影,眉毛蹙起。这画表面是他抢赢了,可他一点也不高兴。

杭佑回来了,和陆佳恩见面是早晚的事。看他的样子,分明是对陆佳恩还有想法。而陆佳恩去年的美展还在画他,可见对他依旧念念不忘。这两人郎有情妾有意的,自己这个替代品在这儿干吗呢?秦孝则咬紧了牙关,指节吱吱作响。

半晌,秦孝则暗骂了一句,也转身离开了。

几天后,秦孝则接到了朋友王连的电话,说事情办好,合同也签好了。秦孝则道了声谢,说下班请他喝酒。

两人在秦孝则的酒吧喝到了夜里。

"和我联系的姑娘还挺能说,说这画要买的人不少,夸我有眼光。"王连说起买画的经历,忍不住笑道。

秦孝则于是也跟着笑了声:"你不是和作者联系的吧?"

陆佳恩不可能这么说话。王连惊讶了一瞬:"你怎么知道?"

秦孝则没有说话,和他碰了个杯。

王连喝了口酒,继续道:"和我联系那姑娘说是作者的舍友,暂时当她的经纪人,把我给逗得。"

秦孝则轻笑一声。

王连从包里拿出一本装订好的作品集放桌上,推给秦孝则。

"哎,对了,我约那姑娘出来时顺便帮你要了份作者的作品集。你拿回去看看,有想要的再联系我买。"王连背靠着椅子,脚跷在腿上,姿态闲适,"艺术这块我也不懂,随便翻了翻,就觉着还挺好看的。比那什么抽象派的艺术品好懂多了。"

秦孝则"嗤"一声笑了,他吊儿郎当地倚着座位,并没有碰那本作品集。

"我去洗手间。"王连推开椅子,起身离开。

秦孝则的目光怔怔落在作品集的黑色封面上,终究是忍不住伸手去够。

陆佳恩做事细心，作品集也做得精细，装订得工整漂亮。

昏暗的光线下，秦孝则眯着眼翻看作品集。翻到其中一页时，他的目光一顿，肌肉瞬间紧缩。在这幅名为《雨后》的画下，赫然标注了一行小字——曾获第三届平城美展银奖。

秦孝则看着画里打球的男生，瞳孔不自觉放大。

他怎么早没去看展？这画里的篮球场明明就是 A 大。

这打球的人……

王连一过来便看到秦孝则脸上半笑半僵的模样，没等秦孝则说话，他的目光便落在了翻开的作品集上："你想买这幅？"

秦孝则点点头。

王连摆摆手："不行。人特意和我说了，其他画都可以，就得奖的这张不卖。"

考完试，陆佳恩在学校彻底没什么事了。和同学们拍了毕业照吃了散伙饭后，她立刻收拾行李回了 C 市。

回家以后，外婆照例叮嘱她去医院复查心脏。陆佳恩于是坦白了自己已经在平城做了手术的事。

外婆一愣，语气免不得多了几分责备："你这孩子！这么大的事怎么不告诉我啊？你手术我都不在，万一有个什么事可怎么办？你这孩子！胆子太大了……"

陆佳恩连忙揽住外婆的肩膀，安慰道："阿婆我没事的，就一个小手术，总共就住了四天院。"

"不信您看！"她拉起自己的裙子，将大腿上的刀口给外婆看，"在这儿开的刀，很快就好了。"

外婆"哎哟"一声，低头看了看那道刀疤，一边摇头一边心疼责备。

陆佳恩垂下眼，看到外婆眼角的湿润，她连忙搂住外婆轻拍后背安慰。

祖孙俩说了好一会儿的话，宋芷惠的心情逐渐平复了。自己这个外孙女，从小体弱多病，父母又走得早。明明该是一个小公主的，偏偏乖巧懂事得很，从来不要自己这老太婆操心。

宋芷惠定定看着陆佳恩，忽然感叹："棠棠啊，你要是有个能照顾你的男朋友就好了。"

陆佳恩一愣："怎么突然说这个？"

宋芷惠叹了口气："我老了，你身边要是有个能照应的人我也放心。我知道你们年轻人现在追求独立自主。你出国我也很支持，就是怕你一个人在外面没个照应的。"

即使做了手术，陆佳恩也比一般人的身体弱一些。国外的治安环境不比国内，宋芷惠心里头还是有些担心的。

陆佳恩的鼻子一酸，连忙说道："阿婆您放心吧。国外的华人很多的，我们自己有群，有什么事会互相帮忙的。"

在她的好说歹说下，宋芷惠点点头，终于露出了一个笑。

陆佳恩挽上外婆的手臂，笑眯眯地说："那走吧阿婆，我请您吃大餐。"

宋芷惠于是也笑了："我们棠棠出息了。"

第一次赚这么多钱，陆佳恩很豪爽地请外婆去了C市有名的私房菜馆，并拍了张她和外婆的合影发到朋友圈。

回到家，这条朋友圈下已经多了不少留言和点赞。正要回复时，微信再次多了一条消息，是杭佑发来了一个高兴的表情包，提出邀请："明天下午有空吗？我想请你吃饭。"

陆佳恩看到消息，眨了眨眼，脑子里有点乱。毕竟是曾经喜欢过并亏欠的人，陆佳恩没有办法拒绝。她深呼吸一口气，答应下来。

第二天，陆佳恩按时到达约定的一中门口。

下了车，她一眼看到站在校门口的杭佑。

六月的下午，天气闷热，知了声响亮刺耳。杭佑穿一身白衣黑裤，青葱挺拔如一棵白杨。他倚在树下，阳光疏疏落落地洒在脸庞，五官俊朗，一如记忆里的模样。

陆佳恩身穿一件浅色雪纺长裙，撑着花阳伞向杭佑的方向走去。走到一半时，杭佑似乎是察觉到了什么，抬眸向陆佳恩的方向看来。四目相对的瞬间，陆佳恩不自觉捏紧了伞柄，本能地感觉到了一丝紧张。

随后，杭佑笑了笑，径直走过来。

"你来了。"他低头，清朗目光落在陆佳恩的脸上。

陆佳恩点点头："等很久了吗？"

"没有，我也是刚到。"杭佑语气轻松地说。他的样子坦然自若，仿佛两人是熟识已久的老朋友见面。陆佳恩提着的气也渐渐放松下来。

"天气太热了，我们去校体育馆吧。"杭佑提议。

陆佳恩微微一怔，抬眸对上他的眼睛。他的神色如常，看不出任何对"体育馆"的忌讳。

陆佳恩点点头应了。

一中新建的体育馆宽敞漂亮，是对外开放的。两人上了看台，找了两个位置坐下。现如今正是期末复习时,篮球馆的人寥寥无几。坐下来看底下的篮球架和锃光瓦亮的地板,陆佳恩的心里一阵酸涩。对于杭佑,她始终觉得是欠了他的。

"陆佳恩。"旁边的男生忽然开口,"其实我去平城美院看过你们的毕业展。"

陆佳恩一怔:"啊?"

"那时候我回国从平城转机,正好有时间。"杭佑笑了笑,"你画得很好看。"

"谢谢。"陆佳恩垂眸,心里更加不是滋味。他们两人是班上"唯二"的艺体生,她顺利走着自己想走的路,可杭佑……

陆佳恩的目光直直落在杭佑的右脚上。几年前他躺在病床上的画面涌入脑海,陆佳恩不自觉攥紧了包带,手心微湿。

杭佑顺着她的目光看下去,心里一动。

"我现在已经全好了。"他笑着动了动脚,又看向陆佳恩,"打球也没问题。"

陆佳恩"唔"一声,犹豫了片刻问:"你在美国康复以后,为什么……"

"没有继续打职业?"杭佑显然猜到了,轻"呵"了声,道,"我父母不同意。"

"你知道,他们本来就反对我打职业。在他们看来,能用这个特长考入 A 大就是最大的用处了……"杭佑的声音不疾不徐,带着时间磨砺后的妥协和无奈。

陆佳恩垂下眼,心里五味杂陈。

两人在体育馆聊了很久,在学校食堂吃了晚饭,天色已经暗了下来。

陆佳恩同杭佑一起走路回去。在单元楼下,两人聊了两句告别。他们都没有注意到,在距离单元门几米远的地方,停着一辆平城牌照的黑车。

隔着一层车窗玻璃,一道炙热强势的视线正紧盯着两人。

第七章 / 不舍

陆佳恩在楼下和杭佑告别，在她要转身时，杭佑忽然出声："陆佳恩。"

陆佳恩转过身，杭佑的语气顿了下，问她："你现在有男朋友吗？"

陆佳恩心里一颤，犹豫了下说没有。

"我马上出国了，也没有精力交男朋友了。"她轻声解释。

陆佳恩不确定杭佑的目的，在解释的同时也委婉地拒绝了一些可能。

杭佑"哦"了声，嘴角勾了勾："听到这个，我挺高兴的。"

陆佳恩微微一怔，只见杭佑低头，笑着摊开手掌："送你一个礼物。"男生宽大厚实的掌心，赫然出现了一条银色的链子，链子中间是一只小考拉，造型精美，憨态可掬。

陆佳恩眨了下眼，刚要拒绝，手里的伞忽然被人握住。

杭佑直接拉过陆佳恩的伞，将链子从伞的这端直接套了进去，链子的圈很大，穿过伞身直直落在了陆佳恩的手腕。皮肤感觉到了一丝凉意，陆佳恩抬眸看向杭佑。

夏季的天气闷热潮湿，他的额上出现了一层汗意。

"不过是个小工艺品，你别和我计较了呗。"他嘴角歪了歪，声音微低，"你送我的画我还留着，却一直都没有回礼。"

"不用回礼的。"陆佳恩摇摇头。

"怎么能不要?"杭佑轻笑了声,"上去吧。"

陆佳恩看着手腕上的链子,犹豫片刻后点点头:"那再见。"

"再见。"杭佑笑着说。

到家洗漱好,已是晚上八点多。外婆休息得早,整个屋子一片寂静。

房间开了空调,夏天的夜安谧寂凉,窗外偶尔传来一两声汽车经过的声音。陆佳恩躺在床上,睁眼看着黑漆漆的天花板发呆。杭佑的模样没什么变化,可是性格和记忆中的那个少年却不太一样了。

不知道是不是因为那场意外,他的性格比起高中时沉稳了些,像是被磨掉了些许张扬的棱角。陆佳恩转了个身,回忆着两人在楼下的对话,心乱如麻。

今天下午,两人的整个见面都像普通的老同学碰面。一直到杭佑送她到楼下。杭佑并没有明说,可那句"我挺高兴"的声音一直在陆佳恩的耳边回响,加上他微信的签名……陆佳恩很难不去乱想。

如果杭佑真的想重新和自己发展,自己愿意吗?如果是几年前,这个答案一定是肯定的。可现在……半晌,陆佳恩长长叹了口气,闭上眼睛睡觉。

与此同时,楼下的秦孝则正在车里,半躺着倚在座位上。车里有他刚买回来的罐装啤酒,他单手拉开一罐,仰头灌了一大口。

微涩的酒液入喉,车外的夏夜寂静无风。秦孝则冷笑了声,忽然觉得自己的行为很可笑。

到底是什么给了他不自量力的底气从平城开车来这里找她?就因为那幅画吗?那晚看到画,他不可置信地又在网上搜索了一遍。

平城美展的消息铺天盖地,获奖作品的清晰大图也随处可见。确定了画上的人是自己后,秦孝则的第一个念头就是要来找陆佳恩。

他想打电话,可那个点陆佳恩肯定已经睡了。他看了陆佳恩的朋友圈,知道她已经回了 C 市。

最早的飞机是九点,机场离陆佳恩的家又远。若是晚点,他到的时间就更晚了。他焦躁难忍,几乎是一刻也不想等,于是当即决定自己开车来 C 市找陆佳恩。

他开了一夜的车,过来时正好遇到陆佳恩和外婆出门。

刚要叫人,秦孝则猛地想起自己现在的形象肯定不佳。于是他索性在陆佳恩楼下的位置停下,刮了胡子,用矿泉水洗了脸漱了口。

勉强把形象处理好了,秦孝则便在这里安心等着陆佳恩回来。第一次,他觉得等待也是一件令人愉快的事。

可他没想到的是，这一等就等到了晚上。等来的是陆佳恩和杭佑一起回来的身影。陆佳恩一身浅色长裙，外表清丽窈窕，和她身边的男人看上去很般配。

看着两人在楼下交流的场景，秦孝则几乎控制不住自己的嫉妒和恼火，等待时的期待和喜悦荡然无存。

他开了十个小时的车，不是来看这个的！

当杭佑送礼物给陆佳恩时，他差点将手里的手机捏碎。不用说，他们是刚刚约会回来，而且过程很愉快。暧昧夜色下，陆佳恩脸上的神色显得朦胧温柔。月光皎皎，男帅女美。两人看上去颇有些依依不舍的样子。

秦孝则隔着一层玻璃，眼睛红得快要喷火，胸口堵得厉害。陆佳恩上去后，他独自一人在车里坐了很久，逐渐冷静下来。

现在只有两个选：要么走，要么留。他到底是不愿意死心，即使看到了这个画面，要他就这么走掉他也不甘心。

秦孝则喝完一罐啤酒，下车丢到垃圾桶。他倚在车边，拨了个电话给陆佳恩，同时抬头向陆佳恩家的阳台看。

电话"嘟——"响了一声后迅速被挂掉。

陆佳恩家的窗户全是黑的，这个时候她应该已经休息了。他现在慢慢学会了为陆佳恩着想，可惜是在两人分手以后。

秦孝则自嘲地笑了声。

陆佳恩第二天醒来，在手机里看到了秦孝则的未接来电。时间是晚上近十一点，响铃时间很短。

这么晚了，他给自己拨电话做什么？以秦孝则的个性，如果真的有事肯定还会再拨的，而且时间还这么短……

陆佳恩微微思忖，想他应该是拨错了，并未在意。

洗漱好之后，她和在阳台的外婆打招呼出门："阿婆，我下楼走走路。顺便买早餐回来，你想吃什么？"

最近这段时间，她每天都要走几公里的路，权当是锻炼身体了。

宋芷惠头也不回地说："两个菜包。"

"好，我一会儿回来。"

陆佳恩穿了件宽松的白T恤和长裤，换上运动鞋出门。今天是个阴天，六点多的天色灰蒙蒙的，气温也没有那么高。

从小区门口特意绕了一圈，陆佳恩去市场的早餐店铺买豆浆油条和包子。油条紧俏，到那里还得等一会儿才有。

卖油条的是一对夫妻，妻子做面，丈夫油炸。

陆佳恩付好钱，一眨不眨地盯着油锅。长条状的"白麻花"往油锅里一放，"刺啦刺啦"的声音响起，伴随着一个个的气泡，香气四溢。

将刚出锅的油条递给陆佳恩，大叔提醒她："小心烫。"

"谢谢。"陆佳恩接过来。

"哎，不谢。"大叔摆摆手，又接着道，"这天像是要下雨，小姑娘赶紧回去吧。"

陆佳恩抬头看了眼，乖乖应好。往常这个时候早已大亮的天依旧阴沉沉的，乌云密布。空气中的雾霾没有散尽，远方的行人和车辆都变得隐隐约约。

她皱皱眉，抬脚加快了速度往家里赶。

这一次的陆佳恩没有绕路，从小区的后门走近路回了家。

快到单元门口时，陆佳恩的脚步蓦地一顿，目光定定落在几米远的一辆车上，刚才出门没注意，眼下才发觉那车型有些眼熟。

陆佳恩的呼吸一紧，心跳不自觉地有些快。她手上提着早餐，蹙着眉走到黑色的轿车前方。

惊疑不定的目光落在熟悉的牌照上，陆佳恩瞬间怔住。她向里看了看，可贴了膜的车窗什么也看不见。

迟疑片刻，陆佳恩伸手敲了敲车窗，没有反应。

"小姑娘，你找车主人啊？"一道声音从身后传来。

陆佳恩回头，只见打扫卫生的阿姨正站在后面看着自己。

她点点头："阿姨你看见他了吗？"

"一个帅小伙是吧？"阿姨手撑在扫帚上，脸上笑吟吟的，"我一早看他下车了，也不知道去哪儿了。"她用手比了个手势，"喏，给了我好多啤酒罐。"

"哎哟，这味大的……"阿姨啧啧感叹道。

陆佳恩微微一震，头皮隐隐发麻。这么多啤酒罐……那他，是在楼下待了一晚吗？

"阿姨，他有和你说什么吗？"陆佳恩紧了紧手里的袋子。

阿姨思忖着摇头："没说什么。"

"好，谢谢阿姨。"陆佳恩向阿姨道了谢，转身上楼。

和外婆吃好早饭，她匆匆回了房间。

怕秦孝则在睡觉，陆佳恩没有打电话，只试探性地发了个消息过去。

没过一秒，手里的手机便振动起来。陆佳恩按下接听，没有说话。下一秒，秦孝则疲惫沙哑的声音从话筒里传来："你醒了？"

陆佳恩"嗯"了一声。

"二十分钟后下来。"像是怕她拒绝似的，秦孝则说完便匆匆挂断了电话。

陆佳恩看着断掉的通话记录，心里隐隐有些不安。他们不是说好两清了吗？秦孝则为什么会忽然开车从平城过来找自己？

十几分钟后，陆佳恩收到了秦孝则的消息："下来。"

陆佳恩下楼，看见秦孝则穿着一身黑站在车边。他单手拿着瓶矿泉水，面容冷峻，没什么表情的样子。

见到陆佳恩，秦孝则单手打开后车门，示意陆佳恩上去。

陆佳恩怔了下，脚步停在他面前。

"干吗？怕我拐你走？"秦孝则凝着眉问，神色罕见得有几分憔悴之感。

陆佳恩想起保洁阿姨的话，低垂着眼弯腰坐进车里。下一秒，秦孝则便跟在她后面从同一侧上了车。男生温热的身体靠过来，陆佳恩连忙往另一边移了移位置。

秦孝则睨她一眼，因为她唯恐避之不及的态度心里一紧，靠近她那侧的手指用力，指尖成了青白色。两人并排坐在后座，一时都没有说话。

安静的车厢里，只有秦孝则捏动水瓶的声音和两人的呼吸声。

陆佳恩抿了抿唇，直觉今天的秦孝则有点奇怪，他来找自己，自己来了却又不说话了。

半响，陆佳恩忍不住侧头看向秦孝则。

同一时刻，秦孝则也恰好转头看向她。

四目相对的瞬间，陆佳恩怔住。

她和秦孝则已经很久没见了，更不要说这么近距离的接触。

清晨的薄雾微光下，秦孝则的脸色略显疲色，一双眼睛布满了血丝，原本很浅的双眼皮变成了三道褶子，痕迹很深。

"你——"

"你为什么画我？"

陆佳恩的话刚说了一个字就被打断。

秦孝则侧过身，眼睛定定地盯着陆佳恩的脸。他不是没话说，只是一时不知道该怎么开口，怕自己的想法不过是陆佳恩眼里的笑话。

陆佳恩微怔，随即想到了自己参加平城美展的画。

"你在网上看到了?"她猜测。

秦孝则眨了下眼,没有说话,只是低头离她更近了些。

他不说,陆佳恩也就不再追问。可是,能不能不要靠这么近?陆佳恩背后一缩,紧紧抵着座椅。她在秦孝则炙热的目光中垂下眼睫,轻声说:"因为我答应过你的。"

秦孝则一愣:"什么?"

陆佳恩抬眸和他对视了一眼,又移开目光落在他的下巴,那里冒了些青青的胡楂。

"有一次我们吃饭,你说要我画你……"

在陆佳恩的提醒下,秦孝则逐渐记起来。

他胸口又酸又堵,不敢置信地问:"你画我……"喉头哽得厉害,声音带了些颤,"只是因为我说了那句话?"

陆佳恩垂下眼,点了点头。

"你看着我说。"秦孝则的声音急促低沉,喘息声明显。

一点点个人的因素都没有吗?和"喜欢"这个词一点关系都没有吗?杭佑走后,她为他画了那么多画,甚至宁愿站在自己旁边想他。而自己呢?她为自己画的唯一一幅,竟然只是因为自己要求的吗?

陆佳恩的睫毛一颤,眼皮微抬,一双水润干净的眼睛对上他的。

秦孝则的眼眶泛红,语速很慢:"就一点别的原因,都、都没有吗?"

他的目光急迫灼热,全身的肌肉都在紧张,手用力握成了拳,手心的矿泉水瓶早已被捏扁。

时间在沉默中变得极度漫长。

秦孝则想,只要陆佳恩说不完全因为是自己的玩笑话,只要她说她心里也有一点想画……只要有一点,自己就不再计较她把自己当替代品的事,也不再多问她昨晚和杭佑的事。

过去的事他都不管了,他只想看未来。说到底,不过是他不愿意就这么和陆佳恩算了。

陆佳恩被秦孝则看得脸部发麻,身体僵硬地靠着座椅,几乎不知该如何反应。也许是她的错觉,她竟然觉得秦孝则的声音里带着几分恳求的意味。

秦孝则在她面前一向是强势的、张扬的、傲娇的,何时有过这样颓靡狼狈的时刻?

陆佳恩心口微酸,也有些难受起来。他想知道答案,有很多种的方式。

无论是信息还是电话,都会比眼下的这个场景轻松很多。

陆佳恩心里隐隐知道秦孝则选择亲自来C市问自己的原因,也知道如果自己给了他想要的答案,那两人势必还要再纠缠下去。

可……这又是何必呢?他们本来就不合适,杭佑的事情始终会成为他心里的一根刺,再一直纠缠下去也只会更加不可收拾。

她吸了口气,抿了抿嘴角,放慢了声音解释。

"孝则,你提了要求,所以我就画了。后来我们分手,我觉得没必要让你知道,就没和你说。"

陆佳恩眨了下眼睛,轻声问:"有问题吗?"

话音落下,车厢里气氛瞬间凝滞。秦孝则眼睛里的光一点点黯淡下去,整个脸上都呈现出毫不掩饰的失望之色。

"没问题。"他颓然靠向座椅,胸口起伏,心脏抽痛不已。拳头抵着胃,五脏六腑仿佛在痉挛,疼得厉害。

"你从始至终都不过拿我当个替代品。"他眼皮微阖,声音很低,"现在他回来了,你就准备和他重修旧好了是不是?"

陆佳恩一顿,很想反驳他说没有,不是这样。可看到秦孝则的样子,她忽然说不出口了。

她不确定,到底哪一种处理方式对两人来说才是适合的。

怔忪间,陆佳恩看到秦孝则的喉结重重滚动了下。

下一秒,他蓦地转头,一双通红的眼睛看着陆佳恩:"陆佳恩,你恨我、讨厌我吗?"

陆佳恩愕然了一瞬,摇了摇头。上次在医院,她认为两人已经全部说清楚了。

"可是你也不喜欢我。"秦孝则喃喃自语。

陆佳恩没有说话,指甲抠进了手心。车里没有开空调,贴着座椅的后颈出了层薄汗,头发微湿了几缕。

秦孝则看着她,难以抑制胸口的情绪涌动。她黑长的睫毛、清澈的眼、淡粉的唇,甚至呼吸间的气息都在吸引着自己。

而她对自己就一点感觉也没有吗?不爱也不恨……他们明明很亲密过不是吗?

秦孝则的心口酸涩难忍,手臂肌肉偾张,青筋毕露。他垂下眼,缓缓低头向陆佳恩靠近……

陆佳恩本是垂着眼没有动作,直到脸颊感觉到逐渐灼热的气息。她一惊,抬眼发现秦孝则的脸距离自己越来越近。陆佳恩浑身颤了下,在他的唇靠过来前迅速别开头。

秦孝则的动作停了一瞬,目光落在她细长的脖颈上。白腻的皮肤上淡淡的青色血管明晰，凸起的经络细长如藤蔓，惹得人想亲吻。

秦孝则咽了下口水，紧了紧拳头。有那么一个瞬间，他很想按照自己的本心做事。

半晌，他哑声开口："你和他在一起了？"

陆佳恩不动声色地往旁边移了移，摇头回答："没有。"

说话的时候，两人离得很近，男性温热的呼吸近在咫尺。

陆佳恩几乎是被挤到了车角，纤瘦的身体陷在车门、座椅和秦孝则三边的夹击下。若是此刻有人从外边经过看到，入眼的一定是一副"仗势欺人"的画面。

陆佳恩缩了缩肩膀，实在不觉得这是一个好的谈话姿势。

"你能让开一点吗？"这样的姿势和气氛下，任何一点动静在车厢都会被无限放大，她连呼吸都变得小心翼翼。

秦孝则低垂着眼看她，依旧是把她圈在内侧的姿势。

"为什么不卖那幅画？"他的声音有些干涩。这是他最后一点的期翼。

陆佳恩侧头，眉心微微蹙了起来。对于秦孝则的穷追不放，她无奈地叹了口气："孝则……"

她刚说了两个字，肩膀忽然一沉。秦孝则整个人压了过来，气急败坏地打断她："别说了！"

男生的下巴压在陆佳恩薄瘦的肩膀上，呼吸喷洒在她的脖颈，湿湿热热的。陆佳恩一怔，立刻挣扎着推拒起来。

秦孝则扣着她的肩，忽然低哑着出声："我胃疼。"他死死搂着陆佳恩不肯松手，心知她要讲的话肯定不是自己想听到的，心里既恼怒又委屈，心脏又酸又疼。

"我昨天白天就到这儿了，等了你一天。你和他出去约会我都没说什么，就不能让我抱一下吗？"

秦孝则絮絮叨叨在陆佳恩耳边说了很多，语气半是抱怨半是委屈，温热的唇几乎要碰到她的皮肤，手臂紧得像要把她嵌进身体似的。

陆佳恩想起早上保洁阿姨的话，手上的动作迟疑了下。原来他看到自己和杭佑一起回来了，难怪他的表现这么反常……秦孝则的喘息声明显，身体的碰触让本就狭小的空间更加闷热。

"你胃疼？没吃早饭吗？"陆佳恩抓住他话里的关键词，忍不住问了句。

秦孝则闷闷地应了声，依旧压着她不放。

陆佳恩看向窗外，现在的天色比之前亮了许多，小区里各家各户生活起居的动静渐渐变大，远处马路上车流人声也多了很多。

所有的一切都在昭示：新的一天正式开始了。

陆佳恩暗暗叹了口气，拿他有些没有办法。

"我请你吃早餐吧。"她轻声说。

吃完饭，好好休息一下回平城去。

两人一起去了C市有名的老牌早餐店。正值饭点，不大的店面人满为患。桌椅摆得密集，走道狭窄。门店装修古朴雅致，收银台后墙的背板上挂着棕底黑字的木牌当作菜单。

秦孝则扫了眼，大多是包子、元宵、面条之类的小吃。好不容易得了个空的小桌，陆佳恩要秦孝则坐下，自己去给他买早餐。

秦孝则坐好，眼睛一眨不眨地盯着陆佳恩。他看着她穿梭在热气腾腾的店铺，疲劳许久的眼眶也被这环境蒸得酸涩不已。没有一刻比现在更清楚，这大概是两人之间的最后一餐了。

昨天陆佳恩和杭佑出去，穿着漂亮的长裙，衣摆翩跹。而今天见他，她只随随便便套了T恤和长裤便下来了，素净的脸上不施粉黛。她心里更喜欢谁，更看重谁，一目了然。

没有等太长时间，陆佳恩手里拿着牌子回来了。

"人有点多，要等一会儿。"她轻声解释，顺手将头发拢起来扎了个马尾。

秦孝则定定看着她，点点头没有说话。他其实没什么胃口，答应和她过来吃饭也不过是想和她多待一会儿罢了。

一时之间，两人都沉默下来。周边碗筷和说话声交错，烟火气十足，显得他们这一桌尤其怪异。好在桌上的牌子不一会儿就响动起来。

秦孝则在陆佳恩动作之前率先起身，拿着牌子去了后厨窗口。

端着餐盘回来以后，陆佳恩将其中一份红豆小元宵挑出来，剩下的包子、锅贴、豆浆推给秦孝则。

"你就吃这个？"秦孝则的声音有点哑。

陆佳恩点点头："我在家吃了些了，这个就够了。"

秦孝则心里微微一动，了然。她嘴上说吃了些，其实就是吃过了，只不过是习惯了迁就别人，所以礼貌地要了一份陪他吃，免得他尴尬。

秦孝则点点头，拿起包子咬了一口。

C市有名的蟹粉小笼，应该是鲜美多汁的。可他的味蕾像是失了灵，尝不出味道来。

对面的陆佳恩低垂着眼，安安静静又慢慢地吃着元宵。她的吃相斯文、细嚼慢咽，皮肤白皙中透着淡淡的粉，长长的睫毛在眼下投下一层阴影。

秦孝则静静看着她,腮帮子都在泛着酸。即使分手了,可陆佳恩对自己依然挺好的不是?她本性就是这样,做不出什么撕破脸皮的事。可有时候,他宁愿她任性一点,对自己坏一点。但那也就不是陆佳恩了。

在这个闷热的夏季早晨,在挤满了人的嘈杂餐馆,秦孝则忽然明白了一件事——陆佳恩不管和谁在一起都可以过得很好,可自己不是。

这一顿早餐,秦孝则吃得很慢,对面的陆佳恩也吃得很慢。只不过,秦孝则是故意拉长时间,而陆佳恩则是吃不太下。

到了最后,秦孝则看不下去,伸手从陆佳恩面前抢过白底蓝边的瓷碗。

"吃不下别吃了。"他低声说。为了陪他硬撑什么?

不等陆佳恩反应,秦孝则三两下就着陆佳恩用过的碗勺吃掉了赤豆小圆子。浓浓的红豆和淡淡的桂花香味结合,味道有些甜腻。

陆佳恩阻止不及,怔怔看着他快速吃完了自己的小圆子。

秦孝则向来不喜欢吃这种甜口的东西,她没想到他会这样自然地接过自己吃剩的圆子。这样的举动,一般只会发生在情侣之间。

陆佳恩有些不自在地别开眼,放在桌上的手缩回了腿上。沉默着吃完早餐,两人一时都没有动作。

陆佳恩动了动唇,轻声建议:"你先去酒店休息一会儿再回去吧。"

秦孝则盯着她,低低"嗯"了声。

"你不用送我了。我自己回去就可以了。"走到门口时,陆佳恩抬头看着他说。

秦孝则心里一沉,手心默默用力。

停顿几秒,他低声道:"送你吧,早上在你家附近开了房。顺路。"

这话是真的。

他昨天一晚上没休息好,一早在陆佳恩小区附近找了酒店休息。结果还没睡着便收到了陆佳恩的消息,于是又眼巴巴地跑过来,房间也没来得及退。

陆佳恩迟疑片刻,应了声好。

秦孝则打车送陆佳恩回去的路上,气氛依旧很沉默。

两人都心知肚明,在这一次分别后,大概有很长的时间都不会见面了。

快到小区门口时,陆佳恩出声:"师傅,停门口就可以了。"

秦孝则睨了她一眼,没有说话。这一次,他没有反驳,即使送进去又怎么样呢?总是要分别的。

"那我进去了,谢谢你送我回来。"

手刚抚上把手,旁边的秦孝则忽然出声:"陆佳恩。"

陆佳恩回头,用眼神问他还有什么事。

秦孝则的喉咙动了动,心口有很多话堵在了嗓子口说不出来。

他只是不甘心就这么和陆佳恩分开,可事到临头,却是无话可说。

秦孝则沉默片刻,抿了下唇:"没事,你走吧。"

陆佳恩的表现已经很明显了,他再舍不得,也做不到如此犯贱。陆佳恩轻轻点头,小声说了句"再见",开门下车。

秦孝则侧眸,看着车外的身影越走越远,直至彻底消失。

剩下的时间里,陆佳恩把精力几乎都放在了准备入学考试上。出国前,杭佑约她出来吃饭,说要为她践行。两人约在了C市的一家精菜馆。

杭佑从澳洲留学回来,顺利入职了本地的一家银行。每日西装革履,衣冠楚楚。相比高中时喜欢穿着运动服的杭佑,如今的他显得沉稳了许多。

今天和陆佳恩吃饭,杭佑是特意打扮过的。头发喷了发胶固定造型,白色衬衫整洁干净,袖子卷上去几折,露出一截结实的手臂,腕上一块精致的黑色手表,整个人显得利落又成熟。

陆佳恩坐在他的对面,脑海里隐隐冒出高中时他在篮球场上肆意奔跑的样子,蓦然有种物是人非的感觉。

"在想什么?"杭佑问她。

陆佳恩笑了笑,轻声说:"就是忽然觉得现在离高中很远了。"

杭佑低头看了眼,也笑了声:"是不是觉得我变了很多?"

陆佳恩抿了下唇,微微颔首。以前的阳光少年变成了现在的年轻精英,其实很正常。毕竟他们距离高中的分别已经有四年多的时间了。她自己也不知道心里那股若有似无的怅然感来自何方。

"我们上班都得这么穿。"杭佑笑着解释,"也许你下次看我打球又觉得没什么变化了。"

陆佳恩点点头,轻轻应了声。

吃饭期间,杭佑讲起这几年他在国外留学的事。陆佳恩听得认真,不时笑着应和几句。两人之间的气氛还算融洽和谐。

"对了,意大利研究生是两年吧?"吃到最后的时候,杭佑问道。

陆佳恩点头:"嗯,是两年。"

"那你——"杭佑语气一顿,看向陆佳恩的眼睛很亮,"毕业后回C市还是去别的城市发展?"

陆佳恩眨了眨眼,思忖着说:"还没定,但应该会去大一点的城市发展。"大城市和小城市的艺术资源和环境完全没有可比性。如果她回国，在 C 市恐怕很难有什么大的发展机会。

杭佑眸光一闪，嘴角挤出一个笑。

"嗯，大城市发展机会多。"杭佑附和了声，两人便没有再对这个话题多做讨论。

吃好饭以后，杭佑送陆佳恩回家。

告别时，他再次叫住陆佳恩。

陆佳恩心头一跳，若有所思地看向杭佑。杭佑抿了下唇，声音有些低："这几年，我一直很后悔一件事，你知道是什么吗？"

夏夜的风燥热，陆佳恩的手心微湿，心脏因为杭佑的话加速了跳动。

"什么？"她的声音很轻，几乎可以预感到杭佑要说什么。

杭佑："就是几年前因为自尊心拒绝了一个女生的告白，还骗她说自己另外交了女朋友。"

话音落下，陆佳恩的脊背一僵，怔怔看向对面的杭佑。半晌，她轻轻开口："骗我的？"心里说不清是什么感觉。

"当时心高气傲，不愿意让你看到我完成不了自己梦想的样子，索性说得绝了些。"杭佑自嘲道。

那个时候的他自尊心极强，根本接受不了自己不能打职业的事。陆佳恩在医院的表白被他当成了怜悯和可怜，自然是不会答应。后来去了美国，虽然能治疗好脚伤，可他也已经答应了父母改行学别的。

收到陆佳恩的长信息后，他一为陆佳恩高兴，二却因此感到了极大的挫败和自厌。明明是相约一起考平城的大学，陆佳恩学艺术，他学体育，陆佳恩如愿了，自己却失约了。

那时候他被自尊自卑自厌的情绪包围，整个人的状态都不好。考虑了很久依然没办法面对陆佳恩，于是他选择了最绝情的办法，一点没有给自己留退路。

直到这几年在国外，他接触了各种各样的人，心态也逐渐变得包容了很多，不再像之前那么钻牛角尖。

他接受了现状，将打篮球当成了爱好。唯一放不下的，依旧是记忆里那个安静漂亮的少女。

杭佑目光灼灼地盯着陆佳恩，低声道歉："抱歉。"

陆佳恩指尖下意识用力，动了动嘴角，一时也不知道要说些什么，最终还是摇了摇头，低声说："没关系的。"

杭佑轻扯嘴角，笑声清朗："我只是想告诉你。如果你改变主意想交男朋友了，考虑一下我呗。"

陆佳恩的心脏重重一跳，下意识道："我……"

"你在意大利不打算交男朋友？"杭佑顺着她的话问。

陆佳恩点点头。

"这话怎么这么耳熟？"杭佑笑了笑，"好像你高中时也是这么拒绝我的。"

陆佳恩一怔，被他语气里的戏谑逗笑了。

杭佑的嘴角弯了弯："没关系啊，我只是要你考虑，没要你答应。"

陆佳恩头皮一麻，不知该如何招架，道了声再见匆匆转身离开。

九月，陆佳恩顺利通过了佛罗伦萨美院的入学考试，正式成为佛美的研究生，开始了为期两年的留学生涯。

正式收到录取通知的那一天，她高兴地在朋友圈发了通知书。而与此同时，秦孝则正在自己的酒吧和陈携、江丞书喝酒。他是被江丞书拉出来陪酒的。五好男人江丞书最近罕见地和季棠宁有了些龃龉，原因很是令人不齿——他竟然和一只猫吃起了醋。

江丞书觉得季棠宁的注意力过于集中在肆肆身上了，想要秦孝则把猫带走。

听完江丞书的话，陈携毫不留情地大声耻笑。江丞书睨他一眼，并不搭理。

"怎么样？"江丞书微微不耐烦地看向秦孝则。

秦孝则蹙了蹙眉，正要回答时忽然听到耳边传来一道声音："老板。"

秦孝则抬眸，只见酒吧的工作人员正站在一旁面色为难地看着自己，说："那个女人又来了。"

年轻男人的眼睛瞟向吧台，小声和秦孝则汇报。

秦孝则顺着他的目光看过去，见到了穿一身紧身吊带裙的唐舒。

几个月前，她喝多了差点被捡走，是秦孝则一时好意救了她。自那时候起，唐舒便黏上了秦孝则，隔三岔五地要来酒吧报到，即使看不到秦孝则也要过来喝酒。时间长了，她和调酒师混了个脸熟，从那儿得到了秦孝则不少的消息。

秦孝则现在工作很忙，不常来酒吧，对此一直采取无视的态度。可几个月过去，这女的一丝收敛的意思都没有，反而有变本加厉的架势。

秦孝则眉心一蹙，抬腿往那边走去。

唐舒远远地就看到秦孝则的身影，撩了下头发，目光定定地落在他的身上。这个男人实在太帅了,长得完全在她的审美点上。

"你到底想干吗?"秦孝则走过来,语气微微不耐烦。

唐舒清了清嗓子,娇笑了声:"给你送钱还不好吗?"

自从知道他是这酒吧的老板,她便总是过来想要偶遇,虽然并没有几次能真的看到。

见秦孝则的脸色沉了下来,唐舒心里一颤。

"你就当是我对你的报答嘛。"她小声说。

秦孝则脸上绷得很紧,声音冷淡:"那你知道我为什么救你吗?"

唐舒心里一喜,又摇了摇头。

秦孝则上下打量了下唐舒,露出一个嘲讽的表情:"因为那天你有个角度像我前女友。我因为她才会看到你。"

看着唐舒赫然变白的脸色,他满意地轻嗤一声,神色冷峻:"这样你还要来吗?"

唐舒脸色苍白,画了精致妆容的眼睛里闪过一丝不可置信:"我像你前女友?"

她蓦然想起那天吃完饭,她听到动静回头,清楚看见眼前男人的神色从惊喜到平淡的全过程,还有他嘴里那句淡淡的"认错了"。原来……他口中的"认错了",不是指她认错了,而是指他自己认错了。

"所以你不用谢我,谢就谢你这张脸吧。"秦孝则低头,没什么好语气,"再纠缠下去就不好看了。"

唐舒一怔,惊疑不定的目光转向调酒师。这前女友的事她从来没听调酒师提过,怎么秦孝则却一副念念不忘的样子?

调酒师摇了摇头。这前女友他也不知道啊!

秦孝则发现了两人的对视,皱了皱眉,耐心逐渐告罄:"你不用看他。因为她从来不喝酒。"

唐舒想了下才明白这第二个"她"指的是前女友。

"可、可这是你开的酒吧啊……"她小声说。前女友怎么会一点酒都不喝呢?

不知哪里触动了秦孝则的逆鳞,秦孝则忽然暴躁:"我就喜欢不喝酒的女人行不行?你烦不烦?"

说完,他再没了讲话的耐心,转头就走。

回到位置上,他背靠着椅背,仰头灌了一大口酒。

其余两人将他的表情看在眼里,一时都没有说话。

秦孝则将杯子放回桌上，不甚清明的眼睛看向江丞书。

"不是要我带猫走吗？走不走？"

江丞书一愣："现在？"

秦孝则点点头，继续问："走不走？"

"走！"江丞书自然是不会拒绝，当即同意。

季棠宁本来是不同意秦孝则把猫带走的，经过江丞书的几番劝说才勉强同意了。但是她要求秦孝则定期发照片和视频过来，如果发现肆肆过得不好就要带回来。

这天晚上，肆肆再次回到了秦孝则的家里。肆肆刚到家时还有些不适应，目光警惕，叫声也焦虑。

"肥猫，你不认识了？"秦孝则将东西按原地放好，蹲下来和它说话。

肆肆张大嘴巴，冲他叫了声"喵"，尖牙毕露。

"别龇牙咧嘴。"秦孝则皱眉，"你脾气为什么不能像你妈？"

这肥猫，专学些不好的，贪睡、爱吃、懒惰、脾气差、没有心……在心里默默将肆肆的缺点数了一遍，秦孝则认命地起身为它准备好食物和水。

肆肆晃了晃尾巴，走到食盆前低头吃起来。秦孝则坐回沙发，懒懒地看着吃东西的肆肆："肥猫，以后你还是得跟着我知道吗？"

肆肆低头忙着吃东西，没有理他。

秦孝则也不在意，双臂张开搭在抱枕上，仰头看着天花板。

他不得不承认，自己抱回肆肆是因为舍不得陆佳恩。好像肆肆回来了，他和陆佳恩的联系就还在。

这么长的时间过去，发现自己是替代品的愤怒逐渐消失，取而代之的是对陆佳恩的留念。特别是当他发现自己竟然因为唐舒有个角度和陆佳恩像而多注意了两眼后，讽刺感拉到了满值。因为他发现，自己竟然有些理解了当初的陆佳恩。喜欢一个人，心神驰往。人群中一个相似的背影或者侧脸都能牵动神经，驻足目光。

当时的陆佳恩，也不过是因为自己和杭佑相似而忍不住多看了几眼。实际上陆佳恩从来没有明确和他说过喜欢自己这件事。是他自作多情，一厢情愿地认为陆佳恩喜欢他。

其实真相是他对陆佳恩动了心，又不肯承认。哥哥的事正好给了他一个借口说服自己，开口要陆佳恩做自己的女朋友。她答应了以后，他也依然没有认清自己的感情，沉浸在陆佳恩很爱自己的假象里。

直到她义无反顾地提了分手。

秦孝则吐了口气，对自己忍不住为陆佳恩找各种借口的行为唾弃不已——是有多贱？他暗骂了一句，起身去了浴室。

兜兜转转间，时间过得很快。入冬后，平城的气温一下子降低了很多。

这段时间，秦孝则一直没有联系陆佳恩，仅从她的社交平台中了解一二她的生活。她在意大利过得不错，学习生活充实，交了新朋友，还用中国美食成功地和外国友人建立了很好的关系。

相比之前，她发朋友圈的频率要高一些。秦孝则知道，她这是发给外婆看的，好让老人家放心她在国外的生活。

这次新年来得早，陆佳恩的课程并没有结束，只能留在意大利过年。

农历的新年前，陆佳恩发了朋友圈，表达了对第一次不能回家过年的遗憾。

照片上的她穿着蓝黑色的背带裙，头发松松地绾在脑后，面前的桌上放着满是中国新年元素的装饰贴纸。这些是她们几个不能回家的艺术生自己画的，准备新年时一起贴上装饰房子。

秦孝则盯着照片上她的笑容看了很久，将照片保存了下来。看上去她在国外过得很好，身体也没有水土不服的迹象。她的适应力比秦孝则想象中要强很多。

反倒是他，一直无法适应没有陆佳恩的生活。明明知道应该屏蔽掉有关她的一切，却又忍不住关注她在意大利的生活。

秦孝则在车里发了会儿呆，拿上手机下车。妈妈罗晗提前几天和他打了招呼，千叮万嘱要他今天出席这次的聚餐。聚餐的人物包括了秦孝则一家和施静一家。去年施静在清晗美术馆做了不少事，这顿饭一是联络感情，二也是为了感谢。

秦孝则到包厢的时候，施静一家已经坐下了，只剩下哥哥秦孝远还没到。

和长辈打了招呼后，秦孝则在罗晗旁边的位置坐下。

一个大圆桌，两家人几乎是分了两边坐下，靠近门口的桌边空了一大片地方。罗晗看了眼空白的地方，轻轻蹙眉："你往旁边坐坐嘛，空那么大干什么？"

"上菜啊。"秦孝则往后一靠，理所当然地说。

罗晗一顿，也不好再说什么。

施静的目光在母子两人间来回移动了下，垂下睫毛。

没过多久,秦孝远也来了,在门口为自己来晚了道歉。其他人纷纷摇头说没关系。秦孝远坐定后,饭席正式开始。

桌上,双方父母免不了又是对对方的孩子互相吹捧一番。

说到后面,施静妈妈叹了口气:"我女儿别的都没什么好说的,就是一直不交男朋友,也不知道要求是有多高。"

"妈!"施静叫了一声,眉头皱起来,"你说这个干吗呀?"

"怎么,我说得不对吗?之前你阿姨不是也给你介绍了几个青年才俊,你全都不满意吗?"施静妈妈无奈地看向罗晗诉苦,"也不知道这丫头怎么想的。"

罗晗愣了愣,正要开口时,旁边的秦孝则忽然起身。

"我去洗手间。"他扔下一句话就走。

罗晗看着他的背影叹了口气,又转向施静一家。

"我儿子不也是嘛,过年都要往外跑!现在的年轻人和我们那会儿不一样了,有主意得很。"她摇了摇头,无奈道。

闹了这么一出,施静脸色微红,又羞又窘。她深吸了一口气,语气正经:"妈,阿姨,我知道你们想说什么。但我和孝则是不可能的,你们不要再撮合我们了。"

她抿了抿唇,下定决心似的说:"我正在和一个人发展,应该很快就会有男朋友了。你们真的不要乱点鸳鸯谱了。"

施静妈妈露出一个尴尬的表情,说:"我也没想怎么样,不就说到这里了嘛。"

罗晗也有些意外:"小静已经有意中人啦?那他真是有福气了。"

秦孝则再次回到餐桌上时,这一场小风波早已结束。两家人其乐融融地吃完了一顿饭。

餐后,施静叫住走在最后的秦孝则:"我已经和阿姨说过了,以后她不会再把我们凑一起了。"

秦孝则点点头,随口说了声"谢了"。

"不客气。"施静摇了摇头,"刚刚阿姨说你过年要出去玩……"她顿了顿,迟疑着问,"你要去哪里?"

秦孝则顿了下,平静道:"意大利。"

施静一怔,半晌"哦"了一声。

"干吗?觉得我犯贱?"秦孝则睨了她一眼,自嘲道。其实他也知道自己在犯贱,可他还是忍不住想去意大利看一眼,只要不让陆佳恩察觉就行了。

施静摇摇头，低声道："没有。"她早就发现了，秦孝则对陆佳恩是不一样的。只不过她也没想到，秦孝则看上去这么随性不羁的人，竟然真的就栽在陆佳恩身上了，这么久了还念念不忘。

也是，就算是同性挑剔的眼光，自己也挑不出陆佳恩的问题来。更何况是和她朝夕相处的秦孝则呢？

秦孝则点点头："走了。"他示意了下，转身大步向自己的车走去。

施静的双腿有些虚，站在原地看他坐进车里。

汽车发动的声音响起，秦孝则轮廓分明的侧脸在面前闪过，张扬肆意的模样一如中学时在阳光下打球的少年。

施静心脏一颤，小声开口："再见。"

第八章 / 靠近

二月初的佛罗伦萨突然迎来一场寒流，气温骤降。因为课程不能回国，陆佳恩和几个留学生打算在即将到来的除夕自己做一桌年夜饭。

趁着周日午后，陆佳恩和同学谢清清步行至距离公寓不远的超市购物。买好了东西，谢清清说要买杯咖啡喝。

意大利的咖啡文化盛行，几乎人人都爱咖啡。耳濡目染下，谢清清也喜欢上了意式咖啡，每天至少两杯。而陆佳恩因为身体原因，一直未能加入她们的行列。

"好，那我在广场那里等你。"陆佳恩伸手接过谢清清手里的袋子，笑着应好。

从公寓到超市的路上会经过市民广场，里面有一个圆形的喷水池，中间是造型精致的白色雕像。

平时天气好的时候，广场总是聚集了很多人，聊天的，休息的，玩耍的，做街头艺术的，不一而足。

陆佳恩平时的课程比较多，空闲的周日便喜欢来这里坐一坐，感受一下国外的风土人情，也是有趣。

最近受寒流影响，聚在广场的人比平时少了些。

几个小朋友在玩滑板，不时有鸽子"咕咕"叫着觅食，路边打扮成小丑的大人将手里的气球分给儿童……

陆佳恩坐在椅子上，将购物袋随手放在旁边，静静看着街头的人来人往。

"佳恩！"身后忽然传来谢清清的声音，陆佳恩回头，站起身来。

谢清清已经喝好了咖啡，两手空空。

陆佳恩手上拎着购物袋，温声道："清清，我一会儿可能要和朋友见面，你先回去吧。"

谢清清"哦"了一声，立刻接过袋子，说："行，东西给我带回去，你好好玩。"

陆佳恩笑："嗯，谢谢。"

看着谢清清走远后，陆佳恩神色一顿，拢了拢身上的大衣向街边走去。

今天的风有些大，她压了压自己的宽檐帽，黑色发尾扬出一道飘逸的弧度。街边，一对兄妹正缠着小丑要气球。哥哥看上去五六岁，妹妹只有三四岁的样子。

妹妹金色头发披肩，五官精致得如同洋娃娃。她要了一个气球不够，又向小丑伸出了手。

小丑没办法，蹲下高大的身躯给她选。妹妹挑了一个紫色的气球，兴高采烈地和哥哥牵着手走了。

陆佳恩站在小丑的身后，定定看着小丑再次站起身来。

小丑看向前方的目光缓缓移动，好像在寻找着什么。似乎是没有找到，他脚步急切地向前走了两步，慌张地向两边张望。

那样子，有点像迷失在人海的孩子。

陆佳恩的眼睛蓦地有些发酸，在他即将转头的瞬间轻声开口。

"孝则。"

"你冷不冷？"

前方穿着小丑服的身躯骤然一僵。

陆佳恩今天戴着黑色的宽檐礼帽，身穿米色大衣，身材纤细，长相标致漂亮。在满是西方面孔的异国他乡，她的长相也是十分出挑的。手拿两个气球的金发小姑娘回头，好奇地盯着小丑。

人来人往的佛罗伦萨街头，一个漂亮的东方女人站在高大的小丑背后。她静静注视着小丑的身影，距离不远不近。

两人就以这样的姿势僵持着。

金发小姑娘皱了皱眉，转过头拉拉哥哥的手。

"怎么了?"哥哥问。

小姑娘有些难过,声音也低了下来:"那个小丑哭了。"

陆佳恩坐在广场等同学的时候就注意到了街边穿着小丑服的男人。从一开始的不敢相信到逐渐确定,近距离走到小丑背后,她便更加确认了。

陆佳恩是学画画的,本就喜欢观察记忆人物。在一起三年,她也看了秦孝则三年。

小丑站立时双腿岔开的角度,蹲下的姿势,脊背弓起的弧度,甚至手背上凸起的经络……每一个,都是她十分熟悉的。在这个不常见的寒流天气,他套在外面的小丑服单薄宽松,露在外面的手指冻得发红。

陆佳恩不知道他在这里站了多久,下意识地问了他冷不冷。然后,她看见小丑的身体瞬间僵硬在原地。他没有动作,她也不催促。

在人潮涌动的国外街头,时间仿佛被定格了。

偶尔有路过的人用不明所以的目光投向两人,陆佳恩视而不见,只静静看着秦孝则的后背。

不知道过了多久,秦孝则的肩膀动了动。他低头,空着的那只手在面具下揉了揉眼睛。再转过身,他缓缓取下小丑面具和头上的假发。

陆佳恩的心脏霎时重重一跳。她努力忽略秦孝则眼睛里闪烁的东西,动动嘴角挤出了一个笑。

有一些事情,并不适合说破。比如为什么要来意大利?又为什么扮成小丑站在广场?也比如秦孝则的眼泪。陆佳恩的胸口心潮涌动,此刻街头的风仿佛正刮在她的心上。

秦孝则俊朗的轮廓一如从前,泛红的眼睛盯着她不说话。

陆佳恩在这灸热的目光中低下头,看着自己的脚尖说:"我请你喝咖啡吧。听我同学说这里的咖啡挺好喝的……"

话音没落,一阵风刮过,陆佳恩的头发一冷。原本就不太牢靠的宽檐帽被吹落在地,一眨眼的工夫已经吹走几米远了。

陆佳恩没有管帽子,一双清凌凌的眼睛看着秦孝则。

"你喝吗?"

秦孝则一手拿着气球,另一只手上捏着那个滑稽的小丑面具。他的头发相比之前长了一些,但依旧是干净利落的样子。

陆佳恩说话的时候,他的唇线抿得很紧,深沉晦暗的目光落在陆佳恩的脸上。

听完陆佳恩的话,他并没有回答,而是迈开腿快速向帽子吹走的方向走去。

陆佳恩侧头，发现自己的帽子已经被在广场玩耍的小朋友捡到，正往自己的头上戴，帽子太大，几乎遮住了脸，有些滑稽。小朋友和同伴们乐得哈哈大笑。

陆佳恩看着秦孝则快步走到小朋友面前，用手上所有的气球换回了她的帽子。他单手拿着帽子，经过垃圾桶时顺手将面具和假发扔了进去。

再次回到陆佳恩面前时，秦孝则的神色已经恢复成了他一贯的模样，眼睛里的泪光也不见了。

陆佳恩抿了抿唇，仰头看着他。

"走。"秦孝则垂眸看她，语气平静，"不是要请我喝咖啡吗？"

陆佳恩怔忪了几秒，点了点头。

陆佳恩带着秦孝则去了附近街区的一家咖啡馆，环境比起刚才那里幽静不少。

路上，秦孝则顺手把身上的小丑服装脱了扔掉。

到咖啡馆时，他身上只剩下简单的卫衣和牛仔裤。

陆佳恩为秦孝则点了一杯意式咖啡，给自己点了一杯热牛奶。

两人在靠窗的位置面对面坐下。

今天的气温很低，阳光却很是不错。没有了风的屋内，大片灿烂的阳光透过窗户落在桌面和两人身上。

陆佳恩坐得笔直，淡淡目光落在对面的秦孝则身上。他背靠着椅子，一手自然垂下，另一只手扣在她的帽子上。他的手很大，手掌几乎盖住了整个帽子，指骨分明，手背的经络清晰地凸起。

陆佳恩抿了下唇，轻声开口："我的帽子。"她指了指，示意秦孝则把帽子还给自己。

秦孝则动了动手指，蓦地轻笑一声。

"你不是不要了吗？"他目光直直地看过来，瞳孔在阳光下泛了层淡淡的金色，"这是我找那小孩买回来的，现在它是我的才对。"

这是什么赖皮理论？明明是她自己的帽子，被他一说倒成了他的了。

不知为什么，距离两人见面也不过短短半个小时的时间，陆佳恩总觉得现在的秦孝则和一开始穿小丑服时的感觉有些不同了。

她微微蹙眉，低头喝了口奶，再抬起头，秦孝则懒懒靠着椅背，眼睛一眨不眨盯着她看。

他穿着黑色的卫衣，神色散漫，坐姿随意又放松。这样的他，让陆佳恩有种陌生又熟悉的感觉。陌生是因为他已经很久没有在她面前表现出这副懒散随意的劲了，熟悉却是因为他们还没分手时他便是这个样子。

陆佳恩头皮一紧，心脏跳了跳，心中的话下意识就说了出来："你什么时候回国？"

秦孝则眉目一敛，神色逐渐沉了下来："你就这么急着赶我走？"

桌面咖啡还飘着热气，连一杯咖啡的时间都等不及吗？陆佳恩一时哑然。他一口咖啡还没喝，自己就这么说话实属有些不礼貌。

她伸手将糖和奶递给秦孝则，轻声解释道："快过年了，机票可能不好买……"

秦孝则没有加奶，只放了块方糖，用勺子随意在杯子里搅了搅，端起来喝了口。

陆佳恩看到他的喉结动了动，紧接着放下杯子和她对视。

"还不错。"秦孝则说。

陆佳恩"唔"了一声，双手握住自己的牛奶杯："我很多同学都喜欢这家的咖啡。"

只是她自己一喝咖啡就心跳加速，实在不适合品尝。

"你如果喜欢，回国的时候可以带些咖啡豆回去……"

"陆佳恩。"秦孝则忽然开口。

"嗯？"

"如果我要在意大利过年呢？"

陆佳恩一愣，环着杯子的手不自觉用力。

"什么？"

在来意大利之前，秦孝则认为陆佳恩是完完全全把自己当作替代品的。

他一方面放不下陆佳恩，另一方面又对自己厌恶唾弃不已。舍不下自尊心和骄傲，他也不想让陆佳恩知道自己又跑来找她。为什么扮作小丑？大概他觉得自己本身就像滑稽的小丑。

人来人往的市民广场，陆佳恩的身影很好认。他心不在焉地发着气球，目光时不时追寻着陆佳恩的影子。她在椅子上坐了很久，神色柔和，脸上带着浅浅的笑。

隔了一段距离，其实看不太真切陆佳恩的表情。可他能想象得到。陆佳恩的眼睛应该是亮亮的，目光宁静而平和。他并没有看多久，不过蹲下来的一个工夫，陆佳恩就不见了。

他在椅子那里四处搜寻，一无所获，直到身后传来一声熟悉的"孝则"。

秦孝则想，陆佳恩大概永远也不知道他听到自己名字时的感受。在这一天，在佛罗伦萨的街头，在她认出他的那一刻。他知道，有什么东西不一样了，心脏像被重物重重砸了一下，原本的骄傲在这一刻分崩离析。

"你冷不冷？"这是陆佳恩说的第二句话。不是惊讶的"你怎么在这儿"，不是寒暄的"你好"，不是客套的"好巧"……

她在问他冷不冷。轻飘飘的四个字，轻易地让他红了眼睛。

寒风中的鼻子一酸，眼睛湿得突如其来。秦孝则数不清自己有多少年没哭过了，眼泪这东西对他而言是羞耻的。小时候调皮被抽断一根皮带没有哭，车祸小腿骨裂疼得不行没有哭，和陆佳恩分手时没有哭，发现自己是替代品时没有哭，甚至看到陆佳恩和杭佑一起回来在楼下等了一夜，觉得没有希望了也没有哭。

可在异国街头，陆佳恩简单的几个字就轻易地让他流出了眼泪。

秦孝则确定，这世上不可能有另外一个女人会同陆佳恩一样了。

在同来咖啡馆的路上，他默默看了陆佳恩一路。阳光下的皮肤几乎透明，黑色长发乖巧地披在肩膀，眼睛清澈干净，姿态从容淡定。

秦孝则一直梗在心里的东西好像忽然就释然了，和自己较什么劲呢？

秦孝则想。既然放不下，就不要放了。

想通了之后，秦孝则的心情反而放松了。也许，这也只是他给自己找的一个借口，可是他不想深究了。

他确定，他和陆佳恩之间的羁绊之深，是任何人都替代不了的。

这一点，即使是杭佑也不行。

"留在这里过年？"陆佳恩的眼睛微微睁大。

秦孝则端起咖啡喝了一口，姿态闲适地点点头。

陆佳恩怔了怔，脸上罕见地出现了一丝为难和不知所措。

秦孝则垂下眼睫，面不改色地说："我和爷爷吵了一架，他不让我回去过年。"

陆佳恩蹙了蹙眉："那你……"

秦孝则快速打断她："你们不是要留下来过年吗？我和你们一起。"

见陆佳恩面色迟疑，他补充："我自己住酒店，就和你们吃个年夜饭。"

陆佳恩犹豫了片刻，最终还是点点头应了。

秦孝则于是笑了。他看向窗外，此刻的阳光大好，犹如春天。

"哎，那你教我几句意大利语吧。"他转过头说。

"好，你想学什么？"陆佳恩很好说话地应了。

秦孝则："你好。"

陆佳恩："Ciao（你好）。"

秦孝则重复了一遍："Ciao？"

陆佳恩："嗯，朋友之间比较常用这个。"

秦孝则"哦"一声："那再见？"

陆佳恩："正式一点是 Arrivederci（再见），熟悉一点的同辈也可以用刚刚那个 Ciao。"

秦孝则如法炮制，又问了几个例如"谢谢""对不起"之类的词。陆佳恩很有耐心地一一回答了他。

秦孝则手指点着桌面，语气平常："我爱你呢？"

陆佳恩心里一动，见他神色正常，并没有其他意思，于是轻声回答："Ti amo（我爱你）。"

秦孝则皱了皱眉："什么？"

陆佳恩放慢了语速，一字一字教他。

"ti——a——mo."

她的神色很认真，发音标准，音色清脆如玉珠。

说完，陆佳恩下意识抬眸看向对面，却见秦孝则目光灼灼地盯着她的眼睛，嘴角慢慢地弯起了弧度。

"我知道了。"他低声说。

客观来说，秦孝则确实是一个长得很好看的人。就如此刻，午后的阳光落在他的右半边脸颊，将他右侧的头发和睫毛都染上了一层淡淡的金辉。他靠在椅子上，眼角眉梢都是笑意，嘴角的弧度张扬肆意。

陆佳恩很长一段时间没见他这么笑过了，蓦地有些愣怔。可她随后就察觉出了些许不对。她蹙了蹙眉，渐渐回味过来——秦孝则又在逗自己玩！

阳光下，她脸皮有些发烫，偏偏对面那人依旧噙笑看着自己。

"秦孝则！"陆佳恩被他看得有些恼，他分明就是故意的，还装没听清骗自己说了两遍。

秦孝则轻笑了声，身体前倾直到胸口抵着桌边，一双清朗的眼睛故作不解："怎么了？我说我知道怎么说了。"

"Ti——amo."他认真地学了一遍，询问陆佳恩，"对吗？"

见陆佳恩不说话，他又重复了一遍。

"Tiamo."陆佳恩的睫毛颤了颤，唇线抿着。

秦孝则说得很标准，音色低沉也好听。可是……

陆佳恩抬眸，眉头皱了起来，神色有些严肃地张口："你——"

"好了，我不开玩笑了。"秦孝则立刻打断她，不让她继续说话。

陆佳恩抿了抿唇，低头喝了口牛奶。

"陆佳恩，你别生气。"低下头的时候，她听见秦孝则的声音。陆佳恩的头皮倏地一麻，抬起头来。

"没有。"她轻声说。

秦孝则定定地看着她，脸上神情松了松，说："那就好，现在真是怕了你了。"

陆佳恩一怔，忍不住问："我有什么好怕的？"

秦孝则摩挲着手里的帽檐，低声说："怕你生气呗。生气了不理我或者赶我走，我一个人怎么过年？"

陆佳恩心情有些复杂。她刚刚，确实有那么一瞬间想劝秦孝则回国过年。可他已经把话堵死，她再提这建议就显得小气又不近人情。

陆佳恩在心里叹了口气，轻轻摇了摇头："不会。"

这一杯咖啡喝得很慢，结束时已经是下午四点了。陆佳恩从最初见到秦孝则的情绪中冷静下来，提出自己要回家了。

秦孝则定定地看着她，有些不愿意，说："不带我转转吗？"他千里迢迢来看她，只喝一杯咖啡当然不乐意。

陆佳恩想了想，摇摇头："你回酒店休息吧。我回去还有功课要做。"

秦孝则看了看表，说："我请你吃了晚饭再走呗，地点你选。"

陆佳恩凝眉，淡淡地和他对视，一时没有回答。他一个人跑到意大利来，她作为认识的人，于理是应该多关照他些。

可于情，这会让他们本就扯不清的感情更加纠缠……她一会儿想到在医院里秦孝则对自己的照顾，一会儿又想起他也说过要和自己两清的话，手指捏着大衣的衣角，唇线也不自觉抿了起来。

陆佳恩也就谈过这么一次恋爱，对感情方面的事情知之甚少，甚至有些懵懂。她本来是认为，和平分手的两人是可以继续保持普通朋友关系的，所以对秦孝则的态度一直不算差。

可是秦孝则也是这样想的吗？他说过和她两清的，现在的他是朋友的心态吗？她忽然对自己先前的想法产生了些许的怀疑，脑子里隐隐约约冒出念头：不知道秦孝则说回不去过年是不是骗自己的。

秦孝则坐在对面，眼睁睁看着陆佳恩低垂着眼，小脸皱起来，像是陷入了什么纠结之中。他顿时心里一紧，下意识地在陆佳恩说话前开口："行行行。你回去，我自己吃饭。"

陆佳恩微微一怔，抬眸看向他，正好捕捉到他脸上一闪而过的紧张。

秦孝则蓦地起身，嘴里催促："走吧，我送你回去。"

陆佳恩心神一漾，也点点头站起身来。

"不用送了，你穿得太少了。快回酒店吧。"她的目光落在秦孝则的身上。就一件卫衣，这怎么防寒？

秦孝则看她一眼："那我去买一件外套，等我。"他说完便跑到马路对面的小店。

陆佳恩一怔，也跟着他走过去。

到店里时，秦孝则身上已经套了件黑色的大衣，正用英文和营业员说要买。

陆佳恩连忙跟过去，用意大利语将秦孝则的意思再次表达了一遍。

不过几分钟的时间，衣服就买好了。秦孝则扣好扣子，垂眸看向陆佳恩，低声道："这下可以送你了吧？"

陆佳恩心里一凝，点了点头。

回去的路上，陆佳恩看向秦孝则，缓缓开口："我明后天还要上课，所以……"

"我知道，你不用管我。"秦孝则立刻接话。

陆佳恩眨了眨眼，对于他出奇好说话的态度有些讶异。

"我又不是没来过意大利。"秦孝则轻笑了声，"你忘了？本来大四毕业就要和你一起来的。"

陆佳恩心里一动，忍不住说："那时候你很生气。"所以她才会对现在的秦孝则感到惊讶。

秦孝则无奈地低头看她："我错了行不行？那时候本想给你个惊喜，结果你不肯去，我有点……"他想了想憋出一个词，"恼羞成怒。"

陆佳恩的脚步一顿，有些惊讶地看向他："什么惊喜？"

秦孝则的脸上闪过一丝不自在："一个艺术特展的门票，不太好订。"

陆佳恩心脏蓦地一跳："你没说过……"秦孝则居然会为了她关注艺术展？这实在是太意外了。

"说了叫什么惊喜？"秦孝则又有些恼，"后来你不肯去，我说了干吗？"添堵吗？

陆佳恩垂下眼："哦。"

她抬头笑了笑，语气真挚："那谢谢你。"

秦孝则的心脏好像被蛰了一下，又酥又麻，嘴上却是无所谓的样子："谢什么？又没看成。"

陆佳恩弯了弯唇，没有说话。

咖啡馆离陆佳恩的住所不算远，两人没走多长时间就到了。

"那我上去了。"陆佳恩和秦孝则告别。

秦孝则点点头，又叫住她："陆佳恩。"

"嗯？"陆佳恩有些疑惑地抬头看他。

秦孝则单手插兜，长身玉立，落日余晖给他背后染上一层橘红色的光影，背着光的神色隐约模糊。他向前几步走近陆佳恩，轻扯嘴角笑了声："你忘了东西。"

陆佳恩睁大眼睛："什么？"

下一秒，一只帽子扣在了她的头上。陆佳恩猝不及防，看着他的眼神有些迷茫。

"你不是不——"还给我吗？

秦孝则"呵"一声笑了，动手帮她把帽子理正。

"记住，这是我用气球换的，所以算是我送你的。"他要她每次戴帽子都想起自己来。

见陆佳恩的神色还有些茫然，秦孝则乐得笑出声来。

"走了。"他挥挥手告别，潇洒转身离开。

陆佳恩怔怔看着秦孝则高大挺括的背影，只觉得他仿佛走入了远处的漫天霞光里。

陆佳恩现在是和几个华人学生一起合租。除了她和同学谢清清外，还有两个其他学校的同学。

其他学校放假得早，两人已经回了国。现在房子里就剩下谢清清和陆佳恩二人。她们和学校里同样回不了国的留学生约好，两天后一起在家做饭，就当是过除夕吃团圆饭了。

两天后，几人早早从学校回来，并从华人超市采购了一堆食物。因为是国内的新年，大家准备一起包饺子并炒几个菜吃。

就在大家准备食材的时候，陆佳恩接到了秦孝则的电话。

"我朋友来了，我下去接一下。"她和旁边人打了声招呼，独自下楼了。

陆佳恩下楼之后，有女生好奇地问谢清清："你说陆佳恩不会交男朋友了吧？"

谢清清摇头:"没有啊。她天天忙着画画,哪儿来的男朋友?"

她和陆佳恩住一起这么久,就只听说过一个在米兰读研的应煊。陆佳恩早两天就提过除夕会带朋友过来,谢清清问过不是应煊后便没有在意。

在谢清清看来,应煊是一定对陆佳恩有意思的。只不过陆佳恩一直把心思放在学业上,似乎对应帅哥没什么兴趣。

正想着,门口传来了动静。房间里的人都下意识转头,在看到来人时全部怔了下。他们怎么也没想到,陆佳恩居然带了个长相、身材都无可挑剔的大帅哥来。

秦孝则对大家一副惊讶的样子不以为然,自然大方地打了个招呼。于是,众人也纷纷打起了招呼。

陆佳恩给大家相互介绍了一遍,又看向秦孝则:"我们要准备做饭了,你自己坐一会儿吧。"

秦孝则挑了下眉,拒绝:"我帮你。"

陆佳恩看了他一眼,眼睛里怀疑的意味明显。

秦孝则也想到了自己平时的样子,一时语塞。他脱掉外套,亦步亦趋地跟着陆佳恩去了厨房,老老实实地洗好手:"陆佳恩,你教教我呗。"

陆佳恩想了想:"那你和大家一起包饺子吧。"

两人到了餐桌,陆佳恩给秦孝则包了一个饺子示意。

"这样沾点水,折一下,在合起来捏紧。"她一边示范一边指导,一个饱满的饺子出现在她的掌心。

秦孝则按照她的步骤做了一个,一不小心就破皮了。

陆佳恩伸头看向他的,笑了笑:"其实挺好的,馅再少点就更好了。"

秦孝则心里一动,又包了一个。虽然造型没有陆佳恩的好看,倒也有模有样的。

"这个不错,看来你会了。那你先包,我去给清清帮忙。"陆佳恩说完便撇下秦孝则,再次去了厨房。

厨房里,谢清清正在切土豆。看到陆佳恩,她小声问:"佳恩,他不是你男朋友吧?"

陆佳恩一怔,摇了摇头,拧开水龙头洗手。

谢清清点点头:"哦,那你觉得他和应煊谁帅?"

陆佳恩手上的动作一顿,关掉了水龙头。还没来得及说话,却听谢清清"啧"一声。

"我觉得吧——"

"陆佳恩。"

谢清清的声音被门口的一道男声打断。两人同时回头，只见秦孝则高大的身影站在门口，紧实的双臂弯曲，淡淡目光落在陆佳恩的脸上。

"怎么了？"陆佳恩走到他面前。

秦孝则举起自己沾着面粉的手，扯了扯嘴角："帮我卷袖子。"

陆佳恩"哦"一声，垂下头将他的袖口往上折了折。

"再帮我擦一下脸。"秦孝则盯着她继续道。

陆佳恩一愣，这才发现他的鬓角处也沾了些面粉。她点点头，走到餐厅的桌上抽了张纸。正踮脚要为他擦面粉的时候，她忽然听到他低低的声音："所以我和应煊谁帅？"

陆佳恩一惊，下意识地收回了脚，却见秦孝则皱了皱眉，看向她的目光带着困惑和审视。

"在米兰学声乐的那个应煊？

"你怎么会认识他？"

秦孝则和应煊很早就认识，但算不上熟，不是一个圈子的朋友。倒是两家父母挺熟的，加上应煊又是学艺术的，很受妈妈罗晗的欣赏。

在此之前，秦孝则完全没把应煊和陆佳恩联系到一起过。刚刚听了她同学的话才猛然想起应煊那厮也正在意大利上学。而且看样子，应煊和陆佳恩似乎还来往过不少。

这么想着，秦孝则的眉头皱得越发紧了，盯着陆佳恩的目光也越来越紧迫。

陆佳恩后退一步，抿了抿唇解释："是罗晗阿姨把应煊的名片推给我的。"

秦孝则抽了口气，一股热血直冲脑门。

"我妈？！"他提高了音量。

陆佳恩点点头："罗阿姨怕我来意大利人生地不熟，好心把应煊推给我的。"

秦孝则一时梗住，胸口一股郁气无处发泄。他别开眼转向厨房，喉结重重滚动了下。说来说去，还不是自作自受。一个杭佑还没走呢，居然又来一个应煊。

秦孝则心头一紧，又转回头看向陆佳恩，声音紧绷："他在追你？"

陆佳恩一愣，缓缓摇了摇头："没有吧。"她刚到佛罗伦萨的时候，应煊来这里帮了她很大的忙。她感激地请应煊吃饭，结果还被应煊提前付账了。后来大部分时候都是微信上联系，频率也不算很高。

"没有你同学怎么会认识他?"秦孝则步步紧逼,完全没注意到自己的语气已经超出普通社交范围了。

陆佳恩一时也没有注意到,乖乖地回答:"因为他帮了我好多忙,又不给我机会付钱请客。后来有一次他来这边看朋友,我们就一起在家里吃了饭……"

秦孝则觉得自己快要气冒烟了。陆佳恩为人温和礼貌,对身边的人一向很好,为了感谢请应煊吃饭也完全合情合理。可秦孝则还是生气又嫉妒,气自己不注意多了一个情敌,嫉妒应煊可以借着地理优势靠近陆佳恩。

他敛眉盯着陆佳恩:"你还没回答我问题,谁帅?"

陆佳恩觉得问这话的秦孝则莫名有些孩子气,起了些逗他的心思:"都帅啊。"

她知道秦孝则想得到一个什么回答,可她现在又不是他的女朋友,也没必要哄他高兴。即使她心里是这么想的也不说。

听到这个回答,秦孝则深呼吸了几次,又叹了口气:"包饺子吧。"

秦孝则走回桌边,安安静静地继续包起了饺子。陆佳恩停顿片刻,也走回厨房继续忙碌。

热热闹闹的气氛中,一伙人在六点前做出了一桌丰盛的晚餐。

餐桌被搬到了客厅,正对面的大屏幕投着国内的春节联欢晚会。春晚倒计时前,大家在桌前坐好了。倒数到"0"时,同在国外的他们也举杯碰在了一起。

"新年快乐!"

"开年大吉!恭喜发财!"

"顺利毕业!"

屏幕上的流光溢彩印在每个人脸上,仿佛是同一时刻绽开的烟花。陆佳恩笑吟吟地和大家碰了杯,目光不期然对上旁边的秦孝则。他的眼睛很亮,笑容却有些淡。

陆佳恩神色一顿,猜想他是不是想念国内的亲友了,毕竟在意大利,他只认识自己一个人。陆佳恩心里一动,主动握杯单独和他轻轻碰了一下。

"新年快乐。"她笑了笑说。

秦孝则的目光愣怔几秒,笑了:"新年快乐,陆佳恩。"他的声音很低,语气有几分郑重。

这一次的新年对于陆佳恩来说是很难忘的——在异国他乡,看着国内的春晚,身边是一群新认识的朋友和同学,唯一的一个旧识,竟然是自己已经分了手的前男友。

他们感情的开始不那么光明,结束也不算和平。他曾经凶巴巴地扬言说要报复,可又在自己做手术时在医院陪了自己四天。

他们在一起时从没有一起过年,没想到在分手后却聚在一块在异国吃了团圆饭,一同倒数迎来了新年。这感觉实在有些奇妙,陆佳恩一时也说不清。

一起吃饭的都是年龄相仿的年轻人,很快在吃饭喝酒中熟络起来。得知秦孝则是A大毕业的,其他人看他的目光多了几分惊讶和佩服。

也许是因为新年,也许是同为"独在异乡为异客"的天涯沦落人,大家都喝了不少酒。

陆佳恩是唯一一个没有喝酒的,自然负责起了将其他同学送出门的工作。她跟着大家一起下了楼,确认其他同学都坐上车后才回去。

一开门,陆佳恩看见谢清清和秦孝则并排坐在沙发前的地板上,两人凑在一起喝酒聊天,样子颇为熟络。她走近,正巧听到秦孝则在问谢清清:"应煊经常来找陆佳恩吗?"

谢清清脸色酡红着摇摇头:"没有。他就刚开学那阵来的。"

秦孝则点点头,又问:"你觉得他怎么样?"

谢清清想了想:"挺好的啊。长得好看,有教养,性格好,声音好听,会好几种乐器又会唱歌……"

秦孝则低哼了声,重重将啤酒罐往旁边地板一放。

陆佳恩见状,下意识地就要上前,却见秦孝则往后一倒,懒懒瞥向谢清清:"他那么好,你要不要追?"

谢清清捂着额头"唔"了一声,也不介意:"你去问陆佳恩她要不要。"

"她不要。"秦孝则双手抱胸,神色颇为倨傲,"她来这里是学习不是交男朋友的。"

谢清清脸色迷茫地"啊"了一声,张了张口还要说话。

"清清!"陆佳恩连忙出声叫住她。

两人同时回头,脸颊都有些红。

"你们喝多了,我给你们倒点蜂蜜水。"陆佳恩匆匆走到厨房给两人倒了水。

谢清清接过水杯道谢:"你们聊,我回房了。"

她很有眼色地离开,留下陆佳恩和秦孝则两人。

秦孝则接过水杯,眼睛一眨不眨地盯着陆佳恩,目光因染了几分醉意显得迷离:"陆佳恩,你同学刚刚说我比较帅一点。"

"然后呢?"她的眼睛弯了弯,觉得此刻的秦孝则有些好玩。

秦孝则抿唇看了她一会儿，转回头垂下眼睫："你们学艺术的审美怎么不统一啊？"

这语气，很难说没有怨念在里面。陆佳恩实在忍不住，"噗"一声笑出声来。

秦孝则一手扣住啤酒罐晃了晃，另一只手臂随意搭在膝盖。他侧对着陆佳恩，余光中看见阳台落地窗反射出两人的影子，叠在一起的样子看上去颇有些亲密。

秦孝则心脏一软，嘴角也情不自禁地弯了弯。

第二天，秦孝则准备坐晚班机回国，特意等陆佳恩下课和她道别。

"陆佳恩，我回去了。"

陆佳恩点点头："好，一路平安。"

秦孝则笑了笑："我还可以来找你吧？"

陆佳恩的表情凝滞了一瞬，犹豫着看向他。

"孝则，你不要花时间在我身上了。"

这句话，她之前就想说了。喝咖啡那天没来得及说出口，昨天那个环境又不适合说。可马上他就要回去了，再不说又怕他误会。

秦孝则挺拔的脊背蓦地一僵，周身的气压沉了下来。

陆佳恩不知道自己内心的愧疚源自何处，硬着头皮说："你来找我，我……我也不知道自己有没有理解错。如果我会错意了和你说声抱歉。"

她低下头，盯着自己的脚尖，声音很轻："我的房东太太帮我找了一个中文家教的兼职。我还有很多学业，挺忙的，目前真的不想考虑其他事情。"

"我要你考虑了吗？"秦孝则径直打断她的话。

陆佳恩一愣，抬起头来。

秦孝则垂眸，语气冷淡："我又没想做什么，你紧张什么。"

陆佳恩张了张唇，脸上有些发麻，难道自己真的理解错了吗？

秦孝则："我们总不是仇人吧？难道话都不能说了吗？"

陆佳恩连忙摇头："我不是这个意思。"

她咬了下唇，眼睛清澈干净，声音有些小："我怕浪费你的时间。"看到穿着小丑服的秦孝则时，她承认自己确实很震撼，可是她现在也确实没有其他的心思，她不想秦孝则误会什么。

秦孝则笑了声："那就行了呗。"

"我走了。你好好学习。"听到陆佳恩不想谈恋爱的说法，他心里反而松了口气。这就证明，至少现在应煊在陆佳恩面前也没什么机会。至于以后的事，以后再说吧。

回国后，秦孝则将酒吧招牌重新设计了一下挂出去。除了原本的酒吧名"漾"以外，旁边还多了一串很有艺术感的字母。
陈携过来玩的时候惊讶了一瞬，问他那鬼画符字母是什么单词。
秦孝则鄙视地骂了句"文盲"，拒绝回答。
陈携当即不满，嚷嚷道："不是，你这字母谁能看得懂啊？"
他又不是没过四六级，这话侮辱谁呢？
"有人能看懂就行了。"秦孝则云淡风轻地道。
陈携头皮一紧，抓过手机一个字母一个字母输入搜索框。
a-s-p-e-t-t-o.
结果很快跳了出来。
aspetto，意大利语"等待"的意思。
"等待？"陈携皱皱眉看向秦孝则，"你要等她？"
秦孝则点点头，和陈携碰了碰杯，一饮而尽。他挑了下眉，语气张狂自信："两年嘛，等得起。"
这一趟意大利之行让他确定了——别的什么都可以改，就是喜欢陆佳恩这件事不行。

过完年后，陆佳恩短暂地回国看了看外婆，没待几天又飞回了意大利。
房东太太就住在陆佳恩的楼上，非常喜欢中国菜，在陆佳恩给她送过几次菜后，对陆佳恩的厨艺惊为天人，后来更是好意帮陆佳恩介绍了一个中文家教的工作。
这样一来，陆佳恩生活更加忙碌起来。她整个暑假都没怎么回家，一直留在意大利，除了画画就是做家教。这期间，秦孝则有时会飞来意大利，每一次都伴随着各种各样的借口。
陆佳恩明显感觉到秦孝则的忙碌。和之前相比，他好几次都是风尘仆仆的样子，有时叫她出来吃了饭就急急忙忙地要走。
陆佳恩迟疑着叫他不要把时间安排得这么赶，忙的话就不要来意大利了。话说得委婉，拒绝的意思却很直白。
秦孝则当时看着她不说话，停顿了好久才说自己来意大利有其他事。陆佳恩于是也就不好说什么了。
话是这样，可秦孝则过来依旧会和她见面，再送她一些国内美食。
拿人手短，陆佳恩也只好买一些意大利当地特产送给秦孝则还礼。

两人就这么保持着不咸不淡的往来。

又一个六月，陆佳恩拿到了硕士学位。七月，她正式飞回了国内。陪外婆在C市住了一段时间，她接到了经纪人右右的电话，邀请她去平城。

陆佳恩在国外参加了不少的展览和比赛，回国前，她已经和平城的一家公司签了经纪约。这次回来也是要筹备一个青年艺术家的联合展，地点就在平城美术馆。

挂了电话，陆佳恩坐在书桌旁发了会儿呆。在国外时，向她递来橄榄枝的公司不止一家，她也考虑过去平城势必会再次遇到秦孝则的问题。可她签约的公司提出的条件实在太好，好到她无法拒绝的地步。

于是，这份合约就这么定了下来。

得知陆佳恩要走，杭佑主动提出送她去机场。

路上，窗外C市的街景飞驰向后而过，陆佳恩看向窗外，心里莫名有些空。

旁边正在开车的杭佑忽然出声："你以后就都在平城发展了吗？"问这话的时候，他神色有些郑重。

陆佳恩侧眸，想了想回答："以后我也不能确定，但目前这几年是的。"

杭佑听完停顿片刻，缓缓说了声"哦"。

到了机场，杭佑坚持要送陆佳恩登机。一股说不清道不明的气压萦绕在两人之间，气氛有些沉默。

陆佳恩刚出国那会儿，杭佑给她发消息发得挺勤。可陆佳恩的学业忙碌，加上她画画时不喜欢被打扰，手机基本都是静音状态。为此，她错过了很多次杭佑的信息，常常不能及时回复。虽然她事后会解释和道歉，可在杭佑看来不过是借口。

到了后面，杭佑的消息便少了很多了。读研的这两年，两人只有在陆佳恩回国的时候见过那么几面，话题无非是围绕着高中和现在的生活。

杭佑偶尔会说起银行工作的事，可两人的环境大不相同，陆佳恩已经不太能理解他的一些状况了。

"陆佳恩。"临登机前，坐在陆佳恩旁边的杭佑开口。

陆佳恩侧头看他："嗯？"

杭佑扯了扯嘴角，说："我……"他顿了顿，忽然感觉到了一股深深的无力感。他依旧喜欢旁边的姑娘，可他也不得不承认，两人之间存在着一道看不见的鸿沟。随着时间的进展，这道沟仿佛也越来越深了。

现在的陆佳恩给他的感觉并没有多少变化。她依旧漂亮清纯，温和善良，说话时轻柔如春风。

杭佑自认为自己的改变也不算大，在见到陆佳恩时依旧会心动。可是……总有什么东西在悄悄地变了。好像手中沙，怎么抓也抓不住。

杭佑闭了闭眼，重新看向陆佳恩。

他动了动唇，想说"我们试一试吧"，可话到嘴边又说不出口了。

他们已经不是小孩子了。大学生的爱情很简单，喜欢就可以在一起，可现在不行。他不得不考虑很多现实的因素。

陆佳恩要去平城发展，她会开画展，会成为有名的青年艺术家，会有非常多优秀的男人喜欢……可自己呢？自己应该怎么做，才能追得上她？如果有可能，他真的很想回到高中。

杭佑的喉结动了动，声音忽然有些涩："如果那时候……我要你在国内等我，你会等吗？"

陆佳恩诧异了一秒，缓缓点点头："会的。"

她迟疑着看向杭佑，声音很轻："杭佑，可是那已经过去很久了。"

杭佑点点头，轻叹："我知道。"可每每想到，他还是会觉得很可惜。

候机厅响起了广播，示意陆佳恩的航班开始登机了。

杭佑扯了扯嘴角，哑声道："祝你前程似锦。"

陆佳恩笑了笑："谢谢。"

陆佳恩的房子还没有定下，只能暂住在酒店。

安顿下来后，她先是联系了季棠宁。

得知陆佳恩来了平城，季棠宁欣喜不已地要和她见面。

陆佳恩笑了笑："你什么时候有空？我去你家吧，顺便看看肆肆。"

话音落下，季棠宁那边沉默了一下，然后是支支吾吾的声音："对不起啊……佳恩姐姐，肆肆……"

陆佳恩心里"咯噔"一下，听她继续道："肆肆……不在我……我这里了……"

话没说完，季棠宁的声音断了，一道男声从听筒传了出来。

"棠宁不适合继续养你的猫，我把它给更适合的主人了。"江丞书的语气颇为冷静。

陆佳恩一愣："谁啊？"

江丞书没有直接回答，只说会发视频监控给她看。

挂了电话，陆佳恩很快收到江丞书发来的 App 链接以及用户名和密码。按照江丞书给的账号和密码，手机上瞬间出现了一个房间的监控视频。

监控里的房间很大，装修风格简约大气，以黑白色为主。肆肆窝在猫爬架上，闭着眼睛休息。肆肆的体型比之前大了不少，尾巴粗长，毛发油亮茂密，看上去被养得很好。

　　陆佳恩心头一喜，随即又觉得有些讶异。监控里的房子略显空旷，可看着也是住人的。肆肆的新主人怎么会随随便便就把监控密码给了别人？难道不需要个人隐私的吗？困惑间，监控里的房间门被人从外打开。一个熟悉的高大身影进入眼帘。

　　陆佳恩怔怔看着监控里熟悉的身影，心脏不自觉加速跳动起来。

　　秦孝则把肆肆接回来了？他还换了房子？棠宁为什么不直接告诉自己呢？脑子里的问题太多，以至于当她反应过来时，屏幕上的男人已经是半裸的状态了。他背对着摄像头喝水，宽肩窄腰的身材一览无余，肩膀手臂紧实的线条隐约可见。

　　陆佳恩抽了口气，手忙脚乱地关掉了软件。她发消息给江丞书，问他为什么告诉自己。

　　江丞书的回答很简单，只有几个字："问秦孝则。"

　　陆佳恩放下手机，干脆在桌前看起了书。可她没有找秦孝则，秦孝则却主动找上了她。

　　就在和江丞书发完消息没多久，陆佳恩接到了秦孝则的电话。陆佳恩深吸一口气，按了接通，轻轻"喂"了一声。

　　秦孝则开门见山地问："你来平城了？"

　　陆佳恩"嗯"了一声。

　　"来了怎么不告诉我？"秦孝则的声音有些低。

　　陆佳恩停顿片刻："我……"

　　"算了你别说了！"陆佳恩的话被他打断，她听到那边近乎自言自语的吐槽声音，"肯定没什么好话。"

　　电话里一阵沉默。

　　秦孝则缓缓开口："明天没事吧，我请你吃饭。"

　　陆佳恩连忙说："明天我约了邹予。"

　　秦孝则："那后天。"

　　"后天我也有约了……"陆佳恩的声音有些小。

　　"大后天。"

　　"大后天我也——"

　　"陆佳恩。"秦孝则打断她，语气颇有些不满，"你回来的消息是告诉了多少人？"

每一天都有约,就是不告诉他是吧?

"就一些朋友。"陆佳恩垂下眼。

秦孝则那边顿了下,传来"啪"的一声,陆佳恩的眉头也随之一跳。

紧接着,秦孝则不紧不慢的声音再次传出:"你这些朋友包括应煊吗?"

陆佳恩停顿两秒,诚实地"嗯"了一声。事实上,后天就是应煊约她一起吃饭。他比她早一年回国,如今在平城的一家歌剧院工作。她在此之前就答应过应煊回国以后会为他捧场的。

秦孝则那边再次沉默下来。过了很久,他才再次开口。

"我也想见你。"他的声音很低,刚才那股质问的劲完全没了踪影,语气也一下软了下来。

陆佳恩的喉咙哽住,一时不知道该说些什么。

顿了两秒,她轻声说:"我看到你把肆肆接回来了。"

秦孝则声音很淡:"嗯,接回来了。"

陆佳恩微微蹙眉:"你、你……"

"你还不明白吗,陆佳恩?"秦孝则的声音在夜晚显得有些寂寥,"我想要你也回来。"

陆佳恩心脏一跳,张了张口要说话。秦孝则先她一步出声了:"行了你别说话了,下次见面再说吧。"

陆佳恩捏着手机的手心微湿,想了想还是轻声开口:"孝则,我们不合适的。"

即使没有那些横亘在两人之间的事,他们也是不合适的不是吗?

话音落下,秦孝则那边没了声音,耳边似乎只能听到他的呼吸声。

片刻后,秦孝则开口"哦"了一声,语气淡淡的,似乎并不在意。

"你什么时候有空,我们一起吃饭。"他没有接话,只自然地换了个话题。

陆佳恩有些蒙。以她对秦孝则的了解,他应该对刚刚的一串对话都十分生气,拉不下面子挂断电话才对。

"就这样,你有空和我说。我带你来看肆肆。"秦孝则说完,也不等陆佳恩回复便挂断了电话。

第九章 / 追求

第二天,陆佳恩化了个淡妆出门见邹予。

邹予如今在一家美术馆工作,每日被各种人事折腾得脑袋发胀,听说陆佳恩签约回来,迫不及待地和她约了见面。两人约在陆佳恩下榻酒店不远处的咖啡馆。

陆佳恩听着邹予抱怨自己被美术馆领导还有画家策展人等摧残的生活,也不免有些郁闷。

"哎,对了。施静都快结婚了你知道吗?"邹予一说起来就没完,和陆佳恩爆了许多内幕和道听途说的八卦。

邹予忽然提起的话题令陆佳恩蓦地一愣:"结婚?"她有施静的微信,可并没有看见过相关的朋友圈。

邹予神秘地点点头,说:"意外吧?我也是上次听朋友说的。好像是闪婚。"

陆佳恩低垂着眼,心不在焉地点头,脑海里蹦出许多个琐碎的画面,全是和施静有关的。有那么一瞬间,她忍不住好奇自己走后施静和秦孝则之间有没有发生过什么故事,但这些是他们两人之间的事,自己不应该过问的。

陆佳恩对自己默念了几遍，说服自己不要再想。

公司为陆佳恩挑的房子位于一家高档小区，坐落于湖边。她的房间位于二十楼，站在落地窗前可以欣赏到一览无余的湖景。

房间是大两室，除主卧外，另一个房间被陆佳恩改造成了画室。陆佳恩的行李不算多，但等她完全安顿好也花费了一段时间。这期间正赶上秦孝则出远差，两人也就一直没见上面。

直到这天，陆佳恩的经纪人右右拉她去平城美术馆确认展览事宜。

布展进入了尾声，陆佳恩需要再去做最后的确认和验收。

美术馆内，和她一同参展的几个青年画家也在。和美术馆工作人员确认了布展细节后，已经是近晚饭的时间了。策展人看时间不早，张罗着一起吃饭。说是正好有几个业内朋友在旁边会所聚会，大家一起去吃个饭认识一下，也当是拓展关系了。

去之前陆佳恩怎么也没有想到，自己会在包厢遇到许久未见的秦孝则。

"抱歉来晚了。"到了包厢之后，策展人连声道歉，"忙展览的事耽误了会儿。"

"没事没事，坐。"桌边的人摆摆手，示意来的人坐下。

陆佳恩的目光扫过秦孝则，依言坐好。

秦孝则在看到陆佳恩的那一刻，手顿了下。

"来来，我给大家介绍一下。这几位就是这次联合展的青年艺术家们……"资深策展人一一为大家做着介绍。

坐在陆佳恩旁边的是资深画家何野，他端起酒杯独独只敬了陆佳恩。

陆佳恩站起来露出礼貌的笑："谢谢何老师，那我以茶代酒敬您，您随意就好。"说完便端起杯子轻抿了一口。

何野眉头皱了起来，声音一敛："哎，你这就有点不合适了吧？怎么就喝茶了？酒呢？是不是不给我何某人面子啊？"

陆佳恩愣怔了下，语气依旧很礼貌："不好意思啊何老师，我身体不好不能喝酒。"

"哦，"何野笑了声，语意不明，"身体不好啊……"

话刚说了一半，包厢里忽然响起清脆的一声"哐"。

包厢的人俱是吓了一跳，全部向声响处看过去。只见秦孝则不知怎么打碎了一个红酒瓶，红酒从桌上滴滴答答地流到地上。他本人手上捏着片碎玻璃，唇线抿得很紧。

见大家都盯着自己看，秦孝则将手上的玻璃往旁边一丢，面无表情地道歉:"不好意思,我把酒瓶打碎了。"

气氛沉默了一下,立刻有人出声:"没事没事,找服务员来收拾一下。"

在门口的人当即打开门,叫了服务员过来。秦孝则握着拳站起来,将位置空给服务员收拾,红色的血迹正顺着拳头缝隙往外冒。

"陆佳恩。"他的目光定定落在坐在门口的漂亮女生身上。

此话一出,包厢里所有人都愣住了。陆佳恩抿了抿唇,目光隐隐地有些担忧。

众目睽睽之下,只见秦孝则摊开了自己的左手心,被玻璃割破的皮肤流血不止,血迹顺着掌心的纹路流淌,模糊一片。好几个人吸了口气,有人当即冲服务员喊着要创可贴。

秦孝则恍若未闻,隔着半张桌子的距离望向陆佳恩:"我手破了,你来帮我弄。"

秦孝则的话音落下,包厢的气氛瞬间一凝。所有人的目光都在两人之间来回打转,房间里安静得如同被按了静音键。

陆佳恩就是在这种令人凝息的气氛中起了身。她看着秦孝则轻声开口:"我们去外面处理吧。"说完,她向其他人点点头打了招呼,拎着包率先出了门。

秦孝则站在原地,嘴角勾了勾,目光从陆佳恩身上移到包间的其他人,尤其在何野的身上停顿片刻,接着抬脚跟在陆佳恩后面出了门。

门关上后,包厢里的人面面相觑。

何野看向和陆佳恩一起来的策展人江和,眉头皱着,语气里有些不可置信:"这两人认识?"这怎么不早说呢?

江和对陆佳恩的印象很好,于是顺口说了句:"老何别说我没提醒你,罗晗她老公背景可不一般,人姑娘要真是准儿媳什么的……"

他话没有说完,但在座的都懂。

何野想起秦孝则临走前落在自己身上的目光,心里一时七上八下,大热天的,额头竟生生出了些冷汗。

另一边,陆佳恩带着秦孝则去了洗手间。她一边低头从包里拿东西一边吩咐:"你先把手冲一下。"没有其他的消毒用品,只能先用自来水简单冲洗一下。

秦孝则"哦"了声,乖乖拧开水龙头,摊开手掌冲水。手心的污迹刚被冲掉,新鲜的血液又立刻冒了出来,丝丝红红的血顺着手心纹理流淌。

就这样冲掉,流出;冲掉,流出。来来回回的,干净的白色水池很快也染上了些许的红。

陆佳恩匆匆找到医药包翻开,又看了水池一眼,心脏蓦地一跳。

"可以了,不要再冲了。"她利落地关掉水龙头,掰断碘伏棉签。再靠近秦孝则,低头仔细将碘伏涂在他的手心。

做这些事时,陆佳恩的眉毛微蹙,神色很是认真。洗手间橘黄的灯光打在她的周身,将她的脸颊氤氲出一片柔和的光晕。

她还是和以前一样,有随身带着医药包的习惯。不知为何,这个认知让秦孝则的心底一软。

用完一根碘伏棉签,陆佳恩抬眸看向秦孝则,眼神担忧:"疼吗?"

秦孝则默默和她对视,声音蓦地有些哑:"不疼。"

陆佳恩咽了咽,没有说话,重新折断一根碘伏棉签又涂了一遍:"你先别动,我给你贴创可贴。"

她快速撕开创可贴的胶布,眼睛一眨不眨地盯着秦孝则的伤口,小心翼翼地对准,按上,再将胶布贴平整。

女生的手指修长,温热,皮肤白如凝脂,柔软的指腹隔着一层薄薄的创可贴磨蹭着秦孝则的皮肤,有点痒。

秦孝则心里一动,蓦地弯下指头,抓住了陆佳恩的手。

陆佳恩猝不及防,手指被他抓个正着。她一愣,下意识就要抽回。可男人的手劲很大,她试了几次也无济于事。

陆佳恩抬头看向秦孝则,急了:"你快松开!"

秦孝则没有说话,甚至紧了紧自己的手。陆佳恩一惊,更加用力地挣扎。动作间,她甚至能感觉到创可贴的胶布在一点点脱离。

情急之下,陆佳恩脱口而出:"这样创可贴要掉了!"简直是胡来!

话音刚落,陆佳恩的手感觉到了一丝黏腻,指尖不自觉擦过他的手心。与此同时,秦孝则吃痛地"嘶"了声,手劲一松。

陆佳恩趁机甩开了他的手,再一看,自己的指甲缝里已经有了血迹。而秦孝则手心的创可贴早已移开了位置,伤口又在往外冒血。

"你!"陆佳恩皱眉,微微有些恼。

"我错了。"秦孝则立刻道歉,将一塌糊涂的手掌伸到她面前,"再帮我贴一次吧,我不乱动了。"

陆佳恩深深吸了口气,抬眸看他。

秦孝则一脸的无辜淡定,看上去人畜无害的样子。

陆佳恩眉心跳了跳,忍不住和他赌气:"你自己贴。"

"我自己不好贴。"秦孝则有理有据地反驳。

"那我找服务员来帮你贴。"陆佳恩说完就要走。

"不要!"秦孝则连忙出声,上前一步拉着她的手腕,"那你帮我撕开,我自己贴。"他妥协道。

陆佳恩回头,只见秦孝则抿着唇看着自己,灯光下的眼神竟然有几分讨好。她叹了口气,刚刚包厢里的画面又出现在脑海,说到底,他也是因为自己才这样的。

陆佳恩轻吐一口气,又撕开一个创可贴,稍稍用力贴在他的掌心。这次,秦孝则老实了很多,只是眼睛一眨不眨地看着她。

"陆佳恩,你别生气了。我请你吃饭。"他开口。

陆佳恩贴好伤口,整理自己的包。

"现在不就在吃吗?"她闷闷地反问。

秦孝则观察着她的神色:"你肯定不想待在这里了,我们去别的地方吃。"

"我……"陆佳恩的话音一顿。

秦孝则勾勾嘴角:"想走就走啊,你和我一起走他们不会为难你的。"

陆佳恩怔怔看着他,忽然想到了自己一直觉得不对劲的地方:"你怎么会来这里吃饭?"

秦孝则他就不应该和何野这样的人出现在同一个饭局啊。

"吃饭的时候再说。"秦孝则掏出手机发消息,"难道你还想留在这里和那个胖子吃饭吗?"

陆佳恩犹豫了下,摇摇头。

"那就行了。"秦孝则露出一个满意的笑,"我们走。"

"那我去打个招呼吧。"

"打什么招呼?"秦孝则拉住她的手腕往另一个方向带,"手机上说就行了,别给那个胖子机会。"

陆佳恩愣了下,人已经被他带出几步。她连忙挣开自己的手,小声说:"不要动手动脚。"

秦孝则乖乖"哦"了声,把手背在身后,碰过陆佳恩的手握成了拳,嘴角忍不住勾了勾。

秦孝则带着陆佳恩另行去了一家精菜馆。陆佳恩在会所没有怎么吃东西,到了餐厅才算是正式吃上了饭。

吃饭间隙,陆佳恩了解到秦孝则这几年还涉足了艺术行业。她皱了皱眉,看向秦孝则的目光多了些打量。

"你既要管理酒店又要帮罗阿姨做事,不累吗?"难怪他每次去意大利都来去匆匆的,原来是真的很忙。

陆佳恩下意识的话让秦孝则微微一怔,他嘴角不由得翘了翘:"干吗?关心我啊?"

陆佳恩定定看着他,嘴角抿了抿。在她张口前,秦孝则先出声了:"是挺累的。"

陆佳恩的眼神有些不解:"那你……"

秦孝则剥了只虾,蘸好调料放入陆佳恩面前的瓷碗:"陆佳恩,我说了我会改,你不信吗?"

陆佳恩的心脏一跳,怔怔看着秦孝则。面前的男人五官清朗,轮廓分明,说话的神色很认真。

半响,她低下头轻轻"哦"了一声。

吃到最后的时候,陆佳恩忽然收到了一条来自陌生号码的信息。那个号码的主人自称是"何野",在短信里恭恭敬敬地向她道了歉,说自己喝多了一时冲动,胡言乱语,希望陆佳恩不要放在心上,随后更是大大夸赞了陆佳恩的才华,说下次有机会再当面道歉云云。

陆佳恩指尖在屏幕上停留片刻,心里微动。她不是傻子,这道歉信说是发给她的,倒不如说是发给秦孝则的。

吃好饭,秦孝则说要送她回家。

陆佳恩见天色已晚,没有拒绝地报了地址。

夏天的夜晚,华灯初上,霓虹满街。当秦孝则把车开进小区时,陆佳恩还没有在意。直到他轻车熟路地将车停在了地下车库,陆佳恩终于意识到了不对劲。

她转向秦孝则,惊讶地问:"你怎么知道车库的位置?"

秦孝则睨她一眼,神色如常:"我住这里。"顿了顿又问,"要不要上去看肆肆?"

电梯里,看着秦孝则按下熟悉的数字"20",陆佳恩心中的波澜渐渐平息,理智也回归了。

"我搬过来是你授意的?"她皱着眉问。

话是问句,语气却有七八分的肯定。她吸了口气,忍不住猜测:"你是不是认识我经纪人?"

"叮"的一声,电梯到了二十楼。两人双双跨出电梯。

秦孝则看向惊疑不定的女生,缓缓点了点头。

这里是一梯两户的设计,电梯左边只有两户人家。陆佳恩住的是靠里的房间，而秦孝则住的则是靠近楼梯间的那一个。

陆佳恩过于震惊，一时卡了壳，不知道该说些什么。

"来看肆肆吗？"秦孝则向自己家的方向走了两步，出声问道。

陆佳恩犹豫了下，点点头应了。她好久没有见到肆肆了，很想它。

两人进门，秦孝则弯腰给陆佳恩拿了双新的家居拖鞋。

陆佳恩小声道了谢，换上鞋简单打量着房间。

秦孝则的这间房子比自己的要大很多，阳台也是她的两倍有余。

"喝东西吗？"秦孝则一边解着自己的衬衫扣子一边问。他是一点也不避讳，宽阔的肩膀和精瘦腰身很快露了出来。

陆佳恩连忙别开眼："不用了，我看看肆肆就走。"

正说着，余光中闪过一道黄色的身影。陆佳恩一喜，蹲下身子看向肆肆。

"肆肆！"她轻声打招呼。

"喵！"肆肆也张开嘴巴叫了一声，懒懒的，似乎并不想搭理她。

陆佳恩往前挪了两步，肆肆却"噌"一下跑开了。她失望地垂下眼，腿脚依旧保持蹲着的姿势停在了原地。

陆佳恩默默叹了口气，过了这么久，肆肆果然彻底不认她了。

正想着，耳边传来一声猫叫，视线中忽然多了一双腿。陆佳恩抬眸，只见秦孝则已经换了身黑色短T恤站在自己面前。他单手抱着肆肆，另一只手里捏着袋东西。

秦孝则微蹙着眉，扬了扬下巴示意陆佳恩去沙发那里坐。她一愣，站起身来。刚坐上沙发，秦孝则立刻靠着她坐下，递给她一根猫条。

"你给它吃这个就老实了。"

陆佳恩接过来，有些犹豫地看向秦孝则："总是吃这个不好吧？"

秦孝则扯了扯嘴角："偶尔吃一下没事。"

陆佳恩点点头，打开盖子将猫条递到肆肆面前。肆肆果然立刻探头，伸出舌头兴奋地舔舐起来。它眯着眼睛，吃得很香。

"肥猫，连你妈都不认识了吗？"秦孝则吐槽了一句，将肆肆放在陆佳恩的腿上。

陆佳恩听到"你妈"这个词，神经绷紧了下，脊背不自觉挺直。

偏偏秦孝则正好抱猫过来，手背便不注意蹭到了她的腹部。隔着一层薄薄的布料，女生平坦的小腹触感柔软。

陆佳恩专心喂着肆肆，低垂的头发挡住了大半张脸，看不清神色。

秦孝则快速收回手，神思一晃。

"这猫越来越重了。"他说。

陆佳恩一手喂着肆肆,另一只手抚摸着肆肆光亮的毛发。

她心思微微一漾,侧眸看向秦孝则:"你把肆肆照顾得很好。"

这一点令陆佳恩很是意外。她没想到秦孝则会领回肆肆还将它照料得这么好。肆肆对他的态度也比之前两人在一起时亲昵了很多。

说话时,陆佳恩的眼睛亮晶晶的,嘴角上扬。客厅昏黄的光线下,她的神色柔和宁静,一如从前。秦孝则心跳快了一瞬。

他嘴角勾了勾,手臂懒懒搭在陆佳恩背后的沙发上。

"我可以照顾好肆肆,也可以照顾好你。"他说。

陆佳恩喂猫的动作一顿,手上的猫条没有拿稳,被肆肆一口咬了下来。她"哎"了一声,刚要站起身来,肩膀便被秦孝则压住,脚上一个不稳,人又坐回了沙发。

陆佳恩猝不及防被按回了沙发,仰头怔怔看着秦孝则。

"做什么?"

秦孝则俯身靠近,一双眼睛亮而炙热。

"陆佳恩,我们再试试吧,我会照顾你的。"他说。

陆佳恩快速别开头:"不要。"

"为什么?再试试呗,你觉得我不好再把我甩了不行吗?"秦孝则的呼吸声渐重,声音很低。他的呼吸喷洒在陆佳恩的脖颈,有点痒。

陆佳恩咽了下口水,转过头和他对视:"孝则,你现在可能还是不甘心我提了分手。我知道你会一直介意之前的事——"

"你凭什么说我还介意?"秦孝则打断陆佳恩的话。

他的目光炙热滚烫,陆佳恩下意识抿了下唇。她睫毛颤了颤,目光落在秦孝则的头发上,声音放得很轻:"如果你不介意,为什么一直留着这个发型?"

不过就是和杭佑高中时的发型一样,他便生了气把头发剃成板寸。现在秦孝则的头发依旧很短,利落干净。和他大学时的风格完全不一样。如果真的不介意了,为什么不留回以前的发型呢?

秦孝则神色一顿,低头更加凑近陆佳恩,喉头动了动:"那我把头发留回来,你就和我在一起。"

陆佳恩愣了下,有些无奈地叹了口气:"不行啊。"

秦孝则松开手,很好说话的样子:"哦,那算了。"

陆佳恩看着他坐正了身子,抿了抿唇。现在的秦孝则几乎刀枪不入,她说什么都好,行动上又不放弃自己的意愿。

这样的秦孝则,确实令陆佳恩有些难以招架。

就在陆佳恩准备展览的同时，和她相隔千里之外的杭佑正在遭受着催相亲的事。杭妈妈看着儿子，念叨："你许阿姨的女儿正好从平城回来工作了，你们俩见一面吧。"

杭佑摇摇头："不想见。"

杭妈妈不满："见个面怎么了？"

杭佑看向妈妈，郑重道："我现在不想相亲。妈您能不能尊重我一下？"

杭妈妈倒抽了一口气："我不尊重你？"

"这么多年，我有催过你吗？你这么大了，连个女朋友都没有。你看你现在成什么样了？天天没事就知道看着那幅画发呆，怎么的，那画里有你女朋友啊？"

"妈！"杭佑皱眉，站起身来。

"我说错了吗？我让你多认识认识女生也是为你好，免得你天天只知道一个陆佳恩。"

话音落下，杭佑的脸蓦地沉了下来。

"您怎么知道陆佳恩这个名字？"他定定看着妈妈，语气严肃。

杭妈妈神色一慌，随即气笑般地反问了句："我怎么知道？"

她走回房间拿出一个平板电脑，点开屏幕就是一条艺术类的新闻资讯，上面显示着平城美术馆的展览信息。

参展画家那里，赫然显示着陆佳恩的名字。

"你看看，这不是我污蔑你吧？"杭妈妈有理有据，"你那宝贝得不得了的画上也是这个名字。你是我儿子，我能不知道吗？"

杭佑停只看了一眼就低下头，过了会儿才缓缓开口："既然您知道我喜欢她，为什么还要我去相亲？"

杭妈妈话头一顿，忽然重重吸了一口气道："因为我不同意你和她在一起。"

杭佑的心脏一跳："为什么？"

"陆佳恩是你高中同学吧？她有心脏病你不知道吗？"杭妈妈索性直说了，"这个病不是闹着玩的。你们在一起了，生活会有多大影响你知道吗？"

杭佑别开眼："她已经做过手术了。"

"做了手术也不行！"杭妈妈语气一冷，"做了手术也不可能和正常人一样。以后能不能生孩子都是问题！"

杭佑神色一敛："您怎么知道她有心脏病？"

杭妈妈的目光闪了闪，语气平淡："以前开家长会听说的。"

"是吗？"杭佑定定看着妈妈，有些将信将疑。

杭妈妈没有再搭话，转身走开了。这个话题暂时告一段落，可杭佑左思右想却觉得不对劲。妈妈那个心虚的表情，总觉得有什么事在瞒着他。

于是杭佑请了假，直接去找了爸爸。相比于妈妈，爸爸要好说话得多。杭佑没用几句话便从父亲口中套出了一个令他惊讶无比的真相——当初竟然是陆佳恩托的关系，自己才能去美国治疗脚伤！

这个消息如晴天霹雳，"轰"一声在杭佑的脑子里炸开。他想也不想地，立刻去当年的医院找医生确认了这个消息。

走出医院时，杭佑忽然觉得生活荒谬又好笑——

医治自己的医生正好认识美国的专业团队，还那么好心地介绍自己过去治疗脚伤。世界上哪有那么凑巧的事？这种好事又怎么会这么巧落在自己头上？自己当时竟然没多想地信了！原来，自己不过是托陆佳恩的福！

当时的陆佳恩在想什么呢？在国内治疗，自己一样可以恢复，只是不能打职业篮球了。而她大费周章地想办法让自己去了美国，一定是给予了很大的希望吧？

她希望自己在国外好好养伤，回来继续完成职业篮球的梦想。可是自己呢？

杭佑坐在街边的长椅上，低下头，痛苦地伸手捂住了脸。

他十七岁时候的梦想有两个，一个是篮球，另一个是陆佳恩。可惜，他一个也没有抓住。

想到这里，杭佑的眼睛一酸，心脏难受地绞了起来。不管是基于什么理由，他把两个梦想都放弃了是事实。

那个敢拼敢打的少年去哪儿了啊？杭佑自问。可是没有人能回答。

手机里来自妈妈的电话不断，可他现在并不想说话。他按了静音，发消息说会晚点回去。

手机上给陆佳恩的消息模拟了好几遍，又一一删去。

到了最后，只留下一句十分简单的话："我想见你一面，明天方便吗？"

陆佳恩收到杭佑的消息时，正是展览开幕的前一天。她以为杭佑正好来平城出差，于是如实回复。

杭佑很快发来消息："那我晚上请你吃饭。"

第二天，名为《新象》的主题展览正式在平城美术馆开幕。展览包括了绘画、雕塑、装置艺术等作品形式，重点表达了当代青年艺术家的新潮思维和艺术作品。

上午，陆佳恩穿着简单的黑白色连衣裙和其他嘉宾一起参加了开幕式。讲话、采访、合照等一系列流程结束，陆佳恩和其他嘉宾一起吃了午饭。下午三点，她在美术馆接到了杭佑的电话。

陆佳恩一边接电话一边往展厅外的走廊走。

"你还在美术馆吗？"杭佑的声音从电话里传来。

陆佳恩应着，眼睛下意识看向美术馆外面的街道。

"对，你已经到——"

陆佳恩的话头一顿，目光落在美术馆前的清隽身影上。美术馆前的杭佑穿着衬衫西裤，怀里还抱着一大束花。

陆佳恩连忙改口："我看到你了。你等一下，我现在出来。"

楼下的身影一顿，也下意识向上看过来。两人短暂地对视了一秒，又很快移开。陆佳恩踩着高跟拎着包匆匆下楼，在门口见到了杭佑。

杭佑将手里的花递过来，脸上笑了笑："恭喜顺利开幕。"

陆佳恩接过花，笑着道谢。这花束有些大，看上去比陆佳恩的人还要宽。

杭佑有些好笑地拿到自己手上，说："还是我来拿，等你回家再带回去吧。"

陆佳恩应了声好，同杭佑一起坐出租车去了吃饭的地方。

路上堵了会儿车，到餐厅时差不多已经到了饭点。

吃饭期间，杭佑的表现一切正常，只是神色略有些复杂，心事重重的样子。陆佳恩以为他是工作遇到了麻烦，也不好过问，礼貌地当作不知，尽职尽责扮演一个"东道主"的角色。

吃饭结束后，陆佳恩带着他去附近的江边转了转。

夜色渐深，远处偶尔传来江上船只的鸣笛。

"有点热，我去买饮料，你要吗？"杭佑指了指旁边的自动贩卖机。

陆佳恩摇了摇头，看着杭佑买饮料的背影，莫名有种寂寥的感觉。

再走回来时，杭佑手里拿着听装啤酒。

"刺啦"一声，单手打开了拉环，他重重喝了一口，抬眸看向陆佳恩。月色下，他脸色不太好看，目光复杂深邃。

陆佳恩愣了愣，忍不住问了句："怎么了？"

杭佑张了张口，声音有些哑："你为什么从来不告诉我，是你找关系让我去的美国？"

他一眨不眨地盯着她，声音发涩地讲出自己这段时间知道的事。

"对不起啊，当时觉得用医生的角度说更容易被你家里接受，不是故意瞒着你的。"陆佳恩轻声道歉。

杭佑的胸口瞬间一酸，吸了口气道："不用道歉。"她为什么永远都这么替人着想？她做错什么了需要道歉？

陆佳恩抿了抿唇，神色有些不知所措。她低垂着眼，小声说："其实要的，我一直觉得……"她顿了顿，眼睛也有些发酸，"如果那时你不送我回家，也许你就不会出事了。"

杭佑一愣："你这么想？"

陆佳恩迟疑着点点头，又小声说了句对不起。

"和你没关系，是我要送你回去的。"

杭佑的声音很低，夜色中带着些许安抚的意味。

"所以你真的不用愧疚。"

陆佳恩的神色恍惚了片刻，缓缓点了点头。

杭佑灌了口啤酒，又看向陆佳恩："你以前是真的喜欢我对吗？不是因为愧疚或者同情？"

陆佳恩迟疑着，轻轻"嗯"了一声。

"那现在呢？"杭佑的语气急迫，灼热目光落在她的身上，"现在一点都不喜欢了吗？"

陆佳恩抿了抿唇，抬眸看向他："对不起啊……以前的已经过去了。"

她的声音很轻，轻飘飘地和夜风融合在了一起。

"杭佑，我们距离高中已经六年多的时间了。六年真的好长啊……也许你也不喜欢我了，你现在以为的喜欢只是对以前的遗憾——"

"我不是！"杭佑立刻打断她，目光坚定炙热，"陆佳恩，我分得清！"

他顿了顿，语气缓了下来："陆佳恩，你现在不喜欢我没关系。我再追你一次行不行？我们再试一试好不好？我真的不想放弃，只要你愿意和我在一起，我就申请来平城和你一起好吗？"

陆佳恩心惊肉跳，慌忙拒绝："不要！杭佑，你不要为了我打乱自己的事业发展。"

杭佑低下头："可我是认真的。我想和你有以后，想和你结婚……"

他的声音低低哑哑，听上去很难过。

篮球是抓不住了，可陆佳恩还有希望的不是吗？就这么错过，他真的很不甘心。他必须，也一定要为自己努力一次，哪怕失败也好过之后懊悔。

陆佳恩胸口有些发酸，望着江水叹了一口气，说："抱歉。真的过去了，杭佑。"

年少时的心动是真的，可这么长的时间过去，他们已经和高中时的自己相去甚远了。

陆佳恩想，杭佑对自己的表白也多半是出于对以前的不甘心，也或许是突然得知真相后的一时冲动。毕竟只是一场没来得及开始的喜欢，能有多深的感情呢？

陆佳恩吸了口气，转向杭佑的方向。

"我们还是做朋友吧，好吗？"

她笑了笑，眼睛亮晶晶的，堪比江水上空闪亮着的星星。

杭佑怔怔看着陆佳恩的笑脸，手臂不自觉用力。易拉罐瞬间凹了一块。

他咬紧了牙，从喉咙深处吐出一个"好"字。

被杭佑送回到小区，已经是晚上九点了。陆佳恩自己上了电梯，出了电梯门却是一怔。

秦孝则斜倚在她家的门边，懒懒地打量着她——还有她怀里的那束花。而他的脚边，有一束比她怀里还要大上许多的红玫瑰。

灯光下，红色的花瓣分外冶艳。陆佳恩眉心猛地一跳，下意识地问："你怎么不回家？"站在这里不热吗？

秦孝则轻哼一声："回家花被拿走了怎么办？"

陆佳恩定了定神，看向那捧玫瑰："你买的？谢谢啊，很漂亮。"

她走过秦孝则的身边，按下指纹，刚打开门，胳膊便被秦孝则抓住了，力道连带捧花也跟着晃了晃。男人的手心很热，带着微湿的汗意。

陆佳恩猝不及防，还没反应过来便被他连人带花一起弄进了屋。

"不请我去你家坐坐吗？"秦孝则看着她，面无表情地问。

陆佳恩思忖几秒，点了点头。

相识几年，她潜意识里还是相信秦孝则的。她弯下腰给秦孝则拿了双鞋，将花临时放在餐桌，又去厨房给他倒了杯水。

再出来时，秦孝则已经大刺刺地坐在了主沙发。

"我这里没有冰水。"陆佳恩把杯子放在茶几上，小声说。

秦孝则没有动作，目光从餐桌上的花移到陆佳恩的脸上："杭佑来找你了？"

"你怎么知道？"陆佳恩一愣，顺着他坐在主沙发旁的单人沙发上。

"猜的。"秦孝则不情不愿地吐出两个字。

他今天特意早下班想去美术馆看陆佳恩，结果人已经离开了。右右说是和一个男人走的，他一听描述就知道是杭佑。听说杭佑还带了花，他心里不爽，便买了更多的花来。

秦孝则看向陆佳恩："他来找你干吗？"

陆佳恩想了想："他来祝我办展成功。"

秦孝则轻嗤一声："就这个？"

陆佳恩想到杭佑今晚的话，脸色一时有些不自然。

"他和你表白了？"秦孝则立刻倾身过来，语气急切地问。

陆佳恩犹豫了下，点点头应了。

秦孝则紧紧盯着她的表情看了半响，忽然扯了扯嘴角笑了，先是微微勾起，随后变成了后仰着笑出声来。

"你笑什么啊？"陆佳恩忍不住问。

听到杭佑和她表白，他不是应该很生气才符合他一向的性格吗？

秦孝则笑完了，站起身走过来，高大的身影完全罩在陆佳恩面前。他俯身，双手撑在陆佳恩的单人沙发两边。

陆佳恩下意识后仰，看到他一脸肯定的表情说："因为我知道你肯定是拒绝了。"

陆佳恩眨了眨眼："你怎么知道？"

秦孝则沉默了片刻，答非所问："陆佳恩，我不信我们在一起的时候你一点都不喜欢我。"

他的声音很低，就像是在耳边的呢喃。

陆佳恩的脸有些热，不自在地向后挪了挪。

和秦孝则的这段感情，她自己都觉得复杂，也不愿意细究，如今听他这么堂而皇之地说出口，心脏快速地跳了跳。

"你……"陆佳恩看着他，有些疑惑不解。怎么突然间就这么肯定，也不再生气杭佑的事了？她越来越觉得现在的秦孝则在不断刷新着自己的认识。

秦孝则的目光从陆佳恩的额头一路绵延到下巴，又从上到下扫过她的身体，在白皙纤细的小腿上停留几秒，再次回到她的眼睛。

"告诉你件好笑的事，陆佳恩。"他垂下眼，声音不咸不淡，"你回来前，我遇到一个长得有点像你的女人。"

话音落下，陆佳恩整个人瞬间僵住。

秦孝则轻嗤一声，坐回自己的位置，表情散漫地看过来："而且你猜怎么着？"

陆佳恩的瞳孔微微放大，手臂的毛细血管不自觉地扩张。

"她知道自己像你，还愿意和我在一块儿。"秦孝则笑出声来，"你说好笑不好笑？"

陆佳恩怔怔看着秦孝则，四肢一阵阵地发凉，身体如被点了穴位般动弹不得。好笑吗？一点都不好笑。陆佳恩觉得讽刺。

"然后呢？"她张了张口，几乎是用气声在问。

秦孝则从意大利回来后，不止一次在酒吧遇见过唐舒。就在他明确说过唐舒像自己前女友后的某一天，她又来了。

唐舒这人挺逗，直说她喜欢秦孝则，不介意自己像他前女友的事。

秦孝则听完，无语了好一会儿，随后毫不犹豫地拒绝了。

唐舒的脸色在酒吧环境下是肉眼可见的难堪。她很快离开，后来再没有来过。

也就是那天，秦孝则忽然就想明白了。能接受替代品的，肯定没那么喜欢。

真的爱一个人，也只能接受和他在一起。就像他自己怎么也无法接受一个像陆佳恩的唐舒一样。

"你猜呢？"秦孝则挑眉，星目向陆佳恩的方向一瞥。

她黑漆漆的眼睛有些失神，纤瘦的身材像是陷进了深灰色的沙发里。

"我不想猜。"陆佳恩垂下眼，胸口有些难受。

秦孝则默默打量她的神色，低声叹了口气："你怎么就不懂？"

陆佳恩呼吸一紧，抬眸看向他。

秦孝则再次走过来，蹲在她面前。半明半暗的光线下，他的五官更显立体，神色认真。他张唇，一字一顿地说："你在我心里无可替代。"

陆佳恩的头皮瞬间麻了，微垂着眼和他对视。秦孝则接着说："你也没有你以为的喜欢杭佑。不然你不会和我接吻。"

真的很爱一个人，怎么可能愿意和另一个人那么亲密？又不是死了从此见不到了。

陆佳恩脸上有一瞬间的愣怔，心脏跳得有些快。

秦孝则起身，眼睛很亮："承认吧陆佳恩，你之前就是喜欢我的。"

他俯身，眼睫颤了颤垂下，弯腰凑近陆佳恩的唇。陆佳恩被他突如其来的表白和理论弄得心乱，脑子空白了几秒。眼看着一张俊脸离自己越来越近，她连忙别开头起身。慌忙中没有站稳，脚步一个踉跄又坐回了沙发。

秦孝则于是扑了个空，可陆佳恩的脸色还是红了。她慌忙推开秦孝则，站起身来："很晚了，你回家吧。"

秦孝则目光在她脸上停留片刻："好，我回去，你自己想想。"

关门声响起之后，房间恢复了安静。陆佳恩长长地舒了口气，瘫倒在沙发上。当天晚上，陆佳恩做了好几个梦。梦里的画面支离破碎，到处都是秦孝则的声音。

"你没有你想象的喜欢杭佑。"

"你是喜欢我的。"

……

第二天起床，陆佳恩的脑袋依旧有些昏昏沉沉，有种被洗脑的感觉。她甚至觉得自己有点被秦孝则说服了。

陆佳恩晃了晃脑袋，暂时不想考虑这些。她打开手机，里面是一串的未读消息。

昨天的开幕式顺利召开，陆佳恩收到了很多熟人的祝贺信息。

邹予除了发来祝贺消息，还发了一个简单的项目介绍，问陆佳恩有没有兴趣参加。她正在和基金会共同筹备一个公益巡展，巡展作品将进行慈善拍卖，善款会全部用于心脏病儿童的救助。

陆佳恩仔细看完邹予发的消息，很快回复她自己愿意参加。

接下来，陆佳恩一整天没有出门，闷在家里构思，直到晚上才隐约有了些头绪。陆佳恩长舒了一口气，看看时间已经是晚上八点了。她换上运动服和球鞋，开门出去。

陆佳恩先是沿着小区的绿化带走了一会儿，又做了些准备运动，接着小跑起来。跑过这片绿化带，她继续沿着小区的活动广场跑过去。

小区的活动广场有不少带着小孩纳凉的人，旁边亮着灯的篮球场传来夜场篮球的声音。

经过篮球场附近时，陆佳恩忽然听到了一声惊疑的大叫。

"陆佳恩？"

陆佳恩微微一怔，慢慢停了下来，小口喘着气，定定看着篮球场上一个熟悉的身影几步跑过来。

秦孝则穿着黑色的篮球背心，头发微湿，一脸震惊地上下打量她。

"你在干什么？"他皱着眉，语气有些不可置信。

陆佳恩脸色通红，呼吸略显急促，脖颈上还有汗。

"跑步。"她小喘着气说。

"跑步？"秦孝则伸手在她颈后摸了一下。

陆佳恩立刻不自在地缩了下脖子。

秦孝则摊开手，手心全是温热的汗："你从家里一直跑到这里？"

陆佳恩点点头。

"你这不是胡来吗？"秦孝则一脸着急，语气也焦躁起来，"你的身体能跑吗？万一有个不舒服怎么办？"

陆佳恩静静和他对视，轻声辩解："我已经做过手术了。"

"那也不行！"秦孝则眉毛皱得很紧，"医生说你不能剧烈运动。"

陆佳恩的气息缓了下来，脸上依旧泛着红。

"慢跑不算剧烈运动。"她面色沉静地解释。

秦孝则沉默着和她对视，唇线抿得很紧。半晌，他定定开口："你一定要运动是吧？"

陆佳恩点点头："我想锻炼身体。"没做手术前，她的确顾虑很多。后来做了手术，运动这件事便渐渐提上了她的日程。

事实上，她已经开始很长时间了。刚搬来平城那段时间没有空，如今安顿下来，跑步也就逐渐恢复了。

"那我陪你跑。"秦孝则眉眼一敛，低声命令，"你在这儿等我。"

"哎！"

陆佳恩来不及叫住他，只能看着他几步跑回篮球场，和那边的人说了句什么。篮球场的光落在他身上，将他周身罩了层朦胧的橘黄光晕。

只见他比了个手势，接着转身向陆佳恩的方向跑过来。

"你要怎么跑？"秦孝则的表情冷静。

陆佳恩指了指前方的方向："再从那边绕回去就可以了。"

秦孝则点点头："行，跑。"

陆佳恩犹豫了下："你还是去打篮球吧，没事的。我跑了好几天了。"

秦孝则低头看着她，语气坚定："以后你跑步也要叫我一起。"说完便不再言语，率先跑了起来。

陆佳恩抬眸，心神晃了晃，也跟着跑上去。秦孝则放慢速度等她过来，顺着她的节奏跑在外侧，像一个专业的陪跑员。

跑出活动广场的范围后，环境越发寂静。深沉的夜色中，只有两人的跑步和略显急促的呼吸声。

快到小区门口时，陆佳恩渐渐放慢速度，走了起来。她抬眸看了看秦孝则，温声道："我跑完了，你要有事就去忙吧。"

秦孝则眉心依旧皱得很紧："陆佳恩，你确定真的可以吗？"

陆佳恩点点头："可以啊。"

她笑着说："我还想以后去参加半马呢。"

秦孝则的心脏一紧，倒吸了一口气："不行！"开什么玩笑？一个健康的人都不一定能跑下来。

她这么弱的身体怎么跑？陆佳恩垂下眼，沉默不语。

"上去吧。"她低声说。

秦孝则张了张唇，跟在她后面一起上了电梯。

后面的几天，秦孝则像是赖上陆佳恩了，每天晚上非要跟着陆佳恩一起跑步，有时候他有工作，也要回来跑过步再走。

陆佳恩拒绝了几次，可秦孝则却是个油盐不进的主儿，不管她怎么说也不听。

直到有次，陆佳恩在又一次拒绝他时，他忍无可忍地低吼。

"万一你跑步出个意外不是要我命吗？！"

陆佳恩登时一愣，如被放进了蒸笼，全身发热。接着，秦孝则从口袋里掏出一个便携的药盒。很小，只有两格。

秦孝则打开递到陆佳恩面前，里面各装了些药片。

陆佳恩定了定神，觉得那药有些眼熟。

"这是……"她抬头，有些困惑地看向秦孝则。

"速效救心丸和硝酸甘油。"秦孝则语气平淡地说。

作为先心病患者，陆佳恩自然知道这两种都是针对心脏的急救药。

"你……"陆佳恩顿了顿，夜风吹得她眼睛有些发涩，她的声音很轻，"一直带着这个啊？"

"和你学的呗。"秦孝则关上药盒，随手放好。

"我说了我可以照顾你。"他微微低头，神色认真地说。

这两年除了酒店的工作，秦孝则跟在妈妈罗晗后面涉足起清晗美术馆的事业。在妈妈的引荐下认识了不少艺术圈的人士。

负责两份工作说实话挺累的，有时候忙得没空睡觉，他就在车上或是办公室眯上一会儿。酒店的事是他自己硬着口气要争的，艺术行业的事也是他自己想做的，这两件事他都不想放弃。

其实他一直不太喜欢接触做艺术的人，觉得他们大部分都清高、傲慢、恃才傲物，即使不得志也不在自己身上找原因，只会怨天尤人。

他从小看着妈妈这个圈子，知道里面的水并不浅。这圈子当然有很多好艺术家，可他也见过很多只会混群的"画家"，不好好画画，心思全在怎么溜须拍马、阿谀奉承上。更有甚者会通过一些见不得人的手段往上爬，比如何野那样的老油条。

可是陆佳恩和他以前见到的人不一样。

去年年中的时候，他在网上看到陆佳恩获得国外比赛金奖的消息。照片上，她一袭改良的旗袍，捧着奖杯落落大方地站在一群外国人中间。黑发黑瞳，旗袍裹着窈窕身段。一眼看过去就知是中国人。

他忽然意识到自己以前对陆佳恩的看法有多浅薄。人能有一个足够喜欢的理想并为之努力，该有多难得？

陆佳恩往小了说是实现理想，往大了说是为国争光。她的世界很大，远远不只是在他身边做一只金丝雀。

也就是那时候，他的想法就改变了，从"把陆佳恩困在自己身边"变成了"支持她的事业"。

陆佳恩喜欢画画，那就让她专注画画好了。她做她的艺术家，其他的事情他会想办法解决。

陆佳恩定定看着他，有点感动："谢、谢谢。"除了道谢，她一时也不知道自己该说点什么。

"就谢谢吗？"秦孝则扯了扯嘴角，忽然就笑了，"那如果我告诉你我还学了专业的心脏复苏和人工呼吸呢？"

陆佳恩看向他的目光惊讶："真的？"

秦孝则嘴角微弯地和她对视，没有说话。

燥热寂静的晚上，人声离他们很远，耳边只有树梢的蝉鸣。夜风徐徐，陆佳恩感觉到自己的脸颊在发麻发热，心跳在逐渐变得清晰。

有些暧昧的奇妙气氛中，她听到上方来自秦孝则的声音："不信啊？要不你试试？"

第十章 / 坚定

联合展闭幕时已经是九月底了。许久未联络的施静忽然打了个电话给陆佳恩，想约她聊聊。陆佳恩没什么犹豫地答应了，和施静约在了美术馆附近的文创咖啡厅。

见面那天的天气正好，风清日朗，微风徐徐。陆佳恩到达咖啡厅时，施静已经在了。

施静一身 OL 套装，棕色卷发浪漫风情，看上去成熟而精致。

陆佳恩走向施静，露出一个礼貌的笑，打招呼："学姐。"即使毕业了，她还是习惯性地这么称呼。

"佳恩，恭喜你啊。这次的画展很成功。"施静站起身来，也笑了笑。

"谢谢。"

两人互相交流了一下目前的工作。陆佳恩得知施静毕业后没有进任何公司，而是做了自由职业，平时全国各地看展打卡，写一些自媒体艺术评论文章。

"如果你不介意的话，我们以后可能还有很多交流机会。"施静笑着说。

陆佳恩爽快地应了："好啊。"

施静"嗯"了声:"不过我们今天就聊聊天。"

施静接着说:"你可能不知道,我快要结婚了。"

陆佳恩之前听邹予说过这件事,此刻并不太意外,只轻声感叹了句:"这么早啊。"施静只比自己大一岁,这么年轻就要结婚了。

施静笑:"嗯,我男朋友年纪不小了。"

陆佳恩点点头,了然。

施静低头,看见自己的杯壁上一层密密的水珠。她喝了一口,冰凉微苦的口感瞬间涌入喉间。再看对面的陆佳恩,一身连衣裙,外罩一件杏色的针织衫,黑色头发长至胸口,小而精致的一张脸,皮肤白皙细腻如奶油,从里到外都透着沉静温和。

施静愣怔了下,思绪不自觉飘到了别处。

"这么久了,你都没什么变化。"施静顿了顿,又道,"这点和秦孝则挺像。"

陆佳恩端着杯子的动作一顿,静静看向施静。终于还是说到秦孝则了吗?在施静说要聊一聊的时候,她就预感到,秦孝则将会出现在她们的话题中,果然……

施静垂下眼,再次喝了口咖啡,口腔又凉又涩。她抬眸看向陆佳恩,神色有些复杂:"你现在单身吗?"

陆佳恩点点头。

施静似是舒了口气,轻声道:"那我就放心说了。"

"这么久了,我一直想和你道个歉。"她的声音有些低,"你还记得吗?上大学时我们给陈携过生日。后来我送你回学校,你问我是不是给你发过一封匿名邮件。"

陆佳恩点点头:"记得。"

怎么会不记得呢?

施静苦笑了声:"其实你猜得没错。邮件是我发的,可当时我不敢承认,你知道为什么吗?"

陆佳恩缓缓出声:"因为你喜欢他,对吗?"

施静心脏一跳,抬眸看向陆佳恩。陆佳恩的目光清澈平静,看不出波澜。可原来她早就知道。也是,她这样心思细腻的心,察觉到也正常。

施静沉默很久,缓缓吐了口气:"是啊,我高中就喜欢他了。"

陆佳恩双手环着杯子,睫毛颤了颤。喜欢一个人,真的很难藏。她是看出来施静喜欢秦孝则了,所以才把那封邮件怀疑到施静的头上。

施静轻笑了声,向后靠在椅子上,脸上是陷入回忆的神色。

"秦孝则初中的时候就很有名了。他个子高,长得好看,运动能力强,为人又大方。在学校很受欢迎。

"后来上了高中,他进了校篮球队,喜欢他的女生就更多了。我也是那时候发现自己喜欢他的……"

施静的声音低缓,回忆着她的少女时代,忍不住讲了很多以前的事。

陆佳恩没有打扰,静静听着她说。

施静看向陆佳恩,说:"秦孝则你也知道,他平时爱玩得很,打球、玩车、滑雪、溜冰什么都行。脾气臭不说,有时候还像小孩子一样幼稚。"她吸了口气,"我这么骄傲的人,当然是不可能和他说的啊。我们是朋友哎,如果我表白失败了那多尴尬,是吧?"

陆佳恩轻轻点了点头,没有说话。

"我当时觉得,秦孝则对这方面好像一直不开窍。直到他和你在一起了……"施静的话一顿,坐直身体看向陆佳恩。

"我对自己说不能看着你一个无辜女生被骗呀,于是匿名给你发了邮件。我说服自己的理由冠冕堂皇,可里面也确实有我自己的一点小心思。"

"后来你们在一起了,秦孝则表面看上去好像还是没变。"施静低头喝了口咖啡,声音微涩,"可我知道他变了。"没有人会比她更加了解秦孝则的一举一动了。

"你知道吗?"施静抿了下唇,"和你在一起后,他一不高兴就会出来喝酒。他自己都没有注意到,他的情绪非常容易受你影响。特别是我们毕业旅行那段时间。"

陆佳恩微微蹙眉,想起自己和秦孝则闹矛盾后,在施静朋友圈刷到的喝酒照片。

"毕业旅行前,他还特意来问我欧洲那段时间有什么值得去的展览。"施静摇摇头,"我认识他这么久,从来没见他关心过这个。即使是他妈妈叫他去参观展览他都不去。"

陆佳恩心跳有些乱。她有些怀疑,施静是因为秦孝则才选择艺术这行的,话到嘴边,又觉得没有必要问出来。过去的事,多说无益。

施静的话,无疑是和秦孝则在意大利说的对上了。

"那时候我就知道,他真的很喜欢你。"施静的表情有些微怔,"对不起啊,你离开那天,我没有和你说。"

陆佳恩摇摇头:"没关系。"即使施静那天和自己说了,也改变不了他们会分手的结局。这件事并没有那么重要。

施静扯扯嘴角:"你不怪我,可我一直挺愧疚的。"

"学姐，你告诉我了我也没办法去呀。"陆佳恩笑了笑。

施静定定和她对视了一会儿，"嗯"了一声。

"那我们分手以后，你……"陆佳恩小心翼翼地看着她。

"我有没有表白？"施静挑眉，又摇摇头，"没有。我看他对你的样子就知道他不会放弃了。"

"我又不傻，非要吊死在他那儿。"

"其实今天主要就是想和你道歉。"她弯了弯唇，"说出来轻松多了。但你可以不要告诉秦孝则吗？我现在也不喜欢他了。"

陆佳恩点点头："好，我不会说的。"

也许是因为她早就猜到了这件事，也或许是因为施静已经有了未婚夫，陆佳恩对"施静曾经喜欢秦孝则"这件事并没有很大的抵触。

施静笑了。陆佳恩莫名地给她一种值得信任又包容的感觉，如果对象不是陆佳恩，她可能永远也不会说出这个秘密。

和施静见过面之后，陆佳恩见时间还早，发信息问秦孝则家里有没有人，自己想去看肆肆。

早在她搬过来没多久，秦孝则就以方便照看肆肆为由将她的指纹输进了门锁，她想看肆肆轻而易举。

秦孝则很快回复了没人。

陆佳恩打车回了家，直接开门进了秦孝则家。

太阳西沉，肆肆正在阳台眯着眼睛晒太阳。

陆佳恩换好鞋，走到肆肆面前蹲下看它。

肆肆懒懒睁开眼睛，主动走过来。陆佳恩顺势抚上它的后颈给它顺毛。经过这段时间，肆肆和她亲近了很多。

她甚至和秦孝则提过几次把肆肆给自己养，可秦孝则不同意，非说他和肆肆已经产生了感情，不肯割爱。

到了最后，话题一定会变成"你搬过来一起养"。陆佳恩没有办法，只好时不时来秦孝则家里看猫。

陪肆肆玩了一会儿，陆佳恩依依不舍地和它告别，回了自己家。

吃饭，画画，跑步……最近这段时间，她差不多每天都是这些事。

就这么到了十月，公益巡展正式在平城开幕。开幕式当天，除了一系列的流程外，晚上还有相关的慈善拍卖。

陆佳恩的作品被一位名叫王连的买主高价拍走，是当晚的最高价。

拍卖后的晚宴，陆佳恩被主办方叫到一边："王先生想请你去楼上见一面。"

陆佳恩对"王连"这个名字很熟,因为她的毕业作品也是被这位先生买走的。

在右右的陪同下,陆佳恩上了六楼。

找到包厢,陆佳恩深吸了一口气,敲了敲门。

"请进。"门里传来一道年轻的男声。

陆佳恩和右右对视一眼,刷卡进门。

看到沙发上坐着的两人,陆佳恩蓦地一愣。其中一个是陌生人,另一个却很熟悉——因为他昨晚刚和自己一起跑过步。

听到开门声,两人齐齐站起身来。陌生的那位笑着对秦孝则说:"看来是你输了。"

秦孝则面色稍显不豫,几步走到陆佳恩面前,语气颇有些气急败坏:"陌生男人叫你上来你也敢啊!"

陆佳恩怔了怔,一时搞不清情况。

陌生男人也走过来,笑着伸出手:"你好,我是王连,久仰大名了陆艺术家。"

陆佳恩迟疑着伸手:"你好,我是陆佳恩。"

刚要碰上,王连的手被秦孝则一把拍开:"握啥呢。"

王连从善如流地放下手,耸了耸肩。

陆佳恩的目光在两人之间来回移动,有些困惑。

"让他和你说。"王连打了个响指,示意右右,"走,咱们先下去。"

右右看了陆佳恩一眼,轻声说:"那我先出去了,你们好好聊聊。"说完乖乖跟着王连出去了。

门关上之后,包厢里只剩下陆佳恩和秦孝则两个人。

几句话的工夫,陆佳恩心里已经隐隐猜到了什么。

"这次的拍卖是你买的。"她静静看向秦孝则,语气带着几分笃定。

秦孝则点点头:"是我。"他接着道,"你准备怎么谢我?"

陆佳恩下意识地问:"你想怎么谢?"见秦孝则张口,她连忙补充,"不能提那些方面的。"

秦孝则被逗笑了:"哪方面啊?不给提。"

"你知道的。"陆佳恩一双眼睛静静看着他,轻声道。

秦孝则的神色一顿,继续逗她:"你以为我想提什么?"

陆佳恩别开眼,不想理他。

秦孝则看着她的神色,声音一缓:"我只是想让你给我画幅画。"

几天后，秦孝则如约去了陆佳恩家里。陆佳恩其中一间房被改造成了画室。她一向爱整洁，即使是画室也整理得干干净净。

桌椅柜子置放在里面，颜料画具整整齐齐地放在画架旁。陆佳恩环顾四周，问了问秦孝则的意见："你想在哪里画？"

他神色正经："床上。"

陆佳恩一愣，随即拒绝："不可以。"

"哦。"秦孝则也没有勉强，"那就沙发吧。"

"嗯，好。"陆佳恩点点头，"你先去坐吧，我马上来。"

陆佳恩整理好自己要带的画具到了客厅，发现秦孝则正趴在地板做伏地挺身。

陆佳恩又惊讶又好笑："你在干吗呀？"

秦孝则脸不红气不喘地起身，理直气壮："练肌肉。"

陆佳恩"噗"一声笑了，目光扫过他的手臂和肩膀。

"肌肉线条挺好的啊。"这是一句以画家身份的客观夸赞。

她说完，低头调整画架和画具。

秦孝则没有说话，单手伸向后背抓住自己的衣服，再往上一拎，整个后背便露在了外面。他三两下脱掉上衣，把衣服往沙发的角落一扔。

陆佳恩再抬头时，视线里已经是一个半裸的男人了。她凝了凝眉，心里觉得好像也不是那么意外。这确实很像秦孝则会做的事。

反正也不是没画过人体，他想脱便脱吧。

她正想着，耳边忽然传来一道声音："裤子要脱吗？"

眼前的男人上半身精壮，腹肌壁垒分明。修长手指放在裤边，作势要脱的样子。

陆佳恩眨眨眼："随便你，要脱把窗帘拉上。"这不是严格的人体写生练习，可以随意一点。

陆佳恩说完，默默打开了空调，又脱掉自己的针织外套。

秦孝则看着她略显平静的脸，皱起了眉毛。

"陆佳恩，你在国外是不是画了很多外国男人？"

陆佳恩诚实地点了点头。她的导师特别注重写生，大部分时间都在做写生练习。

秦孝则吸了口气，脸色有点沉。半响，他低骂了声，转身快速拉上了窗帘。

房间里的光线暗了下来。陆佳恩走向客厅灯开关时，清晰地听到了衣服窸窸窣窣的声音。

陆佳恩深呼吸了几口，收了心开始认真画画。熟悉的颜料味道在空气中散开，她很快进入了状态。

秦孝则这个模特当得还算认真，老老实实地坐在沙发上，一眨不眨地盯着陆佳恩看。陆佳恩观察他的时候，目光很容易和他撞到一起。

作为模特来说，秦孝则不管五官还是身材都很完美。客厅并不强烈的光线下，他的五官更显落拓，眉骨和鼻骨的线条极其优越。

肩膀宽而平，腰身精瘦，肌肉轮廓分明又不显得过于壮实。和几年前相比，看上去多了些成熟的意味。

安静的房间里，只有两人淡淡的呼吸和笔刷在画布划过的声音。

在陆佳恩画画时，秦孝则也在同样地观察她。她今天没有出门，只穿了件宽松的白色T恤配短裤，黑长的头发披散在胸前，模样干净如不谙世事的学生。

这样的陆佳恩，让秦孝则轻易地想起从前和陆佳恩在一起的时光。以前很多个白天或晚上，她也喜欢这样⋯⋯

房间里安静了一会儿。

很快，对面的模特又不安分了。

"陆佳恩，我想和你说话。"他看向陆佳恩。

陆佳恩抬眼，隔着画架和他对视，说："可以不要吗？我画画不喜欢分心。"

秦孝则"哦"了一声，又闭上了嘴巴。

陆佳恩垂下眼勾勒他腹部的线条，忍不住又抬眸看了一眼，正好看到他抿唇憋闷的样子。陆佳恩笔下停了一瞬，嘴角在画架后微微上扬。

屋里温暖，厚厚窗帘拉着，只有客厅的灯在发亮，一时辨不清白天黑夜。陆佳恩画得认真，没有注意到时间的流逝。而秦孝则这个模特也是难得配合，在陆佳恩说过后便闭上嘴不再说话。

结束后，他套上衣服，走到画架前端详着自己的油画。画布上的人裸着身体，姿态随意地坐在沙发上。光线下，画上男人的表情多了几分柔和，肌肉的线条却清晰分明，仿佛是从他身上复刻下的线条和纹理。

秦孝则被震住了几秒，低低开口："真的送我吗？"

陆佳恩点头，收拾起了画具："嗯，先放在我这里，等干燥好上层光油就可以了。"

秦孝则低头看向陆佳恩，她的长发有几丝从耳后滑落，侧脸越发显得温柔。

"这样是不是便宜我了？"他喃喃自语。

陆佳恩的动作一顿，抬眸看向他："没有啊，是感谢你为心脏病儿童做的慈善。"

"我可没那么高尚。"秦孝则垂眼看向陆佳恩，"我是因为你才参加的。"

如果不是陆佳恩，他是不会关注到先天性心脏病儿童这个群体的。

陆佳恩眨了眨眼，轻声道："没关系啊。"

秦孝则看着她柔和的侧脸线条，心脏重重跳了一下。这么久了，陆佳恩对他始终是一个不咸不淡的态度。她像水一样，平静温柔，看不出底下的情绪。可在这一时刻，秦孝则感觉到了久违的一种氛围。静谧的，柔和的，令人安定的。

拉开窗帘，外面已经是华灯初上了。点点灯火倒映在湖上，摇摇晃晃，微微荡漾，夜幕下显得格外温柔。

陆佳恩心神仿佛也跟着微微晃了下，正要说话的时候，一阵铃声打破了这短暂的宁静。

秦孝则看了眼陆佳恩，没有避讳地接起了手机。陆佳恩识趣地离开，只听到秦孝则叫了声"妈"。

没过一会儿，秦孝则收起手机再次走过来："我妈有事找我，我先回去了。"

陆佳恩点点头："好。"心里忽然涌上一个莫名其妙的预感——罗晗的电话可能和自己有关。

那天晚上之后，秦孝则就因为酒店并购的事去了外地出差，连续好多天都不在家。一方面，他自然是不能陪陆佳恩跑步了；另一方面，照顾肆肆的工作便落在了陆佳恩的头上。

陆佳恩对于照顾肆肆这件事完全没有异议，每天按点去秦孝则家里报到喂猫逗猫。这段时间，几个艺术类刊物同时报道了关于这次心脏病儿童慈善拍卖的新闻，其中，尤其以陆佳恩画的组图为重点。

这组名为《病人》的组图以一个心脏病儿童的视角，画出了小朋友内心的理想生活。画作笔触细腻，色彩丰富，感情充沛。明明是压抑的题材，却给人一种乐观积极的画面感。加之它拍出了当晚的最高价，当即在圈内引发了很大的讨论度。而陆佳恩的名字也随之更加有了存在感。

一时之间，右右接到了好几个艺术专刊的采访邀请。她精挑细选，为陆佳恩选择了《边界》杂志的专访。

《边界》是艺术类别杂志中的权威,发行量极高,其中青年艺术家的专访栏目是针对新冒头的艺术家新星,代表了业内的肯定和期许。

双方约在了陆佳恩的家里见面。《边界》来的是一位三十岁左右的女记者,打扮时尚,妆容得体。她拍了陆佳恩的画,又问了些常规问题。

譬如"怎么走上画画这条路""遇到的困难""国外留学的感想"等等,陆佳恩也一一做了回答。采访途中免不得提及最近的那场慈善拍卖,记者好奇陆佳恩是怎么会想到这个内容的。

陆佳恩想了想,如实回答自己以前也是先心病儿童中的一员,大学时才做的手术。

她简单讲述了些自己上学时的经历,又笑着道:"画这组图,不仅是为了公益,也是想告诉其他小朋友,心脏病其实没有那么可怕。"

陆佳恩的这段采访,出现在了下一期的专刊上。她没有想到,罗晗会因为这篇采访来找她,约她在清晗美术馆的办公室见面。

"佳恩,你画得很棒。"罗晗的桌上放着最新的《边界》,笑着对她说道。

陆佳恩礼貌地笑:"谢谢阿姨。"

罗晗依旧是笑吟吟的样子:"佳恩,我有个问题想问你。"

陆佳恩心里"咯噔"一下,点点头:"您问。"

"我想知道,你对孝则是怎么想的?"罗晗开门见山。

陆佳恩微微睁大了眼睛:"孝则?"

罗晗点头:"我问过孝则,他承认《病人》是他找朋友拍下的,也承认他喜欢你……"

陆佳恩坐得笔直,礼貌地轻声问道:"罗阿姨,您想说什么?"

罗晗笑了声:"我也不和你卖关子了,他早就知道你有心脏病了吧?"

陆佳恩神色一顿,点点头。

"哦,那他没有和我说,我看了报道才知道。"罗晗皱了皱眉。

她思忖片刻,又抬眸看向陆佳恩:"佳恩,你的病……已经好了是吗?完全不影响正常生活了是不是?"

陆佳恩微微晃神了下。后面罗晗说了些什么,她其实没有听太仔细。

"我懂了,阿姨。"陆佳恩心脏跳得快,"我和孝则,现在并没有什么过于亲密的关系……您放心。"

面前的女孩子懂事得令人心疼,罗晗一愣,莫名产生了些许愧疚的情绪,说:"佳恩,我不是这个意思,我只是担心……"

陆佳恩抿唇,挤出一个笑:"我知道的,阿姨。"在其他人眼里,心脏病总是穷凶极恶的。即使自己已经做过手术,理论上可以和正常人一样了。可是并不然……

罗晗一直以来都对她很好,可在儿子的问题上,对方也只是一个普通的母亲,她无法苛责对方什么。

今天罗晗并没有明说,可陆佳恩听懂了。先心病有一定遗传的可能,能不能怀孕也需要医生评估。即使理论上可以,陆佳恩也不敢就地保证些什么。

"我会和孝则说清楚的。"陆佳恩站起身,向罗晗鞠了一躬,转身离开。

罗晗张了张口,欲言又止。轻轻的关门声后,她重重叹了口气。这一刻,她忽然不确定自己做得对不对了。

出了清晗美术馆,时间还早。陆佳恩还不想回家,她坐在路边的长椅,分别发消息给了邹予、棠宁和姐姐,问她们在干吗。

在这个寻常的工作日,所有人都有事要忙,她这个闲人一时竟然找不到可以聊天的人。

思忖了一会儿,陆佳恩发消息给秦孝则,告知他自己今天有事不跑步了,接着打车去了平城美院。

在平城这么长时间,陆佳恩最熟悉的,依旧是自己的母校。

到了美院,陆佳恩在食堂吃了顿饭,沿着主干道往前,不知不觉便走到了篮球场。

昏黄的灯光下,几个男生在朦胧月色下打着夜场篮球。

陆佳恩站在外围看了很长时间,在美院的跑道上跑了几圈。是的,她不是不跑步,只是有点不想面对秦孝则。

她需要点时间,理清自己的思路。

也许是上天也在帮她,后面的几天,秦孝则连续出差,一直也没有回平城。直到下周三的晚上,应煊约陆佳恩去看他的歌剧。

应煊在此之前约了她几次,她那段时间忙着巡展一直没空,如今好不容易得了空,加之心情略有些烦闷,便来了剧院看应煊演出。

应煊是剧院的男中音,音色很好。他这一场唱得是剧院的自制剧,一个关于复仇的故事。燕尾服穿在身上显得他丰神俊朗,舞台魅力十足。

结束后,陆佳恩在观众席坐了一会儿。

剧院人走得差不多时,她听到有人叫自己的名字,抬头便见应煊换了身白色衬衫,站在走道的位置。

他笑着扬了扬下巴:"走吗?送你回去。"

陆佳恩笑着点点头,站起身来。

"我前段时间看了你的展览,发展得越来越好了。"应煊夸道。

"你才是很棒,这么快就是主唱了。"陆佳恩有些羡慕,"我还不知道什么时候才能开个展。"

应煊笑:"不会太远的。我前两天还听我同事说起你。"

陆佳恩:"说我?"

"嗯。"应煊伸手,示意她往右侧的方向走,"你不知道,前段时间到处是你美女画家的采访。"

陆佳恩想了想,了然。为了配合采访,她拍了几张照片。大概是那些照片起了效果。

应煊看her一眼,安慰道:"现代社会就是这样,外表的附加价值非常大。快餐节奏,能吸引眼球的就是好的。"

他说着又摇摇头:"大家对传统艺术好像越来越不感兴趣了。没多少人有耐心听完一部歌剧,看完一场话剧。"

陆佳恩心有戚戚焉地点头:"你说得对。大家越来越习惯对大脑短时间高强度的刺激了。"

"所以啊。"应煊笑了笑,"想开点。就算别人因为外表关注你,也比没有人在意强。而且你也确实有才华啊。"

陆佳恩点点头:"我知道的,谢谢你。"

被应煊送回家,陆佳恩直直往自己家的方向走,脚步在看到门口的高大身影时蓦地一停。

秦孝则倚靠在门边,听见动静,他眼睛微眯着看过来,胸口微微起伏。如一只蛰伏着的猛兽。

下一秒,秦孝则大步走过来,布着血丝的一双眼紧紧看着她,像盯着猎物的鹰。

"陆佳恩,你在躲我吗?"他质问。

陆佳恩的心跳漏跳了一拍,还没来得及说话,又听他忽然低哑下来的声音:"我又做错事了?"

陆佳恩心脏一颤,垂下眼道:"没有啊。"

秦孝则定定地看着她,步步紧逼:"没有什么?没有做错事还是没有躲我?"

陆佳恩停顿片刻:"都没有。"轻飘飘的声音回荡在走廊,夜色中显得有些冷寂。

秦孝则观察着她的神色,轻嗤一声:"你当我傻吗,陆佳恩?"

陆佳恩一愣。她承认,在和罗晗交流过之后,自己是有些踌躇了。

秦孝则和以前比是变了很多,可以前恋爱也不用考虑这么多。如果现在和他复合了,那他家里那边又要怎么交代呢?

看她沉默,秦孝则的呼吸蓦地粗重起来。

"你在想什么?"他问。

陆佳恩抿了抿唇,声音也不自觉放轻:"孝则,多看看其他女生吧。"

"不要,我就要你。"秦孝则态度坚决地拒绝。

陆佳恩眨了眨眼,嘴里的话哽在了喉咙口。

秦孝则微低着头凝视陆佳恩:"陆佳恩,我不信你一点都不喜欢我。"

陆佳恩再次沉默下来。不可否认,秦孝则这段时间做的事让她很感动,可是,感动并不能代表一切。

过了半晌,她小声开口:"你有没有想过,你现在已经不是学生了。如果你家里知道……"

"知道就知道。"秦孝则不耐烦地打断她,"上次我拍你的画,我妈已经知道了。"

陆佳恩抿了抿唇,指尖抠进了手心:"可是我……"

"你什么?"

陆佳恩一时不知该如何开口。两人现在还没有在一起,突然说起这些话题会不会很奇怪。

"可是你家里不知道我有心脏病。"陆佳恩咬了下唇,直接说道。

秦孝则愣了愣:"这有什么?不是都手术过了吗?"他想了想,"你怕我家里不同意?你要是愿意,我们现在就去领证。"

陆佳恩的脸泛红,别开眼:"不是这个意思。"

她再次看向他:"虽然我一直很努力地试着像普通人一样,平时也很注重养生和锻炼。可在别人眼里,我始终是不一样的。"

秦孝则张了张口,陆佳恩打断他:"你别否认,你也是这样想的对吗?不然你不会这么担心我跑步出意外。其实你们想的也没错,像蹦极、跳伞这样的运动我就不敢,游乐场的大摆锤我也不会坐。"

"那又怎么样?"秦孝则盯着她,"你说的这些,胆小的女生也不敢坐。我是担心你的身体,难道这不是应该的吗?"

"你担心我的身体,那你知道怀孕对心脏的负担也很大吗?"陆佳恩睁大眼睛,脱口而出。

"我知道啊。我们不生不就好了?"

他的口气过于理所当然,陆佳恩蓦地愣住了。

话赶话地说到这里,陆佳恩忍不住顺着他说了下去:"不生?别开玩笑了,你家里会同意吗?"

"要他们同意干吗?谁想要小孩谁自己去生。"秦孝则扣住陆佳恩,眼睛里有些狐疑,"你在乱想什么?"

他轻笑:"我看着像是喜欢小孩的人吗?"

陆佳恩盯着他,眨了眨眼睛。

"我们不是有兔崽子了吗?"秦孝则的语气颇有些嫌弃,"一只猫都这么麻烦,小屁孩更麻烦。"

陆佳恩皱皱眉,有些诧异:"你的意思是,你要丁克吗?"

"不行吗?"秦孝则挑眉。

他这才察觉,陆佳恩一直拒绝自己也一直拒绝别人,可能是有这方面的因素。以前年纪小,喜欢就是喜欢,恋爱不会考虑太多现实。而现在进了社会,年岁渐长,顾虑也就多了起来。

陆佳恩的神色有些愣怔。秦孝则低头凑到她耳边,手指在她下巴上摩挲。

"干吗,你都想和我生孩子了?"

"没有!"陆佳恩惊叫一声,快速推开他,手忙脚乱地进了家,"砰"一声关上了门。

秦孝则看着紧闭的房门,没有追上去。他思忖片刻,打了个电话给右右。

时间匆匆过去,关于心脏病儿童的公益巡展在不知不觉中到了尾声。作为其中备受关注的画家,陆佳恩随着其他工作人员一起去了最后一站。

自那天晚上之后,秦孝则有一段时间没有主动联系陆佳恩跑步,和她的联系也少了很多,现在问她什么时候回来,显得有些突然。

陆佳恩算了算时间,如实回复自己打算明天上午回去,犹豫了下,又发了条消息过去。

"有事吗?"

秦孝则回了句"没事",便没有再发消息过来。

晚上和工作人员一起吃了饭,陆佳恩一个人回到酒店。

夜色尚早,她处理完手头零碎的工作,顺便翻看起手机里肆肆的照片。前段时间和秦孝则的关系尴尬,她不好意思去秦孝则家看肆肆,最近几天更是因为在外面连个猫影都见不着。

思忖几秒,陆佳恩再次登录了监控 App 的账号。秦孝则曾经改过一次密码，要陆佳恩以后想肆肆了就自己登上去看。

进入监控画面后，陆佳恩心脏一跳，被画面里的男人吸引了注意。

秦孝则一身正装，正歪歪斜斜地躺在沙发上。他一条腿放在沙发，另一条腿则有半边悬在沙发外，手臂遮在眼睛上，看不清脸部表情。而肆肆翘着尾巴，来回在他的面前走动。

他是累了在沙发上休息吗？陆佳恩猜测着，又把目光移到了肆肆身上。

她不敢看太久，退出 App 后看了会儿书，又洗了个澡。做好护肤之后，已经是晚上十点多了。临睡前，陆佳恩总觉得哪里不对，不放心地再次打开了 App。

秦孝则依旧睡在那里，而肆肆也跳上沙发变成了窝在他旁边的姿势。

陆佳恩皱眉，莫名有些担心。

看秦孝则的衣服，今晚似乎是有应酬。他的酒量一向很好，几乎没有醉酒的时候，如今像个醉鬼一样瘫在沙发上，实在有些反常。

假如陆佳恩没看见也就算了，既然看见了就这么不管她心里有些不安。

犹豫了下，陆佳恩拨打了秦孝则的电话。

她一边看着监控一边等着那边接听。

一声，两声……沙发上的人依旧没有动作。

就在响铃快要结束的时候，沙发上的人动了动。陆佳恩看到他从脑袋后面拿出手机。紧接着，电话通了。

听筒里传来一声沙哑懒散的"喂"。

陆佳恩张口："你——"

她的话只说了一个字就被打断了。

"陆佳恩？"

她看见沙发上的人蓦地坐起身来，听筒里的声音也变得急切起来："你已经到了？我去接你。"

画面里的男人捂着额头摇摇晃晃站起来，脚下却是一个趔趄，没有站稳又坐了回去。

陆佳恩一愣，连忙出声："我没回去。你看看现在几点。"

监控里的身影一顿，看了看时间，捂着头又倒回沙发。

听筒里是他长舒一口气的声音："睡糊涂了，以为早上了。"

不知道是不是喝酒的原因，秦孝则的声音又低又虚，还有睡久之后的沙哑。

陆佳恩轻轻"嗯"了一声，提醒道："那你睡吧，再见。"说完不等秦孝则反应，直直挂断了电话。

打电话确认了他的安全，也尽了提醒的义务，后面不管怎样都和自己没有关系了。陆佳恩躺在床上，缓缓闭上了眼睛。

第二天，陆佳恩坐早班机回到了平城。到家时已经是上午十点多了。
正收拾行李时，陆佳恩听到门外传来了敲门声。
她看了下猫眼，发现是物业的工作人员，连忙打开门。
"你好。"工作人员礼貌地递过来一份传单，"小区即将试运行垃圾分类，麻烦您看一下。"
陆佳恩点点头，接过单子道谢。关上门后，她听到了工作人员敲秦孝则门的声音。敲门声进行了很久，一直没有回应。
陆佳恩于是再次打开门，轻声说："他应该上班去了，要晚上才回来。"
工作人员"哦"了一声："你认识吗？那你看到他麻烦也顺便通知他一下。"
陆佳恩点点头，要关门时，一个念头一闪而过——既然秦孝则现在不在家，那自己不是正好可以进去看肆肆吗？
陆佳恩的神经兴奋地跳了一下，换鞋出门，走到秦孝则家门口。她呼了口气，按下指纹，门锁应声开了。
陆佳恩小心翼翼地进了门，又换上家居拖鞋。
秦孝则家里很安静，肆肆窝在猫爬架上舔着毛。
"肆肆？"陆佳恩轻声叫了一声。
肆肆的动作停了下来，循声望去。
看到陆佳恩，它"噌"一下跳下架子，直直跑到主卧门口，爪子扒拉着门。
"肆肆，不要抓门。"
陆佳恩一急，就要走过去抱它。
刚走到门边，陆佳恩的脚步蓦地一停。
隔着一层门板，她清楚地听到了来自男人平稳又稍显粗重的呼吸声。
秦孝则在家？陆佳恩愣了下，右手握住把手，轻轻一动。
门开了。秦孝则依旧穿着昨晚那身衣服，随意倒在床上。他的脸色很红，衬衫皱巴巴地贴在身上，被子乱七八糟地盖在肚子上。
陆佳恩一慌，几步走到床边。顾不得太多，她伸手推了推男人的肩膀："秦孝则？"
秦孝则眼皮动了动，缓缓掀开，里面是一片赤红的血丝。
陆佳恩一惊："你发烧——哎！"话没说完，她的胳膊被一只炙热的手握住了，猛地下拉。

陆佳恩猝不及防地被拉倒，落入了一个滚烫的怀抱。下一秒，男人带着温度的唇胡乱地亲了过来。

陆佳恩慌忙侧头，炙热的吻便落在了她的脖颈。

秦孝则微闭着眼睛，手上更加用力地禁锢住怀里的人。他似乎还未清醒，嘴唇在她白皙细腻的皮肤上流连。

陆佳恩的挣扎更加催化了他的欲念。下一秒，她更是被翻了身的男人完全压制住。

陆佳恩一惊，更加用力地推拒起来。

"你乖点。"覆在上方的男人微微不耐烦，又低头吻了过来。

这段时间，秦孝则很是烦闷。那天晚上，他看到应煊发的朋友圈，知道陆佳恩是去看应煊的歌剧了。

朋友圈底下有共同的朋友留言，语气调侃。秦孝则很不开心，可是他没有任何立场去质问陆佳恩。

再往后，他去医院做了一个小手术，也没有办法继续陪陆佳恩跑步。现在他和陆佳恩之间的情况是只要他不主动，陆佳恩是不可能主动联系他的。

连续好多天都没有见到陆佳恩，秦孝则简直要疯了。如今她人就在自己怀里，秦孝则的血脉偾张，理智也完全失了控。

他现在心里眼里都只有陆佳恩。陆佳恩只觉自己像是被野兽叼在嘴里的猎物，和他的力量差距过大以至于完全找不到脱身的方法。心脏一下一下跳得厉害，脸色也变得通红，她只能不断地转头，躲避秦孝则的吻。

"你起来啊！"陆佳恩忍不住出声，声音因为慌乱带了些颤，显得毫无威慑力。

秦孝则热血上头，迷乱的吻从脸颊一路向下。男人的气息灼热，细密的胡楂随着柔软的唇一同贴上脖颈和耳后的皮肤。

陆佳恩一个激灵，缩起了肩膀。

"陆佳恩，你别躲我。"秦孝则的声音又低又哑，配合着粗粗的气息，听上去虚弱又难过。

陆佳恩一怔，下巴随后便被人捏住了。

秦孝则的眼睛布满了血丝，眼皮的褶比之前深了好多，眼神迷蒙涣散，看上去莫名憔悴。他黑而直的睫毛颤了颤，低头又要吻过来。

陆佳恩趁机用得了空的手一挡，吻便落在她的手心。

"你清醒点！"她提高了音量命令。

秦孝则的身体僵硬了一瞬，怔怔看着下方的陆佳恩。眼神逐渐变得清明，手上的力道一松,他颓然倒在陆佳恩的旁边。

陆佳恩连忙起身站在床边,三两下整理好自己的衣服。

秦孝则躺在床上,一眨不眨地看着她。

只见陆佳恩咬了下唇,什么话都没说便离开了房间。

秦孝则心脏一缩,伸手挡住了自己的眼睛。她生了气,要走了。

秦孝则如同被抽走了全身的力气,一动不动地躺着,静静等着客厅的关门声。然而,他臆想中的声音并没有响起。

一阵很轻的脚步声后,卧室的门开了。

陆佳恩手里拿着杯子、药片和体温计,再次进来了。她的脸色还有一层薄红,眼睫微垂着看不清神色。

她走到秦孝则身边,并没有看他,只是默不作声地将体温计递了过来。

秦孝则愣了下,迟疑着接过来。

"嘀"一声响后,耳温枪的显示已经变成了红色。

陆佳恩抿了下唇,将杯子和退烧药放在床头柜上,正要离开时,手腕再次被握住了。

"陆佳恩,我刚刚以为自己在做梦。"秦孝则拽住她的手不放,低声解释。

陆佳恩的脚步一顿。

两人相贴的皮肤一个微凉,另一个却是炙热到几乎烫人。

陆佳恩被他握住的地方快要被捂出了汗意。她动了动,没有挣脱。

"你别生气。"他补充。

秦孝则说的是真话。这段时间,他已经一连好多天没有见到陆佳恩了。他昨晚有应酬,脑子昏昏沉沉,做了一晚上的梦。

今天一醒来看到陆佳恩,以为还是在梦里。于是,他想也不想地,将人拉下来便亲了上去,如同这之前他在梦里做了许多次的事情一样。他说完,房间里安静了一瞬。

陆佳恩沉默片刻,终于出声:"你先放开。"

秦孝则迟疑了下,依依不舍地松开了手。

"真的,我没骗你。我先是梦到你给我打电话了,后来看到你,以为还在做梦。"他低声解释。

陆佳恩怔了怔,忽然明白过来。秦孝则可能昨晚就发烧了,神志不清地以为昨晚的通话是在做梦。

"嗯,你先吃药。"

陆佳恩没有解释,只指了指床头柜上的药。这是她刚刚在客厅找到的。

秦孝则虽然搬了家,可药箱依旧放在原来的位置。他用的还是同一个药箱,就连自己以前做的标识都没有撕。分隔板也是按照自己原来的布局,将类型分得清清楚楚。

他的一举一动都在向自己展示着旧情,可陆佳恩无法为此感到高兴。

"吃好了。"怔忪间,陆佳恩听到秦孝则的声音。

她"嗯"了声,拿走药盒,将水杯留在了原地。

堪堪将退烧药放回客厅的抽屉,陆佳恩一抬头便见秦孝则站在面前。

他的脸颊发红,嘴唇却显得苍白,下巴的胡楂青黑,加之身上那件凌乱皱起的衬衫,整个人显得落寞又颓废。

他虚虚站在那里,像一棵经历了狂风暴雨惨被凌虐的树。

陆佳恩心里一跳,站起身来硬着头皮道:"你吃过药,烧应该很快就会退了。如果下午还感觉不太好可以找朋友陪你去医院。你好好休息一下,想吃饭了就叫外卖。我先回去了……"

她快速说完一大段话,急急就要离开。秦孝则却是三两步追上来,挡在了门口,一双眼睛定定看着陆佳恩,声音低哑:"你今天有事吗?"

陆佳恩无法探知这双眼睛包含了多少情绪,期待,恳求,小心翼翼……

"我……"她垂下眼,有些心虚,"还有一点工作要做……"

秦孝则沉默。可他依旧站在门口的位置,堵在陆佳恩的面前。

陆佳恩抬起头,看见他炙热的眼神变得黯淡下来,唇线也不高兴地抿了起来。

"那你陪我吃过午饭再走行吗?"他低声问。

陆佳恩的脑子里蓦地想起昨晚在监控里看到的画面。他心急站起又脚步不稳跌回沙发的模样。

心脏像被针戳了下,陆佳恩实在狠不下心拒绝他的这个要求。

她点了点头,无奈道:"你想吃什么?我给你做吧。"反正自己也是要吃饭的,就当和他搭伙吃饭了。

秦孝则的眼眶倏地有些发热。他张了张唇,哑声道:"不用你做。我点外卖,你陪我吃就好。"

吃过饭后,秦孝则又量了一次体温。也许是吃药的效果,他的体温已经降了下来。

陆佳恩顺势提出告辞。

陆佳恩走后,秦孝则一个人坐回沙发,皱眉沉思了一会儿,他拿出手机打算回电话给早上的未接来电。

翻到通话记录时,秦孝则猛然看到了陆佳恩的名字,心脏骤停了一瞬。屏幕显示是昨晚十点半,两人通过一次两分钟的电话。

昨天两人说了什么他已经记不太清了，但是今天陆佳恩的忽然出现就有了理由。

自己应该是和陆佳恩说了些什么，她放心不下才来看自己的吧？秦孝则的嘴角缓缓上扬。

他就知道，陆佳恩还是关心自己的。

后面的时间里，即使陆佳恩对秦孝则的态度依旧不冷不热，约她出来跑步也常常遭到拒绝。但秦孝则却并不怎么在意，照旧厚着脸皮往陆佳恩面前凑。

陆佳恩的脾气好，也说不出什么重话来，最多就是不搭理他而已。秦孝则对此很是坦然。

就这么到了元旦前夕。秦孝远带着自己已经谈及婚嫁的女朋友贺静岚回家和家人一起吃饭。

吃饭途中，秦孝则照例保持着沉默。

贺静岚名字文静，人却活泼热情得很。

"孝则有没有女朋友啊？需要我介绍吗？"她笑吟吟地望向秦孝则，热心地问。

秦孝则还没开口，罗晗已经率先说话了："他哪有啊？这几年一直忙得要死，脾气硬得又不会哄女孩子开心。"

贺静岚笑笑："阿姨您多虑了。孝则这样的肯定不缺女孩子喜欢，大概是他要求高。"说完便转向秦孝则，温声问，"你喜欢什么样的女孩子？我看看有没有认识的。"

秦孝则轻嗤一声："不用了，我怕被人嫌弃。"

"嫌弃？"贺静岚一愣，"怎么会呢？"不管从哪方面说，秦孝则的条件都很好，嫌弃从何说起？

不仅是贺静岚，桌上的其他人也都愣住了，不解的目光齐齐望向秦孝则。

"怎么不会啊？"秦孝则扫视一圈，目光最后落在罗晗脸上，他的嘴角弯了下，语气轻松，"我结扎了。"

如一道惊雷在屋里炸开，饭桌上瞬间安静。"啪"的一声轻响，罗晗的筷子掉在了桌上。

罗晗一惊："什么时候？"

秦孝则掀了掀眼皮："上个月。小手术，也就半个小时。"

除了手术加过度疲劳后发了次烧，他并没有感觉到什么不适。

罗晗的大脑一片空白，不知所措地望向丈夫秦秉。虽然知道自己的小儿子一向特立独行，放肆不羁，可她也没想到，他说结扎就结扎了。

秦秉眉头皱得很深，脸上表情很严肃。

"原因？"他言简意赅地问。

秦孝则晃着腿，姿态散漫："我本来就不喜欢小孩，不觉得自己能做好一个父亲。"

"胡闹！"秦秉面色微愠，声音冷肃，"这是什么理由？！"

秦孝则轻嗤一声："这理由不行啊？那您说什么理由可以我就什么理由呗。"

反正手术他已经做了，他们还能逼着自己复通不成？

秦秉被秦孝则这副吊儿郎当的态度气到失语，重重放下筷子，怒目圆睁地看着秦孝则。

秦孝则却还是一副无所谓的样子，手指在桌上轻点，语气调侃："怎么样？还想帮我介绍吗？我这样的人，在婚恋市场应该不受欢迎吧？"

他嘴上说着贬低自己的话，可表情肢体一点也看不出为此焦虑担心的模样，反倒有种耀武扬威的感觉。

"孝则，别乱说话。"秦孝远忍不住开口，为自己的未婚妻解围。

秦孝则不屑地"啧"了声："我可没乱说话。就算对方不嫌弃，对方父母也会嫌弃我。"

"你什么意思？"罗晗的面色苍白，声音微抖。她早就察觉到了，秦孝则今天这一出根本就是做给自己看的。

罗晗本人对陆佳恩并没有什么看法，甚至很欣赏她。可作为一个母亲，罗晗也不得不为儿子的以后考虑。

她怎么也想不到，自己的无心之举会导致儿子这么大的反弹。

"没什么意思。"秦孝则敛起笑意，语气平淡。他不是傻子，从右右那里稍微问问就猜到了。加上那晚陆佳恩的话，妈妈对她说了些什么不言而喻。

秦孝远的目光在妈妈和弟弟之间来回游移了下，淡淡出声："没什么意思就吃饭吧。你自己的事，以后别后悔就行。"

"后悔个屁。"秦孝则小声说。

秦孝远看他一眼，又转向父母："爸妈你们也别担心了。相信孝则是经过深思熟虑的。"

秦秉和罗晗的脸色依旧很不好看，饭也没什么心情吃了。

贺静岚大气不敢出，默默地小口吃着菜。

一顿饭就在令人窒息的气氛下吃完了。

几人中，只有秦孝则一个人不受影响，他甚至胃口很好地吃了两碗饭。

结束后，秦孝远拍拍弟弟的肩，先行带着贺静岚离开了。

秦孝则也站起身，手臂在桌上撑着，身体微微前倾看向父母："没什么事的话我也走了。"

"等等！"秦秉低呵一声，眼睛里的两团怒火快要烧起来了，"你不明不白搞这么一出，拍拍屁股就要走了？"

秦孝则想了想，点点头："行！"

他坐回椅子，跷着二郎腿把玩起手里的手机，一副"随你们问"的样子。

罗晗张了张口，欲言又止，半晌后才怔怔开口："你这是非她不娶了？"

秦孝则眯了眯眼，声音低而坚定："我以后的老婆只会是陆佳恩。"他无比清楚地坚信这一点。

罗晗倒抽了一口气，身体不自觉地颤抖了下："你喜欢她，可你就确定她也喜欢你吗？"

上次找陆佳恩，一是想问清楚她的身体状况，二也是想知道她对秦孝则的想法。罗晗虽然希望自己儿子找一个完全健康的女生，却也并非那么迂腐封建。

罗晗的目光直直看向秦孝则："我可看不出来她像你喜欢她这么喜欢你。"如果她没看错，这姑娘目前对自己儿子根本就没多少感情，不然也不会一点不反驳，直接就答应了。

话音落下，秦孝则的脸色肉眼可见地变了下，他目光一闪，低声说道："这不用你们操心。"

他抬眸再次看向自己的父母，顿了顿继续说："她是脾气好，也好说话，但是她不说不代表她不在意。"

比起刚才的强硬，秦孝则的语气软了不少："但凡你多看一眼她的采访就知道，她因为生病的事受了很多委屈。"

秦孝则也是后来才渐渐明白过来这一点。生病本身不是陆佳恩愿意的，可她从小到大却一直受此困扰。他以前也不知道，还总是惹她感冒生病，难怪她总觉得他们不合适。

他的喉咙哽了一下，声音也低落下来："总之你们有意见冲我来，别去找她。是我死缠着她不放，不是她缠着我。"

罗晗和秦秉互看了一眼，都沉默下来。

这一次的谈话可以说是不欢而散。秦孝则的父母并没有就此大发慈悲说全力支持他和陆佳恩，但也许是被他惊人的行为震慑了下，他们也没有再针对这问题多做纠缠。

后面的很长一段时间里，父母都没有再提及这个话题，对此讳莫如深。

反倒是哥哥秦孝远得知后和秦孝则聊了几句，让他不要在意，给家人一点时间。

秦孝则也知道这个理，在家人面前老实了好长一段时间。

陆佳恩对秦孝则这边的事一无所知，秦孝则也没打算现在告诉她。陆佳恩跑步总不叫他，他就学会了"偶遇"这一招。

年关将至，公司里的事情多且杂。

秦孝则并不是每天都能按时下班，这"偶遇"的频率也不算太高。也许正是因为这样，陆佳恩没有刻意回避他，遇上便一起跑，遇不上就自己跑。

相比于秦孝则，陆佳恩在过年前的这段时间要清闲很多。

在和经纪人右右确认近期没有工作后，陆佳恩索性提前回了 C 市。她回去得突然，并没有告诉任何人。

回到家时，外婆并不在。陆佳恩以为外婆出门有事，并没有在意，拖着行李箱到了自己房间整理。快要整理好的时候，她听到了钥匙开门的声音。

一阵脚步声后，外婆和舅舅的说话声从客厅传来，细细听来全是为了外婆的身体在争执。

"行了行了。"外婆打断他的话，"快过年了不想折腾，到时候棠棠回来你可别说啊。"

陆佳恩一怔，径直从房间里走出来。

"为什么不告诉我？"她站在门口轻声问。

她在看到外婆的那一瞬眼睛蓦地有些酸，眼眶渐渐泛湿。

和上次见面时相比，外婆的白头发变多了，眼睛也不如之前那么亮了。最让陆佳恩心酸的是，外婆的脊背弯着，一手撑着桌边，另一只手臂则由舅舅搀着，似乎是双腿无法支撑，只能靠着外物的力量似的。

听到声音，外婆和舅舅俱是一愣。外婆率先反应过来，冲着陆佳恩露出一个惊喜的笑："你这么早就回来啦？"

陆佳恩扯扯嘴角，笑不出来。她快速走过去扶住外婆，低着头小声问："阿婆您怎么了？"

外婆快速道："没事，就是腿疼，找医生开了点药。"

陆佳恩又看向舅舅。

舅舅一挥手，叹气："唉！你外婆之前扭了次腰，在床上躺了几天。后来开始头疼，这几天腿又疼了！"他说着说着有些无奈，"去医院查脑部 CT 没啥大问题，医生就说是年纪大的毛病。我心里想着是不是这边查不出来，要她去大医院看又劝不动。你回来得正好，赶紧帮着一起劝劝你外婆。"

陆佳恩眉头皱了起来，很是担心："阿婆，要您和我一起去平城吧。"

舅舅双手一拍:"哎,我也是这么说。不过也不急,等过了年你们一起去看看。"

"不去!"外婆的脸色一变,瞪了舅舅一眼,"我这年纪大的毛病没必要兴师动众的。"

到了最后,浪费了一堆口水不说,三个人都有些不高兴起来。外婆更是甩开陆佳恩的手,一个人回了卧室。陆佳恩和舅舅对视了一眼,对这个倔强的老太太毫无办法。

"你说说,就是这么难劝!"舅舅低声和陆佳恩倒苦水,"年纪越大越像小孩,快过年了又不好多说!"

舅舅摆摆手,很是无奈:"算了,你看情况,不行等过了年再劝劝。"

陆佳恩点点头,送舅舅出了门。

在客厅站了一会儿,她进了外婆的卧室。外婆背对着门,正低头整理着床上的衣服。穿着棉袄的背影消瘦,腰弯得厉害。

陆佳恩小心翼翼地走过去,轻声问:"阿婆,您感觉怎么样啊?腿还疼吗?"

外婆手上的动作一顿,抬头看向陆佳恩。她的脸色缓和了些,语气平淡:"吃了药好多了。人老了腿多少都有毛病,又不是大事。"

陆佳恩不是医生,不知道外婆说得对不对。可外婆正在气头上,她也不好说什么,最终只点点头,轻声应了一句。

一连几天,陆佳恩在外婆面前都没有再提这件事,只默默地在网上查了很多资料。可网上众说纷纭,她越查越担心,心里乱糟糟的,反而更加放心不下,总觉得还是去医院彻底查下才好。

又一个晚上,陆佳恩在网上焦头烂额地查找医院资料时,电话忽然响了。她顺手接起,"喂"了一声。

电话那头没有说话。陆佳恩一愣,稍稍拿开手机,发现屏幕上显示着秦孝则的名字。她皱眉,有些不解地叫了声名字。

那边依旧没有说话,听筒里只有男人沉沉的呼吸声。

陆佳恩顿了顿,又问了一次:"你找我……有事?"

回答她的还是沉默。就在她怀疑是秦孝则打错了电话时,他忽然说话了:"没事就不能找你吗?"声音低低的,萦绕在陆佳恩的耳边。

陆佳恩心脏一缩,正要说话时,脑子里的神经忽然紧绷。莫名其妙地,过去的某个画面浮现在脑海。陆佳恩蓦地起身,快速走到阳台的窗户前,怦怦的心跳声中,她看到楼下的绿化带前站着一个熟悉的身影。

第十一章 / 表白

朦胧月色下，秦孝则站在路灯下，影子短短的一截，和他高大的身材形成了鲜明的对比。他并不知道陆佳恩已经在二楼阳台看见他了，低头自顾自地踢着小石子。

深沉夜色中，他的周身落了层昏黄的光晕，整个人显得寂寥又落寞。

陆佳恩捏着手机，看着楼下的身影咬唇不语。

她这几天忙着担心外婆的事没有心思想别的，到了此刻才忽然想起这几天的秦孝则一直没有联系自己。

这会儿他怎么会忽然过来了呢？

思忖间，陆佳恩的手机里再次传来了秦孝则的声音。

"你回家也不告诉我一声。"

他的语气平平淡淡，可陆佳恩还是从里面听到了一丝抱怨和委屈的情绪。

陆佳恩的胸口忽然有些发酸。她回家是临时起意，一回家又遇上外婆的事，根本就想不到要告知一声。但也许，最真实的原因不过是她觉得自己没有必要通知秦孝则而已。

她以什么身份，又为什么要知会他自己的行程呢？

在陆佳恩的眼里，只有男女朋友之间才需要报备自己的行踪。

可他们显然不是，也不会是。

沉默半晌后，陆佳恩轻声开口："过年本来就是要回家的啊，我只是提前回来了几天而已。"

接着，话筒里传来他自嘲的笑声："没必要和我说是吧？"

陆佳恩抿了抿唇，没有接话。

一时之间，电话里只有两人的呼吸声。

冬天的C市夜深露重，天寒地坼。秦孝则只穿了一件黑色大衣，前襟敞着，里面是一件薄薄的羊毛针织。二楼的楼层不高，陆佳恩能清晰地看到秦孝则头发被风吹得竖起，衣角乱飞。

她顿了顿，忍不住出声提醒："你早点回酒店吧，外面很冷。"

秦孝则一怔，下意识地抬眸，和二楼阳台的陆佳恩对个正着。

阳台没有开灯，只能看见模模糊糊的一个黑色人影。秦孝则的神经如绷紧的弦，被人重重拨了下。

他一眨不眨地盯着陆佳恩，低低开口："下来，陆佳恩。"看到阳台上的人影动了动，又连忙补充了一句，"多穿点。"

秦孝则知道陆佳恩回家与否、什么时候回家都没有必要告诉自己。可当他像个傻子一样连续几次遇不到陆佳恩时，依旧感到了难以忍受。他没有办法接受陆佳恩拿他当一个普通的邻居、同事，或是朋友。

于是，他又试着几天不找陆佳恩，将心思全部放在工作上，加班加点地提前完成了工作。意料之中地，陆佳恩不会想到给他发消息。他的手机一天要响上几十上百次，可没有一次是属于陆佳恩的。

忍了几天之后，秦孝则还是按捺不住自己的内心，又一次跑来了C市。

坐飞机加打车，一顿车马劳顿，到这儿已经是晚上了。

秦孝则没有想到，陆佳恩会在晚上发现他的到来，所有的疲劳和不满在见到她的那一刻烟消云散。就好像那次去意大利一样，陆佳恩似乎总是能感知到他的存在。

这一点让秦孝则很开心，还有些感动。

值了。

单元的大门响了一声，下一秒，穿着羽绒服的陆佳恩出现在了门口。

她身上套着短款的明黄色羽绒服，头发蓬松地披在脑后，脚上是一双黑色的运动鞋。

月色中，她的神色不清，皮肤却白得晃眼。秦孝则等着她走到面前，细细打量她的面色。

陆佳恩微蹙着眉,一时也没有说话。

"干吗?不欢迎我?"秦孝则心里高兴,语气也不自觉放松下来。

陆佳恩摇摇头:"你订好酒店了吗?"

秦孝则的目光灼热:"不急。"

夜里风大,陆佳恩的长发被吹得四处乱飞。她理了理头发,忍不住催促道:"时间不早了,你早点回酒店吧。"

秦孝则的目光盯着她。他还没有看够,不是很想走。

"你明天有事吗?"他问,"能带我转转吗?"

陆佳恩犹豫了下,摇摇头。

"明天我有点事……"

秦孝则:"那后天?"

"后天……"陆佳恩顿了顿,"你准备在这儿待几天啊?"

秦孝则叹了口气,别开眼:"待到过年吧。"

陆佳恩皱了皱眉,轻声催促:"早点回平城吧孝则,我真的有事,可能没时间带你逛。"

秦孝则见她不像是托词,眉眼间焦虑感不小,多问了一句:"什么事?"

陆佳恩抬眸看了看他。

秦孝则笑:"你说,没准我能帮上忙呢。"

陆佳恩抿唇,小声道:"那你能让我外婆去医院检查身体吗?"

秦孝则一愣:"什么?"

陆佳恩于是简单地把事情阐述了遍。她没有想过真的要秦孝则帮忙,更多的只是想倾诉一下。

可没想到,秦孝则听完却是眉眼一展:"就这事?"

陆佳恩迟疑着,有些郁闷地点点头:"是啊,我们怎么劝都不听。"

秦孝则轻笑了声:"你先别担心,我来试试。"

第二天,陆佳恩一早便出门买早餐了。回来时,她在门外便听到了外婆的说话声,中间不时夹杂着大笑。

陆佳恩心中奇怪,打开门赫然看见门口的换鞋处多了一双男士皮鞋。她愣了愣,定睛往里一看,只见外婆和秦孝则正坐在沙发上,一老一少两个人聊得正欢。听到动静,两人同时向她看过来。

陆佳恩莫名有种自己打扰了他们的感觉。

"我……买早餐回来了。"她拎起手上的早餐,喃喃解释。

她看了看秦孝则，有些不明所以。他昨晚并没有说自己会来上门啊，怎么一大早便跑来了？

外婆笑着起身："回来得正好！小秦还没吃吧？一起吃点！"

秦孝则站起身，推辞道："不用了奶奶，我在酒店吃过了。"

"吃过了也可以吃点嘛！小伙子多吃点，没事。"外婆喜笑颜开。

秦孝则点点头，很好说话："好，那我再吃一个包子。"

陆佳恩怔怔看着一副"温良恭俭让"样子的秦孝则，半晌没反应过来。

"洗手了。"路过陆佳恩时，秦孝则似笑非笑地提醒她，"棠棠——"

陆佳恩一哽，这才多久，连自己小名都知道了？

这天之后到过年前夕，秦孝则便成了家里的常客。有时他和外婆聊得起劲，陆佳恩都不太能插得进话。

她不知道秦孝则是怎么和外婆说的，外婆竟然同意他留下和自己家一起过年。

其实不用说也知道，秦孝则大抵是如法炮制，像意大利那次一样在外婆面前卖了波惨。

可陆佳恩却有些不是滋味，她一向不喜欢麻烦别人，也怕秦孝则因为自己影响和家人的关系。

于是在除夕前，陆佳恩和秦孝则聊了一次。

"孝则，其实你不用这样，外婆那里我自己可以劝，不要因为我外婆的事影响你和家人一起过年。"

说这话的时候，两人正在超市采购年货。听到陆佳恩的话，秦孝则原本愉悦的表情一下冷了下来。

"又赶我走？"

陆佳恩一怔，摇摇头："不是，我怕你因为外婆打乱你和家人的团聚。"

团圆饭是要和家人一起吃的，他留在 C 市算怎么回事呢？

秦孝则无动于衷地"哦"了一声，语气淡淡："你外婆已经同意年后去平城住一段时间了。"

陆佳恩一惊："真的吗？"

她今天头上戴了顶毛茸茸的白色帽子，一根细小的绒毛落在了脸颊，有点可爱。

此刻，她仰着头看向秦孝则，眼睛亮亮的，闪着雀跃又期待的光。

"真的。"秦孝则忍不住伸手，将她脸颊上那根细细的白色毛线拿下。

陆佳恩被"外婆同意来平城"吸引了注意力，全然没有在意短暂的肢体碰触。

"你好厉害!"她忍不住夸了句,实在是好奇,"你怎么说服她的呢?"

秦孝则挑眉,好整以暇地看她:"真想知道?"

余光中,一个熟悉的高个男生身影一闪而过。他眉心一跳,眯了眯眼,垂眸看向陆佳恩的唇。

"你让我亲一下我就告诉你。"

如愿看到陆佳恩愣怔住的脸,秦孝则却是大笑了起来,眼角眉梢都是愉悦的笑意。

陆佳恩反应过来他在开玩笑,转身就走。

秦孝则推着推车,几步追上她:"哎,陆佳恩,我告诉你。"

陆佳恩脚步一顿,抬起头,一双清澈的眼睛定定看着他,等他说话。

秦孝则嘴角扬了扬,没个正形。

"我和咱外婆说,如果她不去平城住,你就不会嫁给我了。外婆觉得错失我这么个英俊潇洒的孙女婿很可惜,立马同意了。"他的语气夸张,神采飞扬,讲得还挺像那么回事。

陆佳恩没绷住,"扑哧"一声笑了:"别贫,我外婆才不会这样。"

秦孝则勾了勾唇,推着车走在陆佳恩的旁边,被他胡说八道地这么一打岔,气氛瞬间轻松了许多。

陆佳恩沿着货架往前,认认真真地挑选着过年要用的东西。

刚拐了一个弯,秦孝则没控制好推车速度,冷不丁地碰到了前方行人的大腿。前方的男人顺势回头看了一眼,陆佳恩的目光不期然和他对上,顿时一愣,是杭佑……

杭佑的神色也是一顿,眼神复杂。

一时之间,气氛有些凝滞。

秦孝则握着推车把手,懒洋洋地开口道歉:"不好意思。"

杭佑的目光便从陆佳恩那儿移到了秦孝则的脸上。秦孝则五官深刻俊朗,一双星目直直迎着杭佑的目光,神色疏懒中带着股放肆不羁的味道。

杭佑微微蹙眉,忽然觉得这人给他的感觉有点熟悉。

"没事。"他摇摇头,胸口隐隐有种撕裂感。

他其实刚才就看到陆佳恩和这个男人了,甚至不要脸地在他们后面跟了一小段路。他听到男人调侃的话,也能看到对方对陆佳恩的亲昵行为。

杭佑抿了下苦涩的嘴角,垂眸看向陆佳恩,尽量做出寻常的样子。

"男朋友?"他低低问了句,心口酸涩难忍。陆佳恩上次拒绝自己,是因为这个男人吗?

陆佳恩愣怔了下，摇摇头。

杭佑"哦"了声，挤出一个笑。不是吗？可他都看到了。这个男人说了些调笑的话，逗得她眉眼弯弯地笑起来，两人在一起的氛围很是和谐轻松。

秦孝则看到陆佳恩摇头，胸口堵了一瞬。他别过头，冷哼一声。现在还不是，早晚会是的。

这轻轻的一个动静又惹得杭佑看过来。这一次，他的目光在秦孝则身上逗留得长了些，他蹙眉深思。

"你是……那天买画的？"杭佑猛然想起来了。几年前在平城美院的毕业作品展前，他和这个男人打过照面。这人的外表出色，身上气质又过于张扬独特，叫人很难忘记。

"记性还不赖。"秦孝则语气淡薄。

陆佳恩皱了皱眉，直直地看向杭佑，好奇道："什么买画啊？"

"就你毕业展的画。"秦孝则抢在杭佑前回答。

陆佳恩顿时一愣，而杭佑的内心此刻也掀起了惊涛骇浪，目光在秦孝则和陆佳恩之间游移。对方早就喜欢陆佳恩了吗？杭佑看得出来，眼前男人的家境应该相当不错，外表又好，出手也大方。

按理说，这样的人追女孩子是很容易的。可这么多年过去，陆佳恩一直没答应对方吗？而这个外表看上去纨绔子一样的男人，也一直没放弃吗？

"你们……"杭佑张了张口，一时语塞。

"陆佳恩是我女朋友。"秦孝则率先开口。

杭佑登时愣住。

"那是以前。"陆佳恩小声补充。

"以后也是。"秦孝则快速说道，目光从陆佳恩身上转向杭佑，"我们只是暂时分开一段时间而已。"

陆佳恩张唇，一时却不知如何解释，想想又闭上了嘴巴。

杭佑将两人的神色看在眼里。虽然不知道他们之间具体发生了什么，却也猜到了两三分。他按捺下心里的酸涩，微微颔首。

"杭佑！"旁边忽然传来一道女声。

三人闻声望去，只见一个穿着深红色大衣的中年女子站在过道之外的货架处看向这里，脸上带着笑，眉眼间和杭佑有几分类似。

杭佑转回头，又看向陆佳恩："我妈叫我，我先走了。"

陆佳恩点点头："好，再见。"

杭佑吸了口气，欲言又止。

"再见。"他低低回了句，转身向妈妈那里走去。

一直走到妈妈身边，握紧的拳头才松了下来，杭佑低头看了看，自己摊开的掌心已经汗湿一片。

杭妈妈放下一袋红枣，又看了看儿子的神色。

"刚刚那是陆佳恩？"她刚刚远远看了一眼，觉得有些眼熟，再加上儿子这态度……

杭佑重新合上掌，低低应了一声。

杭妈妈"哦"了声："她现在好像发展得挺好的，前段时间在网上看到她的采访了。"

前几天，她一同事忽然指着电脑网页给她看，语气惊讶："哎，你儿子不也是一中的吗？这是不是他同学啊？"

她凑过去，发现新闻上写着"C市美女画家"等吸睛的标题，再仔细一看，发现还真是陆佳恩。她于是笑了笑说："可能是吧，我回头问问。"何止是同学啊，对方高中的画前段时间还在自己儿子房间挂着呢，只是后来儿子似乎是想通了，画被摘了下来，要他相亲也老老实实去了。

虽然现在还是没个女朋友吧，但是比起之前要好多了。杭妈妈宽慰地想，忍不住又向陆佳恩那头看了一眼。

陆佳恩旁边的高个子男人推着车，身姿挺拔，而陆佳恩一身米白色大衣，走在旁边有种小鸟依人的感觉。两人的背影很是般配。

"那是她男朋友吧？看着挺帅一小伙儿。"杭妈妈回过头感叹了句。

杭佑的手臂紧了紧，低声道："不是。"

杭妈妈看了儿子一眼："听说她现在一幅画卖得可贵了。"说完又叹了口气，"也是想不到啊……"

杭佑皱了皱眉，打断妈妈的话："行了，您别说了。"

他不是听不出来妈妈口气中的惋惜，他觉得讽刺。惋惜什么呢？难道当初嫌弃人家有心脏病的不是她吗？现在看到陆佳恩成了小有名气的画家，又开始后悔没有和她产生些关系好满足一下自己的虚荣心吗？

"我们家配不上人家的。"杭佑丢下一句话，推着车走在前面。

话是这么说，可杭佑的情绪在看到陆佳恩时还是明显低落下来，这种情绪在开车回家时达到了巅峰。当时他开着车，随手打开广播，电台里正在播放一首女声歌曲。

"明明你也很爱我，没理由爱不到结果。只要你敢不懦弱，凭什么我们要错过……"

杭佑面色平静地开着车，眼睛却是酸酸胀胀。他很难不想起超市里的陆佳恩和她的前男友。那个男人挑眉说要亲她的样子，逗她说"咱外婆"

时的随意笃定。有那么一瞬间,杭佑想起了高中时的自己。

可是,自己已经没有机会了。

另一边,陆佳恩和秦孝则也买好了东西,打车回外婆家。

车上,秦孝则罕见地没怎么说话。他懒懒靠在座椅上,手臂也霸道地伸着,歪头打量着旁边的陆佳恩。陆佳恩坐得笔直,微侧着头看向窗外,神色愣怔。

秦孝则喉头动了动,指尖挑着陆佳恩的头发玩。而她想着事情,毫无察觉。

C市不大,没多久就到了家。可这短短几分钟的工夫,已经足够让秦孝则吃醋了。他没有办法不把陆佳恩的发呆和遇到杭佑的事联系起来。

怎么着,都这么久了还念念不忘吗?又没在一起过,有什么好惦记的?此时的秦孝则已经将自己曾经给陆佳恩洗脑的理论抛诸脑后,胸口又闷又堵。

到了目的地,他更是一言不发地下车,将自己的手机递给陆佳恩:"拿着。"说完便去后备厢拿东西。

"把牛奶给我提吧。"陆佳恩向他伸手。

秦孝则看也没看地拒绝,两只手将所有东西都拿在手上,快速上楼。

陆佳恩将手机放进包里,也只好跟在他后面上了楼。

刚开完门让秦孝则进门,包中忽然响起了一阵铃声。陆佳恩拿起手机,看到一串来自平城的陌生号码。两人的手机型号和颜色都一样,以至于她一时没有注意到自己拿的是秦孝则的手机。

陆佳恩一边进门一边接通了电话,里面迫不及待传来一道略有些熟悉的声音。

"孝则,你过年真不回来?"

陆佳恩一惊,拿开手机看了看。

这才发现自己接错了罗晗的电话。

她连忙蹬掉鞋子,打算把手机递到秦孝则手上。也就是这时,手机里传来一道晴天霹雳般的消息。

"我提醒你一句,你结扎的事先不要告诉你爷爷,免得他生气……"

陆佳恩的瞳孔猛地一缩。结扎?

秦孝则刚放好东西,转头便看见陆佳恩举着手机愣怔在原地,一脸不可置信的样子。他几步走过去,还没说话,一部手机便被塞进了手里。

他看了眼屏幕，认出是妈妈的号码，心里"咯噔"一下，怕妈妈又对陆佳恩说了什么，忙接过来放到耳边。

电话里，罗晗的声音还在继续："你听到没有？"

听出这是对自己说话的语气，秦孝则一边说着："我刚没听清，信号不好。"目光却是定在了陆佳恩的脸上。

她似乎已经恢复了，正低头收拾着从超市买回来的东西。

罗晗无奈地叹了口气："我说你先不要把结扎的事告诉爷爷，他要是知道了估计气得年都过不好。"秦孝则的爷爷为人古板严肃，对小辈们一向严厉。这事对于一个保守的老年人来说过于离经叛道，着实冲击力太大。

秦孝则顿了下，又看了陆佳恩一眼。刚刚妈妈说这个被陆佳恩听到了？他敛眉，低声应了。

秦孝则随意地把手机往口袋一丢，走到陆佳恩面前帮着她一起收拾。

陆佳恩手上的动作一顿，抬眸定定看向秦孝则。她解释着自己接错电话的缘由："对不起，我不是有意接你的电话，我刚才把你的手机放在包里。开门的时候电话响了，我们两个的手机型号一样，铃声也一样，我以为是找我的……"

她心慌意乱，还没有从罗晗说的话带给自己的震撼中缓过来，说话不自觉变得长篇大论起来。

秦孝则微垂着眼看她，表情疏懒带笑："接就接了呗，又不是大事。"

陆佳恩垂下眼，可是她并不想接到这通电话。

陆佳恩手上拿着一袋糖果，手指无意识地在包装上摩挲："刚刚我听到罗阿姨说，说你……"

她语气一顿，再次抬眸看向秦孝则。

秦孝则有点想笑："我什么？我结扎？"

话音落下，陆佳恩的睫毛轻颤了下，然后点了点头。

"我又不想要小孩，结扎不是很正常吗？"秦孝则扬眉，一副理所当然的语气。

陆佳恩的眸光盈盈，声音很轻："那是什么时候的事呢？"

秦孝则沉默两秒："就前段时间。"

陆佳恩的肩膀颤了下，心跳得很快，前段时间……其实就是自己疏远他，被他堵在门口那次吧？那天自己无意识提到了这个话题，他看上去一副无所谓的样子，后来有一段时间没见面，他就是去做手术了吧？

这个疯子！陆佳恩的鼻尖泛酸，手指抠进了包装盒里。

"如果我没有接错电话，你一直不打算告诉我吗？"她的声音轻柔，在安静的房间听得清晰。

有些事情并不用多说。他是为什么结扎,罗晗又为什么会那么早知道。这些答案,陆佳恩都懂。就算秦孝则说的是真的,他是真的不喜欢小孩,也不打算要。可如果没有她,他绝对不会在这个时候做手术并告诉家人。

陆佳恩可以肯定,他是为了自己才结扎的。

她只是不明白,秦孝则为什么会瞒着自己,这是一个很好的可以让自己感动心软的手段。

秦孝则轻笑一声,说:"当然说啊!这么好一表现机会,我打算追到你就说。"

陆佳恩困惑:"现在为什么不说?"

秦孝则抿了下唇:"还不是怕你觉得我在道德绑架你。"

陆佳恩于是沉默下来。

秦孝则碰了碰她的手臂。

"唉,我后悔了。我现在就想道德绑架。陆佳恩,你知道我为什么不回去过年了吧?我家里因为这事气得半死,就差把我扫地出门了。你必须得对我的后半生负责。"

"刚刚罗阿姨还问你回不回去过年。"她无情地戳破了秦孝则的谎言。

这下轮到秦孝则语塞了。他是夸大了那么一点,可现在看上去仿佛自己说的都是假话似的。他胸口一阵气闷,也不想再解释了,本来就因为杭佑而不开心的心情变得更加烦闷。

秦孝则解开扣子,独自走向沙发坐下。

陆佳恩看了看他的背影,眉头微微一皱。她放下东西,也走到秦孝则旁边坐下。

正在看手机的人瞥了一眼,没有说话,脸上依旧是没什么表情的样子。

陆佳恩抿了下唇,轻声问:"罗阿姨很生气是吗?"

她能猜到,罗阿姨一定是难以接受的,而秦孝则又是个硬脾气,母子俩一定会因为这事闹不愉快。

秦孝则的身体一僵,"啪"地把手机扔到茶几上。

他侧头看向陆佳恩,声音有些生硬:"你说呢?"

陆佳恩咬了下唇:"对不起……"心里有些愧疚,总觉得是自己破坏了他们之间的关系。

看着旁边一脸愧色的女生,秦孝则的神经重重一跳,胸口绞得难受,忍不住说:"你道什么歉?是我自己做的手术!"

他就知道,陆佳恩知道这事心里又会内疚了。所以他才不想这么早就告诉陆佳恩，想她多喜欢自己一点以后再说。

陆佳恩被他突如其来的狠劲吓了一跳，眨了眨眼。

"听到没有？"秦孝则盯着她，语气严厉，"以后见到我妈也不许心虚。"

陆佳恩点点头，慢吞吞地"哦"了一声。

秦孝则观察着她的神色，忽然凑过来："你刚刚在车上想什么？"

陆佳恩瞪大眼睛，被他忽然的话题打乱了思绪。

"嗯？"

"刚刚出租车上。"秦孝则面色不豫地提醒。

"我……"陆佳恩犹豫了下，"在想杭——"

"行了，你还是别说了。"秦孝则没好气地打断她，就知道是这个。

陆佳恩看向秦孝则："你们在我毕业那年就见过面了？"

她实在是没想到，两人居然在自己的毕业展上就碰过面了。杭佑是不认识秦孝则的，可秦孝则却很清楚地知道他的存在。

陆佳恩忍不住揣测，秦孝则见到杭佑是什么心情，又有没有说些什么……

"是啊。"秦孝则睨她一眼，下巴微微扬着，"他也想买你的画，被我抢了。"他说话时一脸的随意与霸道，神色张扬而放肆。

"你抢了？"陆佳恩轻声重复了句。

秦孝则轻哼一声："我凭什么要让？"

陆佳恩的胸口忽然有如擂鼓。她没有告诉秦孝则的是，其实在车上，她还在想，自己今天看见杭佑是真的很平静了。杭佑回来时他们的第一次见面，不管自己表现得多冷静，见到他的那一刻依旧本能地紧张了下。

可经历了留学又回来，时间真的抹平了很多东西。现在的杭佑依旧年轻、帅气、挺拔，比起高中时更加成熟有品位。

可当她再见面，也确实没有什么波澜了。以前他给自己的爱护是真的，自己对他的喜欢也是真的。可也许应了那句世事无常，随后发生的事又哪里说得清呢。

陆佳恩抬眸看向秦孝则，扯了扯嘴角，轻笑了下。抢画这种事，果然是他会做出来还理直气壮完全不心虚的。

光线大亮，阳光微暖。陆佳恩眉眼弯弯，水润灵动的眼睛里折射出一点橘色的光芒。她像是氤氲着夕阳倒影的一汪清泉，树影晃动，斜风轻柔。

秦孝则的脊背瞬间酥麻了一瞬，目光黏在了她温柔的神色里。不过几秒钟，他已然想不起自己刚刚还在为杭佑吃醋的事了。

除夕那天,秦孝则留在了C市,同陆佳恩的家人一起吃了饭。结束之后,陆佳恩送他出门。

出了门后,秦孝则却不动,高大身躯挡在楼梯口,面对面看着陆佳恩。

正当她困惑时,秦孝则低下头凑到她耳边说话:"我过两天要回去了。"

陆佳恩的耳朵感觉到他温热的气息,下意识抬头。

她轻轻"嗯"了声:"那你注意安全。"他在C市待了不少时间,是应该回去了。

话音落下,楼道的灯也恰好在这时灭了。

"就这样?"秦孝则轻笑了声。黑暗中,陆佳恩感觉到自己的手腕被人握住了,很紧。

"棠棠,和我一起回去吧,外婆检查的事交给我。"说这话时,秦孝则的语气是少有的认真。

楼道里只有窗户处投来的一隅朦胧月色。昏暗夜色中,所有的感官都在放大。陆佳恩清晰听到隔壁邻居家传来的春晚声音。

她张了张唇:"我得问一下外婆。"外婆还没有坐过飞机,她不放心,想和外婆一起去平城。

秦孝则"哦"了声:"你别送了,我还有一句话说完就走。"

"什么?"陆佳恩好奇。

秦孝则却是沉默,眼睫也低垂下来。黑暗中,陆佳恩看不清他的表情,她并不着急,静静等着秦孝则开口。

片刻,陆佳恩感觉到自己的手被人捏了下。下一秒,秦孝则低低的声音在空荡的楼道响起。

"Tiamo。

"你教我的,我都记得。"

秦孝则嘴上说过两天回去,实际初一来陆佳恩家拜了年后便匆匆走了。

他来得很早,比舅舅一家到得还要早。陆佳恩也不知道他是什么时候抽空去买的礼物,总之他拜年时给陆佳恩家人都带了礼物,满满当当地几乎摆了一客厅,还特别提醒其中一份是给桐桐的,里面有个红包。

陆佳恩觉得他这样过于隆重了,想趁着舅舅一家没来让他收回去。外婆也被这阵仗吓到了,连连说太贵重了不能收。

可秦孝则放了东西就告辞,说是不好退也不方便带上飞机,就当是感谢她们这几天的照顾了。

双方互相拉扯了一番,这些礼物最终还是放在了陆佳恩家。

秦孝则走后，外婆郑重地问陆佳恩对秦孝则什么想法。

陆佳恩犹豫了下："我们……现在就是朋友。"

"还朋友呢？朋友跑我们家过年？"外婆笑了笑，"我看得出来他喜欢你。"

陆佳恩垂下眼，抿了抿唇。

她和秦孝则以前的事纷纷扰扰的，说不清。可她发现，自己现在对秦孝则的感觉依旧很复杂。

很难用三言两语说清楚。

外婆观察着陆佳恩的神色，斟酌着道："虽然我觉得小秦这人还不错，但这终归是你们年轻人之间的事。你要是不喜欢他，拒绝就是，不用考虑我。"

陆佳恩张口，声音很轻："您让我想想吧阿婆。"

破镜重圆并不是那么容易，特别是他们这种本来就有裂缝的镜子。

"行，你自己想。"外婆拍拍她的肩，没有多说什么。

陆佳恩在 C 市一直待到了初六。初七那天，她和外婆一同坐上了飞往平城的飞机。

刚到平城那几天，陆佳恩白天会带着外婆去平城四处转转，再吃些平城的特色餐饮。几天下来，外婆适应得很好，并没有表现出什么不习惯的。

晚上，陆佳恩依旧坚持跑步和画画。而秦孝则几乎只有跑步的时候才能和陆佳恩碰上面。

也是直到这会儿，陆佳恩才知道秦孝则是怎么说服外婆过来的。

"外婆的体检在下周二，你和她一起去。"

这天跑完步，秦孝则忽然递了张医生的名片给她。

借着路灯，陆佳恩简单扫了一圈，是一个专门针对老年人疾病的门诊主任。

"你也差不多要复查了吧？一起去查。"秦孝则淡淡的声音响起。

"我？"陆佳恩有些惊讶地抬头看他。

秦孝则点头："我已经预约好了。"

陆佳恩还是有些不解："可是我还没到复查时间呢。"她的复查在四月初，下周才二月底呢。

"差不了多少时间。"秦孝则脸不红气不喘地说出原因，"我和外婆说你上次检查有点问题不肯告诉她，要她借着体检的机会盯着你，好好复查一下心脏。"

陆佳恩吸了口气，忽然反应过来："你骗她……"难怪外婆忽然改变主意要来平城还愿意体检了。

秦孝则挑眉："像外婆这样的，只能采取善意的谎言。"

陆佳恩沉默片刻，轻轻"唔"了一声："你不怕她知道了生你气吗？"

"怕啊。"秦孝则理所当然地说，"所以你不要告诉她真相。"他轻笑一声，"不然她生气了不同意我们在一起怎么办？"

陆佳恩的脚步一顿，眉毛微微地皱了起来。

秦孝则为什么这么肯定她就会和他复合呢？不管是言语上还是行动上，他都是无比笃定的样子。复合这种事的决定权不是在她吗？为什么她这个当事人都不肯定的事，秦孝则就这么理所当然呢？

周六，陆佳恩和姐姐一起去了施静的婚礼。

和陆佳恩想象中不一样，她们并没有和叔叔婶婶坐在一起，而是和其他同龄人坐在一桌。陆佳恩扫了一圈，同桌的几乎都是面生的女孩子，心里暗暗感激施静想得周到。

正当她松了口气时，身后忽然传来一道略有些熟悉的男声。

"哎，这不是我们佳恩妹妹吗？"

陆佳恩回头，看见陈携笑嘻嘻的脸。他的位置正好和陆佳恩背靠背，此刻斜坐在椅子上，正吊儿郎当地看着她。

陆佳恩弯起一个礼貌的笑，和他打了个招呼。余光中，她并没有看到熟悉的面孔。

陈携轻笑："我的位置在那儿呢！过来和朋友打招呼，正好看到你。"他说着，向右前方的方向指了指。

陆佳恩顺着他的手指看过去，好几个熟悉的脸映入眼帘。

原来和秦孝则相熟的那几个朋友都坐在一起，和她相隔好几桌的位置。如果不是刻意寻找，还真的不太能注意到。

"最近忙什么呢？"陈携像个许久未见的老朋友一样，自然而然地和陆佳恩搭起了话。

陆佳恩并不知道他对自己和秦孝则的事知道多少。可陈携的态度这么好，她也就没有多想，顺着话题聊了几句。

陆佳钰看了眼妹妹和陈携，又遥遥往秦孝则的方向看了眼。那人果然是"身在曹营心在汉"，目光时不时就往自个儿妹妹这里飘。

陆佳钰轻嗤了一声，转回头和其他女生聊天去了。陈携似乎很是关心陆佳恩的近况，到后面索性搬了椅子坐在陆佳恩旁边，头也凑了过来，低声说："哎，你还不知道吧？我们秦哥的酒吧要出手了。"

陆佳恩愣了下:"为什么?"印象中,那个酒吧的生意还挺好的。
"还不是没时间管嘛。"陈携摇摇头,有些惋惜,"他现在忙得要死,那点小钱就没精力做了。"
陆佳恩点点头,应了一声。
"不过那酒吧你还没来过吧?"陈携说着,手臂顺势搭在陆佳恩的椅背上。
陆佳恩:"没有去过。"
话音落下,陈携的手机忽然响了起来。
"喂,秦哥你找我?"他并没有避讳陆佳恩,直直接了起来。
不知道秦孝则在那头说了什么,陈携看了陆佳恩一眼。
"行行行,马上回。"
挂了电话,陈携做了个"无语"的表情:"秦哥叫我回去。"
陆佳恩笑笑:"好。"
陈携将椅子搬回了原位,临走前又折回陆佳恩面前。他低头,小声在陆佳恩耳边说了句。
"有空去里面坐坐呗,马上就是别人的了。"他勾了勾唇,"放心,绝对正经的酒吧,没什么龌龊事。"
陆佳恩迟疑了一瞬,点点头:"好,有机会我会去的。"
陈携吸了口气,欲言又止的样子,最终只是挥了挥手:"成,我走了。"
陈携走后没有多久,婚宴便正式开始了。
这是陆佳恩第一次见到施静的丈夫。
年过而立的男人斯文稳重,身形高大。而施静一身白色婚纱,身材凹凸有致,漂亮娇柔。两人的脸上都带着温柔沉静的笑,看上去般配又幸福。

结束后,喝多了的陆佳钰坐自己父母的车回家。
陆佳恩和姐姐一家人告别,手机同时响了一声,是邹予约她晚上一起吃个饭,说顺便有事和她聊。
陆佳恩答应下来,脑子里却忽然想起陈携和自己说的话。
她不觉得,陈携会莫名其妙和自己说起酒吧的事,于是边走路边低头打字发给邹予:"晚上吃好饭我请你去酒吧好不好?"
邹予很快回复过来:"你不会失恋了吧?"
陆佳恩忍不住笑起来,停在原地打字给邹予解释。
就在此时,耳边忽然响起一道喇叭声,一辆熟悉的车停在了她的旁边。后座的车窗开着,秦孝则微蹙着眉的脸落入视线。

"和谁发消息笑那么开心?"

下一秒,车门被他推开,人走了出来。秦孝则顺手抽走她的手机,直接扔到后座上。

"上车。"

陆佳恩"哎"了声,来不及阻止,眼睁睁看着自己的手机越过车门落在座位上,发出闷闷的一声响。

车门大开着,秦孝则站在一侧,手臂搭在车门上。

他眼尾微微上挑:"走啊。"

陆佳恩抿了下唇,弯腰坐进车里。下一秒,秦孝则便从同一侧挤了上来,身体毫不客气地往陆佳恩的方向移过来。

陆佳恩连忙往里动了动,给他腾出地方。

"秦总,还是回你家吗?"前方忽然传来一道声音。

陆佳恩顺着声音看过去,这才注意到开车的是一个陌生面孔。再结合他的称呼,不难猜出大概是公司或家里的司机。她随后又想起陈携提起的酒吧,不由得侧眸看了眼秦孝则。

秦孝则随口一答:"嗯,回家。"

司机老实地应了一声,目不斜视地开着车,一个多余的眼神也没有给陆佳恩,确实是一副专业司机的样子。

"想什么?"秦孝则又问了她一句。

陆佳恩摇摇头:"我给同学回消息。"她低头,继续给邹予发消息。

三两句沟通之后,陆佳恩把手机放进包里。

施静的婚礼还有一个小型的晚宴,是在另外一个花园酒店办的。

秦孝则要陆佳恩和他一起去,被拒绝了。

"我和邹予约好了,就不去了。"

这一场晚宴请的是二位新人相熟的朋友,可能还会有很多小游戏和闹新房的戏码。陆佳恩和施静不算熟,眼下和秦孝则的关系也不明不白。为了避免施静难安排,她就不去凑热闹了。加上今天秦孝则那一帮人肯定不在酒吧,正好方便她去看看。陆佳恩的计划打得很好。

于是在吃了晚饭后,陆佳恩和邹予一起去了秦孝则的酒吧。

秦孝则的酒吧叫"漾",位于这一片繁华商业区的后面,掩映于道路树影后。地理位置优越又不失安静,很是独特。

这么久以来,陆佳恩还是第一次来这里。和秦孝则交往时,她不喝酒也不爱玩,天天早睡早起。

秦孝则带她去的也多以精致餐厅或豪华会所为主,要么便是大学生喜欢去的烧烤排挡苍蝇小馆。

反倒是酒吧，她一次也没来过。二人到的时候，天色渐晚，夜幕低垂。下了车以后，过了绿化带再往里走百米左右就到了。

"哎，到了！"邹予以前来过一次，率先发现了招牌。

陆佳恩抬头，看到了酒吧的牌匾，微微一怔。

"哎，旁边那鬼画符是什么啊？"邹予也发现了，疑惑道，"以前好像没有啊。"

这大大的"漾"字下面，不知何时多了一串看不懂的字符，写得潦草又没有灯光，在黑暗中不甚清晰。

"走吧。"陆佳恩心神一敛，抬脚往里走去。

进了酒吧，她直直走向吧台的位置坐下。

"你喝什么啊？"邹予在她旁边坐下，也看向菜单。

"我喝柠檬水就好。"陆佳恩的目光定在调酒师身后的墙上，心脏骤然收缩了下。相比外面那个不太清楚的小字，里面店名旁边的字体要大上许多，也很清晰。

aspetto，意大利语"等待"的意思。

两人来得算早，酒吧里的人不多。

趁着调酒师调酒的工夫，陆佳恩第一次主动和陌生男人搭起了话。

"你好，请问这个灯牌是什么时候挂上的？"她指了指男人身后的那串意大利语标牌。

调酒师顺着她的手指回头看了眼，又转过头："你说那串外文啊？"

陆佳恩点点头："是啊，你知道吗？"

男人手上的动作不停，皱了皱眉回想："不记得了，有好几年了吧。"

陆佳恩紧了紧手里的杯子，轻轻"嗯"了一声。她知道，应该是秦孝则从意大利回来的时候。这个词，她曾经教过他。

"你问这个干吗？"邹予打量着，一字一字地念，"a-s-p……"

"aspetto。"陆佳恩直接用意大利语念了出来，向邹予笑了笑，"是意大利语。"

邹予恍然大悟："我说怎么拼不出来呢。什么意思啊？"

陆佳恩一顿，轻声道："等待的意思。"

到了此刻，她终于明白施静婚礼上，陈携看着自己那股欲言又止的表情是什么意思了。

"这谁能看得懂，和谜语似的。"邹予小声吐槽了句。

陆佳恩垂下眼来："是啊。"这可不就是谜语吗？只有自己看得懂的谜语。就算其他懂意大利语的人过来,也只能看懂这词语的表面意思,只有自己知道秦孝则在说什么。

陆佳恩的胸口一时酸酸胀胀,像无数的柠檬气泡从里面涌上来,又一一炸开。

她忍不住想,如果自己一直没有来呢?

陆佳恩再次看向调酒师:"你们是不是快要换老板了?"

没想听到这话,原本轻松随意的调酒师忽然警惕起来。

"美女,你不是来泡我们老板的吧?"

陆佳恩愣了下,弯着唇摇了摇头。

"干吗?你们老板已婚啊?"邹予忍不住接了一句。

"No!No!No!"调酒师晃了晃食指,正色道,"我只是劝你一下,别泡了,没结果。"

"为什么啊?"邹予喝了口酒,好奇地看向调酒师。

调酒师耸了下肩:"可能忘不了前女友吧,多少美女想泡我们老板都失败了啊。"

他看着陆佳恩叹了口气,似乎很惋惜的样子。

陆佳恩微微一笑:"好,我知道了。"

她穿着简单大方的衣服,妆容清淡,声音轻柔。酒吧里光怪陆离的光照在脸上,眉眼越发显得温柔。

调酒师晃了晃神,有点心软了。

"哎,美女,要不你留个号码,下次老板来我通知你?"

陆佳恩笑着摇摇头:"不用了,谢谢你。"

第十二章 / 浪漫

　　从酒吧回去后,陆佳恩出了电梯便往家里走。路过秦孝则家的门口时,她停了下脚步,下意识地向那边看去。
　　同一时刻,秦孝则家的门开了。陆佳恩猝不及防,就这么对上了男人的目光。
　　"你们去哪儿?回来比我还晚?"秦孝则站在门口,眉头微微蹙着。
　　陆佳恩迟疑了两秒,老实回答:"酒吧。"
　　"酒吧?"秦孝则两步逼近过来,低头在陆佳恩脖颈耳后嗅了两下。
　　陆佳恩慌忙后退一步,耳根隐隐发热。
　　秦孝则直起身,神色严肃:"你喝酒了?"
　　陆佳恩摇摇头:"没有。"
　　"那你去酒吧干吗?"
　　陆佳恩抿唇:"我去了你的酒吧。"
　　秦孝则愣住了。
　　陆佳恩抬头,清凌凌的眼睛里仿佛氲着一汪朦胧月色。
　　她的神色认真,声音却很温软:"你累不累啊?"
　　今天看到"aspetto"的时候,她就在想了。
　　等一个人,应该很累吧?

她这么难追的一个人，他有没有想过放弃呢？

在陆佳恩的眼里，秦孝则有时固然还是和以前一样，傲娇、臭屁、耍赖，喜欢在自己面前说些不正经的话，以逗自己为乐。可是，他也确实比以前成熟了许多。

他会为别人着想，会考虑她的感受，也不再逼着她做什么。

这几年来，陆佳恩自问对秦孝则和其他追求者没有什么区别，甚至因为两人以前的关系，她拒绝的态度还会比其他人更为坚定一些。

可秦孝则每一次出现还是一样，不管她怎么说都没有放弃的意思。

陆佳恩承认，自己确实有一些被打动了。如果是她自己，在被拒绝的那一刻，她就不会再等了。

她问完那个问题，走廊里的气氛沉默了一瞬。

秦孝则停顿片刻，低声问："如果我说累，你是不是就要建议我不要再缠着你了？"和那次分手一样。她知道自己会不同意她出去留学，于是就顺势提了分手。

陆佳恩张了张口，想说自己没有这个意思。然而她还没来得及出声，秦孝则已经低下头，黑暗中一双明亮的眼睛盯着她，看上去颇有些凶神恶煞。

"你想得美！"他恶狠狠地警告了一声，接着便伸臂重重一揽，用力将陆佳恩摁进了怀里。

陆佳恩猝不及防，跌入他坚实的胸口，呼吸间，满是他身上的味道。他洗过澡了，有股清新的沐浴露味道。

陆佳恩一愣，下意识就要推开秦孝则。秦孝则怔了一秒，抱得更加紧了，呼吸声因她的推拒也显得粗重起来。动作间，陆佳恩闻到了一股淡淡的酒气。她猛地意识到——秦孝则应该是在晚宴上喝多了。

陆佳恩推拒的动作一顿，采取了怀柔政策。

"你先松开说话好不好？"她抬头，轻声道。

"不好。"秦孝则拒绝。

陆佳恩的头发、身体、味道、声音……任何一种对他来说都是极大的吸引力。尤其她轻声细语地说话时，更是轻易地就让秦孝则回忆起两人还在一起的时光，让他产生一种陆佳恩还在自己身边的错觉。

秦孝则紧了紧自己的手臂，灼热的呼吸和低沉的声音一同进入到陆佳恩的耳朵。

"你问我累不累。其实我经常觉得累。"他的声音莫名有些低落和委屈。

陆佳恩的脊背微微一僵，手臂也不知所措地垂在身侧。

秦孝则补充道："工作很忙很烦的时候就会觉得累。"这样的话，他是绝对不会和别人说的。在家庭的影响下，秦孝则骨子里有些大男子主义的思想，这类示弱的言论是他所不耻的。

这世界上这么多人，这种话他只愿意和陆佳恩说。即使陆佳恩还不愿意接受他，可对于秦孝则来说，陆佳恩早就是他密不可分的一部分。他也只会在陆佳恩面前示弱而不觉羞耻。

秦孝则抱着她，下巴抵在了她的肩膀。他微微侧头，唇便几乎碰到了陆佳恩脖颈处的皮肤。细密温热的呼吸像一股小小的电流，顺着皮肤沿着血管肆意攀爬，陆佳恩感觉到了一股酥酥的麻意。

"但想你的时候不累。

"棠棠，我们复合吧。

"你回来。

"复合吧，好不好？"

……

他一句一句地重复，声音又低又哑，语气里带着恳求的意味。陆佳恩心里很乱，头扭过去躲开他的侵袭。

"你喝多了是不是？"陆佳恩心里很乱，脸颊出现了一层淡淡的绯红，她不懂怎么就突然变成这样了。

"我没喝多，我想得很清楚！"秦孝则稍稍退开一点，手固定住她的下巴，神色冷了下来。他不能接受，陆佳恩把自己的求复合当成是酒后失言。这明明是他一直在做的不是吗？

"难道我做的还不够表明我的态度吗？"他冷声质问。

陆佳恩的神经抽了抽，迅速想到了他为自己做的手术。

她看着秦孝则那张俊朗的脸，忍不住开口："孝则，你有没有想过，如果我一直不答应呢？"

她的神色平静柔和，说出来的话却如一把银针，细细密密地扎向秦孝则的胸口。

"如果你以后的妻子不是我呢？如果她想要孩子呢？"

陆佳恩曾经偷偷查过，结扎手术是可以复通的，但是如果时间长了，就很难恢复到之前的程度了。

秦孝则一愣，心脏迅速地抽痛，脑子里嗡嗡作响。

"你什么意思？"他的喉咙涩得难受。

在他看来，陆佳恩的每一个字都是在把他往外推。

"我说过了，这是我自己的事，不用你负责！"

他急红了眼,手上的力气也不自觉变大起来。

陆佳恩的胸口也跟着抽痛了一下。看到秦孝则的样子,她有些后悔问这么多了。

"我不是这个意思。"陆佳恩想解释,一时却不知该从何说起。

秦孝则敛了神色,脖颈的青筋隐隐凸起:"那你要不要和我复合?"他又一次问道,眼睛一眨不眨地看着她。

陆佳恩的手指抠进了掌心。

"如果我说不要呢?"她仰头看着他,眼神有些复杂。

秦孝则以为自己已经很习惯在陆佳恩这儿受挫了,可听到她的话时,巨大的失落感还是不可避免地袭来。

他眨了下眼,喉头滚动着咽下:"那我就再追你呗。"

陆佳恩沉默了一瞬,垂下眼来。

刚刚秦孝则问她要不要复合时,她的心跳很快。有那么一瞬间,她甚至想说"好,那再试试吧",可她最终还是忍住了。

因为她有些分不清,自己到底是真的喜欢上秦孝则了,还是只是感动而已。

以前年纪轻不懂事,如果再让她重来一次,她是不会选择和秦孝则在那样的情况下开始的。

如今两人的关系更是复杂不清,她不想再次迷迷糊糊地谈恋爱了。

这样的感情对两个人都是不公平的。

沉思半晌后,陆佳恩轻轻开口了:"孝则,你让我想想吧,好吗?"

"想多久?"秦孝则问。

比起之前的拒绝,这个"想想"对他自己而言已经是一种进步了。

"下个月我和其他几个画家朋友要去H市写生,等我回来再说行吗?"

这次写生是美术协会办的活动,包括了写生沙龙展览拍卖等一系列活动。

陆佳恩也好久没有去远一点的地方写生了,想正好趁着这次机会去大自然散散心,理一理自己的思路。

简单的解释后,秦孝则低低应了一声。既然陆佳恩已经给了期限,他自然不会说什么反对的话,大不了就是下个月再被她拒绝一次。

后面的一段时间,秦孝则也有意空出时间和空间来给陆佳恩。

一周后,陆佳恩和外婆的体检报告双双出炉。陆佳恩的检查一切正常。

外婆的报告也没有什么太大的问题,主要还是老年人的一些常见问题。

可以说是虚惊了一场。

在拿到报告的第二天,陆佳恩再次带外婆出去玩了一圈。

第三天,外婆便以待不惯为由坚持回了C市。陆佳恩拗不过她,只好送她上了返程的飞机。

再一转眼，就到了四月初。

H 市是著名的旅游城市，依山傍水，风景宜人。

陆佳恩上一次来还是和秦孝则一起，陪他毕业旅行过来的。这次不一样的是，他们的目标不是海，而是山。

一开始得知陆佳恩要去爬山的时候，秦孝则是不赞同的。他本能地觉得这项运动对陆佳恩来说过于吃力。可在陆佳恩再三说明自己会视身体情况而行时，他也只好无奈同意了，只要求陆佳恩每天和他报个平安。

陆佳恩一行七人到达 H 市已经是下午了。

这其中只有两个女性，自然是分在一间房里。和陆佳恩同住的画家姓李，年近四十岁，是一所高校的副教授，未婚。也许是心态年轻又没有家庭琐事烦恼，李老师保养得宜，看上去不过二十八九的样子。

第一天到达 H 市，领队给大家安排的是自由活动。大家舟车劳顿以后，大部分都选择了留在酒店休息。

陆佳恩问过了李老师后，独自一人出了门。

她打车去了以前去过的那片海滩。如今不算是 H 市的旅游旺季，沙滩的人并不多。落日时分，橙红色的霞光漫天，倒影在粼粼海面，像一盒被打翻散落的夕阳盘眼影，美得惊人。

要是带了画架来就好了。陆佳恩忽然有些惋惜。她独自在礁石上坐了一会儿，直到大半夕阳沉入了海平面下。天色渐晚，本就不多的游客变得更加寥寥无几。

陆佳恩也随着人流返程，沿着记忆中的路线绕了一下，特意从以前住过的那排民宿经过。院子里亮着昏黄的灯光，今日似乎有客人。

看着朦胧亮起的灯光，陆佳恩一瞬间想起了很多事。写生、冲浪、BBQ（户外烧烤）、摩托、潮湿又炙热的夜晚……她抿了抿唇，准备打车回去。刚从包里拿出手机，院子的门响了一声。

陆佳恩下意识抬眸，和站在门口的男人对个正着。秦孝则似乎也是愣了，一时间谁都没有说话。淡淡余晖中，两人站在路边隔着几米对望。

陆佳恩的心跳越来越快。

"你怎么在这儿？"她脱口而出。

秦孝则此时有些尴尬。说好要老实给陆佳恩时间的，结果一来就被她发现了。不过这难堪只持续了短短几秒，秦孝则很快就发现了另外一件可以令自己高兴的事。
　　——陆佳恩的酒店并不在这附近。
　　他挑了挑眉，声音愉悦："你又为什么在这儿？"
　　陆佳恩一时语塞。秦孝则没有说话，眉眼带笑地等着。
　　陆佳恩："我来看看海。"
　　秦孝则"哦"了声，声音上扬："特意路过这间房？"
　　陆佳恩喉头紧了紧，有些别扭地转开脸，对上院子里摇曳的树枝绿叶。
　　"你一个人住这里还是和其他人一起？"她没话找话地问。
　　这种别墅类的民宿是既可以整包也可以分开提供房间的。他一个人应该不会全部包下了吧？
　　秦孝则顿了两秒，轻笑着"嗯"了一声，发出邀请："一个人，你要一起住吗？"
　　陆佳恩："不要……"
　　秦孝则本就是开玩笑，没打算她真的会住，听到陆佳恩的回答后也没有勉强，笑着说送她回去。
　　"你想坐汽车还是摩托回去？"秦孝则问。
　　陆佳恩眨了眨眼，有点惊喜："摩托车还在吗？"
　　秦孝则点点头，勾起嘴角看她："要坐吗？"
　　陆佳恩也弯了弯嘴角："好啊。"
　　几分钟后，秦孝则推着车出来了。陆佳恩接过秦孝则递过来的头盔，驾轻就熟地戴上。再次坐上摩托车的后座，她轻轻抓住了秦孝则腰际的衣服。
　　"我准备好了。"
　　天际的夕阳快要落下，空中残留淡淡的彩霞。下一秒，车子在轰鸣声中驶离了民宿。这一次的陆佳恩并没有提前说明，可秦孝则开得却极慢，慢到本地骑着电动车买菜的居民都能轻易超过二人。
　　秦孝则不以为意，依旧慢吞吞地开着车。陆佳恩坐在后面，迎接了路过不少行人的目光。
　　她有点想笑。这么争强好胜的一个人，竟然把摩托车骑成了自行车的效果。
　　她没有忘记，上次秦孝则骑车的速度比现在快多了，回去后还吐槽说是他开得最慢的一次。陆佳恩心里一动，拉了拉他的衣角。
　　秦孝则侧头："干吗？"
　　"可以快一点的。"陆佳恩的声音淹没在车子的轰鸣声中，有些不甚清晰。
　　秦孝则也不知道听没听清，转过头去，依旧不紧不慢地开着。
　　见他不理，陆佳恩索性也不管了。借着摩托车的慢速，她悠悠欣赏起沿途的景色来。

　　沿着东边看过去，隐约可见苍绿巍峨的山峰。昏暗天色下，山形模糊朦胧，周边罩了层灰蓝色的光晕似的，有种如梦似幻的感觉。陆佳恩忽然觉得，开得慢也挺好的。

　　第二日天朗气清，微风徐徐，是个登山的好天气。陆佳恩穿了身简单的运动服，扎马尾戴帽子，背上的背包却是不轻。除了画画的一些必备品和饮食，她还带了花露水、创可贴等。

　　收拾起来不觉得，等实际背在身上，负重登山时便渐渐觉得沉了。

　　李冉平时有锻炼的习惯，带的东西也不多，爬起山来比陆佳恩轻松很多。

　　而其他几个都是男性，体力上本身占优势。年纪大的汪木声更是有学生帮忙，也没有落后太多。

　　爬到中间山段之后，陆佳恩的速度慢了下来，渐渐落在了大部队的尾巴。

　　害怕自己会耽误李冉的写生，她叫了声走在自己前方的李冉："李老师，我走得慢，您不要等我。"霞山并不高，自己慢一点还是可以的，耽误别人就不好了。

　　李冉看了看脸色淡淡泛红的陆佳恩，又看了看前方的大部队，有些迟疑，说："你一个人可以吗？"

　　陆佳恩点头："可以的，我如果不舒服了自己会停下的。"

　　"要不我帮你背一点？"李冉好心道。

　　陆佳恩连忙摆手："不用不用，可能我在中途就要画呢。"她笑了笑，"没事的，您先走吧。等结束了我们再一起回酒店。"

　　见陆佳恩这么说，李冉也就点点头答应了。她不再等陆佳恩，跟上了前方的大部队。

　　十几分钟后，陆佳恩抬头，已经不见李冉的影子了，再往上一点，便是霞山的寺庙。

　　陆佳恩看着指示牌，咬咬牙继续往上。呼吸渐渐变得有些急促，额头出了层薄汗。

　　到达寺庙后，陆佳恩松了口气。这是她答应此次写生的目的之一——听说在霞山许愿特别灵。

　　陆佳恩跨进庙堂，将背包放在门口。

　　她跪在蒲团上，对着金像佛祖虔诚地许了几个愿。

　　第一是求健康，保佑外婆身体健康，长命百岁。

　　第二是求事业，希望自己明年的个展可以顺利。

第三……

到第三的时候，陆佳恩的脑子里蓦然闪过一道身影。她忽然发现，兜兜转转的，秦孝则竟然是自己最先想到的人。这么些年的纠缠，他对自己而言确实是特殊的那一个人。

那就……希望他工作顺利，和家人相处和睦吧。这第三个愿望最终还是给了秦孝则。陆佳恩双手合十，低头弓身拜了三拜。起身后，她转身走向门口重新背上包。

走出门时，陆佳恩回头看了一眼，眉毛微微蹙起。不知是不是错觉，她心里总觉得有股说不出的感觉。

从景点出来，陆佳恩本应继续向上和其他人会合了。她却没有急着登顶，目光落在了山路旁的休息区。

一张圆形白色石桌，周边几个石凳，再旁边是一圈长椅，把休息区圈了起来。

陆佳恩摸了摸自己有些快的心跳，在石凳上坐下，又将包放在桌上，然后摘下帽子俯身，趴在了背包上——假装自己体力不支的样子。

脸颊刚碰到背包的布料，身后忽然传来一道气急败坏又带着担心的声音："又不舒服了？"

陆佳恩动作一顿，抬起头来，头顶上方罩过来一道阴影，秦孝则的脸映入眼帘。

他没有背包，只穿了卫衣和牛仔裤，帽子、墨镜、口罩一个不落，全副武装，如同明星出街。陆佳恩被他的造型弄得一怔。

秦孝则摘下墨镜和口罩，眼睛里是掩饰不住的焦急。他弯腰，伸手就要摸陆佳恩的心脏："是不是心脏不舒服？"

陆佳恩连忙捂住自己的胸口，摇头反驳："不是，我没有。"

秦孝则停下动作，狐疑地看着她。

陆佳恩的脸色白皙中带着绯红，眼睛沁水，头发有些松了，几缕湿发贴着脸颊，呼吸也有些重，嘴唇颜色正常。

"那你趴在这儿干吗？"吓了他一跳。

陆佳恩抿了抿唇："我故意的，想确认你是不是在我后面。"

昨天秦孝则没有说今天要和自己一起爬山，所以在感觉到有目光落在自己身上时，陆佳恩一时也不能确认是不是秦孝则。她便想出了这个方法试一试。

秦孝则沉默半响，脱下帽子抹了把汗，一把将帽子扔到桌上。

"魂都要被你吓没了。"他坐下来吐了口气，没好气地说。

陆佳恩的声音温和平静："你昨天没有说要来爬山。"打量的目光落在他汗涔涔的脸上。他本就是怕热的人，帽子、口罩、墨镜一捂，可不得满脸是汗嘛。

秦孝则愣了下："我只是想确认你的安全，等你安全下山我就走了。"

他还是放心不下陆佳恩的身体，怕她登山过程中出什么意外。和她一起的估计都是些文弱书生类型的，哪里知道怎么急救。

他一大早就来了山脚，悄悄跟在他们一行人后面。看到她从寺庙出来趴在桌上，他心脏病都要被吓出来了。

"哦。"陆佳恩点点头。

她从包里翻出一包纸巾，抽出一张递给秦孝则，示意他擦汗。

"为什么要偷偷跟着我们？"想起秦孝则的打扮，陆佳恩有点想笑，"路上没有人怀疑你是哪位明星吗？"

秦孝则的喉头一哽："还不是怕你不高兴？我答应过等你回来的。"他来H市并不想让陆佳恩知道，怕陆佳恩嫌他烦。

陆佳恩沉默片刻，再次"哦"了一声。秦孝则忍不住辩解："你别为这事生气。我真没打算出现在你面前的。"

陆佳恩点头："好。"

秦孝则松了口气，倾身拎了拎陆佳恩的包，皱起了眉："以后别背这么重的包爬山了。"

陆佳恩眨了下眼："好。"

她也发现自己负重过多了，耽误速度。

"也别落单。有人要帮你背就让他背呗，事后再谢他完了。"他都看见了，刚爬山那会儿有个男的做了个手势，似乎是想帮陆佳恩背包，被她拒绝了。

陆佳恩今天很好说话："好。"

一连几个"好"后，秦孝则反倒有些愣住了。

"你今天怎么回事？怎么我说什么都好？"

陆佳恩单手托着下巴，眼睛亮亮的："是吗？"

"是。"秦孝则顿了顿，还是没忍住，"要是我说我们复合呢？"

陆佳恩神色愣怔了一瞬，半晌没有说话。

秦孝则胸口一窒，打算说自己是开玩笑的。还没来得及出声，陆佳恩却忽然扭过头留了大半后脑勺给他。几乎是同时，他听见了很轻的一声笑。

秦孝则的心脏重重跳了一下。陆佳恩的手机就是在这时响了，他到了嘴边的话只好又吞了回去。

短暂的休息之后，秦孝则也就不再避讳。他把自己的帽子、墨镜塞进陆佳恩的包里,一把背在身上。

"走,上山。"

霞山的山顶很大,陆佳恩没有看到其他人,自己找了处方便写生的位置。她画画的时候,秦孝则就老实地在一旁待着。

陆佳恩本身长得漂亮,穿上运动服也是清纯脱俗的味道。山顶的风大,她脑后的马尾随风飘扬,阳光在脑后形成了一圈金色的光晕。画画时,她的眼神专注,下笔干脆利落。光这模样也足够吸引人了。

不过一会儿工夫,就有不少附近的游客凑过来看她画画,也有站在远处拍她照片的。

秦孝则生气又没有办法,只好站到陆佳恩旁边给她挡着点。

陆佳恩本来上来得晚,画画又喜欢精雕细琢。等她画好,已经是下午时分了。天色变阴,风也比之前大了些。

陆佳恩后知后觉地问秦孝则:"怎么突然变天了?"明明昨天的天气预报还显示今天是个晴天的。

秦孝则不甚在意,声音穿过鼓噪的风声:"台风换方向登陆,这里受影响了。"

陆佳恩吸了口气,有点焦急:"那我们赶快下山。"

H市沿海,每年都有大大小小的台风路过。如果下了雨,山路就更加不好走了。领队已经在群里发了消息,要大家在山下集合一起坐车回去。

陆佳恩回复了一声,三两下收拾好画具便要下山。

也许是越担心什么越来什么,下山时的天气越发变得不好,天色也逐渐变暗。经过的游客们也都是一副忧心忡忡的样子,脚步匆匆地往山下走。

这场台风打得所有人措手不及。

"没事。"秦孝则走在陆佳恩的旁边,低声劝慰了句。

陆佳恩抬眸,看见他精致挺拔的侧脸,脸上神色淡定自若,似乎并不担心这恶劣的天气。

"嗯。"她点点头,脚上却不禁提高了速度,还是想要快一点下山。

就在两人下到半山腰的位置时,天色陡然暗了下来。天空似乎是一瞬间被乌云吞噬,乌沉沉的一片。狂风肆虐,山上的树枝草木摇曳,发出低沉的呼啸。

一时之间,黑云压头,风声鹤唳,颇有几分恐怖片的氛围。陆佳恩抬头看了眼天色,又迅速低头。人在大自然面前实在太渺小了,只看一眼都觉得压抑。

"好像要下雨了。"她有些担心地说。这段山路没有任何可以避雨的地方,如果没记错,下一个休息处还要走一段距离。

"嗯。"秦孝则的表情也有些严肃。

他低头看向陆佳恩:"难受吗?"

陆佳恩一愣,摇了摇头。

秦孝则:"你带伞了吗?"

"没有。"陆佳恩也有些懊悔,她早上戴了帽子,就没有带伞。

"那我们快一点。"下一秒,陆佳恩的手便被牵住了。她低下头,自己的手被男生温热的手掌包裹了起来。

"我牵你快一点。"秦孝则匆匆解释了一句,拉着陆佳恩往下走。他稍微动了动手指,变成了十指紧扣的姿势。陆佳恩没有挣扎,尽量让自己跟上他的步伐。

路上的游客已经不多,两人走得还算顺利。走到中途,陆佳恩的呼吸渐渐重了起来,有些喘。秦孝则的脚步慢下来,正要说话,脸颊上感觉到一滴湿润——天上开始飘雨了。

"下雨了!"

"快跑啊!"

"什么鬼天气!"

旁边的游客接二连三地抱怨,几乎全部小跑着下起了台阶。

陆佳恩也顾不上太多,拉了拉两人交握的手催促:"我们走快点。"

短短一会儿,零星的雨点变成了噼里啪啦的中雨。脚下的台阶瞬间深了颜色,变得湿滑起来,陆佳恩脚下一个不稳,差点滑倒,秦孝则一惊,连忙拉住她。

他停下来,皱眉看向陆佳恩,眼神担忧地开口:"你的画会湿。"

陆佳恩微怔,没想到他是在想这个,她摇了摇头:"没关——你做什么?"

陆佳恩睁大眼睛,愣愣地看着秦孝则的动作。只见他把包取下递过来,三两下脱掉卫衣,他里面只有一件短袖T恤,风雨天显得分外单薄。

"不用!"陆佳恩看出他的企图,连忙阻止。

可是话没说完,秦孝则已经迅速把包抢了回去背在身前,又把卫衣套了回去。不到一分钟的时间,他胸前的衣服瞬间变得鼓鼓囊囊,和他那张潇洒张扬的脸极为不般配。

陆佳恩眨了眨眼,腮帮有点酸:"孝则,那只是一幅画。"

秦孝则似乎是没有听见,伸手理了理陆佳恩运动外套的帽子,把帽子的两根抽绳拉紧,又隔着布料摸了摸她的脸。

"地上滑,我背你下去。"说完,他便蹲在了陆佳恩的前方,留了一个宽阔的脊背给她。

陆佳恩的外套有帽子,可秦孝则的卫衣却没有。这么一会儿工夫,他的头发已经湿透了,雨水顺着额前鬓角往下,眉毛脸颊全是水渍。陆佳恩吸了吸鼻子,乖乖在他的背上趴好。

"好了。"她靠在秦孝则的颈边说。

风大雨大,她的声音淹没在里面。

秦孝则微微侧头,一手扶着陆佳恩,另一手聊胜于无地挡在胸前。他的速度很快,脚下生风似的。

陆佳恩搂着他的脖颈,眼睁睁看着他带着自己超过了一个又一个游客。偶尔,她能听到其他游客或羡慕或感叹的声音。

山路台阶,身体颠簸。陆佳恩的心脏血液也随之起落飘摇,颤啊颤的找不到落点。

雨势庞大,狂风呼啸,背后的高山隐在缥缈雨雾和暗沉天色下,亦幻亦真。刹那之间,这偌大的天地之间仿佛只有秦孝则这一个真实可靠的支点。

陆佳恩低下头,鼻尖是男性混合着雨水的清冽味道。她不由得紧了紧手臂,和他相贴的胸口越发熨帖温热起来。

陆佳恩也不知道过了多久,秦孝则背着她到了一处凉亭走廊。

因为突然造访的台风,被困在山上的游客不少。小小的走廊,此刻已经聚集了很多在此等待的游客。

这里距离山脚不是很远,剩下的山路也是平坦大道,相关部门已经安排了车,计划一批批送他们下山。

陆佳恩被他安置在石阶上坐好,静静地听着秦孝则从其他人那儿打听来的消息。

"好。"她抬起头,向秦孝则露出一个笑。

秦孝则愣了下,挤到她旁边坐下。

陆佳恩口袋里的手机响个不停。她接起李老师的电话,简单叙述了下情况。得知其他人都已经上了车在等她,陆佳恩便让他们先走。

"可是……"李老师有些犹豫。

"李老师,你们快走吧,晚了可能要堵车。"陆佳恩温声催促,"我和我朋友一起呢,马上有人来接,你们放心吧。"

李冉迟疑着应了好,说好随时联系后结束了电话。

"他们回去了?"秦孝则等她通完电话问道。

陆佳恩点点头,手里握着手机。

"那你和我回去吧,民宿老板说来接我们。"秦孝则面色正经,"你们明天什么活动？我送你过去。"

陆佳恩抿了抿唇，别过头去。

"参观这里的美术馆。"她小声说。

秦孝则的语气很正常，可她心跳却莫名快了几分，胸口有些惴惴不安，有种有事要发生的感觉。

这感觉直到两人顺利回到民宿变得更加明显。

陆佳恩被秦孝则带到了两人曾经住过的那间房。她还没来得及反应，人便被秦孝则推进了浴室。

"里面有浴袍和一次性内裤，自己换。"秦孝则快速道，接着"啪"的一声，门关上了。

陆佳恩犹豫了下，决定还是先洗了澡再说。她快速冲了个热水澡，换上浴袍，浴室里没有吹风机，只能用毛巾把头发包起来。

陆佳恩开门出来，正好听到了吹风机的嗡嗡声。

她转过弯，看清秦孝则的动作时，脚步一顿。秦孝则湿着头发，正用吹风机吹她的画。她的画湿了上面的一部分，云的形状模糊了一角。

陆佳恩连忙走过来，从他手上拿过吹风机关掉。

"不能吹啊？"秦孝则一愣。

陆佳恩摇摇头，轻声道："没关系的。"

湿了就湿了，一幅画而已。看着他湿漉漉的头发，陆佳恩咬了咬唇，再次打开吹风机，踮起脚吹他的头发。

秦孝则怔了怔，他已经好长时间没有享受过这样的待遇了。他嘴角微微上扬，弯下腰，老老实实地让陆佳恩吹。他的头发短，没一会儿就吹好了。

陆佳恩关掉吹风机的同时，秦孝则直起身，伸手揽了下她的腰。陆佳恩一个激灵，身体不自觉前倾，浴袍几乎贴上了他。

四目相对的瞬间，空气中仿佛有火花噼里啪啦作响的声音。

夜色寂静，月光清凉。秦孝则的目光炙热，汹涌波涛在里面翻滚，脖颈上凸起的喉结滚动。

下一秒，他俯身，温热的唇渐渐靠了过来。

这一次，陆佳恩没有躲。呼吸交错的瞬间，她轻轻闭上了眼睛。

去掉秦孝则那几次胡乱的亲吻，这是两人这么久以来第一个正式的吻。陆佳恩第一次这么乖巧地站在原地，一动不动地任由秦孝则动作。

柔软的唇相碰，摩挲，轻吮。几个简单的动作，秦孝则脊背迅速地酥麻，血液沸腾叫嚣着，热流直往脑门上冲。他弯着腰亲她，一手扶着她的后脑勺，另一只手抬着她的下巴。

陆佳恩的脸颊泛着淡淡的绯红,眼皮合着,鸦羽般的睫毛颤了颤,鼻间的呼吸有些快。她浑身散发着沐浴后的清香,纤瘦的身体裹在浴袍里,露出一大片奶油般的白腻皮肤。

秦孝则的呼吸猛地粗重起来,再没了一开始和风细雨的耐心,吻变得深入且强势起来。

秦孝则本就不是谦谦君子,如今得了陆佳恩的默许,更是名正言顺。

陆佳恩忍不住睁开了眼,对上了秦孝则的目光,烫得她无所适从。

陆佳恩的身体跟着战栗起来,双腿发软,有种摇摇欲坠的感觉。她不得不攥紧了秦孝则的卫衣,手心却碰到一片湿润的布料。

陆佳恩猛地从绮丽悱恻的气氛中清醒,意识到秦孝则还穿着湿衣服,她连忙推他,想提醒他去洗澡。

可秦孝则显然误会了她的意思,按在她后脑勺的手掌更加用力,不让她离开。她越是推拒,秦孝则就缠得她越紧。

陆佳恩憋得满脸通红,包裹着头发的毛巾被他弄乱,几缕湿发落在脖颈,平添了几分凌乱的美。

作为和他交往过的人,陆佳恩很了解,秦孝则一旦凶狠起来,自己根本就不是对手。她只好不再拒绝他的亲吻,手心抚摸着他脑后的头发,给动物顺毛一般地哄他。

果然,这一招很有用。秦孝则的动作渐渐没那么激烈了,一双眼睛炙热而明亮,目光紧紧黏在陆佳恩的脸上。

陆佳恩一只手依旧摸着他的后颈,另一只手却是轻轻拽了拽秦孝则的衣摆。

秦孝则终于肯分神,垂眸看了眼她的动作。他有点想笑,陆佳恩为什么能这么可爱,他含糊地问她:"干吗?"

"你快去洗澡,不然容易感冒。"陆佳恩的呼吸急促,红着脸快速说道。

秦孝则眨了下眼,皱眉停顿了几秒:"我洗好澡,你还在吗?"

他恋恋不舍,改为一下一下地亲她,说几个字便要亲她一下。

陆佳恩一路从耳朵红到了脖颈,感觉到了秦孝则今天的缠人。她点点头,又催他:"快去。"

秦孝则其实是很不想走的,他怕一走,陆佳恩又反悔,如果不是担心自己感冒会传染给陆佳恩,他是绝不会乖乖听话的。

"那你不许走。"秦孝则说完,忍不住又亲了一口陆佳恩红润的唇。

"不然就抓你回来!"他恶狠狠地警告了一句,这才进了浴室。

听到浴室响起了淋浴的水声,陆佳恩声如擂鼓的心跳才缓了下来。她深深吐了口气,低头理了理自己被蹭乱的浴袍。

陆佳恩抓紧时间，从秦孝则的行李箱里翻出一件干净的衬衫套上，一直扣到最上面的那一颗，接着解开毛巾，去洗手池那里吹头发。

秦孝则出来时，看到的就是这一幅画面——陆佳恩穿着自己的衣服，正乖乖地对着镜子吹头发。

秦孝则的胸口一软，几步走过去接过她手上的吹风机，帮她吹起了头发。

陆佳恩一愣，下意识就说不要，可吹风机的声音嗡嗡，很快就掩盖了她的声音。

吹好以后，秦孝则没有离开。他站在陆佳恩的背后，贴得很近。两人的目光在镜子里相遇，一个灼热强势，一个害羞闪躲。

陆佳恩也不是不谙世事的小女孩了，可她就是莫名地，有些害怕面对这样的秦孝则。

光是刚才的一个吻，就足够令人脸红心跳的。秦孝则在镜子里静静看了她一会儿，蓦地轻笑。他低头，下巴抵在陆佳恩的肩膀上，声音低低哑哑的，还带着些许沐浴后的潮气。

"害怕？"他歪头，轻嗅着陆佳恩脖颈间的气息，混合了她身上的味道和发香，还有他自己衬衫领口的气味。

温热的气息绕弄得陆佳恩发痒，她忍不住缩了下脖子，脸颊发烫着否认："没有。"

秦孝则亲她红透了的耳朵，逗她："穿我衣服做什么？暗示？"

陆佳恩慌忙解释："不是。我衣服湿了，借你的穿一下。"

"哦。"秦孝则显然并不在意，扭过她的下巴和她接吻。

陆佳恩"唔唔"了两声，身体一轻，被秦孝则拦腰抱起。

都是成年人了，陆佳恩也不是没有过经验。

也许从她愿意跟着秦孝则过来，心里就隐隐有了预感。但是当她被秦孝则放在床上时，她还是紧张地咽了下口水。

秦孝则覆在她上方，手指岔开和她十指交握，压在脑袋两侧。

"你还记不记得，我们上次也是在这张床上？"他俯身，压低了声音问她。

陆佳恩的睫毛颤了颤，很轻微地点了点头。她没有忘记，上次因为自己没空和他出国，他不高兴，缠了自己很久。

"你紧张什么？"秦孝则握紧了她的手，轻轻地啄吻。

现在的陆佳恩特别乖，乖到他的心脏一下一下地抽搐，既兴奋又酸胀。他喜欢死陆佳恩紧张隐忍又乖顺的样子了。

窗外雨声潺潺，春夜潮湿。陆佳恩的脚趾蜷缩，小腹紧绷，一阵急促的呼吸后，她听到秦孝则揶揄的笑声。

陆佳恩平复着气息，余光中瞥到自己竖在桌上的画。被雨淋到的那朵云氤氲成了心的形状，竟然平添出几分浪漫来。

第二天早上，陆佳恩醒来时，房间里厚厚的窗帘拉着，不知天色几何。她低头看了看，自己身上的衬衫早已皱巴巴的，不忍直视。

陆佳恩浑身无力，双腿沉得好像不是自己的。她动了动，搂着自己的手臂立刻收紧，坚实的肌肉贴了上来。

陆佳恩微微一怔，小心翼翼地转身。秦孝则并没有醒，眉毛微蹙着。

外面的雨还没停，一声声敲打着玻璃。偌大的别墅就他们二人，安静得只有风雨声和呼吸声。

也许是雨天让人倦怠，也或许是前一晚太累，陆佳恩罕见地没有立刻起床。她静静地听着雨水刷过窗棂的声音，眼睛一眨不眨地看着秦孝则。

秦孝则的睫毛很黑，刷子一样覆在眼下，鼻骨挺拔俊朗，嘴巴的线条也好看。他侧身面对陆佳恩，胸口微微起伏着，呼吸平缓。

不知过了多久，秦孝则睁开了眼睛。陆佳恩猝不及防，就这么和他对个正着，不由得抿了下唇。

秦孝则的眼神惺忪了几秒，蓦地笑了："干吗？被我帅呆了？"

陆佳恩对他的厚脸皮习以为常，将他的手臂挪开，轻声道："我要起床了。"

秦孝则懒懒地应了声，随口问道："几点了？"

陆佳恩坐起来，伸手拿过床头柜的手机："嗯，七点多。"她边说边打开微信。

群里面发了通知，因天气不好，上午的美术馆参观改到了明天。

"我们今天的行程取消了。"陆佳恩转头看向旁边的秦孝则。

秦孝则正在看手机，闻言也是一笑："巧了，我的航班也取消了。"

他来H市是因为不放心陆佳恩爬山，本想今天坐飞机回去的。然而一场突如其来的台风，将两人的计划都打乱了。

陆佳恩张唇，还没来得及说话，人又被秦孝则拉到了怀里。

"这是天意陆佳恩。"秦孝则的呼吸喷洒在她的脖颈，他低笑了几声，"你就在这儿陪我吧。"

因为突然的台风天气，两人在民宿窝了一天。陆佳恩其实是可以选择回酒店的，可两人如今的关系不一样了。她自认回归到女朋友的身份，也就和以前一样，习惯性地纵容起秦孝则来。比如愿意留下陪他，比如答应穿他的衣服，比如应付他时不时的亲吻……

陆佳恩知道他想要的并不只是接吻,可也许是顾及她的身体,他并没有提出更多的要求。毕竟昨天晚上,秦孝则就一直在观察她的神色,不时关心她心脏有没有不舒服。

雨下了一天,到了傍晚时分才渐渐转停。陆佳恩也终于得了空,去海边写了次生。

秦孝则不知从哪儿弄来了丰盛的海鲜,两人在院子里对着雨后的树木花草吃了顿晚餐。

吃完饭后,陆佳恩发现自己的衣服已经烘干了,提出要回酒店。

秦孝则不乐意:"明天送你过去不行吗?"

陆佳恩想了想,还是拒绝了。秦孝则也只能在陆佳恩的眼神中败下阵来。

在天黑前,陆佳恩被秦孝则送回了酒店。

临下车前,秦孝则忽然叫住陆佳恩。

"喂,陆佳恩,我明天就走了。"他不情不愿地说。他事情很多,不得不将返程机票改签到了明天上午。

陆佳恩点点头:"好,那你注意安全。"

"就这样?"秦孝则扬起了眉毛。

陆佳恩不解地眨了眨眼,"嗯?"了一声。

"陆佳恩,你真的很像睡完就跑的渣女。"秦孝则低声吐槽。

他解开自己的安全带,倾身过来。

关掉行车记录仪后,他变成面对陆佳恩的姿势。男性压迫的气息扑面而来,陆佳恩不自觉地抿唇,咽了下口水。他的手抚上陆佳恩的脸,声音忽然变得柔和下来:"什么时候回平城?"

陆佳恩想了想,轻声道:"应该是下周。还有一些沙龙讨论会要参加。"

"嗯。"秦孝则垂下眼,忍不住亲她,玩笑的声音从唇间泄出来,"小渣女,等你回来再睡我。"

陆佳恩的脸色微红:"你别乱说话。"天天荤素不忌地胡说八道。

秦孝则恶趣味十足,就喜欢看陆佳恩平时温和宁静的表情因为自己消失无措的样子。他好笑道:"好吧,是我想睡你。"

秦孝则低头咬了一口陆佳恩的唇:"好喜欢你。"声音低磁,如情人最亲昵的密语。

陆佳恩脊背一麻,"哎"了一声飞快地推开秦孝则,扔下一句"要走了",落荒而逃。

秦孝则打开车窗,看着陆佳恩的背影匆匆消失在酒店门口。他轻笑了声,发动车子离开。

第十三章

圆满

陆佳恩回平城那天是个好天。到家的时候正是下午，她简单收拾了行李，就迫不及待去秦孝则的房子看肆肆。

打开门，陆佳恩一边换鞋一边叫着肆肆的名字。没几秒，肆肆便闻声跑了过来。

陆佳恩瞥见它的胸口似乎戴了个东西，神色一愣。

她蹲下来，小心将那个和肆肆同色的小木牌取下。

只见木牌上刻了几个小字：欢迎回家。

陆佳恩定定看了几秒，蓦地笑了。没想到秦孝则还有这样细心的时候。

她摸摸肆肆的后颈，抱起了它："我们去那边玩。"

秦孝则是在半个小时后回来的。

那时候的陆佳恩正玩得专注，并没注意到指纹锁的声音。直到身后传来一道淡淡的男声，陆佳恩才猛然发现秦孝则到家了，她回头一惊："你怎么这么早就回来了？"

秦孝则神色疏懒，勾了下唇："不行啊？"

行啊，当然行。陆佳恩略一思索，猜想他估计是看到了家里的监控。

"可以啊陆佳恩，现在学会骗人了。"秦孝则伸手一钩，将陆佳恩拉了过来。他盯着她的眼睛，语气不善，"不是说明天回来的吗？"

秦孝则都准备好明天去接她了，结果她一声不吭地提前回来，也不打个招呼。

陆佳恩"嗯"了声，垂下眼睫："本来是明天的，我提前回来了。"

按照原计划，下午还有一场饭局的。一连几天在外面和人吃饭，陆佳恩有点厌烦这种应酬了。她本人是不喝酒的，可人在外面，总有些男的会想方设法地劝酒。陆佳恩不喜欢这种酒桌文化，每次解释都要解释很久。这最后的一次饭局，她借口有事，提前回来了。

秦孝则没有多说什么，直接用吻结束了这一话题。几天不见，这场亲吻自然而然地演变成了更加深入的交流。

也就是从陆佳恩这次回来，两人算是正式复合了。如果要问陆佳恩，这次的恋爱和之前有什么不同，那大概就是秦孝则变得黏人了很多。

秦孝则的工作比陆佳恩要忙一些，平时他下了班就往陆佳恩这里跑，常常带着肆肆一起。有时他应酬得晚了，怕打扰陆佳恩才会在自己家住下。不忙的时候，两人也会像普通情侣一样，约会，逛街，看电影，轧马路……

陆佳恩隐隐觉得，秦孝则像是要把分开的那几年补回来一样。

两人就这么和谐地相处了一个多月。六月份的一个晚上，秦孝则接到了一个电话。挂了电话后，他很长时间没有说话。

正在看书的陆佳恩下意识看了他一眼，心里微微异样。

"怎么了吗？"她合上书问。

秦孝则顿了下，迟疑着说："我哥要订婚了。"

陆佳恩一愣，点了点头："哦。"她再次打开书，目光定定落在那一个个的方块字上，却什么也没看进去。

秦孝则看着她，也沉默下来。半晌，他上前抽走了陆佳恩手上的书——她已经好久没翻页了。

陆佳恩抬眸，怔怔看向秦孝则。

"你……"秦孝则张了张口，皱眉道，"算了。"他想带陆佳恩回去见父母，可是又怕会给她压力。

慢一点吧。他和自己说。

陆佳恩好不容易愿意再和他试一试，他不想因为家里或是别的什么因素让陆佳恩又打起退堂鼓。

另一方面，对于陆佳恩来说，她内心并不想秦孝则因为自己和家里闹不和。如果真的要和秦孝则走下去，她还是希望能得到秦家人认可的。

于是这个话题便被各怀心思的两人同时回避了过去。

直到某天,秦孝则在外面应酬到很晚回来。他罕见地没有回自己家,而是敲了陆佳恩的门。

那时候的陆佳恩已经快睡了。听到门铃,她匆匆起来为秦孝则开了门。满身酒气的人瞬间便把她抱住了,一路跌跌撞撞地到了主卧,衣服也落了一地。

秦孝则固定住她的脸,迷醉的一双眼紧紧盯着她。

"陆佳恩,我是谁?"他问。

陆佳恩一个激灵,睁大眼睛定定看着他。秦孝则的眉眼染了醉意,呼吸间满是酒味。他低头亲她,占有的动作不停。

"叫我的名字。"他说。

"孝则。"陆佳恩心里一抽,喃喃自语,"你真的喝多了。"

她的尾音很快被吞掉,陷入另外一波狂热的亲吻。

"你喜欢秦孝则吗?"秦孝则眨了下眼,睫毛扫过陆佳恩的眼睑。

两人的距离太近了,陆佳恩能清楚看到秦孝则的神色。陆佳恩的鼻尖一酸,搂住他点点头。

"喜欢。"她小声说。

黑暗中,秦孝则的目光闪烁:"是不是床上骗我的?"

陆佳恩简直哭笑不得,拿喝醉的难缠鬼没有办法。正要说话时,她突然听到耳边一道略有些低落的声音:"你从来没说过。"

这天晚上,陆佳恩第一次感觉到秦孝则并不像他表现出的那样。喝多了的人变得格外缠人,身体也变沉了许多,石头一样压迫感十足。

陆佳恩被他缠到很晚才睡着,生物钟罕见地失了准。第二天醒来得竟然比秦孝则还晚,秦孝则见她起床,笑她比自己一个喝醉的人起得还晚。

陆佳恩一时无语。吃早餐时,她小心翼翼地问:"你还记得你昨晚做了什么吗?"

秦孝则挑了挑眉:"爱?"

陆佳恩差点呛到。

"还有什么?"他嬉皮笑脸地问。

陆佳恩摇摇头:"没什么。"她塞了一口面包进嘴里。

不记得就算了。那她就不告诉他,他昨晚对着自己表白又逼自己说喜欢他的事了。

什么时候确定喜欢秦孝则的呢?陆佳恩觉得自己也搞不清楚,好像就是发现,他和其他人都不一样。

在分手的这几年里，不是没有其他男人对她表示过好感。其中距离最接近的一次，要数应煊。

应煊在米兰毕业后，曾经正式和陆佳恩表白过，他甚至连以后的工作也规划好了。

只要陆佳恩答应，他就接受剧院的工作，在意大利多留一年陪她。

"你不用担心异国恋的问题。"应煊说得很理性，计划井井有条，"等你毕业了，我们再一起回国。"

在那之前，陆佳恩应邀去看过应煊的歌剧，也隐隐感觉到了应煊对自己的好感。应煊是一个很有礼貌和教养的男生，脾气性格都很好。某种程度来说，他和陆佳恩的相似点很多。同为艺术生，个性温和，不爱争抢……

陆佳恩以前在某本书上看到过一个观点，大体意思是说："人很容易喜欢上和自己相似的人，因为人本质上是一种自恋的生物。"

但可能陆佳恩的确不是自恋的人。她和应煊在一起相处得虽然很舒服融洽，但也确实没有心动的感觉。

考虑之后，陆佳恩还是拒绝了应煊："你不要为了我更改计划，正常回国吧。"

陆佳恩想过，自己真的和应煊在一起了可能也会过得不错。可是这样对应煊不太公平。他这么好的人，应该和满心满眼喜欢他的女孩子在一起。

应煊听完了她的话，沉默了片刻才说："我不太赞同你的观点，但我尊重你的决定。"

他就是这样理智温和的人，被拒绝了之后依旧笑着和陆佳恩说以后还是朋友。

"也许我们以后可以再探讨这个话题。"他说，"佳恩，可能你还不太了解男人。"

自那以后，两人保持着不多的联系。后来陆佳恩回国，也去看过应煊的歌剧，但两人始终也没有再对之前的话题继续讨论下去。

这么久了，她似乎只会因为秦孝则产生不一样的心情波动。

陆佳恩怔怔想着，眼前忽然多了一道黑影，手里的面包一紧。她抬头，只见自己手上的大半片吐司都被秦孝则咬走了。

"发什么呆？"秦孝则皱眉看着她，三两下把那片从她手上抢来的吐司吃掉，"好好吃饭，不然被我抢了。"

陆佳恩一时没反应过来，呆呆问他："抢我的做什么？"

"你的比较好吃。"秦孝则厚颜无耻地说瞎话。

明明都是一样的吐司，哪里有什么不一样。陆佳恩看着自己手上参差不齐的吐司，默默在心里说了句"幼稚鬼"。秦孝则自然是不知道陆佳恩的腹诽，兴致勃勃地邀她周五去看自己打球。

陆佳恩查了下自己的日程表，点点头应好："可能会晚一点，行吗？"

那天她刚好要参加一个开幕式，晚上还有一个晚宴。算一算时间，估计赶不上开场。

"行啊。"秦孝则表情随意，"你来就行。"

周五晚上，陆佳恩一忙完便打车回了家。在路过小区门口便利店的时候，她叫停了车："师傅，停在这里就可以了。"

下了车，陆佳恩在便利店买了些冰水和饮料。排队付钱时，手机响了一声。陆佳恩解了锁，是秦孝则发来的自拍。照片没有露脸，他穿了件黑色的篮球背心，肩膀手臂的线条落拓流畅，肌肉紧实，四肢修长。篮球场的光线昏暗朦胧，他的影子被拉得很长。

陆佳恩低笑了声，打字回复马上就来。

参加晚宴的缘故，她今天穿了件小礼服款式的裙子，薄纱的裙摆柔软，小腿露在外面。发尾烫了微卷披在肩膀，脚上踩一双七厘米的高跟鞋。这打扮实属有些打眼，陆佳恩从下了车开始便收获了一路的目光。可是她没有时间再回去换衣服了，买好了东西便往篮球场的方向走。

踩着高跟鞋的陆佳恩速度不快，还没到篮球场便听到了"砰砰"的篮球声，秦孝则他们已经开始了。

陆佳恩走进篮球场，一眼看到了正在运球的秦孝则。除了他以外，她还看见了许久未见的陈携。

夏夜微风，细小的灰尘在空中飞舞。昏黄的灯光打下来，仿佛给打球的人笼上一层朦胧的光晕。陆佳恩静静站在篮球场边，肩膀背着挎包，手里拿着刚买回来的冰饮。

似乎是感觉到了她的视线，正在打球的秦孝则回头，目光直直向她看过来。四目相对的瞬间，陆佳恩弯唇笑了笑。秦孝则也笑了声，回过头去。

伴随着一个漂亮的进球，他再次朝陆佳恩看过来，不经意的样子，全身上下扫了一眼。陆佳恩低头看了看自己的裙子，微微一怔。这个打扮应该没什么问题吧？

另一方面，短短的工夫，和秦孝则一起打球的人都发现了陆佳恩。

陈携碰了碰他的肩膀，笑着说："哎，佳恩妹妹这打扮是干吗呢？"

秦孝则蹙眉："刚参加完活动。"

"衣服都没换就过来了？"陈携"呜呼"了声，调侃道，"可以啊，恭喜你重新得到美女的宠爱。"

秦孝则轻嗤，笑骂了句："滚！"

陈携不屑地回击他："看你那嘴角都快翘上天了。"

月色清冷，寂静的夜里只有打球声和蝉鸣声。满是男人的篮球场忽然多了一个美女，本就是一件惹人注目的事——尤其这美女还格外漂亮。

陆佳恩今天化了妆，长发飘飘，穿一身淡色系的无袖裙，灯光下的皮肤白得晃眼，露在外面的四肢修长白皙。她不玩手机不吃东西，看得认真。

一时之间，几乎所有人都激灵了下，不想打得太丢人。

半场结束时，场上的人几乎都向她看了过来，秦孝则走过来时，陆佳恩便听到了长长短短的起哄声，恍然有种回到大学的感觉。

秦孝则微扬着下巴大步走过来，含笑的眼睛很亮。

陆佳恩对他弯了弯唇，将手里的袋子递过去，示意他分一下。秦孝则接过来，并没有下一步动作。

陆佳恩神色微怔着抬头，下一秒，她的后脑勺被秦孝则按住，这个吻很短，却发出了不小的声音。场那边瞬时又是一阵更大的起哄。

陆佳恩慌乱地退了一步，脸上微微发烫。

秦孝则歪着头看她，嘴角上扬，一脸的肆意妄为。

"你快去吧。"陆佳恩催他。这个人从来都不管别人目光的，可她的脸皮还没那么厚。

秦孝则这才转身，甩着袋子去找篮球架下的同伴。陈携拿了瓶水，冲陆佳恩笑了笑示意。

看到陆佳恩向自己点头回应，陈携忍不住发出了感叹声："哎，我们佳恩妹妹还是一如既往的贴心呀。"

"废话。"秦孝则仰头灌了口水，语气里是显而易见的骄傲。

陈携背靠着篮球架，抬头看了眼秦孝则的下巴："听说佳恩妹妹手艺也挺好的，不知道有没有机会尝到……"

秦孝则睨陈携一眼："你想得美。她的手是用来画画的，不是给你做饭的。"他挑眉，"懂吗？"

"我去。"陈携受不了地啐了句。

秦孝则无心理陈携，拿起篮球架下的衣服向陆佳恩的方向跑过去。到了跟前，他皱眉看向陆佳恩："你穿这鞋不累啊？"

陆佳恩还没来得及说话，一件外套便被扔到了脚边。

"坐着看。"秦孝则扔下一句，转身回了球场。

陆佳恩看了看扔在地上的衣服，犹豫了下又看向秦孝则。他似有所感地回头，指了指地上的衣服，做了个"坐"的口型，眼神含着警告。

陆佳恩抿了抿唇，只好拉着裙摆，小心翼翼地坐到了他的衣服上，就这么看完了下半场球。

秦孝则再次向她走了过来。

打完了整场球的男人满身是汗，头发全湿了，手臂肌肉越发明显，夜色中的下颌线利落分明。他毫不避讳地一把揽住陆佳恩的肩，汗湿的胳膊贴上陆佳恩的手臂，身后传来一个玩笑的男声："哎，你也不怕把嫂子熏臭了！"

陆佳恩回头，看见刚刚打球的好几个男人都笑嘻嘻地看着这里。

"老子才不臭！"秦孝则笑了声。他不仅没有放开陆佳恩，反而更加用力地紧了紧手臂。

陈携笑着爆料："哎，这你就不懂了。人不介意的。他以前打球还把外套往人头上罩呢。"他笑嘻嘻地冲着两人挑眉示意，"是不是？"

陈携说的是几人以前玩真心话大冒险的场景。那时候陆佳恩被问第一次对秦孝则动心是什么时候，她说是秦孝则往她身上扔外套的时候。由于这个答案过于特殊，陈携这么久了一直都没忘。

当然，同样没忘的还有秦孝则和陆佳恩。陆佳恩的身体僵了下，下意识抬头看向秦孝则。秦孝则的神色自若，似乎并没有受影响。他看向那边嘻嘻哈哈聊着天的男人，扬了扬下巴示意："走了，下次再打。"

陈携挥手，表情很是鄙视："走吧走吧，知道你重色轻友。"

秦孝则轻笑了声，低头看向陆佳恩："我背你回去。"说完不等陆佳恩拒绝，他已经蹲了下来。

陆佳恩眨了眨眼，有些不确定秦孝则的心思。迟疑了下，她还是选择顺着他的意，乖乖趴在他的背上。这是继那次下山后，秦孝则又一次背她。

陆佳恩手臂搂着秦孝则的脖颈，他的外套和自己的包不时碰到一块，发出轻微的摩擦声。她的目光从秦孝则微湿的额角移到突出的眉骨，再到挺拔的鼻梁，最后落在他紧闭的唇线。

陈携无意中的话，再一次提醒了他们以前的开始。陆佳恩不确定秦孝则是不是如他所说真的不在意那件事了。可有一点她确定的是，秦孝则显然是不打算在自己面前旧事重提了。不管他心里介不介意，他都已经选择了"不介意"。如一只兽，在她面前小心翼翼地收起了爪子。

这一点的认知让陆佳恩胸口泛酸，还有些心疼。嗯，还是哄哄他吧。

她吸了口气，轻声说："孝则，我给你讲个故事吧。"

夏季的夜晚，微风轻拂，偶尔有不知名的虫子在聒噪。陆佳恩的头发不时垂下，抚过秦孝则露在外面的脖颈和手臂，有点痒。

秦孝则侧头，目光落在她小巧的鼻尖："你讲。"

"春天，你一个人在田野里走着，遇到了一只小熊。它长得毛茸茸的，眼睛很大，看起来特别可爱。它邀请你和它一起玩，你答应了。你们抱在一起打滚，在春天的草地上一起玩了很久，度过了特别开心又愉快的一天……"

陆佳恩的声音轻软柔和，在夜晚显得格外好听。

秦孝则一开始没太听明白，却一直没有舍得打断她。直到她的声音停下，秦孝则才皱了皱眉，问她："没了？"

陆佳恩"嗯"了声："没有了。"

"可是我为什么要和熊抱在一起打滚？"秦孝则不解。

"因为它很可爱啊。"

秦孝则笑出了声："这是什么儿童文学？是不是你用来哄你侄子的？"

"这才不是儿童文学。"陆佳恩不自在地动了动腿，小声纠正，"这是村上春树《挪威的森林》里的。"

"哦，听过没看过。"虽然他不懂这有何故事性，但陆佳恩想哄他的意思他听明白了。秦孝则胸口一软，刚刚还有些郁结的心情瞬间消散了。

把陆佳恩背回家后，秦孝则先回自己的房子洗了个澡。换了身衣服后，他直接去了隔壁房间。

陆佳恩还在洗澡，秦孝则坐在沙发等她。百无聊赖中，他蓦然想起了陆佳恩说的故事。

秦孝则还是觉得好笑，这故事真的很像儿童读物。于是，他打开手机的浏览器，输入了几个关键词。

"挪威的森林""熊"。

搜索结果跳出来的那一刻，秦孝则的呼吸猛地一窒，嘴角不受控地上扬，在空旷的客厅笑出声来。

"我喜欢你，就像喜欢春天的熊一样。"

原来这才是故事的正确答案。

陆佳恩洗好澡出来看见秦孝则并没有太惊讶。自从她把家里钥匙给秦孝则后，对于他的出现就已经见怪不怪了。

直到秦孝则压着她亲吻，眼角眉梢都是止不住的笑意时，她才隐隐意识到了什么。

"哎，陆佳恩，你们艺术家表白都这么含蓄吗？"秦孝则亲她水润的眼睛,又忍不住咬了下她的鼻尖,"要是我没上网查呢?"
陆佳恩弯了弯唇,故意骗他:"那就算啦。"
"小骗子。"秦孝则愤愤地堵住她的唇,手心贴上了她做手术的位置。
温热的触感传来,陆佳恩瞬间一僵。
秦孝则和她鼻尖对鼻尖,嘴唇对嘴唇。
"还有疤吗?"他低声问。
陆佳恩的肌肉紧绷了下,轻声说:"还是能看出来的。"
她觉得秦孝则有点明知故问。她不信他没有看到,那里还有一道淡淡的疤。秦孝则含糊地应了声,亲吻她的唇瓣:"我不信。"
他轻笑了声:"除非你让我看看。"

这一年的下半年,陆佳恩的工作重心放在了筹备自己的个展上。右右帮她拒绝了很多的活动,让她专心创作。
没有了活动和交际,正合了陆佳恩的意愿,平日里采风写生,得了空约朋友们小聚。生活过得不紧不慢,十分惬意。
这一天,秦孝则和陆佳恩一起在外面吃了顿饭。回家的时候正值晚高峰,交通有些堵,车子走走停停。
按照以前,秦孝则必定会烦躁不堪,也许还要骂上几句。可现在看着旁边的陆佳恩,他难得有耐心地问起她回家想做什么。
街上的灯光流光溢彩,道路车水马龙。车尾灯闪烁,亮成一片红色的海洋。
陆佳恩想了想说自己想看电影。秦孝则手指在方向盘上轻敲,点点头应好。
回到家洗好澡,换上干爽舒服的睡衣,陆佳恩挑了一部爱情文艺片看。这部电影的海报是男女主在街头拥吻,浪漫感十足。可影片却不像海报那么甜蜜。
客厅没有开灯,只有投影屏幕不时闪过的光影。肆肆老老实实地团在沙发脚下,没有上来加入一对恋人。
陆佳恩窝在秦孝则的肩膀上,手里抱着柔软的抱枕,看得很认真。
影片讲了一对男女相识好多年终于在一起的故事。
对于秦孝则来说,这个片子显得沉闷且无聊了些。他不懂男主角在想什么,喜欢女主角干吗不在一起,一个劲地睡其他女人。如果不喜欢女主角,这后面又是怎么在一起的。
到了影片后半截,他已经开始犯困了。

陆佳恩沉迷在女主角的美貌和她对男主角的感情里，心情酸酸涩涩的。男女主角在一起后，她侧眸看了秦孝则一眼。他一手揽着她的肩，眼皮微垂，也不知道是不是困了。

似乎有温热的水波在她的胸口一圈圈荡漾开，将那里熨帖得安宁祥和。

她忽然觉得，在这样寂静的夜晚，他们能有这一刻安静温情的时刻，就已经是生活里顶好的事了。

陆佳恩勾了勾嘴角，脸颊更加靠近了秦孝则的颈窝。小小的动作让秦孝则一个激灵，猛地从迷蒙中清醒。

他定睛一看，影片的女主角竟然死了，而陆佳恩乖乖贴着自己，眼睛一眨不眨地盯着屏幕。

秦孝则有些迷惑地眨眨眼，怀疑刚刚陆佳恩是不是有什么动作。可是陆佳恩专心的时候不喜欢他打扰，想开口询问的念头也就作罢了。他老老实实地陪着看完了电影，陆佳恩问他觉得怎么样。

秦孝则叹了口气："我看得快睡着了。"

陆佳恩于是笑了起来。

"这男的确实有些莫名其妙。他都想和女主角上床了，又说什么做好朋友？"秦孝则一开始就无法与他共情，吐槽点满满。

陆佳恩"嗯"了声："他是花花公子嘛。"

秦孝则"呵"了声，不敢苟同这故事里的情节。

"我陪你看完电影了，该你陪我了。"他手臂用力，将陆佳恩抱上身。

陆佳恩点点头，问他想做什么。

"爱。"秦孝则关掉投影仪，抱着她去了主卧。

很久以后陆佳恩接受采访，记者问她是怎样确定现在的丈夫就是那个人的。陆佳恩想了很久也想不出一个具体的事件或一个准确的时刻。

可是她想，自己也找不到第二个这样的人，带给她这样强烈的感受。

是秦孝则让她知道，原来拥抱到极致会颤抖，接吻到极致会窒息，快乐到极致会流泪。

大概是身体的本能在向你发出信号，告诉你——"嗨，就是这个人。"

十月，陆佳恩和秦孝则一起参加了秦孝远的订婚宴。上一次施静结婚时，两人还分别被安置在相距甚远的位置。

不到一年的这一次，她和秦孝则坐在了一起。

酒席上，秦家人对陆佳恩很是客气礼貌。罗晗表现得和以前一样温婉，主动夸奖了陆佳恩的画，说期待她明年的个展。

陆佳恩礼貌地道了谢。两人都没有提起其他话题，当作什么也没有发生的样子。

订婚宴的事情忙完以后，陆佳恩跟着秦孝则去了秦家。

在这之前，陆佳恩曾亲自飞去意大利，在一个小众的艺术展上买了幅画。那位画家颇有个性，陆佳恩也是托意大利的朋友帮忙，费了好一番功夫才买到的。

也是因此，她上门拜访的时间才一直拖到了订婚宴这会儿。

当陆佳恩把画送给罗晗时，她看到罗晗的眼睛明显亮了一瞬。

"这画太美了。"罗晗感叹不已，"这是我今年收到最好看的礼物。"

陆佳恩笑了笑："您喜欢就好。"

"可不是？人飞去意大利等了一周才给您买回来的。"秦孝则插嘴。

罗晗看了他一眼，又转向陆佳恩。

"佳恩，谢谢你。用心了。"她诚心道谢。

陆佳恩摇摇头："应该的，罗阿姨。"

罗晗抿了抿唇，看着她微微一笑。她指了指画室的方向："佳恩，我们聊聊？"

陆佳恩恭敬应好，和罗晗一起去了画室。如果不是出于秦孝则母亲这个身份，罗晗是很喜欢也很欣赏陆佳恩的。

陆佳恩漂亮，脾气好，还有才华，自身的条件无可挑剔。只是作为妈妈，罗晗真的希望儿子可以和一个身体完全健康的女生在一起。

可她的儿子从小就脾气硬，不服管。秦孝则不仅不愿听她的话，还义无反顾地做了结扎手术。

"说句不好听的，你有没有想过你们结婚了，万一她身体有什么意外，你一个人怎么办呢？"她甚至苦口婆心到了这个地步。

可是秦孝则是怎么说的？

"即使是这样，我也只是痛苦后半辈子。可我不和她在一起，我会难过一辈子。"

罗晗怔住了，她第一次看到秦孝则的神情因为一个女人柔软下来。

"我会照顾她，让她长命百岁。"他说。

大概那次以后，她心里就默许了两人的事。

罗晗回忆着以前的事，向陆佳恩笑了笑："我没办法看着我儿子一辈子不开心。"

陆佳恩从来不知道秦孝则是这么和他家里说的，头皮一瞬间发麻，眼眶有些酸胀。

罗晗走到书桌后面，迟疑了下说道："如果以前有什么冒犯的，希望你不要介意……"

"不会的，阿姨。"陆佳恩连忙摇头。

"嗯。"罗晗拉开抽屉，从里拿出一个小盒子递过去，"第一次上门的见面礼。"她笑着说，"收着吧，孝远女朋友第一次来也有的。"

陆佳恩双手接过来道谢："谢谢阿姨。"

"不谢。"罗晗拍了拍陆佳恩的手，心里宽慰，"真要谢的话，以后好好注意身体。你们不要孩子，年纪大了就只有对方了。健康的身体才能陪彼此走得更远啊。"

说这句话的时候，罗晗的神色郑重，声音语气都很温柔。

陆佳恩这一瞬间有点想哭。她想到了自己的妈妈，如果妈妈还在的话，应该也会说些类似的话吧。

陆佳恩忍不住吸了下鼻子，轻声应道："嗯，我知道了阿姨。"

罗晗给陆佳恩的见面礼是一个成色很好的翡翠玉镯。陆佳恩平时基本不戴，将它保存在了家里。

年底的时候，陆佳恩的画再次获了奖，还被某媒体评为了"年度十大青年艺术家"。一时之间，她的名气大了很多，很多活动纷纷找上门来。

陆佳恩喜欢画画，但是对社交却不热衷，甚至觉得有一点耽误她画画的时间。经纪人右右帮她拒绝了大部分的社交类活动，只保留了一些必要的开幕式和采访活动。

忙忙碌碌中，时间就这么到了农历的新年。

陆佳恩陪外婆过了年后，折返回平城去秦爷爷家拜了年。

相比于上次，这次秦爷爷的态度好了很多，还给了陆佳恩一个厚厚的红包。

奖项荣誉在手，个展筹备在即，和秦孝则家人的关系渐好，一切似乎都在往好的方向发展。

就在这时，外婆忽然再次晕倒了。医生检查的结果是脑供血不足，还有轻微的脑梗。陆佳恩匆匆赶回C市，想要接外婆去平城休养，外婆却怎么也不愿意。

"你那边空气不好，人又多，环境哪有C市好？"外婆躺在病床上，声音低缓。

陆佳恩第一次赌起了气："那我也留在C市。"

"胡闹！"外婆赶她，"你在平城发展得好好的，男朋友也在那里，回来干吗？"

陆佳恩抿着唇不说话，一双眼睛倔强地看着外婆。

外婆无奈："行行，我答应你，等这次出院了就和你舅舅一起住。好了吧？"

陆佳恩的鼻子一酸："阿婆，我和舅舅也是为您好。您这次真的太吓人了……"

她老人家一个人在家昏倒，要不是舅舅及时上门看到，后果真的不堪设想。

陆佳恩至今想起来都觉得后怕，也懊恼自责不已。她忙着自己的事情，没有好好安排好外婆的生活。如果外婆真的有什么事，她真的难辞其咎。

"好了，我知道了。"外婆叹了口气，"人不服老不行啊，住就住吧。"

外婆出院后，陆佳恩在 C 市陪外婆住了一段时间才回平城。

回到平城后，陆佳恩一方面忙着个展的各种事情，另一方面又忍不住担心外婆的身体。

她表面上一切如常没有表现出什么，心里却难免有些焦虑。

在一次和策展人沟通完方案后，陆佳恩回到家，忽然觉得很疲惫，也很孤单。夜里，她第一次绷不住情绪在秦孝则面前红了眼睛。

"如果外婆不在，我就没有亲人了。"陆佳恩的声音有些哽咽。

外婆是她成长岁月里最重要的人，如父如母，如师如友。她甚至不敢想外婆会有离开她的那一天，那个时候，她将会变成彻底的孤儿，成为孤零零的一个人。

秦孝则很少看到陆佳恩流露出脆弱无助的模样，心脏揪得难受。他哄了很久，陆佳恩终于闭上眼睛睡了。

黑暗中，秦孝则的目光落在她的脸上，叹了口气。她睡得并不安稳，眉毛微微蹙着，唇线紧闭，下巴也比之前消瘦了几分。

秦孝则低头亲了亲陆佳恩的唇，心里早有的念头越发强烈起来。

第二天醒来，陆佳恩恢复了情绪，继续投入到个展的准备中。关于昨晚的情绪外泄，两人都没有再提及。

就这么到了三月底的一个下午，在她个人展览的前一周，她忽然接到了右右的电话。

"佳恩，我们今天彩排开幕式，你准备一下，我一会儿去接你。"

陆佳恩不觉有异，答应下来。没过多久，右右便打电话来说自己到了。

陆佳恩一愣，这么快？

"可是我还没准备好。"

右右的声音挺着急:"不用了,我直接带你去做造型。衣服我也准备好了,你一起换上就好。"

见她着急,陆佳恩便应了好,匆匆下楼。

右右带着陆佳恩去了专业的造型工作室。

"穿这件。"右右给她选的是一件杏白色仙女长裙,细细的两根带,腰身收紧,裙摆处绣着亮丝,做工非常精致。

"只是彩排而已,要这么隆重吗?"陆佳恩拿到衣服,不禁有些困惑。

右右耐心地解释:"第一次个展必须慎重一点。我们彩排就按照当天的来,正好也试试礼服合不合身。"

陆佳恩点点头,拿上裙子进了试衣间。

换上裙子,陆佳恩意外地发现裙子的尺寸竟然很合适,就连肩带的长度也正好,不会过于暴露。

走路时,裙摆袅袅散开,如荡漾开的水波,轻软柔和。她从换衣间出来时,右右的眼睛也是一亮:"太美了仙女。"

陆佳恩笑了笑,在椅子上坐好。

造型师有两个,一个化妆一个做头发。

陆佳恩的底子好,化妆起来相对容易。一个小时不到的时间,造型便全部完成了。

陆佳恩的妆容精致典雅,眼睛很亮,脸颊扫上一层薄红,嘴唇红润如奶油玫瑰。黑长的头发蓬松,发尾卷成浪漫的波浪,散落在后背和肩头,正好盖住露出的皮肤。

做好造型后,右右拿出了一双银色细闪的高跟鞋给陆佳恩换上。

两人马不停蹄地去了下一站。

路上,陆佳恩看着窗外的景色,一开始并没有察觉出什么。直到清晗美术馆的大楼逐渐出现在眼前,她终于感到了不对劲。

"我们为什么来清晗美术馆?"她的个展不是在这里办啊。

右右的神色自若:"我们只是借这里彩排一下。他们今天闭馆。"

陆佳恩蹙了蹙眉,更加困惑:"今天不是清晗的闭馆日啊。"

"他们在计划重新装修,所以今天临时闭馆一天。"右右面不改色地扯谎。

陆佳恩"哦"了一声,心里依旧有些怪怪的感觉。

车停下后,陆佳恩和右右一起下了车。

美术馆前冷冷清清,只有一些在门口打卡的人。

"啊,居然闭馆,好伤心。"

"临时闭馆的，公众号说是内部修整。"

"哎，白跑一趟。"

……

进美术馆的路上，陆佳恩偶尔也能听到路人失望而归的声音。她侧头看了看沉默中的右右，心跳蓦地快了起来。

右右带着陆佳恩从清晗美术馆的侧门进去，一路上两人都没遇到什么人。陆佳恩却仿佛感觉到了什么，心跳越来越快。

到了一楼的陈列馆前，右右忽然停了下来，伸手向她示意："佳恩，把外套给我，你自己进去吧。"

陆佳恩顿了顿，默默脱下自己的针织外套递给右右，没有再多问。

转过这个弯，就是一楼的陈列馆了。

陆佳恩吸了口气，抬脚向里走去。几乎是看清里面的第一秒，她的眼睛就湿了。

陈列厅的地面铺满了一层粉色的海棠花瓣，墙面上标示着这次展览的主题——陆佳恩个人艺术展。

沿着粉色的花瓣一路向前，是陆佳恩从小到大的各种画作、照片、模型、个人用品等，从小时候的涂鸦到长大后的得奖作品，从幼小的婴儿到成熟的大人。照片里有她，有爸爸妈妈，有外婆，有同学，有秦孝则……

那些外婆怎么都舍不得揭下的涂鸦之作，被完好无损地送来了这里，装裱成一幅幅精致的展画挂在墙上。从前外婆口中玩笑话的"画展"，竟然在今天成了真。

从一岁到二十六岁，所有展品分时期展示在了陆佳恩的面前。

陆佳恩一点点看过去，仿佛重新回忆了一遍自己的人生，鼻尖和脸颊都在泛酸，一阵阵热流从胸口涌过。

展览的最后结语是一行英文——

Let me be your family

走到这里，陆佳恩终于忍不住流下泪来。泪眼婆娑中，她看到穿着正装的秦孝则手捧着一大束花向自己走过来。

陆佳恩用指节拭去眼角的泪，努力笑着看向秦孝则。他今天应该也是特意做过的造型，头发打了发蜡，梳得很整洁利落。眉清目朗的一张脸，肩膀宽阔，风姿潇洒。看上去比平时还要更帅一点。

秦孝则迈着长腿走过来，将花送到陆佳恩的手上。美术馆的灯光照射下，他的神色正经中带着丝紧张。

两人就这么静静对视了片刻,秦孝则开口了。他本来准备了很多话,可临开口却只记得最后的那几句。

"棠棠,我现在不想做你的男朋友了,我想做你的丈夫,想和你成为一家人。"

陆佳恩薄瘦的脊背挺直,手捧玫瑰静静看着秦孝则。在听到那句"你愿意嫁给我吗"之后,她眨了眨眼。

"我愿意。"她弯着唇说。

秦孝则愣了两秒,嘴角上扬着笑出声来。他笑得好开心,也好大声,眼角的泪都笑出来了。他仰头向上,眨了眨眼。

这是陆佳恩第二次看到秦孝则的眼泪,仅有的两次,全部和自己有关。陆佳恩踮起脚,柔软的指腹轻轻擦过秦孝则的眼角。

秦孝则揽住她的背,轻轻一扯把她拥在怀里,下巴抵在她白皙圆润的肩上,声音沉沉:"我是笑出眼泪的。"

陆佳恩的声音很温柔:"嗯,我知道。"

秦孝则低低笑了。

他弯腰,这才从口袋里拿出戒指给陆佳恩戴上。

他盯着她,一字一句地说:"记住,你第一次个展的策展人是秦孝则。"

陆佳恩仰着头,笑得眉眼弯弯。

"嗯,谢谢你。我好喜欢。"她喜欢这个展览,也喜欢策展人。

清晗美术馆,外婆墙上的画,"be your family"的结语,铺了满地的海棠花瓣,在个展前的"个展"……无一不透露着用心。

"我的荣幸。"秦孝则低低说了句,炙热的唇覆了下来。

陆佳恩的肩被他紧紧搂住,身体微微后仰,迎头回应。偌大的展览馆墙上,映照出一对恋人缠绵拥吻的影子,交颈身影和"let me be your family"(让我成为你的家人)结语相衬,更添了几分浪漫。

十八岁时懵懂无知,以为对方不过是生命中最普通的过客,可不想,命运的种子早已在不知不觉中种下,默默开出了花。

拥抱要紧密无间,吻要热烈放肆,爱要汹涌澎湃。人活一世,能遇上这么一个人,也不算白走一遭了。

番外 / 婚后

（一）旧照片

婚后第二年的五月，恰逢陆佳恩外婆宋芷惠八十大寿。

为了给外婆庆祝生日，陆佳恩提前几天回了C市。秦孝则因为工作原因，是在外婆生日的前一天到的。

当天早上吃过早饭，外婆换上了陆佳恩特意准备的新衣裳，坐在红棕色的梳妆台前等着陆佳恩打扮。

陆佳恩仔细给外婆烫了卷发，又描眉化了淡妆。

"我一个老太婆，还打扮什么呀？"外婆好久没有这样打扮了，有些不自在。

"过生日嘛。"陆佳恩弯下身,给外婆涂上豆沙色的口红，又看了看镜子。

镜子里，外婆身上朱湛色的外套大气典雅，很显气色。

"一会儿孝则还要给我们拍照片呢。"她笑着补充。

外婆拍拍陆佳恩的手，笑道："好，好。听我们棠棠的。"

上午，全家人陆陆续续地到了外婆家。

在家里聊了会儿天，又陪外婆拍了全家福后，大家一起去了餐厅。

和乐融融地给外婆庆祝完生日,表哥一家先回去了,秦孝则负责开车送其他人回去。

车上,舅舅问秦孝则什么时候回去。

秦孝则侧头看了眼副驾驶的陆佳恩:"看棠棠想什么时候回去。"

陆佳恩侧头,眨了眨眼:"要是我想多待几天呢。"

秦孝则耸肩,无所谓的样子:"等你。"

舅妈李小霜笑着说:"年轻人新婚感情就是好哈。"

家里一开始听说秦孝则家的家庭背景时还有些担心佳恩会被欺负,后来才发现根本就是多虑了。

两人的婚礼是在海边办的,秦家不仅包了宾客来回的机票以及酒店,还请所有人度假游玩了几天。

婚礼之盛大,甚至上了一阵子新闻。

那时候,其他邻居见到他们都是一片艳羡之色,说什么"佳恩嫁得好""对方有钱又帅"之类的。

李小霜从一开始还会附和两句,到后面就很坦然了,说:"我们佳恩也不差呀。长得漂亮有才华,性格也好。要我说啊,这是小秦的福气。"

邻居们笑笑,也点点头说:"是啊是啊!"

一转眼,距离那场婚礼都两年了,时间可真快啊。

李小霜拍了拍外婆的手:"我听妈说,佳恩还有什么活动要参加。你们有事就忙吧,下次有空再回来。"

化了淡妆的外婆神色高兴,也赞同道:"是啊,棠棠你那边有事就早点走吧。我这里好着呢。"

"哦,对了。"外婆语气一顿,"趁着孝则在这儿,你把你房间再收拾收拾,看看有没有什么要带走的东西。正好一起拿走了。"

陆佳恩点了点头应了:"噢,好。那我下午整理一下。明天我们回平城。"

一行人一起回了小区,外婆去了舅舅家打麻将。秦孝则把车停好,和陆佳恩两人步行回了外婆家。

到家后,陆佳恩没有耽误,立刻收拾起自己的房间来,整理出好多以前的书籍物品。

秦孝则觉得有趣,不肯休息,非要帮她一起收拾。

陆佳恩的房间里有她从小到大的各种印记,在秦孝则的眼里很是新鲜。他拿起陆佳恩小时候的一本相册,一页页翻过去。看得出来,陆佳恩父母对自己的女儿很是疼爱。

陆佳恩小小年纪穿着如今看来也不过时的裙子,长发披肩,刘海下方的眼睛亮晶晶的，笑容乖巧，看上去活脱脱一个文艺小淑女的模样。

秦孝则盯着陆佳恩小时候的照片看了半晌，忽然问她："幼儿园有没有男的欺负你啊？"

陆佳恩此刻正在整理自己高中时期的物品，闻言仔细想了想："没有吧，没什么印象了。"

秦孝则哼了一声："肯定有。这个年纪的调皮鬼都喜欢欺负自己喜欢的女生。"

陆佳恩小时候这么可爱，白白软软的小公主模样，肯定有小屁孩喜欢。

陆佳恩忍不住笑："那是你吧……"

这种事，想想确实是秦孝则干得出来的。他倒好，还倒打一耙起来。

秦孝则"啪"一声合上相册，起身走到陆佳恩身后。

他一手揽住陆佳恩的腰，低下下巴磨蹭她的脖颈，声音放肆："你说得对。我小时候要是遇到你的话肯定很想欺负你。"

陆佳恩手上的动作一顿，脖颈处的皮肤因为他的呼吸微微有些痒。她心里一动，意会过来他的意思。

男人短短的胡楂还在她的皮肤轻蹭，她忍不住侧头，轻声控诉："孝则……"话没说完，微张的唇便被秦孝则含住了。

陆佳恩的腰被紧紧扣住，头也被迫扭过来，唇舌交缠，气息相融。接吻间隙，她听到秦孝则低沉模糊的声音。

"怎么办，我现在还是想欺负你……"

陆佳恩呜咽了两声，不敢置信地睁大了眼睛。

在这儿？

下一秒，她身体一轻，被人抱了起来。秦孝则将人抱到床上时，陆佳恩的脸色已然变得绯红。

他低笑一声，唇又覆了上去："外婆不在，我们抓紧时间睡个午觉。"

（二）圆梦

结婚以后，陆佳恩依旧保持着早睡早起、锻炼身体的生活作风。只要天气允许，她都会在小区附近跑上几圈。

在她心里，一直有一个愿望——挑战马拉松。

于是，在平城有一次举办半马活动的时候，她报了名想挑战一下。秦孝则知道后，没有多说什么，只默默也跟着报名参加了。

在半马的前一天晚上，陆佳恩为了养精蓄锐，早早上床休息了。秦孝则一个人坐在书房，背靠椅子，懒懒散散地和陈携打电话。

陈携还没有从惊讶中反应过来:"你还真的要和你老婆跑半马啊?"

秦孝则"嗯"了声,态度平淡。

陈携吸了口气:"你老婆的身体可以吗?"身为朋友,他对陆佳恩的情况略知一二,实在难以想象她参加半马的样子。

秦孝则抿唇,也有些无奈:"人家要去,我能怎么办?"

他也很担心。可陆佳恩的脾气倔强,跑半马又一直是她的心愿,他也不想让她不高兴。

况且,陆佳恩再三表示自己只是想尝试一下,如果过程中身体不适就不继续了。她不会拿自己冒险的。秦孝则知道她一贯注重身体,也只能答应了。

陈携顿了两秒,笑着打趣:"可以啊,现在和丞书一样,都成二十四孝好老公了。"

秦孝则轻嗤一声:"别忘了准时过来。"

陈携叹气:"唉,你也就天天奴役我这个单身狗。大周末的,好不容易休息下还要帮你跑腿……"

他抱怨的语气太明显,秦孝则忍不住低笑了两声。

"差不多得了啊,下次请你喝酒。"

陈携立马道:"喝酒就算了,我最近养生呢。我倒是听说,你们在X市新开了一个度假温泉酒店……"

秦孝则暗骂了声。原来是这个,估计是小女朋友吹的枕边风。

"行,你们随时去。"

"好嘞!"陈携笑呵呵地应了。

秦孝则又和陈携聊了几句,挂断了电话。他点了点鼠标,原本熄屏的电脑亮了起来,荧荧灯光映照出一张严肃的脸。

秦孝则按下播放键,再次将已经看了无数遍的急救视频重新看了一遍。直到确定那些步骤刻进了脑子里,他这才关掉电脑,重新回了卧室。

房间里的陆佳恩睡姿平静,神色安宁。平时就轻声细语的人,连睡觉都透着一股乖巧的劲。深色被子严实地盖在身上,黑色长发散在枕头,身体平躺在属于她那半侧的床上,从来都不会"主动"侵占秦孝则的空间。

秦孝则掀开被子上床,借着夜色端详了一会儿陆佳恩。半响,他伸手将人揽进了自己的怀里。女生的身体柔软,散发着淡淡的清香。她不会主动过来,但每次被搂过来也都非常配合。

秦孝则没忍住,低头亲了亲陆佳恩的额头。怀里的人动了动,发出很轻的一声呢喃。

秦孝则的身体一僵，立刻不动了。还好，陆佳恩并没有醒，在被子里的手臂熟练地搭上秦孝则的腰，脸向里埋了埋。她很快就找到了熟悉的姿势，呼吸又变得平稳起来。秦孝则弯了弯唇，下巴抵着陆佳恩的头，以一种极为亲密的姿势睡着了。

第二天，两人早早起了床。

吃过早餐以后，陆佳恩换上运动服，将头发扎成了马尾："我好了，孝则，我们走吧！"她拿上包，表情轻松愉悦。

秦孝则打量着她的神色，揽住她的肩膀："这么开心？"

这是陆佳恩第一次正式参加半马比赛。相比平时，她显得有些兴奋。

陆佳恩弯了弯唇："有一点。想试试看自己能不能跑下来。"

秦孝则"啧"一声，捏了捏她的下巴。

"肯定可以。这几年白跑啦？"

陆佳恩眼睛亮了一瞬，点点头。

"但也别硬撑。这次不行还有下次。"秦孝则忍不住提醒。

"我知道的。"

两人一同下电梯下楼，一辆白色的车早已停在了路边。

"早啊！"副驾驶的车窗降了下来，陈携热情地和两人打招呼。

陆佳恩愣了愣，也笑着打了个招呼。她抬眸看向秦孝则，有些困惑。

"哦，司机有事。我就找他过来帮个忙。"秦孝则一边解释一边帮陆佳恩拉开了车门。

陆佳恩坐进车里，向陈携道了谢。

"嗨，别客气。"陈携摆摆手，"下次和我们一起吃饭，好久没聚了。"

车子发动，陆佳恩笑着应了声好。

将人送到半马的起点附近，陈携没有多做停留："我先走啦！这边交通管制不能停，等结束了再来接你们。"

秦孝则挥挥手，拉着陆佳恩往路边的荫凉处走。

这次的半马比赛由平城体育局主办，报名参加的人很多，几乎可以用人山人海形容。大家穿着各色的运动服，佩戴着提前从主办方领取的号码牌。路的两边站着身穿制服的工作人员和安保人员，热闹中又不失秩序井然。

陆佳恩连校运动会都没有参加过，更不要说这种全市范围内的体育运动了，兴奋之余也有些紧张，隐隐期待着自己能实现目标。

两人走到指定地点进行了检录，又做了一会儿准备活动。开跑时间在渐渐临近，所有的参跑者在指定地点站好。

伴随着一声枪响，半程马拉松的比赛正式开始！陆佳恩在这之前为了这次半马做了很多准备工作。

正式开跑后,她按照自己的节奏跑动,没有理会身边不断超过自己的人流。秦孝则不紧不慢地跟在她旁边。两人一起锻炼的时间长了,这方面很有默契。

今天的天气很是不错,不冷不热,清风徐徐。跑到半程,陆佳恩的喘气声渐渐变大,脸颊也变得红扑扑的。

一直在关注陆佳恩状态的秦孝则皱眉,出声建议:"喝点水吧。"

陆佳恩抬眸看他,轻轻点头。两人并不是来争名次的,对于时间的要求没那么紧迫。

刚在前方的补给站停下,工作人员热心地递来补给。两人补充了水分和饮料,短暂地休息了一下。

"难受吗?"秦孝则有些担心,手伸过来要试探陆佳恩的心跳。

陆佳恩"哎"一声退后两步。

"没事的,别担心。"这儿还有好多工作人员,她不好意思在这里做太亲密的动作。

秦孝则没有勉强,又从工作人员那儿要了根士力架递给陆佳恩,示意她吃掉。

陆佳恩从善如流地接过来,刚拆开袋子,下一秒就看见秦孝则蹲了下来,紧接着,小腿上传来湿热的触感——秦孝则在帮她按摩小腿的肌肉。

陆佳恩的脸色一热,连忙动了动腿:"不用了,孝则。"

秦孝则充耳不闻,左腿捏完了换右腿。陆佳恩抿了抿唇,略有些羞赧地接受了来自四面八方的目光。

秦孝则的头发很短,一截后颈在阳光下还挂着汗珠。他并不理会周围的目光,仔细将陆佳恩的小腿按过之后才起身。

陆佳恩仰头,伸手擦了擦他脸上的汗。秦孝则眯了眯眼,伸手帮陆佳恩调整好帽子。

结束之后,两人相视而笑。

"走吧,孝则。"陆佳恩知道旁边的工作人员在打量,忍不住催促。

秦孝则挑了挑眉,做了个向前的手势:"走!"

短暂的休息之后,两人继续往前。周边同时跑步的人已经不似开跑时那么多了。

快要到终点的时候,陆佳恩的体力也快耗尽了,她提着一口气,继续往终点的方向跑去。

冲破终点线的那一刻,陆佳恩的心脏都快要跳出来了。她下意识地转头,看见秦孝则正对着自己笑。

秦孝则张开手臂,给了陆佳恩一个祝贺的拥抱。

陆佳恩仰头看他,笑嘻嘻地说:"好开心呀。"

秦孝则挑眉:"是吗?我看看。"他脸上挂着坏笑,手又要伸过来。

陆佳恩脸一热,拍开他不正经的手,连忙转移话题:"哎呀,我去拿奖牌。"

往前走了一段距离,陆佳恩从志愿者手里接过奖牌和补给包。下一秒,秦孝则将自己的那枚奖牌也挂在了陆佳恩的脖子上:"再送你一块。"

陆佳恩抬头看向秦孝则,眼睛很亮:"那我把自己的也送你。"她摘下自己的奖牌,示意秦孝则低头。

将奖牌挂上秦孝则的脖颈,陆佳恩把补给包也递给他。

"我想去卫生间,你等我一下。"

秦孝则点点头,松开了手。

陆佳恩离开后,他抬眼向四周张望,眉头渐渐蹙了起来。陈携人呢?

终点处到处是穿着五颜六色运动装的参与者,还有各方媒体记者及工作人员。人声沸腾,道路拥挤。

秦孝则借着高个子的优势,在四周人群里搜索陈携的身影。

陈携没有找到,秦孝则反倒先一步被人拦住了。

"您好!我是平城电视台的记者周周。耽误你两分钟可以吗?"

秦孝则垂眸,面前是一个身穿橘色马甲的年轻女记者,她的身后是同样穿着马甲的摄影师。

他皱了皱眉,下意识就要拒绝,再转念一想,忽然就笑了:"行啊。"

记者的问题很官方:"为什么会想来参加这次的半马比赛呢?您一直是跑步爱好者吗?"

秦孝则挑了挑眉,一副随意的样子:"陪我老婆来的。"

记者愣了愣,下意识地问:"那您老婆呢?也跑完了吗?"

秦孝则笑:"当然!"

话音落下,他余光里看到了一个熟悉的身影。

陈携站在离自己不远的路边,手上捧着一大束花正冲着他挤眉弄眼。

秦孝则皱皱眉,和记者说了声不好意思。

"去哪儿了你?"他从陈携手里拿过花,忍不住问。

原本想着到终点就把花送给陆佳恩的,结果这人一直到现在才出现。

陈携叹了口气,无奈道:"谁知道这里人这么多啊!我找了半天才找到你,还得防着别人把花碰坏……"

秦孝则打断陈携的絮絮叨叨:"行了行了。"

他向卫生间的地方瞥了一眼,将花背在身后,和陈携说了句"谢了",转身离开。

陆佳恩从卫生间出来,没找多久就看到了在人群里鹤立鸡群的秦孝则。她下意识地笑了笑,向着他走过来。

两人在路中央的地方相遇。秦孝则勾着唇,猛地从身后拿出一束花。

"光有奖牌没有花怎么行?"

一大束带着新鲜露珠的百合被捧到了胸前,清香味扑鼻。陆佳恩听到了周边传来的惊讶声。她愣了两秒,欣喜不已:"谢谢!你从哪儿变的啊?"才去了一个卫生间的工夫,秦孝则居然变出这么大一捧花来。

秦孝则于是吊儿郎当地笑了,俯身逗她:"你亲我下,我就告诉你。"

陆佳恩对他这副样子早已见怪不怪了。她伸手拉住秦孝则的手,轻轻晃了晃,正要说话时,耳边忽然传来一道声音:"你好!"

陆佳恩转头,看到一个拿着话筒身穿橘色马甲的记者,马甲上印着"平城电视台"几个字。

"你好,我是平城电视台的记者周周,可以耽误你们几分钟吗?"

见两人都看着自己,周周又补充道:"我们刚采访过这位先生,只是他急着找你,还没有采访完……"

陆佳恩回头,在自己老公的脸上见到了微微的不耐烦。她安抚似的捏了捏秦孝则的手心,又回头冲着记者笑了笑:"可以呀。"

周周见陆佳恩长相清丽,声音也温柔,本能地对她产生了好感,一连问了好几个常见问题。

陆佳恩大方地捧着花接受了采访,一一回答了周周的问题。

在回答参加这次半马的感受时,她笑着说:"这对我是一次挑战,也是我一直以来的梦想。"说到这里,她忍不住回头看了看秦孝则。

秦孝则目光灼灼,正一眨不眨地盯着她看,神色懒散愉悦。

陆佳恩对他笑了笑,又回头看向摄像机。

"还有就是,特别谢谢我的丈夫坚定地支持我,陪我圆了一次梦。"她心里知道秦孝则表面嘻嘻哈哈浑不在意的,但心里一直很担心自己的身体。之前她有一次用iPad,页面是秦孝则还来不及关闭的急救教学视频。

也就是那一刻,她决定圆了梦以后就不再参加这类活动让孝则担心了。

"二位结婚多久了?"周周好奇。

"两年多。"陆佳恩如实说。

"在一起十年了。"秦孝则在她身后幽幽补充了句。

陆佳恩顿了顿，点点头笑了。

在秦孝则眼里，始终把分开的那段时间当作是陆佳恩单方面分手，每次说起这方面的话题都会把那几年算在里面。

周周惊讶地睁大了眼睛，不过几秒马上恢复了专业度："那在这里我也祝二位百年好合，长长久久了。"

"谢谢。"

陆佳恩笑着道了谢，准备走时又被周周叫住了。

"二位不介意的话，不如让我们摄影师给二位合影怎么样？很有纪念意义。"周周兴高采烈地建议。

陆佳恩和秦孝则对视了一眼，同意了。阳光下，两人穿着同色系的运动服，秦孝则的手臂搭在陆佳恩的肩膀，两人胸前的奖牌折射出金色的光芒。

一个张扬肆意，一个清新沉静。

照片定格在这一刻。

阳光正好，清风温柔。

恍然间看过去，一如少年时。

- 完 -

后记 / 柔而不弱，温而不娇

《春天尽处是你》最初的灵感来源于看到好多女主角当替身的小说，就想写一篇相反设定的文出来。

有了这个想法后，最早出现在脑海里的画面是男主角穿着小丑服在异国他乡的街头和女主角面对面的镜头。当时构思的剧情是男女主角已经分手了，男主角生气之余又放不下女主角，别扭地不想让女主角看到，只能藏在小丑的装扮下偷看女主角。他没有料到女主角会在意大利的街头一眼认出自己，还关心地问他"冷不冷"，心理上一下就破防了，意识到女主角对自己的重要和自己对女主角的喜欢，从此不再计较自己被当替身的事。

这个情节是小说里的一个重要转折点，在写大纲时，这个画面一直像电影镜头一样在我的眼前播放。浪漫的佛罗伦萨，满是西方面孔的街头，在人流中对望的旧日情侣，漂亮纤瘦的东方女子和红着眼睛的小丑……

甚至可以说，写这篇小说的初衷有一部分就是为了这个画面。后来人物和情节都渐渐丰满，就有了这个故事。

书里的女主角陆佳恩是我非常喜欢的那种女生——柔而不弱，温而不娇，聪明又自律。

写的时候我常感叹，如果自己能有她一半自律就好了，每天应该可以多码好多字吧,哈哈哈。
　　男女主角的性格是两个极端,相互吸引也很正常。能和佳恩这样的仙女在一起是孝则的福气,追久一点,为了她结扎也不算什么啦。相信在另一个世界,他们一定过得很幸福。

桃禾枝
于烂漫春日